诗歌为道

关于"打工诗人"的社会学研究

刘畅 著

POETRY AS COPING STYLE

A Sociological Study
of "Dagong Poets"

社会科学文献出版社
SOCIAL SCIENCES ACADEMIC PRESS (CHINA)

目　录

绪　论

生活在一个焦虑时代的少数幸事之一是，我们不得不去认识自己。

——罗洛·梅：《人的自我寻求》

公正最终是与人们的生活方式相关，而非仅仅与周遭的制度有关。

——阿玛蒂亚·森：《正义的理念》

本研究试图通过文学活动探索中国社会变动中的"人心与人生"，理解"重塑的自我"与"形成中的社会"。"打工诗人"兴起于珠三角地带的工业区，一般指具有农民工①经历，曾经或现在一边从事体力劳动一边进行诗歌写作的人，其诗歌作品中与农民工群体相关的题材较多，被称为"打工诗歌"。本研究着重于从社会学视角对打工诗人的文学活动进行考察，分析其面对自身结构性处境的方式，以此探讨中国社会变动中个体自我建构的形态和参与塑造社会秩序的方式。②

中国传统社会治理之道将思想文化视为政治与社会的基础，重视有价值自觉能力的个人（林毓生，1986；余英时，1992；甘阳、姚中秋等，2016）。在儒家义理中，只要每一个个体的生活形态是良好的，就可以促使天下秩序变好。个人的价值自觉与人伦秩序一以贯之，人伦秩序并非从

---

① 为简明易懂、内涵清晰起见，本书使用"农民工""打工者"一词，但对其中可能包含的歧视性含义抱有充分的批判和警戒。

② 本研究得到国家社科基金的资助，项目名称为"关于农民、农民工活动的社会学研究"（项目编号：12CSH0581）。

外面强加于个人，更高的"公平"和更合理的"秩序"，是从有价值自觉的个人推扩出来的（余英时，1992，2014）。元、明时期民众儒教兴起，以个人修身为核心的政治－道德实践者的范畴不断扩大（沟口雄三，1991）。新文化运动以后，中国社会的改良者们仍旧延续了传统的"借思想文化以解决问题"的思维模式（林毓生，1986）。这显示中国的社会思想持续重视以个人的价值取向与行动模式为起点建构社会秩序。费孝通先生晚年把探索世界的过程本身解释为"修身"以达到"经世济民"的过程，从"心"开始，通过"修、齐、治、平"这一层层"伦"的次序，由内向外推广开去（周飞舟，2017）。这显示以个人修身为出发点的社会观念在中国现代知识分子价值观念中的继承。

中国历代社会思想与源自西方的社会学话语有显著的不同，但中国传统至近代知识精英们关于个体与社会之关系的认知视角，对于当代中国社会现实的理解来说已然失效了吗？其中是否别具智慧？从梁漱溟、潘光旦到费孝通，都重视重建"人的研究"，认为中国问题与人生问题紧密联系、相互交织，主张以社会学思考中国社会时，需要理解人心与人生（闻翔，2019）。本研究关注并借鉴这一以个人形态为社会起点的认知模式，通过对打工诗人文学活动的探讨，分析改革开放以后社会变动中个体的自我建构。具体来说，本研究探讨个体在应对社会环境的过程之中如何塑造自我，形成了怎样的自我形态；在此基础上，探讨"渺小"的个体以何种方式参与塑造着现实，作为社会世界中的"沧海一粟"，一己之感受、态度与行动对于社会生活能够具有怎样的意义。

西方社会学中，个体的形态对于社会秩序的建构所产生的影响，可以大体归纳为集合性和典范性两种。集合性的影响是指许多个体共有的感性与行动方式所带来的集合效应，它们为社会结构、制度、组织模式提供了基础。如布迪厄关于资本和惯习的理论重视个体的身体与日常生活，它们的形成有着社会阶层结构的深深烙印，其实践也不断将社会等级结构进行再生产（布迪厄，2015）；阿伦特（2014）和鲍曼（2002）分析现代科层组织上每一颗"螺丝钉"的道德选择，呈现了普通个体的"平庸之恶"集合起来会促成什么样的人类悲剧；葛兰西（2014）、马尔库塞（2001）则指出了普通人的生活伦理和情感模式对现代国家权力运作的重要性。与之相对，典范性影响指个体通过新的生活形态或价值观念，带动或促进新的社会变化。如韦伯的《新教伦理与资本主义精神》所示，个体在其日常实践中形成一种新的生活方式及生产方式，进而扩散，构成社会结构巨大变动的重要方面。在哈贝马斯（1999）的研究中，模仿宫廷宴会而举办沙龙的贵妇、在咖啡馆里发表见解的客人，作为平等而理性地参与公共协商的个体，催生了西欧的现代资产阶级公共领域。因此，每一个个体的态度、情感与行动并非无足轻重，它们是社会结构变迁得以发生、发展、再生产和恒常化的重要机制。

个体的自我形态与生活方式对社会发展的意义日益受到重视。如吉登斯提出生活政治这一与解放政治相对的概念，强调日常生活形态的选择能够对社会发生影响（吉登斯，2016a）。哈贝马斯（1993）认为，日常生活范畴是人们抵制"系统对生活世界的殖民化"的主要源泉。相应地，郭于华（2013）提出中国社会个体的日常生活成为国家治理的重要内容，建构具有高度自治意识和自治能力的日常生活领地，不放弃个体自由的可能性，才能使现代社会朝着更加健康的方向发展。王雅林（2009，2015）以生活本体论界定发展，认为生活是由个体所承载的人的特有生命形态的社会性存在、展开、实现的形式及意义追寻的行动体系，构成了一切社会事物的本源和本体；社会的发展也要用人民的生活福祉状态来衡量和定义。福柯（2015）阐述自我建构的方式既是治理的对象，也是主体性得以产生的基础。这些佐证了中国传统社会思想重视从个体角度建构秩序的合理性，进一步提示和支持了生活之道与自我建构这一问题的重要性。

中国社会对现代性的追求往往伴随着对"人心"的探讨。新文化运动前后聚焦于个体"人的现代化"的一系列社会改良思想和举措，其基本思路与儒家通过个体改造社会的思维方式一脉相承（林毓生，1986）。梁漱溟从事乡村建设运动时，也将个体人生观的重塑作为形成中国"团体格局"的重要途径（刘畅，2012）。80年代改革开放初期，以"潘晓论争"为代表，围绕"人该怎样活着"再次引起了广泛而热烈的讨论。不论是作为实现集体目标的治理方式还是个体自我主体性的表现，个体的生活态度与人生哲学成为中国现代性话语中的焦点之一。自90年代中后期以来，市场化改革进一步加深，新自由主义话语上升，作为消费社会的特点也日益显著。在社会环境和生活境况的变化中，中国社会的自我发生着何种变化？

本研究关于个体建构自我与建构现实的形态，将着重从个体面对自身结构性处境的应对之道这一角度进行探讨。这里的"结构性处境"主要指由于各种社会结构性力量综合作用而构成的、一般具有群体共性的生活处境。个体所处的结构性位置，是个体与社会结构变动之间相联系的重要范畴。中国市场转型与19世纪末到20世纪初欧美国家从前工业社会进入现代资本主义社会的过程有显著的不同，为了挖掘"中国经验"与"中国体验"的理论潜力，在结构、制度的转型之外，日常社会生活中微观层面上个体实践的重要性日益受到重视（孙立平，2002；周晓虹，2012，2014）。在这些研究的基础上，本研究从个体与结构性处境的关系中分析社会变动中的自我建构，即个体如何认识和面对自身的结构性处境，其应对方式和生活态度中呈现何种自我的形态。

关于打工诗人文学活动的研究，可以促进对社会变动中个体生活之道与自我形态的理解。文学活动是一种把握个人内心世界与生活之道的途径。费孝通（2003：12）指出，每个人都有很大一部分处于"公众"之外的"讲不出来的我"，而诗人通过诗歌所表达的，便是他的那个"讲不出来的我"。钱穆（1994：165）也认为"政治、社会种种制度，只不过为和平人生做成一个共同的大间架。文学、艺术种种创造，才是和平人生个别而深一层的流露"。洛文塔尔（2012：2~6）指出虚构作品表达个体行为和感受的重要主题，呈现最为私人化和最为隐秘的个人生活领域。

在中国的学术话语中，社会学被称为"群学"，文学则被称为"人学"，这两种概括方式可以简单却敏锐地显示出二者之间的差异与联系。荀子的群学所讲的"群"是人的社会性存在，其群学的要义是合群、能群、善群、乐群，其特质是人本性、整合性、贯通性和致用性（景天魁，2018）。以钱谷融为代表的学者提出了"文学是人学"，认为"文学"是对复杂社会关系中"具体的人和他的具体的行动"的表现（姚孟泽，2018）。虽然分别聚焦于群体和个体，但"群学"注重人的自主性、能动性，而"人学"亦注重在社会关系中把握个性与主体性。二者都以人为本位，并将人视为感情与理性并存；且文学所擅长的正是社会学需要深入挖掘的个体的内心体验与情感。因此，文学理应成为社会学重建"人的研究"时的重要参考领域和研究对象。

农民工是改革开放以来，中国社会中个体生活因结构转型而发生剧烈变动的群体。他们由乡入城、从集体化转向市场化、从生产社会转向消费社会的过程中，生活机遇、生活方式发生巨大变化；他们是中国现代性实践中，直接面对现代工业文明的首要主体。大量研究呈现并论述了农民工群体结构性处境的特点。其弱势地位主要体现为制度性地位低下、市场地位低下，"拆分型劳动力再生产体制"使农民工群体的生活困境显著等。即便在近年劳动力供给不足的情况下，他们的社会经济地位依然没有改善，反而下降（田丰，2017）。研究者们指出，造成这一处境的社会力量，主要在于国家、市场、社会三个方面。因此，这一群体的生活形态显著地受到各种结构性力量的塑造，他们面对结构性处境的方式，是对"中国经验"有着切身感受的"中国体验"（周晓虹等，2017），也是正在塑造着中国社会发展方向的重要行动。

诗歌以其低门槛、低成本、简短自由等特点，成为帮助打工者们发出自己声音的艺术形式（刘东，2005）。在农民工群体面临普遍失语的状态下，打工诗人常被视为这一群体的代言人（刘建洲，2011）。他们是农民工群体中具备较高认知与反思能力以及文学表达能力的社会主体，其对于打工生活体验的表述行为和表述文本，为理解这一群体提供了一种主位视角的话语表达。此外，"打工诗人"一般有作为普通农民工的生活经历，而今他们中的大多数已经实现了一定程度的阶层流动。农民工群体中，少数人能够通过机遇和个人努力突破结构性力量的限制而向上流动，而打工诗人便是渴望或者已经实现"通过文学改变命运"的人。尽管他们是打工者群体中的少数人，但可以呈现这一群体的多元性，作为其中相对的"成功者"，也能较为显著地显示出个体在生活境遇变化中的自我重构。他们的文学写作尤其是以打工生活为题材的诗歌创作，不仅包含着农民工群体的主体表达，也益于在更普遍的意义上理解中国社会的个体如何在社会变动与阶层流动中进行自我建构。

综上，本研究旨在通过对"打工诗人"及其文学活动的考察，把握中国社会变动中的个体如何在应对结构性处境的过程中建构自我。文学活动不仅是一种个人禀赋的作用，也是一种反思的工具和自我重建的手段。在此意义上，关注打工者的写作活动，既可以从主体认知和行动的角度对既有的农民工研究进行拓展，也可以从这一生活机遇和社会处境发生巨大变化的对象群体，透视中国发展过程中个体的变迁。打工者作为一种漂泊的"异乡人"（marginalman），在脱离熟悉的社群和文化、面向充满陌生人和风险的现代城市社会时，其情感、认同均面临调适的挑战，正是社会学意义上的"都市里的陌生人"。因此，本研究也构成对社会学经典议题的回应。此外，如前所述，每一个个体的态度与情感对于社会结构和社会变迁并非无足轻重，如阿玛蒂亚·森（2012）所说，公正最终是与人们的生活方式相关，而非仅仅与周遭的制度有关。理解个体对生活之道的选择及自我的形态，既是认识社会的重要学术工作，也是有助于推动社会公正的一项行动。

第一章

文学活动中的应对之道与自我建构

一　文学：作为应对之道

从社会学的视角来看，文学是什么？

潘光旦将文学与其位育论相联系，认为文学是"情理因事物而反应，……其总结果为生活得到进一步的安放，进一步的发育，这就呼应……位育之论了"（潘光旦，2010：235）。也就是说，文学使个体既能安于自身所处的社会位置，又能保持继续发展，促进其社会适应。但这样的作用如何得以发挥？潘光旦（2010：235）表述为"因……表白而有效，即我人对于外铄的事物得以了解，得以体验，而内在的情绪得以抒展，理义得以传达"，此外并无更深入的阐释。其力有不逮之处，在于文学的社会学含义在中国的社会学研究中未受到重视。

中国传统文化中文学的角色，是个体人格、整体生活的一部分，它既是个体自我的塑造、生活态度的呈现，也被视为个人面向社会发生作用的原点，契合本研究对个体自我建构的问题意识。而且，中国社会生活中文学的角色与西方文学社会学理论中的观点有不谋而合之处。借鉴东西方的观点，本研究将文学活动视为一种反思的工具，是生活处境的应对之道，也是自我重建的手段。

（一）中国社会生活中的文学活动

钱穆（2002a）指出，中国文学并非独立范畴，而致力于呈现和提升作者的人格。"读中国文学作品，必牵涉到其作者。文学作者为人之意义与价值更过于其作品"，"是则在中国传统观念下，可谓始终无一纯文学观念之存在……一切皆当纳入人的共同标准之下而始有。……中国人生几乎已尽纳入传统文学中而融为一体"（钱穆，2002a：24～65）。也就是说，由于文学与人格、人生的一体性，写作活动的意义和价值取决于个人内在修养的境界。"所以作诗，先要有作意……作意则从心上来，所以最主要的还是先要决定你自己这个人，你的整个人格，你的内心修养，你的意志境界。有了人，然后才能有所谓诗。因此我们讲诗，……最高的还是在你个人的内心境界。"（钱穆，2002b：124）钱穆（1994：165）认为，文学艺术能够呈现个体的特殊性和内心世界，是深层人格与人生态度的流露。徐复观也指出，儒道两家，都是为人生而艺术。孔子主张"为人生而艺术"的精神，融艺术于人生，以艺术为人生修养之资，并作为人格完成的境界（徐复观，2013：59）。林语堂（2016）也认为中国文学与作者人格紧密关联，"一切有价值的文学作品，乃为作者心灵的发表，其本质上是抒情的，就是发表思考的文学也适用这种原理"（林语堂，2016：187）。"一位优越的艺术家，吾们相信一定是个好人"（林语堂，2016：252）。因此，中国文学重视把自己全部人生融入其作品中（钱穆，2002b：116），文学写作与个人的自我塑造和整体人生相关联，与个体人格的发展状态相对应。不论对于写作者还是对于阅读者，写作活动意味着内在自我与生活价值取向的呈现。[①]

不仅文学之中融入自我的人格，文学也是塑造人格、建构自我的重要途径。"故中国人学文学，实即是学做人一条径直的大道……中国古人曾说'诗言志'，此是说诗是讲我们心里东西的，……所以学诗便会使人走上人生另一境界去。正因文学是人生最亲切的东西，而中国文学又是最真实的人生写照，所以学诗就成为学做人的一条径直大道了。"（钱穆，2002b：125～126）"一个人如何处家庭、处朋友、处社会……中国文学……所教训我们的，全是些最平常而最真实的。"（钱穆，2002b：128～130）这些显示，文学活动被视为社会化的有效环节，是自我建构的重要方式。而且，钱穆对文学社会角色的认识，与查尔斯·泰勒关于艺术创造

---

① 中国文学传统与整个人生之间的关联既在价值的范畴，也在功利的方面。"如谓中国诗之透入人生机构较西洋为深，宜毫非为过誉，亦不容视为供人愉悦的琐屑物。中国的科举制度自唐代以来，即常以诗为主要考试科目之一。诗被视为最高文学成就，亦为试验一人文才的最有把握的简捷方法。"（林语堂，2016：209～210）

意味着个体本真性的建构与呈现这一观点有异曲同工之妙，即文学活动代表着个性的发展。"汉唐时代，建立了平等社会和统一政治的大规模……中国人对人生最高理想，便把来放在如何发展各自的个性这一问题上……而所谓个人幸福，在中国人心中，主要是在各个人个性的发展上……个性发展的真实表现，一般说来，最主要的是在文学和艺术……"（钱穆，1994：245）进而，钱穆阐释文学与政治制度同样都是个人人生体验的表达，旨在满足个体人生理想的需要。"那一种深含哲理的人生享受与体味，在实际人生上的表达，最先是在政治社会一切制度方面，更进则在文学艺术一切创作方面。"（钱穆，1994：164）

林语堂认为文学在中国的角色和功能与宗教相类似。"吾觉得中国的诗在中国代替了宗教的任务，盖宗教的意义为人类性灵的发抒，为宇宙的微妙与美的感觉，为对于人类与生物的仁爱与悲悯。宗教无非是一种灵感，或活跃的情愫……可是中国人却在诗里头寻获了这灵感与活跃的情愫。"（林语堂，2016：210）具体来说，林语堂指出了文学对人生观念的引导、对生活痛苦乏味的疗愈和安慰以及对负面情绪的澄清作用。"在这样的意境中，诗很可称为中国人的宗教。"（林语堂，2016：211）钱穆也认为，文学使个体在日常生活中获得对生活的体味，文学艺术与道德规范相互补充，构成情感与道德、悠闲与责任之间的平衡，本质上可以替代宗教的功用。"中国人生可以说是道德的人生。被种种道德观念重重束缚了……因此不得不有另一面来期求其平衡。文学艺术，使你能暂时抛开一切责任，重回到悠闲的心情……中国的艺术文学，和中国的道德人生调和起来，便代替了宗教的作用。"（钱穆，1994：250）

由上来看，在中国社会生活中，文学写作的意义着重于：（1）文学活动是自我呈现与自我建构的重要途径；（2）文学活动是个体对应生活压力、调节生活状态以实现良好人生体验的方式。虽然传统意义上的"文学"内含丰富的宇宙观和人生态度，与本研究所言文学活动在内涵与外延上有所不同，但从文学与环境的关系来看，在中国传统文化语境中，文学活动帮助个体在现实社会生活的压力下保持平衡、安适的状态，是应对生活境遇的实践，也是建构自我的过程。同时可以看出，在中国关于社会生活的认识中，文学远非局限于文本，而是围绕文学文本的创作与阅读等一系列的活动；而且文学的角色与意义也被从个人整体生活以及个人与环境之间的互动这一角度来把握。

这样的特点在此后中国社会现代化进程中依然持续着。民初新文化运动，提倡新文学，主张文学要人生化（钱穆，2002：116）。梁启超、胡适都主张和倡导通过新文学、新小说传播现代观念，培育具有现代人格的新人，提高国民的整体素质。这些改良思想着眼于文学，延续着中国传统文化观念中社会秩序的基础在于个人，而塑造个人的关键在于文学这样一种思维方式。这在钱穆的表述中得以显著地体现："我们每个人先要有个安身立命的所在。有了精神力量，才能担负重大的使命。这个精神力量在哪里？灌进新血，最好莫过于文学。"直至现代中国，在"大众文艺"的实践及其最壮阔的展现"延安文艺"之中，仍旧主张"生活与艺术同一"的原则，强调生活本身就是艺术，艺术并不是现代社会分层和劳动分工所导致的一个独立的部门或机构（唐小兵，2007：2~3）。在国家力图让工人全面参与领导权的政治过程中，"无产阶级文学"承担了关于"主人翁"的想象性叙述，带来了巨大的政治效果（蔡翔，2010：323）。这显示了中国步入现代社会以后，文学仍是通过塑造主体而建构社会的一项行动，在文学活动之中，主体形成与社会生产是同一过程。

（二）西方文学社会学的理论观点

中国传统社会中文学的角色与作用，在西方社会学、人类学、心理学、文学以及哲学的研究中，也能够获得理论支持和观点共鸣。这不仅意味着中国文化传统对文学活动的认识可以经由现代理性进行印证，也显示了中国社会生活中文学活动的特性具有普遍意义。西方学术话语关于文学在社会生活中的角色与意义，提供了更为细致、丰富的论述和阐释，可以概括为以下几个方面。

第一，文学艺术是个体与生活环境之间调节紧张、达成平衡的方式。心理学把艺术看作调和两个敌对原则——快感原则和现实原则——的手段，具有心理疗愈功能（弗洛伊德，2007；荣格，2014）。弗洛伊德（2007：96）认为文学是一种幻想，幻想的动力是未被满足的愿望，是对令人不满意的现实的纠正。普列汉诺夫指出，艺术从来不是生活的直接表现，而是生活的对立，是我们的心理在日常生活中找不到出路的某个方面在艺术中得以消耗。维戈茨基（2010）认为，艺术来自特定的生活情感，但艺术要对这些情感进行某些改造和净化，以释放这些情感。这些观点都指出了文学产生于个体与生活处境之间的冲突紧张并对此进行协调。因而，维戈茨基（2010：346～348）把艺术定义为"社会感觉技术"，主张艺术是神经能量必要的抒泄，是在生活最紧张、最重要的关头使人和世界保持平衡的一种方法。

相应地，洛文塔尔（2012：206）也指出，大众文学为遭到挫折、希望逃避的人们提供宣泄的渠道。在令人困惑的外部世界和内部世界中，文学成为一种廉价而容易获得的心理定位工具。读者在其中可以寻求内部控制的对策，因此文学是一种简明易懂的心理分析疗法。与之相似，阿伦特认为文学叙事促使人坦然面对现实，以理解来接受事物的真实性。"说故事……使人能够按事情的真实模样去接受事情。"（约翰·伯格，2015）格罗塞（1984：241）指出，艺术之个人的和社会的功能之间存在着矛盾：一方面，艺术使各个人与整个社会更加紧密地相结合；另一方面，艺术促进个性的发展从而把人们从社会的羁绊中解放出来。这些观点论述艺术促成个体与环境之间、道德规范与自由个性之间的调和与平衡，与中国传统社会对文学功能的认识相一致。

第二，诗歌及艺术再造自我。艺术活动是对现象的反映过程，同时"这一过程扩充着个性，以新的可能性丰富个性"（维戈茨基，2010：362）。审美情绪会促进自我建构，人的心灵在艺术活动中寻找行动的推动力和方向，揭示和唤起在此以前被压制和被束缚的巨大力量去形成新的自我，因此艺术即"重新铸造人"（维戈茨基，2010：355～366）。查尔斯·泰勒（2012：75～77）也指出自我发现和艺术创造之间的亲密关系，认为艺术创造是人们充分呈现与主张自我、据以实现自我定义的典型模式。在这些论述中，艺术被视为重构自我、建设生活的一种特殊方法，它帮助个体激发行动意志、组织行为、塑造前进的方向。

写作活动也是建构主体性的过程。阿伦特（2009：138～141）论述，通过言说和行动，人们表明了他们是谁，积极地揭示出他们独特的个人身份，从而让自己显现在人类世界中。福柯（2015：221～246）认为书写是自我技术的一种方式，其共同特征是自我关注、自我塑造。在个人书写的训练中，通过将异质性片段主体化，使这些片段结为一体；退回自己的内部，发现和记录关于自己的事情，进一步强化并拓宽了自我训练和自我体验，这是一个越来越主体化的过程。因此，福柯指出，进入现代社会以后，言语表达的目的是以积极的方式建构一个新的自我（福柯，2015：82～104）。吉登斯（2015：48～50）也认为，文本的生产承载了"作者"作为行动主体的问题，作者不仅是主体，文本也不仅仅是客体，作者还通过文本和文本生产过程建构了自身。他认为现代性的经验容易造成个人自我认同的断裂，而自传类文学叙事可以帮助个体重构连贯一致的自我。上述观点也均支持文本的视角，即文学表达使人关注自我、建构自我，发展自身的主体性。

第三，文学是对社会环境的介入行动。文学话语表达本身就是一种行动。阿伦特论述，在公共生活中，叙述是一种人与人共同行动、共同言论的方式；故事叙述更贴近公民政治行动，因为它对特定历史时刻人的重大经验主题有见证的作用（阿伦特，2009；徐贲，2008：59）。文学作为行动构成对现代性的抵抗或挑战。"艺术是抵抗的信息，是创造性反抗社会灾难的伟大的蓄水池。"（洛文塔尔，2012：242）洛文塔尔（2012）阐述文学作为人类交往活动中的一种传播行为，对于恢复传播的本真内涵和人性内容，对于推进人与人之间的交流、理解、分享内在的体验，对于"人类的自由与解放"都具有不可替代的价值和作用。与之相一致，萨特（1987：98～99）阐释文学写作通过想象表现世界，是力图超越现实世界、吁求自由的方式。阿多诺（1988）认为，当代社会的文化产业日益剥夺人的精神独立性，使他们丧失辨别力和思考能力，而艺术的社会功能及其重要性正在于使人重新认清自己、认清世界。

其中诗歌同样具有公共性。格尔茨（2014：137）论述诗歌是一种"集体言说行动"，它的演出框架与言说行动的性格，强化了它"既似仪式的歌曲又似平常谈话"的模棱两可性质。一方面，它构成了特定的语言风格，比通俗白话更常被人研究学习，但又不像古文那样晦涩难解；另一方面，它将日常生活的精神，投射到具有一定神圣性或启发性的领域。诗歌也是对现代性的反抗，如抒情诗表达了人们对与现实不同的另一个世界的幻想，其中吟咏的完善、和谐而纯粹的主观性，是从对主体异化的现实的苦恼和爱恋中产生出来的，是对人的世界被物化的一种抗争形式（阿尔多诺，1987）。诗歌写作退回自我、发掘自我，远离社会的表层，通过个体的个性化和自发性抵制社会压抑，要把一个受压抑和压抑人的社会改变成为一个合乎人的尊严的社会。约翰·伯格（2015）阐述诗歌语言不可避免地扎根于个人感性，但诗歌同时也探索自我之外的秩序，不仅设定个人或社会的形势，而且灵魂为认识自己所进行的努力，正是产生正义的政治活动的基础原则（伯格，2016：266）。查尔斯·泰勒（2012：111）进一步指出，大量的现代诗试图表达和阐明的，是借助公共力量定义秩序的归属感丧失，因而需要用一种更强烈的、更内在的联系感来补偿。这些观点表明，包括诗歌在内的文学活动于个体性之外也具有公共性，其建构自我的同时也参与建构社会现实。

（三）本研究的把握方式：文学的行为与产物

基于以上分析，本研究将文学写作活动视作个体调节自身与处境之间的关系并在此过程中建构自我的方式。文学活动可以分为两个方面：一是写作行为本身；二是作为写作行为之结果的文学文本。国内社会学对文学的讨论多集中于后者，即如何看待文学作品的"真实性"，以便挖掘其中的社会学含义。而本研究对文学活动的把握方式将以写作行为为主，以诗歌文本为辅。

首先，本研究更为关注文学写作活动本身，并将之作为考察的主要内容。文学活动并非独立封闭的个人事件，它在一定的社会场域和人际网络之中、在诸多社会力量的影响下得以发生（埃斯卡皮，1987；贝克尔，2014；布迪厄，2001）。不论是释放内在压抑感、寻求情感的抒泄，还是形成自我认同、建构自我及主体性，抑或获得话语权利而参与建构现实，关于文学性质与功能的论述都显示，文学是超越个体兴趣与才能且具有社会性、公共性的活动。打工诗歌的写作活动也是在政府、市场、社会伦理等条件的支撑之下而得以成立的表达领域，同时受到中国现代诗歌发展趋势（柯雷，2017）、文学权威以及打工诗人群体内部社会交往的影响。在此认识前提之上，本研究对打工诗人文学活动的考察着重于个体化的视角，将文学视为个体面向结构性处境的应对之道；文学写作活动是个体与现实社会生活之间建立关系以及调整关系的方式，在对生活处境的应对和介入之中建构自我。文化社会学的"艺术界"（贝克尔，2014）、"生产透视法"（克兰，2006）等研究立场，重视从社会关系网络的角度探讨文化艺术的生产过程，本研究将着重从个体与结构性处境之关系的视角，分析和探讨文学活动的性质和含义。

其次，关于文学文本，它们是社会学"田野"的一个重要组成部分，有助于精神世界的探索（刘亚秋，2018；王明珂，2017）。虚构的文学所反映的社会事实，并不立足于揭示"历史真相"，而在于呈现观念与情感层面的真实（刘亚秋，2018）。而诗歌文本同其他艺术创作一样，作为"想象的社会史"（格尔茨，2014：140）而"描绘出了比现实本身更真实的东西"（洛文塔尔，2012：2~3）。在此基础上，本研究认为诗歌等文学文本之所以具有情感与态度的真实性，原因在于它是一种内心世界的表演式呈现。内心活动通过诗歌的形式而表达时，需要运用文学化的语言和相关的程式、技巧，还需考虑到读者以及社会公众的接受方式，因而不论表达的方式还是内容，都需经过不同程度的整饰。但这一特点并不抵消文学文本对于理解个体与社会的有效性，因为它是与日常生活中自我呈现（戈夫曼）所共有的性质，与其他日常互动的产物并无"真实性"上的本质区别。同时诗歌文本较之访谈中的口头表述，在呈现内心世界时更具有自发性、深入性，能够表达一般社会交往中难以充分表述的认知和态度。因此，本研究将诗歌文本作为一种相对来说自发进行并呈现一定内在深度的自我表达。

综上所述，本研究将文学活动视为具有反思性的个人实践，包含对自我与生活处境之间张力的调整，同时促成自我建构；将结合写作行为与作品文本，分析打工诗人通过文学活动如何面对现实境遇、形成何种自我形态。选择这一个体化视角，不仅由于研究问题聚焦于此，而且"孤独应对的个体"也符合现实状况。如同诸多研究所描述的工厂劳动者那样，珠三角地带工业区的打工诗人很多处于被动的个体化甚至原子化的状态。而势单力薄地面对市场竞争与工业文明，既是农民工群体的困境，也是社会转型中大多数人的精神境遇。通过文学写作活动考察打工诗人所进行的自我调适与自我建构，不仅是合理的途径，也对理解中国现代化变迁中个人走向何方而具有普遍性意义。

二　中国社会转型中的个人

（一）价值体验：在德行与物欲之间

中国社会的个人走向何方？

改革开放以后，在社会转型、市场经济迅速发展的背景下，个体价值体验面临断裂和危机，"物质"与"精神"之间的紧张是其中的重要维度。20 世纪 80 年代，由于从高度政治化生活中解放以及对历史的反思，人们在物欲主义和理想主义之间矛盾徘徊，出现了价值取向的"迷惘"甚至"价值真空"（许纪霖，2007；李路路、钟智锋，2015：172）。中国社会在90 年代中期以后日益商业化，知识分子批判中国社会人文精神衰落，经济奇迹之下物欲的释放与伦理价值的衰弱受到关注（李欧梵，2005：117）。被视为"伦理本位"的乡土社会，在现代市场与人口流动的冲击下，面临本体性价值的严重缺失（贺雪峰，2008）；诸多游动居住族群也因物质生活与精神生活的断裂而付出巨大代价（庄孔韶，2008：13 ~ 15）。中国社会"个体生命"的意义和价值观存在严重危机而面临重构成为一种普遍的认识（潘维、玛雅，2008；丁耘，2008）。

与此相对，也有研究指出市场化、消费社会与传统价值观之间是一脉相承的。如许纪霖（2007：164）指出，中国人精神生活的世俗化并非仅仅是受到全球资本主义冲击的结果，中国本土的历史文化脉络中也包含着对物欲主义的价值认同。儒家思想中有修身（道德）和经世（功利）两个相互冲突又彼此渗透的面向；宋明以后商人的世俗伦理开始向儒、道、佛主流价值渗透（余英时，2003）；晚清时期国家的富强、人的自然性之解放替代德行成为新的价值追求；20 世纪 30 年代，中国沿海城市进入全球资本主义化的生产体系和文化体系，物欲主义开始在市民阶层中流行；社会主义政权建立后，个人的世俗欲望受到了批判和压制。许纪霖认为，儒家思想具有强烈的经世精神和功利传统，进入现代社会以后与国家富强和人的解放等现代化目标相结合，便推动物欲主义成为社会的主流价值，与全球性的消费主义意识形态之间相互支持相互呼应。

强烈的价值危机感,显示当代中国对社会的变动进程抱有强烈的进行道德评价的愿望和努力(汪晖,2008:27)。而上述研究的基本价值立场,也都批判市场意识形态和消费主义缺乏制衡力量,迅速渗透日常生活成为主导观念。市场经济带来的物欲化价值观在西方社会被如何制衡呢?波兰尼(2013)认为纯粹的、完全的自由市场经济从未真正实现过,因为其对人性的扭曲和异化必然会招致社会的抗争,现代西方社会的变动就是社会伦理与商品逻辑之间相互抗衡的历史。汤普森(2001)的研究也呈现了英国工人阶级在其形成过程中,依据其传统的平民文化伦理价值观,不断与产业化、现代化的趋势进行抗争,抵制了现代资本主义市场逻辑的扩张。这些都呈现了普通人的价值伦理参与塑造社会发展形态的重要作用。那么,在中国近现代精神史的变迁脉络以及市场化后"物"与"心"的紧张体验之中,中国社会的民众是如何面对社会变动的?

（二）社会变迁中的自我重塑

改革开放以后关于中国社会个体的学术话语,重点描述了高速经济发展背景之下物欲化、私欲化的个人主义形态,并将国家和市场视为主要的原因。

许纪霖(2009)论述计划经济时代的集体主义精神与集体主义社会全面解体,自我意识、自我权利的观念空前高涨,一个个人主义的社会已经来临。他指出,中国思想史中有小我与大我的二元观念,小我(个人)的价值一直被放在大我的意义框架之中进行理解。然而从近代到当代,大我含义不断变化,20世纪80年代以后,国家作为大我开始解体,最终小我失去了大我的规约,演变成唯我式的个人主义①。他将80年代新启蒙运动所理解的人概括为:"既是一个理性的存在,又是情感的、充满了各种合

---

① 从19世纪末到21世纪初,大我的自我解体,大约经历了三个阶段:第一阶段从晚清到五四,是传统的天理解体,为近代的公理所替代,大我从超越的形而上世界转型为世俗的人类、国家与社会,逐渐失去了其神圣性和终极价值;第二阶段是20世纪30年代到20世纪70年代,作为近代的大我——人类与社会也逐步解体,国家成为唯一的、最重要的大我,并最终吞噬了小我;第三阶段是20世纪80年代以后,国家作为大我开始解体,小我作为唯一的、最重要的主体崛起,但人类与社会并没有随着国家的解体而取而代之(许纪霖,2009)。

理的自然欲望"——人就是其目的本身，其欲望和本性得到解放并获得价值的正当性，同时有精神性自我的价值规范以及民族国家现代化历史目标的意义引导。及至 90 年代，经济高速发展中消费主义意识形态塑造的人，是"充满欲望想象的，具有无限的物欲追求；他也同时具有实现这种欲望的能力和本钱"。而且，物欲的、唯我的个人主义获得了相当普遍的认同。

阎云翔（2016）从个体与国家政治之间的关联探讨中国社会"自我"的变迁。他认为 20 世纪 80 年代迅速发展起来的是一种自我中心的"无公德的个人"，对个人权利的强调并没有带动对他人权利的尊重以及对公众社会的负责。他分析过去半个世纪里，农民的私人生活经历了双重的转型：私人家庭的崛起以及家庭内部个人私生活的普遍出现，这一转型的核心在于个人作为独立主体的兴起。阎云翔论述集体化终结、国家从社会生活多个方面撤出以后，农村社区出现了道德与意识形态的真空，与此同时，农民被卷入商品经济与市场，他们便迅速地接受了以全球消费主义为特征的晚期资本主义道德观，强调个人享受的权利，将个人欲望合理化。因此，个人主义的兴起是集体化时代国家对本土道德世界予以社会主义改造，以及改革开放以后商品生产与消费主义共同冲击作用下的结果，而国家是一系列家庭变化和个性发展的最终推动者。

罗丽莎（2007）也探讨经济改革过程中欲望主体的形成，认为国家激励了个人的发展欲望和消费欲望，促成以新自由主义个体为基础的新自由主义时代的崛起。其《另类的现代化》（罗丽莎，2004）通过对解放时期的女工、"文革"时期的女工、80 年代以后进厂的女工的不同社会经历、对现代性的体验和观念以及个性与行为特点差异的考察，描述了中国社会认同发展主义的欲望主体的形成；论述了改革开放以后，个体仍旧是为实现集体目标而进行社会治理的对象，不仅生活机遇和社会活动空间受到国家和市场的引导与限制，其个体的文化人格、应对社会境遇和处理社会关系的方式也受到其潜移默化的塑造。罗丽莎的研究指出，欲望的主体是国家目标与新自由主义作用之下的产物，是一种治理的结果。

学术话语中改革开放以后中国个体的精神群像，除上述"充满欲望而自私的自我"之外，还有由于经验与价值多元化而产生的"内在冲突与断裂的自我"，如"失去自我方向的人""边际人""复合人"等形象的探讨。流心（2004）重点探讨个体如何实现自我重塑。她论述中国社会市场转型以后，人们对于自己是什么样的人或者应该成为什么样的人，产生了新的理解和转变，进而自我这一道德空间被重新构造，这是一个"成为他者"的过程。流心认为日常的时间概念是自我建构的核心要素，而市场转型以后，在时间概念转换的基础上，人们失去了方向感，"大家全速奔跑，却不明方向"（流心，2004：148）。同时，在国家的鼓励与扶持下，国家意识形态与商业实践的社会生活之间日渐疏离断裂，人们对"我将要做什么""我正在做什么"等问题感到迷茫，多种多样的个人经验难以进行整合而缺乏清晰的自我认同（流心，2004）。

周晓虹（2017）从社会心理学的角度分析改革开放以后中国社会精神世界的嬗变，借鉴齐美尔和帕克的"过渡人""异乡人"概念（Marginal Man），将中国转型中的人格基本特征概括为"边际人"，即文化的变迁与融合使个体寄托在两个不同的群体之中，但不完全属于任何一方，自我概念是矛盾而不协调的。其二元特征具体表现为"传统与现代的拮抗""理想与现实的落差""城市与乡村的对峙""东方与西方的冲突"以及"积极与消极的并存"。周晓虹认为转型时代中国人价值观和社会心态所具有的鲜明的二元特征或边际性的存在，是人们对急速的社会变迁的精神感悟或心理感受，是具有鲜明的二元特征的宏观变迁过程的微观结果，并认为中国人精神世界的成熟也同样有赖于这种二元性或极化特征的消失或褪去（周晓虹，2017：22、364）。与周晓虹观点相似，谭同学（2016）将转型乡村中农民的自我结构概括为"双面人"，指传统与现代、虚无和超越等不同面向在当下农民的心态中同时存在，使很多农民抱有内在人格的冲突，人生选择面临彷徨和矛盾。这些研究呈现了社会转型中自我内在结构的过渡性、矛盾性。

李海燕（2018）则指出市场转型后个体文化人格的历史延续性与复合性。其研究呈现了中国社会个体情感结构变迁的历史脉络——20世纪20年代到社会主义时期，"有情主体"让位于集体意志和革命意志；80年代以后，通过重拾"五四"的启蒙精神，个体的情感价值重新获得肯定；90年代以来，市场转型中个体世俗人生的物质欲望凸显，个人的生活可以脱离集体意志而被描述，但仍是社会"文明工程"的一部分。李海燕论述自20世纪上半叶以后，中国社会个体"情感结构"（雷蒙德·威廉斯）的演变主要包括三种形态："儒家情感结构""启蒙情感结构"和"革命情感结构"。儒家情感结构以"道德"为核心；启蒙情感结构以自由、平等、权利为宗旨；革命情感结构服务于集体意志和革命意志。她认为三种情感结构之间并不是简单的超克和替换关系，而是一个混合性的发展形态，并与国家权力运作紧密关联。

除私欲的个人、内在多元化的个人之外，近年一些研究关注个体的身心问题，呈现高速经济增长给个体带来深刻的心理危机和情感危机。如在全球化和新自由主义的背景下，市场转型后不断加剧的竞争、流动、效率、个体化等趋势导致个体心理层面的冲突（萧易忻，2016；宁应斌、何春蕤，2012）；"成功渴望"和"落后恐慌"的双重挤压，使个体产生强烈的时间焦虑感（陈昌凯，2016a）。急速变迁给人们带来种种机遇，同时也增加了生活发展规划的不确定性。

上述研究呈现了中国社会转型中的自我重构。首先，与知识分子对整体的时代体验以物欲与精神的紧张为基本维度相对照，市场转型后的普通个体主要被描述为偏重于个人物质欲望，而集体的价值约束式微，并被认为主要原因在于国家的引导和市场的激励。其次，这种自我的状态多被描述为某种精神困境，如迷茫、矛盾、冲突甚至断裂，这些研究显示转型之中的自我重构身处更加复杂、多元的社会，对社会生活各种范畴努力适应而难以保持自我认同的一贯性，面临自我调适、自我整合的课题。

整体来看，这些研究所呈现的个体自我形态，是在国家与市场的力量之下被塑造、被推动的个体对市场逻辑与发展主义多被迫转变或积极配合，感到迷茫仍不由自主地亦步亦趋。那么波兰尼所指出的面对市场的人性抵抗与社会自我保护这一命题被消解了吗？改革开放以后中国社会的"自我的崛起"，是否包含着对市场逻辑、消费意识形态、新自由主义进行反思或抵抗的可能性？从本研究的基本问题来看，个体塑造现实的力量和途径存在于何处？

（三）个体的反思与实践：在追逐与抵触之间

在波兰尼（2013）那里，反向保护运动的主体几乎涉及在市场扩张的过程中利益受到波及的所有阶层。有学者认为，中国社会缺乏波兰尼所指出的，市场将劳动力商品化的趋势会遇到社会的自我保护。如潘毅（2014）认为，中国的市场化是在体制的推动下进行的，因此国家承担了推行新自由主义政策和全面市场化，以及保护劳动者、化解社会矛盾的双重角色，二者相互冲突而难以协调。中国社会为了给强调个体主义、专业主义、机会平等和开放市场的新自由主义话语扫清障碍，对抗资本的反商品化运动被架空或压制。也有一些学者认为中国存在社会保护运动，并对其动力和主体进行了争论。一种观点认为，21世纪以来出现的社会保护运动，来自国家的保护性立法及其对经济的各种干预措施，是在精英层面展开的（王绍光，2008）。另一观点认为，从保护劳动力免受因过度商品化和过度剥削而带来的危害的角度而言，以"民工荒"为代表，中国劳动力市场的力量对比进入21世纪以来发生微妙改变，与"科学发展观""以人为本"等国家政策范式的层面相呼应，成为推动反向运动兴起的重要因素（孟捷、李怡乐，2015：99）。因此，中国的社会保护运动应视作下层和上层两个方面力量共同作用的结果（孟捷、李怡乐，2015：100）。本研究对打工诗人及其文学活动进行研究，重点探讨中国社会的民众以何种自我形态以及何种关于人性的理解面对市场。

有研究认为20世纪90年代以来，中国人的生活价值取向较为一致，没有出现较大的分化，显示出大时代与宏观环境对价值观的强劲塑造力（李路璐、范文，2016）。也有观点指出20世纪90年代中后期以来，出现利益关系、生活方式、价值认同多样化、碎片化态势，形成社会共识和社会认同的难度加大，但也促使人们对"现代性"重新反思。现代个体具有能动性，现代性的本质之一也在于个体与群体的自反性（吉登斯，2016a）。对于上文提及的社会生活中的主导性变迁趋势以及亦步亦趋的自我形态，存在着何种反思或行动？社会学、人类学研究中关于迎合市场化、适应发展主义的个体之研究居多，而对社会生活中有关现代性的批评和反思探讨不足，这容易造成对社会的认识单一化、机械化。

充分呈现新观念、新生活方式及其形成机制，是探讨个体主体性的重要方面，也是学术话语挖掘和呈现社会发展之可能性、探寻如何塑造公正社会与美好生活的重要途径。面对同样的时代环境和社会处境，普通人会基于自身的伦理、信念做出不同的选择。如凯博文（克莱曼，2007）指出，不同的个体面对多变而不安定的环境的反应截然相反。其《道德的重量》中所记录的个案"严仲舒"医生，在改革开放以后，抗拒所供职医院牟利大于救人的市场化尝试，尽管最终选择逃避而辞职出国与子女一起生活，但他呈现了个体对环境与自身的批判性反思，其态度和实践是对市场逻辑扩张的抵制。因此，凯博文指出，道德生活不是一部机器中的一个齿轮的机械反应，而是人类自我认识的潜力的反映，也是集体重建我们本质和前途的潜在力量。

又如谭同学（2016）关于粤西"程村"的调查与研究也呈现了普通人对商品经济与人性异化的抗拒形式。如普通农民程守宽认为兄弟程守义找"小姐"是不公平的，理由是"人是人，不是普普通通的什么东西。是人，就不能买卖。你不能说只要有了钱就什么都能买"。当程守义辩护说他买的只是一种服务、一种劳动时，程守宽坚持自己的观点："人没有心，光是个身体，就不是人，是动物，是骷髅变的白骨精。你这买的不是服务，不是劳动，是动物，是骷髅。你把人家活生生的靓女当动物，当骷髅，当然不公平。人家本来跟你一样，都是人啦。"（谭同学，2016：143）这样一位中国农民所表达的观点，与卡尔·波兰尼对自由市场逻辑将人视为劳动力和商品的抨击毫无二致，只是表述方式不同而已。严医生以道德伦理对工具理性的泛滥进行的批判、程守宽以人性抨击商品逻辑的扩张，都是对市场化后社会生活的反思，显示出普通个体的自我之中并非完全是追随物质与私欲的态度。

此外，知识分子作为文化生产者，通过各种文化形式参与到社会转型时期的身心问题之中。传统的组织资源和社会资源日益崩解，而社会体验中的迷茫与痛苦，促使各类心灵鸡汤流行，大众传媒与媒体知识分子对新儒学的拥抱，也迎合了这个社会释放心灵痛苦的需求，并发挥了规训反抗因素的作用（吕新雨，2009：305）。许多学科和研究领域开始质疑和反思市场意识形态和消费主义意识形态，20世纪90年代以后的文学也是对现代性进行反思和批判的重要领域。如浪漫主义文学在市场化和世俗化背景下，守护理想主义信念，抵制现代性对人性的污染，在农村、历史和宗教中寻求"清洁的精神"；"新现实主义"文学则对商品化社会转型中复杂的社会现象进行道德批判，关注转型过程中被损害的弱势群体，鞭挞丑恶的社会现象；后期先锋文学走向私人性话语与个人化写作，通过诉诸非理性、破坏传统理性的形式反抗现代性（杨春时，2009）。文学研究者指出，中国现代性的未完成性，造成争取现代性与反思现代性并存，多种文学思潮同时出现（杨春时，2009）；而社会学者将这一特点视为中国现代性发展的时空压缩特点在中国文坛的表现（李培林，2008：4）。

近年来有研究指出，中国社会的生活价值观出现了从"物质主义"向"后物质主义"转变的趋势；2012年的统计数据表明，休闲社交的需求上升至和物质需求相同的水平，这被视为价值观发生了质变（李路璐、范文，2016）。需求的改变是否意味着价值观的改变？是否意味着个体的主体性以及对于社会发展的反思？关于韩国现代性的批判性研究指出（赵慧净，2002），韩国发展的特征是"通过模仿的压缩型增长"，急遽的压缩型发展剥夺了人们自我反思的能力，主张只有通过把一直被高度工具化而遭到压抑的多种多样的主体性解放出来，才能有效地实现结构性的改造。中国社会改革开放以后的发展方式与韩国的特点非常相似，中国社会的个体呈现出何种面目？如何尝试应对物欲与心灵之间的隔阂与冲突？其态度与实践不仅对于把握中国社会的变化是重要的，还有助于理解后发展国家现代性中具有共性的问题。本研究将考察个体面对现实生活的各种态度与意志，既关注与主流趋势保持一致性的立场，也关注个体的质疑、反思以及另类实践。为此，本研究将以结构性处境为中介，分析他们的应对之道及自我建构。

（四）从对结构性处境的应对之道中探寻"自我"

现代自我何以可能，即人们如何在其生活实践中成就"自我"，受到包括社会学、哲学等诸多学科的关注（王小章，2004）。涂尔干（2013）、埃利亚斯（2013）论述社会联结的方式、社会交往的范围促成了个体自我塑造形态的变化；齐美尔、托马斯与兹纳涅茨基（2000）指出群体归属和社会经历的多样化使个体重构自我认同及其生活方式；布迪厄（2015）、威利斯（2013）阐释社会阶层结构中的位置如何塑造了个体的价值取向和生活品位；戈夫曼（2008）、福柯（2012）、约翰·伯格（2007）等指出权力的形式、他者的观看构成了个体自我建构的重要塑造力量；此外，宗教、思想、传统价值伦理等各种文化范畴塑造着个体在社会变迁中的自处之道（泰勒，2012b）。

在借鉴以往研究的基础上，本研究着重于从个体与结构性处境之间的关系和互动中理解自我的建构。本研究所说的"结构性处境"，主要指由于各种社会结构性力量综合作用而构成的、一般具有群体共性的生活处境，用以区别每个个体个别性因素所导致的生活际遇。从社会学的角度来看，二者实际上相互融合而难以截然区分，本研究为论述焦点明晰起见将其暂作划分，"结构性处境"是一个分析性的概念。彼得·伯格（2014）主张社会学关心的首先是人的生存境遇；布迪厄（2017）指出社会结构性位置是造成个体生活疾苦的重要原因；凯博文（2008）论述社会变迁主要是通过改变个人所处的地方生活情境而对个体生活发生影响。同时，受到各种社会条件制约的生活境遇，是个人最深切体验、促成认知从而形成行动意志的社会生活情境，也是个人的价值取向和行动理念由此与社会结构、社会秩序发生连接的重要范畴（赫勒，2010）。

默顿认为，受文化限定的合法目标和对实现目标方式的制度化规范共同作用，形成了占主导地位的实践模式（默顿，2006：262～263）。美国文化大力强调财富是成功的一个基本标志，而没有相应地提供充分的通向这一目标的合法途径。他探讨处在这样一种文化环境中，社会结构中不同地位的人们如何反应及其行为后果（默顿，2006：271）。默顿依据对文化目标与制度化规范的遵从或背弃，将个体在文化关联中的适应类型分为五种：对文化目标和制度化的手段都遵从；对宏伟文化目标普遍重视而社会机会很少造成的越轨；将文化目标放弃或是降低到个人志向能得到满足为止的仪式性适应；拒绝文化目标和制度化手段的退却主义；设想并寻求建立一种新型价值判断标准以改造社会的反抗（默顿，2006：273～296）。默顿讨论的针对文化和社会结构之间的矛盾而做出的适应方式，给本研究带来重要的启发。但在中国社会转型中，具体的结构性处境往往受到更多样的社会力量的综合作用，个体在应对过程中所面对的问题、可采用的资源也更加复杂多元。

萨特认为人"注定是自由的"，所谓"身不由己""不得已而为之"，是放弃了对自由的选择而逃避自由，彼得·伯格也同意个体面对社会力量时具有一定的选择自由，可以合作，也可以逃生（伯格，2014：142～

147）。基于此，伯格解释人之所以能够承受社会的重压，在于"我们想要服从社会。我们想要得到社会指派给我们的身份和角色"（伯格，2014：93）。另外，伯格指出"逃生隧道"和抵制方式包括变革、超然和巧妙利用（manipulation）（伯格，2014：149）。内心的变革通过对社会现实或自我身份的重新定义，改变或破坏原有社会秩序。超然的态度是在内心深处采取退让的姿态，而构建自己的世界，并在此基础上超然于他们起初完成社会化时所在的那个世界。另一个减轻压力、获取自由的手段是"操纵""巧妙利用"，即"用正常运转之外的方式去利用社会制度"，根据自己的目的在社会丛莽中独辟蹊径，以宣示摆脱制度的霸道要求而拥有相对独立性（伯格，2014：134～154）。因此，伯格指出，社会界定我们，又反过来被我们界定，社会结构的每一个主要特征总是在某些历史时刻由人一个个创造出来的，其逻辑结论就是，人能够改变这些社会体制。

此外，戈夫曼也指出了在生存境遇中绕开和颠覆社会控制系统的技巧。"角色距离"指不太认真地扮演角色，行为者在他的意识和角色之间确定了一个内在的距离，口是心非、表里不一是在自我意识中维护自己尊严的唯一办法（伯格，2014：157）。在许多情况下，这不会影响可见的事件进程，但这构成了社会生存的一种本质不同的形式，即扮演角色时的意识是完全清醒的。另外一种方式是"游离"，即置身局外或步出理所当然的日常社会时的感觉。游离的重要形式是个人在生存境遇中从一个世界跳入另一个世界时的感觉，它使个体能够和自己的世界拉开距离，采取超然的态度。这改变了社会意识，使现实世界的既定性变成了可能性，而这种意识状态也会对实际行为产生影响。本书也沿袭这一思路，关注个体如何在自身处境中面对社会的重压，并注重呈现个体的能动性。

关于个体与社会处境之间的关系，默顿重视趋利避害的心理机制，伯格关注个体与社会之间的交换机制，戈夫曼重视对社会角色的进入与抽离。他们提示了各种不同的态度类型和应对之道，对本研究具有重要的参考价值。同时，从处境对应与自我建构的关联来看，上述理论中缺乏关于连贯的自我形态与其价值取向的相关阐释，其中的个体是情境化、平面化的个体，对社会生存方式的理解也因而显得浮于表面。潘光旦的"位育论"对此构成了补充和启发。他认为用"适应"作为"adaptation"的译词不准确，在中国人的生活经验里，这一概念应是"位育"。"位"指顺应社会秩序中静态的位置，即"安其所"；"育"指个体动态的发育，即"遂其生"（潘光旦，1997：4）。社会适应即个体安于所处的社会位置，同时保持持续发展。"位育论"重视个体与环境之间的协调，并提示应将个体整个生活历程、生活目标纳入研究视野之中，才能充分理解个体与社会之间的关系。而文学活动，正是潘光旦认为能够促进个体"安其所""遂其生"的重要方式。在这些理论观点的提示和支持下，本研究通过文学活动理解个体与结构性处境之间的张力与协调，把握打工诗人的应对之道及自我建构。

三　农民工群体的结构性处境与应对方式

既有研究显示中国社会转型过程中，农民工群体处于不利的结构性位置而承受了多重压力。即便在近年劳动力供给下降的情况下，他们的社会经济地位仍旧在下降（田丰，2017）。从本研究的问题和视角出发，下文对两个方面的内容进行归纳：一是农民工群体的结构性处境；二是农民工群体对结构性处境的体验、态度与应对之道。

（一）农民工群体的结构性处境

农民工群体以其低人力成本支撑了中国经济的高速发展，他们的生产潜力被充分挖掘，而作为城市公民和企业公民的基本生活需求和发展需求却被忽略（汪建华，2016）。大量研究呈现并论述了农民工群体的结构性处境，其弱势地位主要体现为制度性地位低下，不完备的公民权导致被动、从属、边缘化的困境；市场地位低下，工厂劳动强度大、超时工作、工资低廉。此外，"拆分型的劳动力生产体制"造成农民工群体的生活困境，很多人面临家庭分离、生活状态不稳定以及由于"留不下的城市、回不去的农村"而缺乏归属感等问题。国家和市场被视为造成这一处境的重要因素。

关于农民工的调查与研究显示，这一群体的生活形态最显著特点是不完整性与不稳定性。2006～2010年珠三角城市农民工的调查数据显示，其生活形态的特点是残缺的家庭生活、频繁换工的高流动性与无根的社区生活；休闲生活单调而精神上缺少皈依（汪建华，2016）。农民工群体整体上缺少完整的家庭生活和社区生活，缺乏社会交往和情感支持，作为一个人的更全面而丰富的需求被忽视和压抑（卢晖临，2010：55；卢晖临，2011）。在不同行业、不同地点之间频繁转换，使其家庭和社会生活也是不稳定的，缺乏长远的生活规划。"短工化"的职业流动很少带来职业地位的提升，只能是一种"水平化"流动，甚至出现越换工地位越下降的"倒U型轨迹"（黄斌欢，2014：184；符平、唐有财，2009）。同时，不断的漂泊降低与周围人建立稳定关系的可能性，在严苛的工作压力和原子化的社会交往之下，个人容易面临精神危机，甚至有时以自杀的方式寻求解脱（黄斌欢，2014：184；汪建华、孟泉，2013）。整体来看，农民工群体在政治、经济、文化上面临种种边缘化的作用，缺乏稳定的社会生活与社会纽带，其结构性处境显著地呈现社会转型与经济发展对个人生活的冲击。

关于国家政治和行政力量的作用，体制转变、新自由主义话语、户籍制度、流动人口政策、社会保障政策、劳动法、公民权等因素对农民工生活处境的影响受到广泛探讨。国家通过城乡之间拆分型的劳动力再生产模式，降低工业生产成本、减少城市化压力、推动中国进入全球化世界经济体系。而制度性的障碍导致农民工无法转化为工人，难以和资本之间建立平等的契约关系（潘毅，2014）。劳动的各种困境如低工资、欠薪讨薪、非人道管理等问题，均与农民工的制度性弱势身份直接相关（郑广怀，2005；陈映芳，2005；赵晔琴，2007）。同时，农民工主要作为"打工挣钱"的"私民"，国民/公民呈现身份碎片化，其权益保障和生活安全并未被城市公权力系统真正纳入公共服务系统中来（陈映芳、龚丹，2016；赵树凯，2000：223）。农民工是城乡二元体制的历史遗产和改革过程中政策选择综合作用的结果，这使农民工群体处于被动和从属状态。

在市场层面，经济全球化、商品化逻辑的扩张、权力与资本的结盟、企业管理模式、劳资关系、工业文明等因素受到关注。在以不平等和剥削为本质的世界经济体系之中，跨国资本的运作逻辑将劳动密集型工厂置于利益链条的末端，支付廉价的代工费，而代工工厂为获取利润便转向严酷地剥削工人（郭于华、黄斌欢，2014：55）。在单纯追求经济增长的动机下，当劳资双方发生冲突和矛盾时，地方政府出于发展经济的考虑，往往会倾向于资本一方（郑广怀，2005）；加之工会无力甚至缺席、社会自组织机制尚弱，造成工人在与资本的博弈中处于劣势，导致资本可以非常专制地对待劳动力（闻翔、周潇，2007：37）。农民工群体平均工资和福利性收入低于城市工人，但平均工作时间却比城市工人长，在劳动力市场上缺乏讨价还价的资本和能力（李培林、李炜，2007）。新生代农民工群体就业的大多数工厂都属于典型的"工厂专制政体"，不加掩饰的压迫和剥削是资本治理农民工的主要方式（郭于华、黄斌欢，2014：54；沈原，2007：164～165）。"工厂专制政体"的主要特点是：（1）高强度的劳动过程、超长的劳动时间和低廉的工资；（2）厂区内的工人宿舍成为车间专制政体的延伸；（3）除生产线上的工作关系之外，工人之间缺乏社会纽带而呈现原子化状态；（4）准军事化的非人道管理（郭于华、黄斌欢，2014：54；潘毅等，2011）。这样严苛的管理体制造成了工人的异化和集体性心理创伤。

此外，在社会层面，城乡冲突与乡土歧视、阶层结构固化、社会纽带松弛、自我组织的缺失等也是造成农民工不利处境的重要原因。城乡二元体制逐渐从一种制度安排内化为人们的价值观念，成为一种普遍的社会心理（覃国慈，2007；刘林平，2008）。除制度性因素之外，社会歧视和社会排斥也影响着外来农民工的社会融入。他们通过与本地居民互动，形成对自己社会身份的认同，而这一认同又会对其社会行为产生相应的影响（崔岩，2012）。农民工的身份与形象，实质上反映了不平等的城乡关系以及不平等的社会关系（王建民，2010）。同时，新生代农民工的行为特征及其社会处境不仅是当下体制导致的结果，也在于传统乡村社会共有的文化与纽带没有在城市社会和工厂空间中得到有效的传承。脱嵌于乡村社会同时也无法在城市社会实现再嵌入的"双重脱嵌"，使新生代农民工原子化的个体状态既缺少建立稳定社会生活的能力，也缺乏集体意识和行动的可能性（黄斌欢，2014：184）。

相应地，农民工群体被视为成为抗议权力和资本的挤压、保卫和培育自主社会的主要载体和基本力量（沈原，2006：19～25；2014：31；吴清军，2006）。一些研究关注农民工群体在转型期的重构和他们推动历史变迁的能力，尤其重视组织化抗争的形成，却都认为在强有力的国家与市场面前，农民工群体现实发挥的作用微弱而尚难以构成有效的介入或塑造。然而，波兰尼所述的制约自由市场纯粹商品逻辑的重要力量，较之政府或社会群体，更本质的内容在于与"人性"相关的伦理。要理解普通人对中国社会转型与发展的塑造作用，在阶级视角的解放政治之外，还应去理解个体视角的生活政治。

（二）农民工群体对结构性处境的体验、态度与应对之道

在结构性处境的种种压力之下，农民工群体持何种态度、以何种方式面对？以往关于农民工的研究呈现并探讨了多种多样的应对之道——有个体性的、有群体性的，有适应、有抵抗，有日常生活方面的主体性、有劳动过程中的主体性。本研究将其归纳为三大类别："适应""个人抗争""群体抗争"（见表 1-1）。

表 1-1　农民工群体面对结构性处境的应对之道

适应	**消极适应** 忍气吞声、忍耐、无可奈何（李培林、田丰，2016）； 接受"农民工"和"局外人"的身份（陈映芳，2005；王建民，2010）； "过客"心态的生成和膨胀（周晓虹，1998） **积极适应** 按照市场和发展主义的逻辑塑造自己、改造自己（严海榕，2001）； 接受、模仿、实践城市的价值观与生活方式，学习工作技能，掌握地方语言，力图融入城市，寻求和利用发展机会（符平，2006；陈晨，2012；张彤禾，2013）； 通过消费行为体验时尚的生活方式，满足作为现代个体自我肯定的需要（潘毅，2010：160~163）、分享发展成果的需要（丁瑜，2016）
个人抗争	**劳动中的日常抗争** 生产管理中的破坏和怠工、对管理者的恐吓和报复（汪建华，2016：85）； 劳动过程中闲谈、吃零食、开玩笑、未经许可离开工位[①]、对偶像的幻想[②]、听电台广播[③]、放声大笑[④]等（潘毅，2010）； 另类的"抗争次文体"[⑤]：慢性疼痛，如痛经、昏晕、梦魇和尖叫（潘毅，2010）

[①] 对非人性工作环境的一种抗议，或为了应付工作压力以及尽量将恶劣的工作环境"人性化"（潘毅，2010：102）。

[②] 一种心理逃避的策略，帮助缓解每天重复劳动的紧张、压力与枯燥（潘毅，2010：103）。

[③] 是缓解工作与生活巨大压力的重要娱乐方式，也是工人将其自身从被禁锢的身体中解放出来的唯一途径（潘毅，2010：104）。

[④] 展示女工们嘲弄父权制和资本主义秩序的力量，也是对抗劳动异化和资本侵蚀的武器（潘毅，2010：158~159）。

[⑤] 潘毅（2010：180~190）描述抗争的次文体的特点：*存在于声音和文字之间、语言和非语言之间、意识与无意识之间*。

个人 抗争	**生活中的抗争** 对生存处境的情绪性表达，如工厂宿舍中的涂鸦和打油诗，社交网络、贴吧等论坛中的吐槽和爆料； 换工、"以脚投票"①、家庭化迁移，搬离宿舍（汪建华，2016）； 以失范、越轨行为寻求宣泄和精神解脱，如暴力、犯罪、自虐或自残（符平，2006）； 自杀表达最绝望的抗争（郭于华、黄斌欢，2014：55）
群体 抗争	重建社会支持网络，如形成亲属或族群圈子，在工厂宿舍换床铺以便与亲戚或同乡住在一起（汪建华，2016；潘毅，2010：105）； 以地缘聚居等形式形成与城市主流社会断裂的、具有自我延存性的"隔离空间"（苏黛瑞，2009）； 以原有的血缘、地缘等社会关系网络为基础，在生产现场相互团结、联合抗议（刘建洲，2011）； 通过群体性抗争行动发泄不满，如罢工、骚乱、暴力抗争（汪建华，2016；李培林、田丰，2011）； 结成团体组织、提高阶级意识（沈原，2006）

1. 适应

很多农民工对自身境遇抱有不满但表现出被动和忍耐的态度。20 世纪 90 年代中期关于北京农民工的研究指出，绝大多数农民工都会提到"被人家看不起"、受城市居民歧视的问题（李强，1995：63）。然而，"农民工"虽然有较普遍的不平感，他们面对城市政府基本上不表达（利益诉求）、不申诉（权益受损状况），这是一个特殊的"沉默的群体"（陈映芳，2005）。他们通常会以"我们是农民嘛"解释自己的现实状况，作为不表达、不行动的理由。从以往研究来看，被动接受，委曲求全、逆来顺受的心理在农民工中很普遍（唐斌，2002；李培林、田丰，2016；秦洁，2013）。此外，还有一种疏离的态度，即不在乎城里人的评价，只在乎村里人、家里人的感觉，体现对城市和城市居民的失望（唐斌，2002）。这显示出"过客心态"（周晓虹，1998），是一种消极的适应方式。

---

① 劳工的制度性位置决定了他们的行为和表达方式，由于无法进行有组织的正式抗争，利益诉求的表达缺乏正式和有效的渠道，工人往往只能采取"以脚投票"甚至自杀等相对消极的反抗方式（郭于华、黄斌欢，2014：59～60；清华大学社会学系"农民工就业趋势研究"课题组，2013）。

消极的适应还体现在身份认同方面。农民工经历着内在身份转化和调整的重要过程（潘毅等，2009：15），他们往往将拥有城市户口的人称为"他们城里人"，而称自己为"我们外地农民"，普遍认同自身作为城市"局外人"（outsiders）的身份，不同程度地接受他们在城市所处的现实的权利状况和生活状况（陈映芳，2005）。传统乡村具有封闭性、重复性、单调性的生活方式中，农民的"我"是模糊不清的，社会流动中与城市和市民的近距离接触，反而使其"农民"的身份认知由无意识状态上升到意识层面。农民工常常被动地承受外在的身份建构，农民工形象的形成实质是反映了不平等的城乡关系以及不平等的社会关系（王建民，2010）。

积极的适应体现为学习新的技能与价值观念而向现代个体转化。新生代农民工的自我调适策略表现为主动的心理趋同过程，努力在他人心目中创造出被接受的印象。他们接受、模仿、实践城市的价值观与生活方式、学习工作技能、掌握地方语言、力图融入城市，寻求和利用发展机会（符平，2006；陈晨，2012；张彤禾，2013）。打工者按照市场和发展主义的逻辑重新塑造自己，在劳动过程和市场经历中被激发成为了"自我发展"而努力具备高素质的现代性的主体（严海榕，2001）。作为消费主体，农民工的消费行为也包含着对现代时尚的体验，以及对城市生活方式与审美风格的模仿。他们通过消费行为追求消费符号和地位差异，满足作为现代个体自我肯定的需要（潘毅、2010：160~163），以及分享发展成果的需要（丁瑜，2016）。

积极的适应意味着从乡村进入城市对农民工来说构成一种新的社会化力量，"城市改造着人性"。周晓虹从乡土主义、平均主义、保守主义、功利主义和封闭主义等传统"小农意识"的几个方面对北京"浙江村"进行实证研究，发现五个方面的传统性已经大为减弱，人格和社会心理的现代性则在快速生长（周晓虹，1996）。如他们血缘地缘意识减弱，积极、进取，具有较高的流动和风险意识，也体现出明显的自主性和自我效能感，增强了政治敏锐性和参与意识。改革开放后农民可以自由跨越经济结构向非农领域流动，农民理性得以扩张而从生存理性转变为发展理性，从而成就了"中国奇迹"（徐勇，2010：105）。

不过，很多研究指出农民工的社会适应和自我改变具有复杂的面向。

打工以后建立新的身份认同从否定自我的农民身份开始，在衣着举止方面努力划清与农民的界限，然而否定自己之后却没有办法在城市中形成新的身份认同（卢晖临，2011）。农民工因各种社会原因无法融入城市的制度和生活体系，相当一部分人又不愿或无法回归农村社会，在两难和困惑中形成"双重边缘人"的自我认同（唐斌，2002）。还有研究指出青年农民工适应城市的实践受到乡土、城市、想象、实践等多重世界交互作用的影响，在实践世界里获得的惯习不同于乡土性和现代性，但同时又继承和发展了二者的某些特质（符平，2006）。因此，与乡土性的决裂并不意味着他们获得了完全的现代性，农民工并未抛离传统社会秩序而形成新的生活形态，也并未获得完全不同于传统的价值观念、心理状态和行为模式，农民工的个体现代性将是受到压抑而有限的现代性（潘泽泉，2011）。这使他们的自我认同出现危机，体验到更多困惑和失衡，也努力寻求界定与表达社会身份的方式（符平，2006；卢晖临，2011；潘泽泉，2011）。

2. 抗争

另一些研究更加注重呈现农民工身上的主体性，包括个体抵抗和群体抵抗。个体抵抗如潘毅（2010：15～16）所描述的打工妹，她们是"机灵而反叛的身体"，通过"日常生活实践"或"文化抗争"时而公开、时而隐蔽地对抗着工厂管理。其多样化的行动粉碎了规训权力将其塑造为物化而单一的身体形象的企图（潘毅，2010：77）。打工妹的日常生活策略总是活泼开朗、尽量适应环境以及群体取向的，但暗地里的抗争无处不在，如谈话吃零食、开玩笑等日常行为守则禁止的行为非常普遍。车间里搞乱工作、大声讲话、未经许可离开工位等，可以被视为对非人性工作环境的一种抗争；闲谈和笑声展示出女工们嘲弄父权制和资本主义秩序的力量（潘毅，2010：158～159）；女工们集休性的慢性疼痛是她们用自己的身体对充满异化与惩罚的工业劳动所进行的根本抵制；女工痛经、昏晕、梦魇和尖叫揭示了工业文明将人改造为机械劳动力的失败。还有来自乡村的女工将劳动视为乏味的劳作，而以女性气质、爱情、婚姻、母性等概念界定自我，这被视作她们挑战和重新诠释现代性话语的尝试（罗丽莎，2006）。

此外，还有农民工以生活形态的选择来抵抗处境。近年来，经济需求和基本人性需求、生产和生活、家庭生计和家庭团聚之间的张力正在变得越来越明显，农民工努力调适这种紧张关系的常见方式包括家庭化迁移，搬离宿舍、换工等（汪建华，2016）。还有一些日常的、隐蔽的宣泄和抵抗方式，如对当前生存处境的情绪性表达，通过网络游戏、唱歌等途径释放日常工作中的压抑情绪，以及工厂宿舍中的涂鸦和打油诗，社交网络、贴吧、论坛中的吐槽，对管理者的恐吓和报复等。还有较为极端的形态，如自杀等相对消极的抗争方式（郭黄，2014：59~60；清华大学社会学系"农民工就业趋势研究"课题组，2013）。在专制主义工厂政体下，工人处于被商品化和原子化的状态，被剥夺了采取集体行动的各种资源，只能采用消极的反抗方式，自杀便是用结束生命表达最为绝望的抗争（郭于华、黄斌欢，2014：55）。

此外，通过结成群体而共同面对结构性处境压力的形式，包括重建社会支持网络（汪建华，2016），如为了方便形成亲属或族群圈子，换床铺与亲戚或同乡住在一起（潘毅，2010：105）。而原有的血缘、地缘等社会关系网络，可以成为相互团结、联合抗议的基础（刘建洲，2011）。苏黛瑞（2009）揭示在国家计划体制、市场与农村流动人口三方动态博弈过程中，农民工基于自身的关系网络，形成"一个与城市主流社会断裂的、以利益和情感为基础的、具有自我延存性的'隔离空间'"。以对城市居民的主动疏离和抗拒，对应制度与城市居民对农民工的污名化与排斥，能动地创造了体制外新的生活方式。进而，以血缘地缘关系为基础的社会交往的扩展也具有同样的功能。如在工厂之外的文化活动、学校教育的经历、外来动员者的宣传、社区生活以及手机、网络等信息技术为中介的互动之中，工人由此能够突破狭隘的工厂劳动的限制，获得重新反思自身处境、建构团结网络、锻炼组织能力等多方面的资源（汪建华，2016）。

群体抵抗方式的研究关注农民工的组织化程度与群体意识的形成。但相关研究并未显示出工人主体能动性的有效动员（沈原、闻翔，2014；吴清军，2006）。"老工人"更倾向于展示其"结社能力"，而"新工人"更多地体现出"结构能力"，尤其是"市场讨价还价能力"，但掌握稀缺技术的能力仍旧不足。此外，"拆分型"劳动力再生产模式以及近年国家农业和农村政策的改善，使农民工具备了更多地依靠非工资收入而生活的能力

（沈原，2006：33～34）。劳工研究认为，制度性位置决定抗争的行为和表达方式，而农民工群体缺乏制度化抗争渠道，也没有现代工会和传统行会、帮会的支持；在结构性力量方面，不完整的工人身份影响了阶级意识和行动能力，许多行业的经营方式使工人难以通过集体行动影响生产过程（潘毅，2014）。

（三）农民工群体的应对之道与中国社会转型

由上所见，农民工是社会转型中生活机遇和生活方式发生巨大转变的群体，也是在市场化、城市化、全球化等现代性的冲击之下，面临个人生活困境与自我重构压力的群体。前述关于农民工在结构性处境中适应与抵抗的研究，细致地呈现了个体在国家管理制度与市场竞争的双重压力之下寻求发展空间的方式、面临城乡差异时自我内在的冲突与协调，以及面对全球资本与工业文明时自我主张的策略。但农民工自身如何看待不完整、不稳定的社会生活，这种生活方式如何影响着他们的生活态度和自我重构？"双重脱嵌"的"无根之人"正在走向何方？人心与生活在变动中的重新安排并未得到充分而深入的呈现。

农民进入工厂以后人心与生活的转变，在中国的现代化过程中曾被社会学者视为具有重要社会意义的问题。如在费孝通那里，劳工问题的重要性，与"乡土中国"旧有伦理格局的瓦解有关。这一问题带来的重要挑战在于工厂组织中难以形成传统的社会团结，便无法使参加的人有"高度的契恰"进而"每个人都能充分领略人生的意义"（费孝通，1946：233），因此工业化意味着"一个心理和文化上的革新"。史国衡指出，农民成为工人的过程是人的转变，这个过程不仅包括劳动方式和劳动关系的变化，还包括生活方式的转变，乡土文化与都市文化之间的调适，社会价值的重要规划，心理状态在动荡冲击下的平衡等，这些本身就构成了重要的社会变迁的过程（李培林等，2009：530～532）。史国衡考察工人们的生活态度、工作动机以及"对于人生的了解"（史国衡，1946：1～6），正如其《昆厂劳工》的副标题所示，重视"内地工业中人的因素"。袁方也关注工业化进程中人之"心性"的变化，指出人们的职业伦理从"公道竞争"向"唯利是图竞争"转型，是对中国传统文化的破坏（佟新，2016）。

与之相应，费孝通主张对工人进行"管理"和"教化"，即不仅要对工人在工厂中的行为进行管理，而且要"对于工人的心理和私人生活"有充分的了解和开导。"尤其是这种新旧交替，文化失调，社会生活受到很大的激动振荡的时候，每个人大都觉得失掉了自己，找不到个人生活的重心。尤其从乡间出来的人，已被这种时代新潮冲得神昏目眩，我们实在对于他们的生活该有开导的安排。"（费孝通，1946：233）这种对个体精神与价值重建的关注，并不仅仅限于知识分子的学术立场。有关民国时期劳工宿舍的研究显示，民国政府将对工人的管理和教育视为建设现代国家、改良社会风俗的重要方面；具有现代意识的民族企业家也力图教化工人、培育具有公民道德的现代文明新人（杨可，2016）。政府、企业对工人进行人性化管理的宗旨与费孝通、袁方的学术主张异曲同工，都将工业视为塑造个体现代性的场所，并期待由此促进形成新的社会纽带与社会秩序。英格尔斯（1985：127）认为工厂是培养人的现代性的学校，与中国20世纪上半叶现代化进程中的社会改良思想不谋而合。

与社会学前辈对人之心性的关注相对照，改革开放以后关于农民工群体的研究对此并未给予足够的重视。既有研究呈现了农民工群体身处结构性位置中的各种应对之道，从本研究的问题与视角来看，其中关于个人主体性的理解侧重于策略性和情境性，对个体行为背后更为重要的生活态度与自我形态挖掘不够深入，学术话语中的农民工更多呈现为被动的个体和缺乏深度的个体。

被动的个体是指即便农民工的主体性受到关注，所探讨的仍旧主要是"消极的自由"而非"积极的自由"（柏林，2011），即对免于控制改造的抵抗实践的描述，多于自主想要做什么的行动研究。潘毅以阿兰·图海纳（2008，2012）的"社会行动者"概念来看待和界定工厂女工，并将其日常抵抗挖掘到身体层次，以"抗争的次文体"进行命名。然而这种抗争退守到生理本能的底线，更显示出被压抑个体的被动性，而且这种抗争方式对于改善女工处境来说仍旧是无力的，无法形成较大的舆论压力或交涉能力，无法触及制度与结构，也难以对处境现状做出有实质意义的改善。同时"寻求生存的农民工"强化了农民工群体作为社会转型牺牲者的形象，忽视了其能动性，而外出打工也可视为农民对现存户籍制度的抗争和生活改善机会的创造（郑广怀，2007）。此外，以往研究在主体性的表现形式中主要关注抗争性，偏重于日常生活抵抗或集体抗争，对主体性的其他类型缺少充分的探讨，适应和模仿也往往被视为缺乏能动性的表现，这些容易造成流于表面的理解而形成刻板、偏颇的认知。对个体人生态度和自我形态的理解可以有效地弥补和修正这些问题。

缺乏深度的个体是指关于农民工的研究往往把其生活理念定义为"生存理性""权益性取向的情景理性"，其抗争行动总体上是一种务实的、为改善生活状况的斗争（刘爱玉，2003；郑广怀，2007）。相应地，农民工群体的行为被认为本质上是作为市场参与者争取自身的利益，旨在要求更加合理的市场运作，而并不寻求改变现有的规则（汪建华，2016）。这一方面受到"仓廪实而知礼节"的观念、以及与之相似的马斯洛需求层次理论模式的影响，倾向于认为低收入群体的需求集中于基本的物质需求，对其自我实现等精神需要较为轻忽；另一方面，这种研究立场将农民工这一庞大的群体单一化、平面化，忽略了群体内部在受教育水平、文化程度、原本在乡村社区中的阶层地位等方面的差异。

与被动性、平面化的个体形象相对应，上述研究虽然呈现了不利处境下个体与群体各种各样的应对方式，但其中更多显示的是他们与商品化、城市化、全球化之间的接近与合作，农民工自身的文化伦理观念呈现出与政府、资本之间的呼应一致与相互强化，波兰尼意义上对商品经济逻辑的抵抗和对峙则较少出现，甚至被否定。阿兰·图海纳（2008，2012）对"社会行动者"进行了定义——通过改变劳动分工、决策模式、支配关系和文化取向等，对自身所处的物质及社会环境进行改造的人。研究者们对主体性的考察主要集中于"弱者的武器"和罢工等集体抗争活动，除此之外，普通个体是否以其他形式参与到对所处环境的塑造之中？

本研究注重从个体面对自身结构性处境的应对方式中，把握中国社会转型中的"人心"与"人生"。在农民工群体面临普遍失语的状态下，打工诗人常被视为这一群体的代言人（刘建洲，2011）。而打工诗人的文学活动作为相对自发的自我表达，不仅有助于理解他们自身对于自我与环境的协调方式，更加深入地把握他们的主体性；也为克服被动反应与缺乏深度的刻板印象，提供了一个恰当有效的观察途径。不同于西方的资本主义市场经济与俄罗斯及东欧国家社会主义的全面转向（孙立平，2002；沈原，2014），中国社会处于一种独特的探索和再造之中，那么"形成中的社会"正在走向何方？打工诗人在结构性处境中的应对之道和自我重塑，可以从个体层面呈现中国社会对于现代性及其包含的问题所做出的回应，有助于理解普通人如何参与塑造着"中国道路"。

四　农民工群体的自我表达与打工文学

作为一种文化现象，打工文学经常被视为打工者自身的一种话语表达（刘东，2005；李少君，2015；韩少功、蒋子丹、秦晓宇，2016；李新、刘雨，2009；张慧瑜，2016）。农民工群体缺少话语权及表达渠道，作为话语主体整体上是缺位而沉默的。关于农民工的话语建构主要通过政府的政治话语、市场逻辑话语以及社会精英话语来进行，这些话语建构基于政府、城市以及现代化的视角，形成了标签化、类型化的农民工形象，主要服务于新自由主义的宗旨（刘建洲，2011；何雪松、许丹、孙慧敏，2008）。新自由主义话语在"效率""进步"的旗号下，成为新兴社会阶层和各类精英利益博弈的合法化武器，农民工的声音被压抑和淹没（刘建洲，2011）。农民工群体在公共领域的失语状态受到关注，一些研究者从农民工的日记、书信、打油诗等各种文字作品以及日常抗争中寻找主体表达的可能性。在此背景下，包括"打工诗歌"在内的"打工文学"被视为农民工群体面向公共空间进行自我表达、争取话语权的重要尝试；"打工诗人"也被视为农民工群体的重要代言人。

刘建洲（2011）指出国内媒体对农民工群体形象的四种再现模式。（1）沐恩模式。农民工成为需要帮助和被拯救的"对象"，需要召唤成为感恩的主体，从而乐天知命、踏踏实实工作进而"融入"城市之中。（2）遭遇不幸的报道模式。将农民工个体的不幸从历史与社会的背景中分离，似乎其遭受的各种苦难仅仅是个体的原因或某种不可抗力的结果。农民工的利益和社会的责任在报道中被隐匿、淡化甚至删除。（3）失范违法的报道模式。媒体对农民工的再现有明显的简单化、脸谱化倾向；个别农民工的负面品质被媒体重复与强化，导致农民工群体形象的污名化。（4）进取向上的报道模式。将个别农民工的向上流动描述为人人可以效仿的典范，社会结构的固化、所遭遇到的社会排斥等被忽略不提。何雪松、许丹、孙慧敏（2008）则总结关于农民工的学术话语中弱者（弱势、苦难）叙事、排斥（落后、贫困、非现代）叙事是主导性的。这些显示了主流话语所呈现的农民工形象是边缘化的弱者，而且社会背景的淡化使得这一形象被合理化。农民工研究在"消极的农民工""寻求生存的农民工"之外，有"组织都市运动的农民工""日常抗争的农民工"等研究视角，但这些视角未能全面地把握其能动性，导致对农民工现实的解释力有限（郑广怀，2007）。

一些研究者试图还原被知识权力掩盖的"女工"话语的真实性叙述，在打工者们真实的日常生活实践中寻找其主体发声的可能，重新还原打工者的历史主体性（潘毅，2005；芦恒，2008）。她们在日常生活中所写的日记、打油诗等表述文本因此进入研究者的视野。谭深（1998）曾对1993年深圳市葵涌镇致丽玩具厂大火后从废墟中收集的信件进行了归纳和分析。信件展现了打工妹和她们的亲友们的日常生活和工作，其中对打工生活的评价负面感受多一些；信的内容主要是找工作、倾诉和心理安慰，可以看出打工妹关系网络的主要功能是相互提供实际帮助和心理支持。潘毅（2005）也对打工妹的日记、书信以及各种文字作品进行分析，指出孤独是一个不断重复出现的重要主题（潘毅，2005：9）。她还将宿舍墙上的打油诗视为打工者为了自身主体的形成而夺回能动性与话语权的抗争过程（潘毅，2005：37）。

杰华（2006）分析打工妹面对主流话语进行自我表述的特点，重点指出了其中的妥协和复制。《都市里的农家女》归纳农村打工女性书面和口头特有的叙述形式，将其在广义上分成两大类：第一类叙述根据流动在叙述者的个人生活经历中的作用来描绘和解释打工生活，将流动视为一种经济策略、一种对农村生活的暂缓或逃避、一种看看外面世界和寻找乐趣的机会，以及一种自我发展的进程；第二类叙述的构成围绕着有关打工女性在城市的境况、她们的地位和她们对遭受不公对待的抱怨而展开。1995年以来，早期打工女性叙述集中于对不平等、不公和侮辱等的诉苦上；晚近的叙述中，加上了有关个人权益的新语言，也比以前更多包含打工者集体抗争的内容。杰华进一步指出，在对威胁和机会的回应过程中，打工妹通常复制主流都市话语的语汇，认同有关乡土性和都市性的本质化标签。其主体位置的建构停留在打工妹是弱势群体，可以得益于在城市的逗留，但需要小心行事，需要学会自我保护，需要提高自身的素质。这个主体位置延续了主流话语中的等级制和歧视性理解，而没有挑战支撑性别不平等与城乡不平等的权力关系，反映并且强化了关于现代性、都市性的主流话语。

沉默的大多数缺乏自我表述的能力（马克思，2001；斯皮瓦克，2007），打工文学因而在农民工群体话语权的提高和群体生活的呈现方面受到关注，作为农民工群体的一种主体表达而具有重要的参考价值。但社会学对此缺乏关注，相关分析主要从文学研究的视角进行。从本研究对个体与结构性处境之关系的分析角度来看，以往研究显示出打工诗人及打工诗歌三个方面的含义和作用。

首先，打工诗歌是打工者群体记录历史并发出声音的行动。诗歌是靠有节奏之语言而构成的朴素的文学样式，以其低成本、低门槛、简短精练、自由随意的特点，成为帮助打工者们发出自己声音的艺术形式（刘东，2005）。打工诗人述说打工者的生存图景和真实心态（柳冬妩，2016；王士强，2013），通过诗歌创作突破了被抹杀的匿名状态，将自己的人生体验与生活细节书写留存，是对历史的补充和校正，也是对人类未来的启示（韩少功等，2016）。因此，诗歌写作既是劳动者身心解放的标志，也涉及文化权利和文化民主化的问题（张慧瑜，2016）。打工诗人努力理解并重构打工生活经验，争取打工族这一弱势群体的话语权力，确证自己的社会存在（柳冬妩，2016；刘东，2005）。如潘毅（2010：37）所指出的，工人宿舍墙上的打油诗，即打工者为了自身主体的形成而夺回能动性与话语权的抗争行为。因此，打工诗歌的写作是打工者面对自己的弱势地位争取话语权的行动。

其次，打工文学是打工者群体自我调整、自我建构的行动。打工诗歌帮助打工者抵制现实生活的压力，将内心焦虑与心理失衡通过诗歌创作进行宣泄（柳冬妩，2007）。对生活问题和心理问题的领悟和思考促发了他们的写作冲动，他们渴望倾诉，在诗歌中抒发感情、自我安慰、自我拯救

（李少君，2015；李新、刘雨，2009）。通过写作，他们进行内心的疗愈，获得对抗沉重现实的精神力量（曾宪林、温雯，2015）。文学写作可以使他们暂时逃离繁重的工作状态，这是劳动者身心解放的标志。此外，同样重要的是，打工文学关系到中国在巨大变革中自我认识的重构，通过个人的书写，打工者们探索和形成自我意识，界定身份与角色，生成自身的主体性（李敬泽，2010；郭春林，2016）。从对待境遇的方式来看，上述研究显示打工文学活动主要源自个体对生活境遇的负面体验，是写作者通过对自我的关怀和重构重新面对现实、进入现实的方式。

再次，打工文学也是打工者思考社会、批判现实行动的结果。打工诗歌不仅是打工诗人对自我的追问，也是对这个世界真相的追问，打工诗人通过诗歌写作思考社会、质疑现实（柳冬妩，2007）。打工文学现象的出现首先应被看作一种表达自我、关注现实的结果（王士强，2016）。尤其是打工诗歌，其独特使命就在于为一个独特的受压抑群体谋求生存权益，因此包含着对自身境遇的强烈观照（刘东，2005）。个人经历和个人经验是影响打工诗歌写作的最重要的因素，打工诗人们从生活出发进行创作，是个体对自身际遇以及群体处境的思考与内省，对造就自身经历的总体历史进程进行理性反思（柳冬妩，2016；赵立勇，2015）。他们通过文字揭露不公，以期矛盾的解决（周航，2012）；用写作伸张平等与尊严，追求更有担当和情怀的写作，从而逐渐生发出一种新的主体意识和政治意识（韩少功等，2016）。同时，打工文学作品的写作是农民工阶层面对现实苦难、不公，通过文学建构对困顿现实进行想象性的超越（董龙昌，2008）。从对待境遇的方式来看，上述研究显示，打工文学活动是个体对自身结构性处境所进行的审视和理解，包含着改善现实处境的意志。

由上来看，以打工诗歌、打工小说等为核心的打工文学，体现了农民工群体中具有文学表达能力的人作为社会行动者的主体性与话语能动性。一些从打工群体中涌现出来的代言者，能够一定程度上突破主流的惯用话语方式，寻求用自己的语言来对自身和"我群"的命运进行审视（刘建洲，2011）。尽管有研究者认为一些打工诗人希望得到主流的认可而具有一定的功利性，这削弱了其诗歌写作的主体性（Sun，2014）。但整体来看，打工诗歌是应对结构性位置所带来的压力的一种方式和途径，其中包含着对自我内在世界的调整、对外在社会力量的探询，以及积极参与到公共空间表达诉求。在此基础上，本研究将重点探讨打工诗人在文学活动中如何面对自身处境、如何建构自我，以及这些行动背后的依据与资源。

第二章

作为表达空间的成立：
打工文学的兴起

打工文学何以产生？在社会层面上，何种力量为其提供了支持和发展的可能空间？在个体层面上，何种需求促发了打工文学写作与阅读的兴盛？本章概观打工文学的成立与发展，以个案为中心对打工文学得以成立的三个主要方面进行考察，分析这一文学表述空间得以兴起的条件、动因和脉络，把握打工文学在社会转型中的性质和意义。

20世纪80年代中后期，珠三角的工业区出现了众多以底层打工者为对象的文艺刊物，主要刊登与打工生活有关的文学作品。在网络兴起以前，这些刊物一度以极高的发行量盛况空前，拥有数量庞大的作者群与读者群，促成"打工文学"作为文化现象的兴起。打工文学自90年代初进入繁荣发展的时期，产生了第一代打工作家和一批引起强烈反响的代表性作品，某些打工文学刊物在1995年发行量达到每期50万份。90年代中后期，打工诗歌成为打工文学中的亮点，一批"打工诗人"在广东省形成了"活跃崛起的打工诗群"。其诗歌描写打工现场，表现农民工艰辛的生存状态，因内容鲜活、感情真挚而受到好评。2005年，国家设立面向打工群体文学爱好者的"鲲鹏文学奖"，"打工文学"受到政府的关注和扶持；第二代打工作家及其作品知名度提升，其中数人获得"鲁迅文学奖""庄重文学奖"等主流文学界享有威望的奖项；此外，2008年"打工文学论坛"在中国现代文学馆举行。这些被视作打工文学走向全国、获得主流文坛认可的标志性事件。

后受网络的冲击，很多打工文学刊物业已停刊，但打工文学群体的创作活动在继续发展——打工诗歌继续在各类文学期刊发表，与打工文学相关的网络文学论坛、文学活动、评奖活动仍旧十分活跃，并持续受到媒体的报道。2015年纪录片《我的诗篇》介绍了包括打工者诗歌创作在内的"新工人诗歌现象"，再次引起社会对"打工诗歌"以及"工人诗歌"的关注。

福柯认为，无名者的面目得以呈现只有在被权力之光照亮的时刻（福柯，2001）。改革开放以后的社会变迁中，农民和农民工在政治生活、经济生活中被迅速边缘化并缺少话语权（吕新雨，2009）。那么，作为一种农民工群体的发声，打工文学的公共表达如何得以实现？在打工者自身的文学写作活动之外，政府的扶持、市场的运作是最为重要的方面。

首先，政府是打工文学重要的扶持者、组织者、宣传者。政府机构对打工文学的推动政策主要出于创造文化政绩的需要和社会稳定治理的需要。研究者一般认为在20世纪80年代最初对打工文学进行发现与命名的是周敬江。① 他当时是深圳市文化局的一名干部兼文化研究者，试图为被称为"文化沙漠"的深圳找到自己的文化品牌，并在深圳大量打工者中发现了打工文学的发展潜力。他在报纸上提出"打工文学"这个词语，陆续发表和主编了一系列关于打工文学发展的文章、著作，召集文学界的专家学者组织打工文学的研讨会、座谈会。以周敬江为代表的地方政府文化部门对打工文学进行的这些定义、阐释、宣传工作，将打工文学创作者组织在一起，并扩大了其作品的社会影响力，是建构"打工文学"这一文化现象和话语范畴的重要力量。他们的支持和组织主要出于文化政绩与社会治理的需要，但也包含着对打工群体的伦理关怀。打工文学的成立与发展得益于政府的扶持，但这一帮助并非单向的，它们成为深圳市的文化亮点，以及广东省作为打工大省的文化特色，对打工文学的宣传同时成为珠三角地区在全国范围内扩大文化影响力的一种形式（吴继磊等，2013）。

广东省许多地方都实行了打工文学的扶持政策。如被视为打工文学摇篮与重镇的东莞、佛山、深圳市宝安区等地，政府每年提供资金资助打工文学作品的出版，举办各种类型的打工文学大奖赛，对于成果优秀的打工作家给予城市落户等优惠政策。广东省成立了青年产业工人作家协会吸收与组织打工作家，设立了面向打工文学的"全国青年产业工人文学奖"。共青团广东省委主办的《黄金时代》杂志也曾大量刊发打工文学作品，在访谈调查中，很多打工作家都提及并肯定这一官方杂志对打工文学发挥了

---

① 本书中与打工文学、打工诗人有关的人名均为化名。

重要的支持作用和宣传作用。在近年来打工者群体性事件增加的背景下，地方政府的这些扶持政策主要是出于维护社会稳定的目的。打工作者是进城务工者中教育程度相对较高、思想活跃、有能力进行公共表达的群体，政府部门认为有必要对他们进行了解和组织；政府也希望打工文学对农民工群体以及社会读者的影响是积极、正面的，力图通过各类组织活动对打工文学的表达内容起到引导的作用。在客观效果上，各种创作与出版资助、作家身份和城市户口的给予、作品发表与获奖为打工作家提供了"靠文学改变命运"的机会，这些鼓励激发了打工群体中文学爱好者的写作动机。

其次，市场是打工文学的培育者、推动者，为农民工群体的话语表达提供了重要的平台。打工文学的繁荣是在市场化的文化生产机制之下产生的。《佛山文艺》《江门文艺》等打工文学刊物大部分以市场化运作为主，把读者定位于中下层打工者。它们在市场空间萎缩以前，均采用"自下而上"的平民立场和生产方式，努力把握打工群体的阅读需求，栏目风格与作品内容紧贴打工生活的现实；培养打工群体中的创作者并促进作者与读者之间的交流，注重获得打工群体的信赖和认同，不断吸引和扩大读者群（贺芒，2009；郁勤，2015）。也由于这样的市场意识和生产机制，打工文学刊物内容品味和审美层次多元驳杂，既包括民间性、娱乐性较强的通俗文学作品，也刊登具有现实性、审美性、技巧性的纯文学作品。这些市场化运作的文学刊物虽然此后相继停刊，但它们历时约十年为普通农民工提供了话语表达的公共平台，也提供了经济支持以及相互联系的渠道，推动打工群体相互交流而形成归属感与文化认同。

但正像中国改革转型本身特点所决定的那样，打工文学发展早期有代表性的打工文学刊物，原本多由政府文化部门设立。如被誉为中国第一打工文学大刊的《佛山文艺》是由佛山市委宣传部主办的文学期刊，同样著名的打工文学畅销刊物《江门文艺》由广东省江门市文联主办，"很多打工者枕头边、身边放的"《大鹏湾》杂志（施泽会，2016）是由深圳市宝安区文化艺术馆主办。在改革开放以后社会转型开始不久的时期，社会主义时期形成的官方主导的文学体制对于打工文学市场的形成和繁荣是极其重要的基础。

此外，打工文学获得文学领域专家学者的支持与合作，加之各类媒体对打工诗人与打工文学的报道，使打工文学受到主流社会的认可和关注。在由政府文化部门以及打工文学刊物主办的与打工文学相关的研讨会和文学奖项评选活动中、在不断增加的关于打工文学的学术研究中、在各种媒体对打工文学的报道和讨论中，知识分子作为评判者、阐释者和引导者参与了打工文学文化现象的建构。作为文化生产过程中的守门人，专家、学者、评论家是打工文学获得主流社会认可和关注的重要角色，他们的参与主要出于文学理念和伦理关怀。同时，与政府的宣传宗旨相配合，各类媒体对打工诗人与打工文学的报道，也帮助打工文学获得全国范围内更多受众的支持。其中既有新华社、《人民日报》《工人日报》这样的全国性媒体，也有《羊城晚报》《珠海日报》《宝安日报》等地方报纸。民间组织也给予打工文学不同程度的支持。如一些优秀打工诗人的评选活动来自民间资金的资助，年度优秀打工诗歌精选的选编与出版也是在公益组织的资金支持下得以进行。这些组织对打工文学的资助有的偏重社会关怀，有的偏重推动文学，但通常两种宗旨同时存在。

打工文学这一代表农民工群体声音的公共表达得以实现，在打工者自身的文学写作活动之外，政府的扶持、市场的运作发挥了最为重要的作用。以下分别从代表政府与市场力量的关键人物以及打工诗人个案，进一步透视打工者文学话语表达得以成立的结构性条件及其背后的文化脉络。

一 政府的推动：周敬江与打工文学

今天在谈及打工文学时，周敬江被视为一个关键性的人物，是早期的发现者、奠基者和引领者，他组织和推动了这一文化现象的兴起，并为其命名。说到周敬江的贡献、威望和人格魅力，打工诗人和作家以及文学评论家、研究者们，都满怀着感激与敬重。作为一名文化官员，周敬江的个人形象在打工文学群体中代表政府的主导与支持力量。下文考察周敬江如何介入打工文学活动，以理解政府何以推动这一文化现象和文化群落的形成。

（一）打工文学的"发现"与打造

20世纪80年代中期，周敬江来到深圳市文化局工作时，深圳是刚在边陲小镇上迅速崛起的新兴现代化城市。飞速发展的赞叹伴随着"文化沙漠"的批评，显示中国社会对这一经济发展前沿城市的态度中包含着文化期待。文化局领导给周敬江布置了一项任务——探讨什么是"特区文化"。这个"探讨"既包括对"存在什么样的文化"这一实然状态的调研，也包括"经济特区应该有怎样的文化"这一应然状态的建设。

为此，周敬江走访深圳的工厂企业，近郊乡镇，以及毗邻香港、"一街两制"的沙头角。给他印象最深的是"每天都可以看到一批又一批的打工青年，从祖国各地来到深圳"。这些20岁左右的年轻人下班后无事可做，到当地居民房屋后"探头探脑地看人家的电视"。他们有句话："白天是机器人，晚上是木头人。"周敬江解释"因为他白天都是在流水线上生活，像机器人一样，非常的忙碌，非常的紧张。到了晚上，他们如果没有文化生活、没有精神生活，就是木头人，待在宿舍里面傻呆呆的。"于是当时深圳兴起一种文化现象——"大家乐"文艺晚会。

> 这个"大家乐"文艺晚会是怎么样的呢？就是在青少年活动中心，那里有一个草坪。当时80年代初，很时髦的那种录放机，可以放一些歌，可以唱。那里一放的时候，很多年轻人就围上来了。后来组织的人说你们不要抢了，要上台唱歌的，每个人交5块钱，听歌的不用。结果这些打工的青年，虽然他挣5块钱也很不容易，但是他们也乐意拿出5块钱上去唱一首歌。所以后来这个规模越搞越大，称之为大家乐，就是你乐我乐大家乐。然后呢，在这一个大家乐的文化场所里面就有一个规矩，非常的友好，叫作"唱得好的给掌声，唱得不好给笑声"。所以这个就是非常有意思的一种现象……后来我问了一下大家乐的这个主持人，他说我这里搞了几百场了，每一天晚上都搞这个东西，秩序特别的好，从来没有打架斗殴，甚至没有偷盗。

"偷看电视"的渴望和"大家乐"的热闹轰动，令周敬江感到文化娱乐是人性的需要，也是"净化灵魂"从而促进社会秩序的力量。在此背景下，当他1985年在蛇口工业区一个日系工厂的厕所墙上，发现打工者涂鸦的打油诗——"一早起床，两腿齐飞，三洋打工，四海为家，五点下班，六步晕眩，七滴眼泪，八把鼻涕，九（久）做下去，十（实）会死亡。"周敬江觉得很有意思，称之为"打工谣"。他预感到"一种新型的文学形态将要萌生"，并认为这种在劳动中产生的文学，便是鲁迅所说的"吭哟吭哟"派。此后，他在《特区文学》上读到描写农民工进城后面对工业文明心态的小说《深夜，海边有一个人》；也在各类打工杂志上看到很多描写打工青年生活的作品。这些令周敬江印象深刻，逐渐视打工文学为"特区文化"的重要内容，最终决定将之作为深圳文化的特色而进行组织和发展。

这一工作持续了30年。周敬江积极地把打工作家及其作品推荐给报社、电台、电视台等媒体，设立打工文学奖项、实施文学人才奖励政策、邀请文学评论家和学者召开打工文学研讨会等。在其推动下，深圳政府创办了《大鹏湾》这一大量刊发打工者生活内容的文艺杂志，这一内部刊物的发行量一度达到十几万；《宝安日报》专门开设了《打工文学周刊》，吸引了一大批打工青年的文学爱好者；组织出版了一系列打工文学丛书，并在北京现代文学馆召开"打工文学论坛"，让打工文学登上了"最高的文学殿堂"。在改善打工作家生活境遇方面，周敬江曾经向宝安区政府建议对优秀的打工文学作家进行考核，符合条件的打工作家可以进入政府机构工作，因为"这对多数人就是一种激励"。作为广东省政协委员，他也曾在政协提案里提出要关注打工青年的生活待遇和文化生活，建议举办外来工的文化节，这些建议都获得实施。此外，通过与鲁迅文学院组织文学培训班，让打工作家"开阔文学视野、结交文化朋友"，组织"体制外作家"国外考察活动等，都旨在帮助打工作家提升写作水平、扩大社会交往。时至今日，打工文学已然成为深圳的文化品牌，打工作家们也常提及对政府支持政策的感激，这些让周敬江颇有成就感。

在周敬江的自述中，关注打工文学的原因和动力主要包括对弱势群体的关怀和社会治理的责任。作为一名官员，他认为促进打工文学的发展有助于社会秩序的维持，包括治安的改善和政治的稳定。

实际上打工青年是很难的……城乡的二元结构，它实际上是把打工的群体跟我们一般的市民差距拉得很大。但是我又意识到，如果我们这个问题不解决，这里面有两三亿人口，其对这一个城市，它会埋藏非常危险的信号。有很多城市认为打工群体就是犯罪的根源，也是这个原因。如果你让他们的生活继续这样艰苦的话，那他随时都可能会有极端的行为。所以从这个角度来讲，我觉得通过打工文学引起社会对打工群体的关注，首先作为知识分子，然后作为文化官员，都是应该的。

周敬江把打工者社会处境的艰难主要归因为二元结构带来的城乡差距，而打工文学和"大家乐"一样，意味着一种"精神的出口"，可以缓解城乡差距造成的对社会治安和社会稳定的威胁。于周敬江而言，关注这种平民文化的发展是一种治理的策略。

我想起古代有一句话，"天下和静在于民乐"。就是如果你想让天下能够和谐宁静，你就要让老百姓心里面乐起来，也就是让他精神上有一个宣泄口。你不管是打工歌谣也好、打工诗歌也好、打工小说也好，你让他们表达出来。这些表达当中有批判、有安慰、有自恋，什么都有，但是他就是种宣泄。宣泄了他就乐了，那这个社会就和谐了。所以这个打工群体，对他们精神文化的关注，事关社会的和谐稳定。从政府官员的角度，我要告诉我们的政府，你要关注这个群体，关心他们，给他们比较好的待遇，让他们的精神有出处，对社会有好处。

此外，周敬江希望打工文学能够引发社会各界对打工者社会境遇的关注，这一想法不仅基于政府官员的立场，还贯穿着作为知识分子的自我认同和社会责任感。

发现了打工文学之后，从文化官员的角度，从一个知识分子的角度，我觉得我们有这个责任，为这个群体去呼喊，让这个群体得到政府的、社会的，甚至企业的关注和关怀。一个就是关怀他的生存状态、生活权益；第二就是文化状态，就是他要有文化创造的权力。

"大家乐"就是文化创造，我自己走上去，我能够唱一唱，我表演得很好，我又有点成就感。你写一首诗也是一种文化创造，你去写一篇小说、写一个散文，也是表明他的一种态度，也是一种文化创造。

周敬江对自己能够坚持参与推动打工文学并帮助其发展到这样的规模，抱有很大的成就感和自豪感。他认为这项事业获得一定成功的要点在于，自己努力在政府、知识分子、打工者群体三者之间找到了联结点。扶持打工文学的想法曾受到质疑和反对：如有人从文学的角度批评"这算什么文学？"也有人认为"他们好好劳动就是了，写什么东西？"民间舆论中的歧视和偏见会认为打工者是"下等人"，劳动"就是本分"；写作者们也有不满，"我就是作家，为什么叫打工作家？打工文学低人一等吗？"面对这些声音，周敬江争取政府的重视和支持，依据"为人民服务"的宗旨主张关怀弱势群体，力陈提高市民文化素质的重要性而举办各类文化活动，扶持有文学才能的打工者。同时，他也从学者和知识分子的角度注重收集打工文学的资料，把他们的诗歌、小说整理编写出来；而对于打工作家，则与其平等对话，"我告诉他们，我们是平等的，虽然你叫打工作家、打工诗人，但你人格上跟社会上所有人是一样的"。

从社会角色来看，周敬江主要在自身的知识分子立场与政府官员立场之间进行协调，力图联结弱势群体关怀的人文主义话语和"为人民服务"的意识形态话语，兼顾推动文学创作的文化宗旨与维持社会秩序的政治宗旨。评论打工诗歌的内容时，周敬江内在的知识分子立场与政府立场构成冲突和协商，而前者占据了主导地位。"从知识分子的角度来讲，我觉得打工作家坚持对社会的批判性，这是艺术性（的含义）。一个社会永远都是需要平衡的。政府可能就希望多唱赞歌，但是从社会发展的角度来看，永远都需要不断地批判。只有不断地批判，才能不断地、更好地发展。"周敬江用"艺术性"和建设性支持打工文学批判现实的合理性。他对新生代打工者文学作品的评论观点也佐证了这一点。"现在打工文学的表现方式中，原来打工文学展现的那种血性的东西、有力的东西越来越少。他们都走向所谓小资情调、'新新人类'的那种心态。"这些显示了周敬江推动打工文学过程中的自我认同，如他自己所述，他首先是一个"文人"，重视艺术标准和"血性"尊严；然后是一名政府官员，关注社会的治理与发展。

（二）打工文学作为阶层流动的渠道

对于政府来说，推动打工文学的出发点，是促进社会秩序的稳定、促使弱势群体获得社会关注、创造深圳的文化品牌。除此之外，打工文学作为农民工群体阶层流动通道的作用格外凸显。

周敬江认为打工文学发挥的最重要的作用，便是在打工群体当中发现和培养了一批文学人才。打工者们所羡慕、渴望的"文学改变命运"，在周敬江看来，树立了奋斗成功的榜样而成为工厂劳动之外上升流动的渠道，为打工者群体提供了微小却振奋人心的希望。"因为有了打工文学，我们在这么一个庞大的农民工群体当中，让这里面真有文学天分的人可以脱颖而出。"他如数家珍地举出打工文学群体的代表人物，他们都因打工诗歌、打工小说或打工文学评论的创作而声名鹊起，生活状态和社会地位得到明显提高。虽然他们在打工文学群体中所占比例不高，在近三亿人的农民工群体中更是九牛一毛，但周敬江认为其影响是积极而巨大的，构成一种榜样力量和示范作用而给打工者带来希望，这也是政府所期待的。珠三角工业区围绕打工文学形成的打工作家群落中，的确，很多人已通过文学写作脱离工厂车间劳动，进入企业内刊、报社、杂志社等文化产业，或政府文化部门以及学校、研究机构，还有一些打工作家凭借文学成绩获得了城市户籍。在农民工群体普遍缺乏职业上升机会的背景下，打工文学的写作成为打工劳动之外实现阶层流动的一种途径。成功改变命运的打工作家，因此成为政府与市场所倡导的个人奋斗话语的重要见证，昭示着通过提升自身才能可以获得成功。

然而，已退休的周敬江面对在高校工作的笔者也能够从稍有距离的角度审视政府与打工群体之间的关系，看到个体"出人头地"的梦想与主流意识形态之间并不诚实的契合。他也指出少数人改变命运的范例容易产生修饰的效果，遮掩了打工者缺乏上升渠道的现实，并促使他们将生活处境难以改善仅仅归结于个人原因，加深个体面对现实的无奈与无力之感。

> 它（个人奋斗成功的典型）某种意义上还有宗教的这种麻醉作
用。神话啊，每个人都可以说都有做太阳的权利，它的理念是对的，
每个人都可以做太阳。说不定哪一天我打工成功了，我就变成打工皇
后了。恰恰是这些东西，主流意识形态是欢迎的，打工群体也是需要
的。因为有一种渴望、一种梦，有梦就有未来，有梦他就会努力。其
实最终努力的结果，就是不到1%的人才成功，99%仍然还是这样的
困难。

周敬江敏锐地察觉到了市场化背景下个人奋斗话语的虚幻性和作为治
理策略的局限性，但他仍旧认为"肯定有梦好"，理由是对于个人来说，
有希望才会努力。"你要没梦，那就更没希望了。有梦的话那我还得努力，
看争取有没有可能成功……他这个梦、这个宗教力量，是需要的。"这时
候，他转向了民间立场与个体立场，从个体生存与发展的角度进行表述，
而这一表述方式在日常社会交往中被视为更为善意和"实在"的，即设身
处地为他人利益与幸福着想。周敬江的表述中个人奋斗成功从"神话"转
换到"梦想"，显示了在个人层面上奋斗成功话语受到推崇，较之于对国
家倡导或新自由主义的遵从与应和，民间生活伦理更为重要。

"一开始就是东西南北中、打工到广东，就是要开放，要建设，要
GDP，要把这些人引过来。"改革开放早期，政府并未注意到包括文化权益
在内的打工青年的各种权益。如果说偷看电视和街头卡拉 OK 是改革开放
初期经济特区中，经济发展与文化发展的差距、城乡之间的差距所促成
的，那么周敬江所"发现"的打工文学也是在同样的背景下得以催生。城
乡二元结构使得中国在改革开放以后融入世界经济体系的过程中，迅速地
获得了大量流动劳动力，然而城市并未及时准备好接纳他们的完善条件。
众多研究指出了城乡之间在居民权益、福利保障、文化观念上的区分隔
膜，市场尚未健全完善时劳资关系的不稳定等因素，使农民工群体感受到
城市打工生活的苦闷。而周敬江的描述呈现了社会转型早期，深圳城市在
经济火热与文化匮乏之间的落差，进一步造成脱离乡村生活的个体在城市
面临精神生活的空虚，生计追求伴随着内心生活的压抑。由此来看，政府
对打工文学的组织和推动作为一种治理策略，是对社会结构变革所造成的

社会压力而进行的调节，也是对市场经济发展带来的秩序风险进行管理和控制，并在客观上构成一种进城打工者上升流动的途径。社会转型带来的压力与调节共同促成了打工文学这一打工者精神、情感的公共表达渠道，形成一种新的话语空间。

（三）周敬江推动打工文学发展的文化脉络

作为打工文学的组织者、命名者、推动者，在周敬江身上，不仅可以看到政府如何介入打工文学的成立和发展，也呈现这一文化现象得以建构的历史文化脉络。周敬江认为关注打工文学活动与自身的生活经历有密切的关系。从他的自述来看，参与打工文学的兴趣和动力，在政府官员的工作职责之外，还包括他生活历程中的知青经历、体力劳动体验，以及家族文化与地方文化的传统。这些经历与精神资源，在深圳迅速市场化、城市化的过程中，促成了其人文立场与公共责任感。

周敬江尤其详细描述了知青经历和体力劳动经历。他在城市长大，1968 年作为知识青年上山下乡，在农村生活了四年，这些使他对普通劳动者抱有理解和同情。"在知青的生活当中，我接触到中国农村的社会，了解了农民的生活状况。"周敬江曾在艰苦且危险的乡下小煤矿工作过，还当过撑船的船工。这些经历使他了解普通劳动者的生存状态和心理状态，能够对他们感同身受，并懂得如何打交道获得其认可。从下面的叙述可以看出，他对自己能力的自信也在与工农群体打交道的过程中不断提高。

> （关于知青经历）具体到我来说，感觉我原有的文艺方面的天赋，到了农村得到发挥。另一方面呢，在发挥的过程中也体现了我的价值。后来我来到深圳，30 年都在文化部门工作。本来我有很多机会去赚钱的，但是没有去，这里面可能也有我觉得这个文化工作还是很适合我的。所以对知青的生活，我认为可以说是青春无悔的。

知青经历不仅使他对工农群体充满理解与同情，也使他获得对自己能力的成就感和实际的工作晋升，发展了作为文人的自我认同。相应地，周敬江对知青运动持较为肯定的态度，虽然他同意很多知青承受了不公平、苦难甚至伤害，但是对他来说是一种磨炼，促使他形成自己的世界观，接近了中国最普通的民众，培养了忍耐艰苦生活的意志，并从中感受到自身的才能与价值。这些使他追忆往昔生活时觉得"回想起来蛮有意思的"。因此，周敬江关注打工诗歌的时候，除同情之外，还有基于自身知青经历而产生的共鸣。他不仅对打工者艰苦生活的表述产生悲悯与共情，也能体会到他们劳动之后的快乐和自豪感，并为打工者群体的奉献精神而感动。"我曾上山下乡，有这种生活体验，对普通劳动者的生活比较熟悉、比较同情，感同身受，很重要的是感同身受。所以呢，我会关注这么一种文化现象、文学现象，并且跟打工的作家、诗人们交朋友。"

此外，地方文人传统与家庭教育的影响形成周敬江身上的人文立场和文化取向。他主要用传统文化的继承说明自己的生活态度。"我觉得我关注打工文学、打工诗人（的原因）……一个是我来自梅州，是一个文化之乡。我的前辈，清朝的一个爱国诗人叫黄遵宪，他就是非常注重社会学的田野调查，他去到一个地方，就要把当地的一些要闻记下来。他讲过一句话，'收集文献，叙述风土，不敢以让人'。就是说我们作为当地人、广东人、客家人，要收集我们这个地方的文化历史资料，这个责任不要让给别人，这是一种文化担当。第二个，我父亲也是个知识分子，原来是（广东）嘉应学院的教师，对我也有这样的教育。"因此，在周敬江的观念中，收集整理本地的文化是文人的一种公共责任，对深圳打工文学的组织和推动亦如此。

周敬江自身也主张通过奋斗努力实现自我价值，将其生活态度表述为"快乐地生活、快乐地工作"。他认为自己受益于改革开放、感激变化所带来的机遇，认为"深圳实际上是蛮有机会的地方"。1988年，年纪轻轻的周敬江由于打工文学方面的工作业绩突出而代表深圳文艺界参加北京的全国第五届文代会，获得国家领导人的接见。他将此殊荣归功为"深圳给你这个机会"，即作为市场化的先锋，这里重能力而非重关系和论资排辈，给他带来机会公平的感受。"来到深圳这30年，我感觉到其实上天很公平，你只要努力去做一件事，它总会给你应有的回报。"但他对个人奋斗的主张并非源自政府的倡导或市场化后的新自由主义话语，而是来自家庭教育与地方文化中的文人传统。"即便我这30多年都做文化工作，我没去赚什么钱，也没有什么大富大贵，但是我觉得在我的价值取向上来讲，符合了比方说当年黄遵宪对我的影响，我的父亲对我的影响，我家乡梅州对我的影响。它就是一个文化取向。那么我现在对这些有文化取向的打工青年、打工诗人、打工作家，我也希望他们通过自己的努力，可以实现自己的价值。"周敬江肯定市场化转向后环境给予自己的机会和认可，但他主要把个人成功归结为家庭、家乡以及在传统文化的影响下对自我价值的重视，并将之投射于对打工文学的参与和推动之中。

周敬江对深圳城市发展与打工群体关系的看法与他对市场经济的评价紧密相连。他认为发展市场经济鼓励竞争，把人的内心动力激发出来，促使社会进步和发展；但同时，他也运用社会主义革命的话语和道德立场思考商品经济。如他把打工者的生活境遇同夏衍的《包身工》、小林多喜二描写的日本劳工等无产阶级文学中的工业劳动、劳资关系进行比较；也以革命话语中的"艰苦奋斗""勤俭朴素"反对消费社会的奢华浪费。从他的表述中可以看到社会主义道德话语与市场经济话语之间的紧张。而不同话语之间的冲突与协调促使他走向艺术与文化的主张。以他对王十月的小说《国家订单》的评论为例，这部小说中有对工人与资本家之间体谅互助的描写，因此在重要文学刊物上发表并获奖后，曾引起批评和质疑。而周敬江认为，"我理解这是他创作的一个提升，他从过去单一的苦难叙事，变成了现在对人性更加全面的认识和刻画"。注重人情关系与团结互助的伦理话语与批判市场化劳资关系的政治话语之间冲突、折中的结果，是走向了"人性"这一涵盖面更大、更为中性的人文主义话语。

由上来看，市场竞争背景下注重能力与努力的个人主义话语、注重公平的社会主义话语、传统文化中的文人精神与民间伦理，共同构成了周敬江在市场化进程中自我建构的精神资源，也是他关注打工文学并积极运用政府力量推动打工文学发展的文化脉络。面对商品社会和消费社会，周敬江既用传统文化的理念和话语进行适应，也用它们对商品逻辑、消费观念进行批判与抗衡。如用黄遵宪、父亲与家乡梅州的文人传统倡导自我价值的实现，也以此批判道德滑坡并主张精神追求。传统文化中的民间伦理与文人精神，是其社会态度与行动的思想基底。

二 市场的支撑：张信宽与《江门文艺》

在访谈调查中，几乎所有的打工诗人都会提及打工文学杂志。它们是20世纪90年代打工诗歌以及打工文学得以兴起的重要平台，很多打工诗人是从在这些杂志上发表作品开始其文学之路的。打工文学杂志主要自20世纪80年代末90年代初以来，基于市场化运作而成立。在打工者云集的深圳、佛山、江门等地兴起的《大鹏湾》《佛山文艺》《江门文艺》等地市级文学刊物是其代表，有力推动了打工文学的发展。这些刊物原本由各地文联主管，市场化运作后，明确地将办刊宗旨从以文学标准为重转向为消费者服务。如《佛山文艺》的口号是"贴近现实生活，关怀普通人生，抒写人间真情"，重视作品"清新活泼、平易亲切、情趣盎然、可读性强"；《江门文艺》旨在"浓缩三亿打工人的生活状态、十亿老百姓的相关故事"，办刊特色是"关注现实生活，坚持平民意识，面向打工一族，兼顾城乡大众，文学性和可读性并重，雅俗共赏"（孔小彬，2011）。刊物的封面多以时尚女性形象为主，从装帧到内容都重视通俗性。这些显示了众多打工文学刊物的共性，即强调贴近现实生活，贴近普通平民的阅读口味。

《佛山文艺》《江门文艺》作为打工文学杂志中的翘楚，最高峰时期每期发行量几十万份，远超全国性主流文学杂志。其迅猛发展持续近十年，一度在有些工业区的报亭供不应求，甚至需要付订金预订下一期杂志，一时盛况空前。然而，2003年"非典"对打工文学杂志的销量造成重创，其后发行量下降至几万，元气大伤。智能手机普及后，包括《江门文艺》在内的打工文学刊物更在整体上一路走向没落。但打工杂志对于打工文学的兴起与发展发挥了极为重要的推动作用，而且其衰弱和停刊并不意味着打工文学的式微，与之同时打工文学开始"升级转型"，走向《人民文学》《收获》《十月》等全国性的主流纯文学期刊（马忠，2013）。

张信宽在《佛山文艺》和《江门文艺》工作时期，正是打工文学杂志的发展高潮。这两份打工文学期刊的从业经历成为他的职业高峰，也使他成为打工文学杂志鼎盛时期的一位代表人物。作为扶持了许多打工诗人的重要"守门人"，他在打工作家群体中也享有较高威望。从打工文学杂志的运营方式与张信宽的工作经历中，可以理解市场对于打工文学的影响。张信宽初中毕业后在家务农，1981年参军时接触到文学并开始写作。回乡工作一年后，1986年到广东打工，其间开始创作小说。1995年张信宽得以进入中山市文化站工作。此后他曾担任过《打工报》以及工商类报纸的记者和编辑，也曾为赚钱而辞职经商。他根据自己打工经历写下的一部小说曾在《佛山文艺》发表后引起较大反响，文学成绩使他于1998年进入《佛山文艺》，继而担任《江门文艺》主编。

打工文学杂志多为市场化运作，其首要宗旨是贴近读者以扩大销量。张信宽指出，读者百分之八九十都是打工者（其他为在校学生和管理人员），"国家单位的人基本上不看这种杂志"。贴近读者便意味着了解打工者的生活状态、情感需要以及阅读兴趣。张信宽在《江门文艺》工作期间，这家杂志同样以"让读者喜欢看"为宗旨，相应地，张信宽不关心文学行家的评价，只关心是否"对了读者的生活口味"。因此，内容选编并不看重文学水准或作者的文学地位，而重视打工生活的现场描述，"无关内容均不予选用"。杂志规定"不管是哪一个多有名的作家给我们写过来，只要不是打工生活的，我们都不用，所以说很多人就不高兴了"。市场运作逻辑与社会交往中人情关系的伦理发生冲突，但即便如此也在所不惜。张信宽讲述自己任职十多年间，仅仅发过几篇人情稿。这是因为编辑制作的流程和编辑人员的收入都实行市场化运作，将内容与工资绩效挂钩。

> 我们那个编辑制作是不同的，每个人基本工资是多少，你上一篇稿编辑费是多少，然后奖金是多少，如果这篇文章放头条，你的奖金又是什么等级。如果这篇文章这一期被评了一等奖，它就可以奖你两百块钱。基本上我的奖金都高过工资两三倍，有段时间我能够领到八九千一个月的工资，基本工资我才挣一千多块，你想想看。但是别人没那么高，所以说我能买房就是这样的。因为我的稿子基本上都能获奖，好多时候一、二、三等奖都是我的稿子。没办法，主编要用，能选多少你送多少，但是不好的话主编那里过不了。我和主编关系不是很好的，不管老主编还是新主编。他不看跟编辑的关系好不好，就

看这个文章适不适合，适合他就用，不适合谁都不用。除非是实在没办法推不掉的关系稿，他才用一个出来，是这样的。

重视销量而以读者口味为导向的选编原则、绩效决定收入的经营方式，使关系、名气在大多数情况下无法影响稿件能否刊用。对市场业绩的重视由此促进了对个人能力的重视。张信宽即便与上级领导关系不好，选用稿件的工作质量也使他的职业地位持续上升，并且获得当时足以买房的高工资。张信宽表述自己在评选来稿时并非完全无视"关系"因素，"还是要看那个人是不是经常给我们投稿的，是不是捧场的"，但此"关系"已非传统的人情关系，而是围绕工作绩效本身而形成的编辑与作者的关系，服务于杂志的发展。相应地，张信宽也把自己的成功归结为能力和努力。一是了解读者需求的能力，"因为我是从工厂出来的人，我当初渴望读到什么文章，我就知道他们也渴望读到什么文章。……结果果不其然就对了，所以我就坚定了自己的判断"。二是肯花功夫努力提高鉴赏能力，他认为自己在选稿方面有眼光源于工作勤奋。"应该说还是看稿多。因为我（这里）投的稿是最多的，基本上每一篇我都要看，至少要看前面两页。"

在这样的市场经营方式下，作为文化生产过程中的"守门人"，以张信宽为代表的杂志编辑对打工文学所产生的影响主要有三个方面：一是影响了打工文学的题材；二是促进了作者、读者之间的人际互动；三是客观上有助于打工诗人改善境遇。

首先，评选诗歌作品时，经历过普通农民工打工生活的张信宽主要看重"能不能让我产生共鸣"，而能够引发他共鸣的主要是对工厂生活的描写以及在外打工的漂泊离愁。重视这两类题材的原因，他解释为"如果不写这个，就跟别的诗歌没有什么区别了"。可见他选稿的题材偏好不仅重视贴近读者，也将"打工诗歌"视为一个相对独立的文学范畴，有意地塑造其独特性。作为重要打工文学刊物的重要编辑，张信宽的取舍倾向和审美喜好影响了很多打工诗歌的题材选择。以至于很多人半开玩笑地说，打工诗歌写了那么多漂泊离愁，都是张信宽的责任。张信宽自己也承认这一点："我选什么，他们很多人都知道，他们不断写过来就知道了"。

　　这种题材偏好确实也唤起了许多打工者的情感共鸣。徐林安回忆自己在工厂做啤工、做保安时，工业区地摊上的打工文学杂志给予他很大的情感慰藉。"看到了一些和打工生活有关的，不管是散文也好，小说也好，特别是诗歌啊，我说怎么，自己打工了这一两年，这些文字怎么这么贴近自己的生活，特别有感受，特别感触。有时候晚上也会哭，觉得自己很辛苦啊，很累。这些文字就能触发自己的感情。"萧莹芝回忆1991年的时候《佛山文艺》发表了连载文章《打工妹咏叹调》，"我们躲在蚊帐里面看。……有时候哭、有时候笑。他写得很幽默，但是有时候又让你笑过之后觉得很心酸"。他们对打工诗歌的共鸣在于与自己生活的契合，尤其是艰难和疲惫的感受。而很多人的感情在阅读中被触发以后，便逐渐发展为效仿代表性打工诗人的题材和内容，自己也开始写作并投稿发表。如徐林安"就不断地买这些书看，……后来就开始模仿这些诗歌的题材写打工现场，结合自己在制衣厂、塑胶厂的亲身经历，写一些比较稚嫩的打工题材的文字。我记得2003年在《大鹏湾》发表了第一篇诗歌"。

　　其次，打工文学杂志鼓励作者之间、作者与读者之间的交流，促进了打工群体的内部联系，有助于打工诗人群落的形成。《江门文艺》所发表的作品后面都附有作者的联系方式，帮助打工者之间进行联络与互动。打工者在工厂相对封闭的环境中缺少人际交往，而且当时上网不便、智能手机尚未普及，打工文学杂志不仅使他们通过文学作品了解其他打工者的体验和情感，作品后所附作者住址也便于相互之间通信或走访。张信宽描述"就像现在的朋友圈一样"。他表述杂志刊登作者的联系地址，的确是为了使作者和读者交流起来更方便，而且"文学杂志起到的这个作用挺大的"。此外，作为主持策划的编辑，张信宽也期待作者喜欢这样的交流，并希望由此激发他们进一步写作与投稿的热情。这种做法不算是他的创意，其他杂志都有过，而张信宽在做编辑期间把这个做法一直持续下来。事情虽小作用却显著，围绕联系地址而形成的在血缘、地缘、工厂之外的趣缘交往，成为打工作家集体记忆的一部分，推动了打工文学群体内部互动，并促进其自我认同及文学风格的发展。

　　安毅容等许多访谈对象的回忆印证了这一点。"2001年那时还没有普及网络、手机等，大部分年轻的打工者打发工余时间就是阅读那些打工杂志。通过杂志交友，看外面的世界，寻找内心的安慰，那些杂志曾给许多打工者内心带来温暖。"对结识朋友、进行情感交流的渴望，是促使其进行写作的重要动力。徐林安也是通过打工杂志的作者地址逐渐与打工群体中的文学爱好者们相互联系进而熟悉。"大家看到很多杂志作品下面会留一些通信地址。那个时候没办法，没有手机，很多工厂也没电话，就是有电话你上班也不能接，那个时候都很严。所以我们一般就写信。大家相互写信，就知道有这么一个作者，大家都是这个群体的，就相互开始认识了。"打工文学杂志在鼓励读者与作者的交流互动之中，推动了打工文学群体的形成。

此外，关注打工者境遇也是打工文学杂志的题中应有之意。张信宽并不讳言《江门文艺》贴近打工者，旨在提高市场销量，但同时也强调有帮助打工者改善境遇的伦理关怀。首先，打工文学杂志有助于整个打工者群体的境遇获得社会关注。"是这些报纸杂志反映这些人的生存状态，让那些不知道的人知道。"其次，打工文学杂志充实了打工群体的精神生活，并为打工作者提供发表作品的机会而帮助他们实现文化资本的积累。"当年那种打工生活太枯燥了，需要帮一下。还有很多在我们上面发了文章的人后来都改变了命运。"如访谈调查中许多打工作家常见的那样，张信宽也如数家珍、津津乐道地提起那些因文学而改变命运，尤其是经由打工文学杂志而改变生活状况的成功者。通过发表文章而脱离工厂生活的例子令其格外有成就感和自豪感。当年的许多作者业已成为记者、编辑甚至大学教授，还有人进入体制内"当了官"，"我那时候的杂志，的确是培养了很多人才出来"。

> 常常是这种状况，很多人本来不是作家，不是作者来着，通过这里改变了命运。……我就是这样，我是因为写作改变了命运。还有一个，就是以前我当副社长的时候有一个叫雪月的女孩，她也是因为写文章改变了命运，从工厂里面出来了。尽管刚开始的时候境遇甚至比在工厂里差，但是她内心有一个情结，有一个文学梦，后来慢慢地就好了。她跟我一起出来的……现在成公务员了。

关于打工者的结构性处境，打工文学杂志在表达情感、提供精神支持的作用之外，对作者"改变命运"有所帮助也使杂志方引以为豪。而且张信宽的表述显示，围绕境遇的改善，个人成功的故事较之群体的利益诉求更为人所关注、更易引发情感共鸣。而帮助写作者改变现状、实现上升流动的作用，在许多访谈者那里也得以证实。

2005年以前，在珠三角的工业区，很多打工诗人的文学写作都是从接触打工文学杂志开始的。萧莹芝认为"我们这一代人是在这些杂志上发稿子成长的"，她第一次在正规刊物上发表文章，就是在《佛山文艺》上刊登了一篇约一千五六百字的散文。她将发表时的快乐描述为"有人认可你，我的东西也能发了，不是我天天看别人写的"。与打工杂志的接触和阅读也是安毅容开始写作的重要起点。"没事时，就看书，到工业区地摊找打工类杂志。当时广东有几十家打工类杂志，这些杂志刊登反映打工生活为主的文字，很多杂志有一两个页码的诗歌。我觉得杂志上的诗歌很简单，自己也能写出来，开始在纸上写，一直慢慢坚持下来。"一个原本并无文学兴趣的姑娘，几年之间成为打工群体中的一个传奇，安毅容将之称为"运气好"。"没有那些打工杂志我可能不会写诗，它让我接近文学，慢慢走上了文学的道路……我知道很多打工写作者与我一样都是从那些杂志开始写作之路。"同样，徐林安也是在阅读打工杂志中体验到感情共鸣，继而开始尝试写作诗歌。

关于打工文学杂志所发挥的作用，张信宽既用追求市场效益的宗旨解释，也主张其中包含道义感和公共责任感。除上述协助改善境遇的作为之外，这一点也在他对打工作家的评论中显示出来。张信宽认为生活水平提高后人心日益复杂，文章也随之发生变化，有些打工作家便"失去了一贯的宗旨"。而他心目中"一贯的宗旨"是指："一个是他的风格，二就是他关注民生。随便你写作水平有多高，如果你不关注民生，你的小说就没有广泛的群众基础。"没有一贯的宗旨，作品便"不痛不痒"；"就是说他写的东西飘了，沉不下去，看不到实实在在的东西……很多人他发几篇文章过后，就以为自己不得了了，他就去玩文字游戏去了，相反生活的东西就没了"。对于张信宽来说，文学的核心应该是"民生"，即具体的现实生活，他认为这不仅是读者的兴趣所在，也是文学的重要价值即社会责任的体现。

由张信宽以及《江门文艺》对打工文学的推动来看，市场与文化产业的发展是打工诗歌得以形成、发展、获得培育进而发挥作用的重要基础。正如张信宽所述，"如果没有改革开放，我们的命运真的是不可预测。哪里能够写东西，你就是把脑袋写烂了，你也发不了。因为没有改革开放，它就没有这些杂志"。不过，无论多么强调能力、效率和市场营销策略，伦理关怀话语、社会责任话语仍旧始终贯穿于各个环节的描述和阐释之中。"义"与"利"相互结合，为打工文学杂志的发展赋予了双重的合理性和正当性。张信宽以杂志市场化运营中能力主义的评价标准以及自己的业绩为豪，但也抵触纯粹的赢利原则，其表述时常伴以超越利润追求的伦理道德表达。他认为市场化既意味着更为现代、合理的价值取向，也暗藏着"利欲熏心"的危险和阴暗面。在豪爽大方的谈吐背后，他小心翼翼地择出能力主义中理性、务实的方面，而规避道德价值上容易有缺陷的纯粹逐利动机，积极主张杂志对打工者群体的人文关怀和实际发挥的积极作用。同本研究访谈的许多打工作家一样，他也在经济理性与伦理道德之间寻求着调和与平衡。

进而，周敬江和张信宽对打工文学的参与显示，打工文学受到政府的支持和市场的推动而得以迅速发展。政府以打工文学作为一种治理的方式和策略，积极进行组织和推动；而市场则为打工文学期刊提供了作为文化产业的发展空间。如果说外出打工的可能性、工厂生活的封闭和艰苦、个人的孤独和苦闷，是市场转型带来的个人生活处境中的机遇以及随之而来的压力，那么政府支持与打工文学杂志则显示，社会治理与市场化的文化生产，为个体应对结构性压力提供缓解与调节的渠道。同时，政府官员的治理理念与杂志编辑的经营理念，都包含明确的对于弱势群体的伦理关怀和社会责任感。周敬江将其归之于知青经历、文人传统，张信宽认为源于自身对打工者群体的身份认同和文学的社会责任。无论何种缘由，政府与市场对打工文学的参与和支持都强调义利之间的平衡兼顾，既不讳言工具理性，其话语表述中也仍旧重视公共责任与道义感。

因此，打工文学作为一种普通打工者的话语表达空间，是在政府治理策略、文化产业发展、社会公正伦理与人文关怀的基础上得以成立，成为改革开放与自由流动所带来的结构性处境中个体精神与情感压力的一种纾解方式，也构成打工群体文学爱好者上升流动的一种途径。其兴起与繁荣显示这一话语空间中，治理、赢利、伦理三者之间相互契合、相互支撑，政府、市场、人文价值共同推动了打工诗歌的形成和发展。

三　打工者诗歌写作的发生

打工诗歌最常见的体裁是现代诗、古体诗以及打油诗，其中呈现于公共空间而为人所知的主要是现代诗。现代诗歌又称"新诗"，于20世纪初引入中国，至今不过百年。打工诗歌的兴起显示，这一现代诗歌形式已在中国社会广为普及，成为民众用以表达自身情感的重要方式。不过打工诗歌之所以引起文学界和社会舆论的关注，不仅在于它别具一格的写作内容与审美风格，还由于其社会学意义上的吸引力。即这样的一种反差：通常被视为高雅文化的诗歌，却由从事体力劳动、受教育程度低的"下里巴人"所喜爱和写作。这同阶层与文化趣味之间对应模式的一般刻板印象相悖，因而具有话题性，容易引发好奇和关注。不过，这种反差造成的诧异感，是20世纪90年代以后消费社会背景下的诧异。

改革开放前，在延安文艺座谈会上所奠定的文化方针下，国家曾倡导"创造人民的文化""由人民创造文化"，在群众中广泛推行诗歌、绘画等文艺创作活动。这促进了文化平权的意识，也使得普通人的文学爱好、诗歌创作获得了意识形态、教育机构、文化组织的支持，而并非一件多么不平常的事情（谢保杰，2015）。与之对照，今日打工诗歌所具有的话题性，除农民工群体生活处境引发社会议题与伦理关怀之外，也在于阶层结构的变动之中，阶层与文化之间形成新的对应关系，诗歌这一文化形式所具有的精英文化意涵增强，原本诗歌等艺术形式与大众之间的社会主义亲和性被打破、被遗忘，进而与弱势群体的社会定位构成明显的反差效果。

本研究并非从阶层与文化对应的观念出发看待打工文学现象，但仍要探究：在社会主义意识形态话语逐渐弱化、市场意识形态增强的背景下，从事普通劳动的农民工群体中，为何有人抱有对诗歌的兴趣、何以产生用诗歌进行自我表达的冲动？打工人群中爱好文学阅读的人并不多，《广东省居民阅读调查报告》对农民或农民工人群对23大类图书的偏好度进行调查，显示文学仅占4.1%，而有订阅、购买文学报刊习惯的打工者更是寥寥无几（马忠，2013）。也就是说，对于这个群体而言，打工诗人是其中的少数人。此外，打工文学中也有通俗大众文学与精英化纯文学的分化，受到关注的"打工诗歌"，主要是学习、模仿现代诗的精英化作品。因此，打工诗人在当代的社会现实中确实属于"雅俗兼具"，即具有普通劳动者身份的同时显示出精英文化色彩。本文通过个案考察，探究打工诗人的文学活动何以发生，其动力和基础从何而来。

（一）个案白描："打工的疼痛感让我写诗"

安毅容1999年中专毕业后曾去乡村医院和私家医院做护士、在小餐馆做服务员，2001年跟随同乡到广东打工。2008年，她凭着文学创作的成功脱离了工厂的打工生活。然而她在外出打工前却并无写作兴趣和写作经历，在乡村与学校的成长环境中，安毅容描述自己是个普通、内向而不引人注目的人。"在老家我是很老实的孩子，读书、帮家里做农活、喂猪、割猪草，很听话，很少出去玩，平淡得无话可说"。以至回乡时，同学与朋友得知她在写诗时都大感意外。因此打工以后的文学创作，对她来说是带有偶然性的"意外事件"，她在访谈和文章中多次将其描述为"人生中的一次偶遇"。这种"偶遇"是如何发生的？

安毅容曾说："打工的痛感让我写诗。"在内心体验上，对于打工环境的感受中，有远离家乡的陌生感，更有对早期高强度、低收入、缺少保障之雇佣劳动的恐惧不安。与大部分打工者一样，她也有辗转换工的打工经历。"在来广东前两年时间，是在不断失业、不断找工作之中度过的。那时整个珠三角用工环境不好，有的工厂一百多块一个月，一天劳动十几个小时，还有不少黑工厂骗人钱财。"最初两年的频繁换工，令安毅容充满无力感和挫败感，也促使她思考农民工群体的境遇和社会现实。而要理解她对打工生活的体验与认知，还需要了解其打工前的生活经历和教育经历。

安毅容在社会认知与自我价值上的碰壁，并非仅仅始于南下之后。第一次期待落空来自"包分配"的终止。"我1995年初中毕业考上卫校，就读时说国家会包分配工作，1999年卫校毕业后实际上没有分配。那几年恰好逢撤乡并镇减员、城市下岗，如我这样的乡村孩子，分配工作太难了。"第二次期待落空是她发现自己的价值观与所处环境格格不入。没有分配工作，她进入老家附近城市的私家医院做护士，"做了差不多三个月，实在忍受不了良心的折磨，我再次选择了离开。那个医院对病人半吓半骗，直到将病人的钱坑光，还耽搁了病情。受骗者很多来自乡村，他们在一些报纸、杂志、小电视台、电台听到广告或者受医托的欺哄，来医院看病。医院给病人注射一些激素，对病没有任何好处，治不了病，只是骗钱。我受不了，就离开了"。工作遭遇对道德感的冲击令安毅容难以忍受，而她远离这样的环境南下打工以后，不论在物质还是精神上，她所感受到的困境丝毫没有缓解。

"刚来东莞，还不习惯这一辈子就是打工的命运。考上中专时，按当时政策包分配，却没有分配工作，待在家里，被人看不起。有人会笑话，读完书有什么用，还不是要种地。"受过教育却难以谋得一份好职位，令她感到尴尬困窘；而南下打工以后，她发现自己受过的教育依然无助于脱离艰苦的工业劳动。"当时的我非常失落，读完书没有工作，做流水线，甚至找不到一份工作。"这种失落感她会向谁倾诉？如农民工群体中常见的那样，安毅容也是跟随老乡和同学到陌生的城市里打工，这些原来的地缘关系提供了重要的社会支持。然而她却"最怕见到老乡"，因为"见到了总有人问，你不是考上学校，不是要分配工作吗？我无言以对"。老乡和同学是提供信息和帮助的社会资本网络，同时也是一个"知根知底"而熟悉其个人生活历程的人际圈子、是伴随着竞争压力的重要参照群体。这一群体的评价标准会加重安毅容的挫败感和失落感，于是她无人倾诉，孤独迷茫之中，便到工业区地摊找打工杂志来读。

与打工杂志的接触和阅读是其开始写作的重要起点。如前文张信宽所自豪的那样，安毅容也描述阅读打工文学杂志带来的重要满足之一在于与杂志作者之间的联系和交流。"那时杂志挺周到，每首诗歌后面有地址，就会写信过去……这样跟外面有很多交流，跟那些打工诗人就这样认识。发表后地址留在上面，又会收到很多来信……就这样认识了很多人。"外出务工经历与工业区的打工文学杂志，为安毅容提供了文学创作与阅读的条件。"我最初写诗纯粹是为了去除孤独"，文学阅读和创作带来的互动构成了重要的情感支持。

此外，安毅容从打工文学杂志中获得的力量还在于，诗歌为其谋求新的自我认同带来新的希望。"当时的自己内心是自卑的、孤独的，想找点事情打发内心的自卑与孤独。打工杂志刊登的一些打工者通过写作改变命运或者找到一份好的工作的文章，给那时灰暗的我打开了一扇窗口，让当时极度封闭的自己有了窗口窥探外界。"除缺乏社会支持之外，自我价值期待的失落也使她需要写作，文学不仅为她带来情感的宣泄和倾诉，还能帮助她获得文化资本以求得更好的职位。"……做什么都不顺利，非常郁闷，只有写一些东西安慰自己，如果能够发表，也可以满足自己的虚荣。在2001年的一次次失业中，我发表了一些诗歌，我很想通过写作找一个内刊工作。我拼命地写，向那些打工杂志拼命地投稿。"她的"虚荣"是指受过教育后却只能在车间里打工时，通过写诗获得对自身文化才能的确认而重建信心。对文学的兴趣与改变命运的愿望紧密相连，文学写作成功的案例，使她在车间劳动中看到了谋求自我价值感的另一种途径。

此外，诗歌也成为安毅容在"残酷现实"中确认道德价值秩序的一种方式。"我以前接受政治经济学等方面的教育，与来这边打工现实中所遇到的是两个强烈的黑白对比，我们就生活在这样一个夹杂的灰色地带中。比如对资本剥削，常常会把自身的打工现实与课本中的《包身工》联系起来，在这种心灵的灰色地带中，一个理想主义者的自尊在现实面前真正是情何以堪。面对与课本完全不同的残酷现实生活，也许只有诗歌才能表达我内心那点点我们所受教育中理想主义的光。"安毅容将自己称为"理想主义者"，在其中专毕业后的求职经历中，她主要在学校教育中塑造的社会认知与道德价值取向，多次受到冲击。而诗歌的写作帮助她巩固和坚持原有的价值立场去面对所处环境与社会生活的现实。

同时，这种自我的确认也是面对工业劳动"抗争的冲动"。关于打工生活与诗歌写作之间的关联，安毅容这样回顾：

> 我来南方时，是一个心里朦胧着某种反抗冲动的年轻人，而现实生活中我是一个怯懦者，所以只能把这种反抗的冲动用文字表达出来。我不知道多年的打工生活的磨炼代表着什么意思，也许更像我在

一个散文《流水线》中表达过的那样"在时光流逝中逐渐丧失自我，有时会因丧失而感伤，因感伤而痛苦。但作为个体的我们在流水线样的现实中是多么柔软而脆弱，因为这种脆弱与柔软让我们对现实充满了敏感，这种敏感是我们痛觉的原点，它们一点一点地扩散，充满了我的内心，在内心深处叫喊着，反抗着，我内心因流水线的奴役而感到耻辱，但是我却对这一切无能为力，剩下的是一种个人尊严的损伤，在长期的损伤中麻木下去，在麻木中我们渐渐习惯了，在习惯中我渐渐放弃曾经有过的叫喊与反抗，我渐渐成为流水线的一部分"。也许这便是一个人的成熟吧，而我可能也便是在这种所谓的成熟之间，不断地磨去自己的身上的棱角，唯一的便是我用自己的文字来呈现了这种变化，这种所谓有意义的精神际遇。

打工生活带来的"成熟"，在安毅容看来，只是流水线所导致的"丧失自我"、麻木和沉沦，而文学创作通过这一状态的呈现，再次使内心的真实自我保持清醒的状态。面对工厂劳动中的规训，诗歌创作是她保持内心世界并以此抵抗被外在力量彻底改造的方式。

对于安毅容来说，诗歌写作是建立情感交流、谋求自我价值感、巩固道德伦理立场以及获得更高社会地位的途径。促使安毅容"偶遇"文学开始诗歌创作的动力，不仅仅在于农民工群体早期社会处境的艰难，还由于从计划经济向市场经济转变过程中价值观念、社会纽带、阶层结构都处于变动之中，使个体体验到种种不确定感。安毅容的文学写作源于把握现实和重构自我的需要，而这一文学"偶遇"得以发生和持续的条件是市场和政府，即工业区地摊上的打工文学杂志，以及此后周敬江组织举办的"打工文学论坛"将其"挖掘"和培养。

（二）底层处境中的诗歌写作：失望与渴望

安毅容所说的"打工的痛感让我写诗"获得打工诗人群体的广泛共鸣，她关于写作动机的自我叙事中，包含了很多打工诗人开始文学活动的共同感受，与其他访谈对象有许多共通之处。这显示农民工群体共同的结构性处境是促发打工文学活动的重要方面。"不出来打工可能就不会写东西。""工厂里就觉得暗无天日没有希望……每天工作十五个小时，至少也是十二三个小时，没有自己的生活，然后晚上十二点冲凉睡觉。就这样，没有一点希望。"在流水线上、休息和上厕所的碎片时间里以及晚上睡觉前一句句写下的诗歌，经常被打工诗人称为"救赎"，在安毅容这里也具有同样的意义——缺乏希望的生活中的救赎。

作为打工诗人群体的元老和灵魂人物，于韧也认为打工文学正是因为以往的恶劣境遇而产生。"90年代外出打工的这一代人都受到这个大的环境的心理摧残，正因为受到心理摧残才会有打工诗歌。"他也多次提及"幸福的人不会写诗""过得很幸福的人也不会写出好诗"，等等。他认为大部分打工诗人是在外出打工后开始写诗，关键因素在于打工者的社会境遇。"唉，那个时候打工就感觉到，治安队啊，那些警察啊，好像就把你当作犯罪分子一样，没有暂住证你好像就是犯罪分子一样的，就是那样的一个时代。所以说，有了这样一个可以说是非常压抑的环境吧，才产生了这样一种文学形式。"于韧对自己的文学创作也以同样的方式进行解释："与环境有很大的关系，第一个是那种很压抑的环境，才有想写的冲动，环境很重要。"他以这样的角度理解打工文学的发展，并把广东和苏州打工诗歌的不同状态与两个地区的企业管理模式进行比较，作为其观点的佐证。他认为广东的劳动环境最差，打工诗歌最繁荣；而苏州"环境比较宽松、比较正规，这边写得就比较少"。

因此，于韧强调诗歌是一种精神寄托。"很多人，其实在那个时代把诗歌当作唯一的精神支柱，……我深有体会，没有诗歌就活不下去，真的，在那个残酷的时代。"对于于韧来说，诗歌是"那个时代活下去的理由""精神的拐杖"，在艰辛的打工境遇中，文学写作帮助他恢复精神上的平衡，保持心理健康。"很需要，那个年代，它（诗歌）是比较短平快的，对这个群体的心理健康的调节有很大的好处。"写作是于生存境遇中自我保存的方式，它提供了打工环境无法提供的意义的来源和生活的希望。同时，这一情感与精神的需要在打工文学杂志中进一步受到支持和激发。"身处这个环境，想着写几句会舒服，慢慢写就有感觉了。然后再去看杂志上，别人发表了，我也发表，……慢慢地写得越来越多了，就是这样。"

此外，其他打工诗人所表述的诗歌写作动机，也都显示与农民工群体的生活压力有关。压力来自各个方面，如来自城市排斥的压力、来自同乡竞争的压力、来自劳动环境的压力等。徐林安认为打工诗歌创作的必然性在于，面对种种不公、排斥、歧视，"你没办法抗争"，便"不得不去找一种发泄的渠道"。在他看来，通过文学的方式表达自己的生活状况和心境体验，是对外在社会力量和结构性条件无从抗争、无可奈何之下，宣泄缓解自身压力的手段。此外，农民工群体自身内部的比较和参照也带来压力。如董高到珠海打工以后才正式开始写作，促发他写诗的"生活压力"具体指的是与外出同乡之间相互比较带来的心理压力。"人家过得很好，你为什么就不行？自己也有一种压迫感。像生活方面，有些老乡搞得很好，这种压力就压迫着我。"于是他感到"有那种冲动好像要表达出来"。董高当电工时，晚上10点半下班回到集体宿舍后，就在床铺上开始写诗，阅读和写作使他缓解压力而获得轻松愉悦。"一看上诗歌，心里就会很舒服了。"写作的冲动源自面对社会竞争和结构性处境进行自我调整的需要，其文学活动是精神秩序的建构。

何锋思在读书求学时代就对文学感兴趣，但他也认为自己的文学创作始于到珠海打工以后。在五金厂打工期间，像其他许多打工诗人一样，何锋思接触到了工业区的打工杂志。他将写作视为"精神上的寄托"，重视文学本身带来的精神上的引导和支持作用。"去当搬运工，跟一帮没有上过学的人在一起。就是在这个环境下，只有文学给我指明了道路。就是说在那种环境下其实是靠这个来支撑的，没有这个的话，就是可能说找个女孩子结个婚，可能是一辈子在那里待了。"他认为很多打工者境遇没有改变是因为"他们认命了"，而他不认命，他认为一个人只要坚持写作，会和别人有所不同。不同在于"他有自己的思想，因为他有表达的东西。他要表达的……就是他不甘寂寞，不甘那个境况，想提升、跳出他目前的环境"。在何锋思的表述中，文学写作使他建构不同于普通打工者的自我认同，是他向上流动的意志与行动。

由上来看，诗歌创作与农民工群体的结构性处境无法分割。"救赎""精神拐棍""精神的寄托"等描述，显示许多打工诗人将文学活动视为在打工者境遇之中保持精神活力的重要方式。诗歌创作是写作者对自身与农民工结构性处境之间关系的调节，用以建构自我的价值感、社会身份、道德认同，既试图协调和适应，也有对境遇的抵触和抗争，是一种顽强的自我维护。换言之，诗歌的阅读和创作，是工厂劳动较为封闭、上升机会匮乏的劳动环境以及价值体系变动无序的早期市场环境之中，个体面临精神孤独、自我价值感缺失、道德迷茫等感受时，用以保持自我、发展自我进而抓住生活希望的努力。从个体的情感体验来看，其文学活动的动因可以主要概括为以下三个方面。

第一，孤独的感受。从原有生活中脱离后，打工者不仅面对城市生活中的竞争，从原本的血缘、地缘组织中也难以获得价值感的支持，心理上的个体化和精神上的压抑促使她寻求新的方式获得情感支持并重建自我认同。

萧莹芝指出自己的诗歌写作与打工生活的痛苦有关，"（车间劳动）这种生活上的苦跟那种心灵上的苦闷，它是不同的。比如你在外面遇到一个男孩子追你，你自己很矛盾的时候，你肯定就找不到商量的人。一帮同事你也不见得都信得过，你肯定找不到一个可以说悄悄话的人。但是在家里就不一样，很多发小嘛。……其实在外面打工不是肉体上的苦，更多的肯定在心灵上"。萧莹芝渴望的交流是能够倾诉"心灵的苦闷""可以说悄悄话"，这种内心世界的交流，是比日常社交更真实更深入的体验和情感的互动，在外出打工的现实生活人际圈子中难以实现。安毅容指出即便是亲情，也主要围绕生活中被视为切实紧要的生计问题，而难以触及内心的深层感受。"出来打工遇到很多艰难，在学校里有很多天真理想的想法，接触现实这种落差让你无法接受。……很多那种东西，一时半会儿没办法接受，需要一个出口表达，又没有朋友跟你聊天，跟父母也没办法交流，他们就希望你有铁饭碗。"这些无人倾诉的苦闷和渴望，在打工诗歌等文学形式中获得了释放与倾听。文学活动构成一种虚拟的亲密关系，但它提供了真实的情感支持。

这种情感支持在打工文学期刊的流行中得以印证。徐林安接触打工文学杂志时"特别有感受，特别感触。就是有时候晚上也会哭，就觉得自己很辛苦啊，很累。这些文字就能触发自己的感情，我就不断地买这些书看，就开始模仿"。相似的境遇和体验唤起情感的迸发，进而唤起阅读者主动倾诉的欲望。徐林安对自身境遇的负面体验从诗歌中获得了印证，也使他找到了一种表达的途径。作为打工文学期刊的编辑，张信宽也介绍选编内容时格外重视贴近打工者的情感，因此尤其重视刊登打工者的苦难故事，因为这很容易唤起读者的共鸣。共鸣意味着个人苦闷情感得到其他打工者的认同，也意味着公共空间对打工者生活艰辛的关注与同情，这些都构成了对阅读者自身压抑性情感的安抚和支持。作为一种交流方式，打工文学是外出打工后因双重脱嵌而缺乏社会纽带、日常社会关系减少后满足交往欲望与表达欲望的新渠道。

第二，迷茫的感受。从计划经济到市场经济的转轨带来安毅容生活机遇的变化：一是"包分配"的期待落空；二是改革初期市场化经营存在很多不完善，造成混乱、野蛮和灰色地带，这使安毅容在私营诊所工作时体验到道德价值的失落和困惑；三是南下打工后，与传说中"遍地黄金"不同，她面临的是来自制度不公与市场混乱的双重压力，生活期待和自我价值感再次出现落差。社会主义计划经济时期的职业机会、教育内容、价值观念，在转轨初期市场经济尚不完善时受到巨大的冲击。安毅容的迷茫由此而生，她在文学活动中寻求自我整合与精神重建。

因为没有暂住证而被抓的经历、初来深圳时失业的经历，以及此后工作中体验到的种种冷酷现实，成为于韧内心的一道精神创伤。这成为他开始写作，以及一直热衷于"打工文学"群体事业的出发点。现为企业高级管理人员的于韧，仍将自己认定为"打工诗人"，他的作品也曾获得很多普通打工者的认可和喜爱。他认为白领和蓝领的生活并没有太大的差异，"其实是一样的，没什么可区别的，都一样，大家的感受都是一样的，都是一种很压抑的环境"。在于韧的认识中，只要不是老板，没有对生产资料和企业的拥有权而以雇佣劳动形式工作的人都是在"打工"。除了他努力想将自己界定为打工诗人群体之正当一员之外，他所阐释的"共同的生存性质"是指"签了劳动合同"，即市场经济中雇佣劳动的工作形态。因此，高学历、高管职位的于韧，对"打工者"的自我界定之所以可能，其关于底层打工者生活的诗歌创作及其引发的共鸣之所以可能，源于市场化以后多数人遭遇的普遍性的生存境遇：作为商品化雇佣劳动力，均面临重新塑造自我和调整社会参与形态的课题。

精神秩序的冲击、自我认同的断裂、自我价值感的缺失，既是打工诗人们的困惑，也是商品经济时代普遍的迷茫。于韧的描述具有共性："（文学）就是人生的唯一念头，支撑精神的一个星星之火。"诗歌写作在艰难的处境中成为一种类似宗教信仰的行动，为诗人的困惑和迷茫提供意义和希望的支点。"文学在市场经济中，给我尘扑的心灵以无形的洗礼和净化。是那物欲横流之中，唯一的一块芬芳的草地和幽静的湖泊。"（《乡愁二题》，于韧《作者自述》）在"物欲"对"心灵"秩序的扰乱之中，文学被视为保持精神价值的途径。因此，打工诗人们在文学活动中关注并试图回应的普遍性问题，在于如何在市场化的雇佣劳动中，重新找到自身的价值认同和生活的意义。

第三，自卑的感受。无论是在经济收入还是社会地位上，教育经历未给安毅容带来任何优越的条件。大量农民工的涌入成为中国快速发展的人口红利，而对于个体来说意味着普通劳动面临剧烈的竞争，难以找到一份稳定正规的工作；劳动力供大于求加重了打工者在市场与劳资关系中的弱势地位，难以具有协商的资本；而且农民工群体普遍缺乏上升流动的空间。这些市场因素加之前述各种期待的落空，促使安毅容产生了深刻的自卑感。她渴望获得自我的价值和地位，诗歌写作不仅给予她情感支持、信念支撑，还带给她对自身才能的信心和向上流动的文化资本。

"靠文学改变命运"，不论是从打工诗人的角度，还是政府官员、打工文学期刊甚至读者的立场上，几乎是众口一词的期待和赞许。广东省打工文学的体裁包括小说、散文和诗歌，但很多访谈对象认为诗歌尤为重要，因为在珠三角地区"写诗歌改变命运的更多"。打工诗人群体中"通过文学改变命运"的事例常常为人们津津乐道——写诗歌的安毅容和写小说的于天中，因卓著的文学成绩从打工者转变为知名文学杂志的主编；董博达已成为一名颇有成就的艺术家；萧莹芝从工厂女工转型成为时尚杂志的编辑；何锋思脱离工厂后从事自由写作，进而成为高校工作人员；打工诗人边涛和回老家创业办作文培训班而在当地小有名气；打工诗人杨叶平出版诗集后，以其知名度进入文化馆工作；等等，还有"很多后来开了公司的，都基本是靠写作这样出来的"。与打工诗歌相关的人们对这些改变命运的经历和趣事十分熟悉，娓娓道来，其中既有羡慕也有敬佩。足见它作为文化资本而带来社会地位上升的作用受到重视且颇为人称道。阶层流动虽是重要方面，但打工诗人们在文学写作中寻求的是包括阶层流动在内的更基本的需求，即获得自我价值感的需求。

（三）文学活动的文化地层

对文学的爱好从何而来呢？面对打工者的结构性处境，为何打工诗人选择以文学写作为调节自身与处境之张力的方式？大部分打工诗人的文学兴趣都源自在故乡的成长经历和学校教育，早期的阅读体验和因写作而受到肯定，是普遍提及的重要因素。

徐林安在南下打工之前，虽未写过诗，但有文学爱好。在学校教育期间，他的作文能力曾受到好评，"我的作文在学校里都是一直比较受老师关注的，在同学里都是做得比较好的"。他好读书，甚至"学习不好都是因为看（闲）书"，对文学、历史类书籍感兴趣，不过最喜欢的是金庸、古龙的武侠小说。他很看重武侠小说，认为它们使自己在职场中"一身正气"，"让我一直有一种侠义风范，我敢于去挺身而说出真话，为我们的打工者去争取"。他把武侠小说评价为使人"敢于去担当、有正能量的文学书籍"，认为它们极大地影响了自己的写作和工作态度。

董高对诗歌和文学的兴趣源自初中，他也是个武侠迷。"一开始写诗的时候我是喜欢看小说，武侠小说特别的迷。我以前在家里看小说的时候都在农村，照着煤油灯，照在那个床边，把那个蚊帐都点着了。"董高少时在农村能够接触到的文学书籍不多，除武侠小说之外，还读到《少年文艺》《儿童文学》《萌芽》等文学杂志。初中时一位老师爱好文学，对老师的崇拜加深了董高的文学兴趣，令他记忆深刻。"他写了一部长篇小说……那个名字我一直到现在都记得……那时候他在学校里面很有名气，我们就老是跟着他。"

孟敏回想在自己成长历程中一直被浓厚的文学气氛所环绕，民间故事、评书故事和武侠小说令他尤为印象深刻。"从小听我七八十岁的老姑婆说评书，爱看《安徒生童话》《阿凡提》《岳飞传》《薛仁贵征东》《薛刚反唐》，还有金庸、古龙、梁羽生的武侠小说，小学四年级就能看文言版的《三国演义》《水浒传》。"进入中学以后"爱上了文学"，作文常成为被老师朗读的范本。可以看出，外出打工以前家人和学校对他文学爱好的形成影响最大。尽管他成为内刊编辑后将文学兴趣视为职业的准备，"正中了'机会是给有准备的人'这个道理"，但其年少时期在家乡的阅读和写作主要是兴趣本位而并无明显的功利性。

周京岸认为自己的文学兴趣和能力，是在哥哥的引导和老师对自己作文的表扬中逐渐培养起来的。周京岸的哥哥是一个文学爱好者，喜欢看书，外出打工时经常带回一些文学书籍给他看，而"那个时候我们在乡村里买不到这样的书"。这些书激发了他对文学的兴趣。从初中开始，他的作文经常在学校里被当作范文以及参加校外的作文竞赛。直至现在，周京岸对小学五年级第一次被老师表扬作文的情形还记忆犹新。那是一篇关于小动物的文章，"我第一次得到写作文的表扬，后来我就慢慢地对这个写作产生了兴趣。后来上初中的时候，好像这个天分就发掘出来了。反正老表扬我写得好，这样的表扬有很大的作用。"少年时期除了书籍阅读之外，被赞许、被肯定的体验对周京岸的文学写作发生了深刻的影响。在后来的打工生活中，他写作动机中最为重视的，仍是通过写作获得他人认可而带来的自我价值感。

每当说起诗歌的创作缘由，向明歌总是将之归结为外出打工后第一场恋爱结束而引起的挫败感，"因为那个人会写诗，自己不服气，也要写出来让他看看"。而这次赌气写出来的诗歌获得了农民工诗歌比赛的奖项，并因此得以将户口落户深圳，使她作为"打工诗人"而为人所知。不过向明歌的文学爱好始于年少时期。高中时她曾参加学校文学社，写过短篇小说，被当年的老师称为"文学社才女"。"高中三年一共发表文章十几篇，拿过两次奖，挣过三百多元稿费。"她喜爱读小说，在县城时印象深刻的作品是《汤姆叔叔的小屋》。向明歌曾在乡镇中学以全校第三名的成绩考上了县重点高中，然而由于家庭变故，高中三年"无所事事、浑浑噩噩"而"白白折腾和浪费了"。在此后漂泊不定的打工生活里，向明歌面临生存的压力，很少回忆起在故乡作为文学少女的时光，但那是影响她后来写作活动的重要起点。

由上来看，奠定打工诗人文学行动之基础的，首先是在乡村社区时所接触到文化资源，主要包括民间文化（如民间传说、评书故事）、20 世纪80 年代的大众文化（如武侠小说）以及现代文学（如国内文学期刊和国外文学经典）。这意味着往昔民间传统、改革开放后市场化生产的大众文化以及国内外精英文化，持续影响着他们的写作观念和生活观念，作用于其打工生活中的自我建构。其次，农村地区的学校教育也发挥了重要的作用，老师以及文学社、文学比赛的培养、熏陶与肯定，成为促进文学写作活动的重要契机。在打工诗人们的回忆与表述之中，这些因素不仅激发了写作兴趣，更为重要的是促成他们对自身能力的发现和体认，因而文学活动在爱好之外，更成为个体自我价值感的一种获取途径。概而言之，包括文学资源与教育资源在内，外出打工前在乡村社区所接触到的文化资源，尤其是80年代日渐开放、多元、丰富的文化环境，是打工诗人们日后文学活动的基础和前提。

（四）打工诗歌：社会变动中的应对之道

从事普通劳动的农民工群体中，为何有人对诗歌抱有兴趣、何以产生写作的冲动？由上来看，文学活动的动力和基础在于个体与其结构性处境的关系之中。不仅农民工群体早期社会处境艰难，市场化程度的加深也使社会纽带、价值观念、阶层结构都处于变动之中，个体体验到种种不确定感和无力感，打工诗人的文学写作活动是他们在生活的变动中把握现实和建构自我的一种方式。

农民工从乡到城的社会流动不仅意味着与原有社会纽带在不同程度上的脱嵌，个体还面临在市场化情境下重建自我认知、社会认知以及价值取向等重要课题。计划经济到市场经济的转变，带给农民工群体生活机遇的变化。他们在城市里面临城乡之间的悬殊差异、市场竞争中日益加大的贫富差距，以及经济与文化的发展落差。在打工诗人身上，可以看到这些结构变动给个体带来何种体验。通过写诗进行情感交流显示他们寻求新的社会纽带；文学写作作为困境中的自我救赎和精神支柱，体现出价值体系重建的需要；而写作作为上升流动途径的重要意义，显示他们获得更高社会地位、谋求自我价值感的强烈渴望。同时，从上述分析可见，社会主义计划经济时期的劳动制度（包括职业机会和劳动观念）、文化体系（包括学校教育和思想观念、价值体系）奠定了其自我认知、社会认知的基本内涵，在初期市场经济尚不完善时，塑造了个体的失望与渴望。个体的自我认同受到巨大冲击，加深了打工诗人们自我重构课题的紧迫性和严峻性。打工文学的产生和兴起显示出中国社会转型的结构变动中，个体需要把握现实和进行自我重建，而原有的人际纽带或松弛或无法对此提供充分、有效的支持；打工诗人的文学写作是面向公共领域寻求理解与支持的行动，与日常自我呈现相同，是在交流中重新建构自我的过程。

促使这一文学表达得以在公共空间呈现和兴起的条件，是前文所述市场与政府的力量。政府将打工文学视为一种治理策略，市场把打工文学作为商业空间，而无论政治话语还是市场话语，都无法脱离社会责任、人文关怀的道德话语，知识分子与阅读群体也将打工文学作为有助于社会公正的打工群体表达。打工文学是在政府、市场、社会伦理的支撑和协助之下，从个人层面上寻求面对结构性处境，因而也是面对时代变化的一种应对之道。作为一个话语空间，打工文学显示政策与市场的开放带给个体新的生存机遇，但同时政策与市场共同作用下的多重压力挤压了个体精神空间，而政府与市场又再次从各自的立场，对转变之中的个体认同构成了社会支持。

进而，作为建构自我并重新面对现实的过程，打工文学的写作是通过新的社会纽带重构自我的尝试。即其中的自我塑造是在一个超越血缘、地缘、职缘的更广泛的社会公共空间内展开，其中的交流以体验、情感、价值取向为基本内容；这一内心世界和社会身份的塑造可资运用的资源也更加广泛，不仅当下的文化思潮能够提供帮助或启发，以文学等文本形式传播的国内外各历史时期的精神、话语以及生活方式均有可能为其所用。文学活动中的自我建构不仅超越传统社会纽带，也超越埃利亚斯所说的现代社会共同体，还包括在历史的跨度上可以与更多样的时代、更广大的群体进行交流。

第三章

其人其诗

如前所述，本研究将文学活动视为具有反思性的个人实践，包含对自我与生活处境之间张力的调整，以及对自我建构的促成。本研究将结合写作行为与作品文本，通过打工诗人的个案研究，分析他们面对打工者群体结构性处境的方式，进而探讨中国社会变动中个体自我建构的形态。

通过文学活动分析个体面对结构性处境的方式，具体的考察内容主要包括以下几个方面。首先，考察打工诗人对打工者群体社会处境的认知与体验。通过其生活经历、教育经历、社会流动经历以及写作经历，了解他们如何感受打工生活、如何认识和思考打工者群体的社会境遇。其次，分析文学活动折射出个体对待结构性处境采取何种态度。在了解其打工经历与结构性位置变化轨迹的基础上，通过诗歌的写作动机、写作历程、文学观念以及所创作诗歌的内容和风格特点等，把握打工诗人应对打工群体结构性处境的态度与方式。在此基础上，理解个体面对结构性境遇的应对之道反映了何种自我建构和社会参与的形态。如文学写作之中呈现何种主体性或自我建构的特点，他们试图与何种社会力量进行对话和互动？他们的价值取向或生活方式的选择以何种观念为依据，汲取了哪些文化资源的影响？本研究将从上述三个方面理解诗歌写作中的应对与自我建构之道，进而从社会学的视角思考文学写作的含义和作用，探讨文化表达对于社会秩序的建构是怎样的一种参与方式。

对于作为应对之道的文学活动，将从两个方面进行把握。一是写作活动，即写作过程本身对于个人来说，呈现面对处境的何种态度，构成何种行动。二是写作的文本，即诗人们所创作诗歌的内容表达出面对处境的何种态度以及行动意志。如前所述，借鉴有关文学的社会学观点以及打工文学的研究成果，本研究对于文学的研究视角和把握方式主要偏重于以下两点。第一，文学是在诸多社会力量之下、在各种社会关系之中得以形成的；在较为微观的层面上，文学写作活动是个体与现实社会生活之间建立以及调整关系的方式，并由此实现自我建构。本研究将着重从个体与结构性处境之关系的视角，分析文学活动的性质与含义。第二，将文学文本看作内在世界的表演式呈现，尽管表达方式与表达内容经过整饰，它们仍能一定程度上表达日常社会交往中隐而不现的内心活动。

一 其人：对打工诗人的个案调查

本研究的考察材料来自 2015～2018 年对打工诗人的访谈调查。调查对象主要包括深圳、东莞、广州等珠三角地带的打工诗人群体，以及以北京新工人艺术团为核心的诗歌创作者和艺术工作者。这些调查大多以滚雪球的方式在诗人群体中逐渐增加访谈对象，在调查过程中注重尽量对群体中各类人物均有所涉及，以较为全面地了解打工诗人的状况。如对珠三角地带打工诗人的调查中，从作为群体组织者、领导者的"灵魂人物"，屡获文学奖项而享有较高知名度的"代表人物"，到知名度和活跃程度一般的"普通人物"，以及对这一群落参与较少的"边缘人物"，均进行了访谈调查。

除了打工诗人，本研究对与打工文学相关的机构和人物也进行了访谈调查。如深圳市文化局、湖北省文联的干部；对打工诗歌多有刊载的《黄金时代》《宝安日报》以及新华社、长江文艺出版社等媒体与出版机构的记者、编辑；文学界的作家、诗人、评论家以及对打工文学活动进行参与或研究的学者。此外，笔者 2011～2017 年对湖北省宜昌、钟祥、阳新、襄阳等地农民作家曾进行访谈调查，其中有外出打工后返回家乡并持续进行文学创作的人，以及在临近城市打工但经常回乡而与乡村社区保持紧密联系的文学爱好者。他们虽未作为本研究直接考察的对象，但成为理解打工诗人的重要参考。

本研究的主要访谈调查对象共 50 人左右，其中对近 20 个重点个案进行了三次以上的访谈，并保持长期的互动以增进了解。如各种形式的参与式观察，包括通过手机和网络参与观察他们在电子媒介上的日常互动、参加与打工诗歌相关的各类文化活动、为打工诗歌的相关出版物撰写文章，以及在他们需要的时候为其提供各种力所能及的支持等，与相关群体建立了持续的交往。

本研究对重点个案的选取和考察主要采取理论抽样，根据研究问题即应对之道的特点，着重选取在态度类型上具有典型性和代表性的个案。具体来说，参照默顿和彼得·伯格的分类思路，根据对境遇的认识和应对方式，本研究将打工诗人的个案分为适应型态度、批判型态度、创造型态度三种类型。适应型态度认同社会环境，主张通过改变自己而适应社会；批判型态度认为各种外在力量造成打工者的不利处境，应努力争取各种社会条件的改善；创造型态度针对现实中的问题，试图通过自身的实际行动形成新的生活方式或价值标准。在本研究持续进行调查、了解较为深入的20位打工诗人的重点个案中，10个个案可以归入适应型态度①，约占一半，与默顿指出的遵从型最为常见以及农民工群体中接受和适应环境的态度最为普遍的研究观点相符合。其次，有6位属于批判型态度，4位属于创造型态度。从态度的典型性和代表性出发，本研究从中选取了7位适应型态度的个案、3位批判型态度的个案、4位创造型态度的个案作为核心的考察对象。

在调查方法上，本研究重视与调查对象面对面的接触和访谈，力求对每一位打工诗人的态度、观念、生活方式、精神气质获得更为真实、丰富、具有质感的了解和把握。与此同时，也有很多文字访谈以及对书面资料的使用。文字访谈一方面源于时空的限制，另一方面也由于调查对象的特点——一些打工诗人并不喜欢口头表述，更擅长也更倾向于通过文字进行自我呈现。如本研究中的典型个案安毅容，其文学作品屡获奖项，被打工群体、文学评论者、一般读者视为"打工者的代言人""写作改变命运"的典型，是自我表达受到关注和认可并得以广泛传播的成功案例。但关于她的调查以书面访谈为主、以口头访谈为辅，一些资料来自通过网络和手机社交软件进行的访谈与互动以及她在博客、微信上的文章、对她的媒体报道与评论等。以文字访谈与书面资料为主的原因主要是尊重

---

① 每个个案身上都不同程度地混融着三种类型的态度，本研究依据相对显著的特点对个案进行了分类。

安毅容的个性与喜好。她表示自己性格内向腼腆，不擅长口头表达，而且交流中遇到争论容易激动，往往导致表达偏颇或情绪化。她明确表示出对口头话语的不信任，认为日常交往中的交流往往流于表面，难以全面、深入、准确地表达自己的想法。她偏爱网上聊天工具，认为时间自由，内容也可以经过反复思考而更周全、细致。此外，她经常接受媒体的书面访谈，对于一些常见的问题，她已经对自己的想法进行了多次文字整理，比口头表述更加准确完整。

作为理解个体及其写作活动的途径，书面回答更加全面，经过深思熟虑因而用词比口语更加准确贴切，尤其在涉及精神、意义、价值等内心世界的描述时比口头表述更为丰富、深入、细致。这一点经过对同样问题的口头表述与书面表述的比对得以确认。而书面表达的缺点在于往往书写内容经过一定程度的修饰、加工或反思。但就这一点而言，笔头访谈与口头访谈只是程度上的差别，访谈本身也必然会是一个促使对象整理想法、重新发现自我甚至改变自我的过程，无论是书面还是口述，作为访谈本身的局限均难以避免。因此，整体看来，对于内心世界的理解来说，书面资料利大于弊；为了克服其弊，像对待所有访谈资料一样，分析中应意识到它们作为交流互动之产物的性质。

二　其诗：对诗歌文本的考察方法

本研究将文学文本作为一种个体自我的"证言"、相对来说积极自发的"主体性叙事"，也就是在一定程度上具有自主性和表演性而较少现场互动性的质性资料来看待。相应地，对诗歌文本的具体考察方法也按照质性访谈资料的考察步骤，通过编码与归类进行整理和归纳。如前所述，打工诗歌是农民工群体中具有文学能力的主体面向公共空间的自我叙事，其中结合了私人性与公共性、本真性与表演性。对于打工诗歌文本进行考察的基本问题，与对诗歌写作行为的考察问题相一致，即个体如何面对农民工群体的结构性处境。本研究中每一类型应对之道的考察将以对打工诗人的个案研究为主，同时对体现这一态度类型的诗歌作品进行分析。

个案研究中所涉及的诗歌文本主要出自该诗人在杂志或诗集上公开发

表的作品，将选取其中知名度较高、被视为代表作的作品。因为这意味着在它们曾引起较为广泛的共鸣、具有较大社会影响力，能代表诗人受到认同的境遇感受及生活态度。对三种类型的考察中，除打工诗人的个案分析之外，还将对较为显著地表明了该类型态度的诗歌进行分析。这部分诗歌文本来自《中国打工诗歌精选》（许强等编，2005、2009、2010、2012、2014、2015）。打工诗人群体获得公益组织的资助，自2005年出版了《1985－2005年中国打工诗歌精选》之后，每隔一至两年结集出版一部精选集，至今已出版六部。历年精选集的诗歌文本，是进入公共话语空间的打工诗歌的主要内容。考虑到时间的跨度，本研究选取2008年与2014年《中国打工诗歌精选》中的打工诗歌，通过编码录入把握内容和主题的构成及变化。对诗歌文本的编码与对访谈资料一致，主要有三大组：关于打工者境遇的认识和体验；面向打工者境遇的态度与应对方式；其中显示的自我认同或生活取向。按照诗歌中体现的对待结构性处境的态度，本研究将诗歌文本也分为适应、批判、创造三种类型，选取每一类型态度中较为典型的诗歌文本进行分析，从而与该类型的诗人个案研究相互对照、加深理解。

五部打工诗歌精选均主要由于韧①进行选编，主要评审者没有变动，评选标准基本保持一致。于韧是打工诗人群体的核心人物，热心于打工诗歌的发展，为此投入相当大的时间与精力。他认为《中国打工诗歌精选》主要是以纪录和编年史为主要目标，选编原则是文学水准和作为打工者的代表性这两个方面，尤其重视是否"打动人心"，强调诗歌对打工生活刻画的真实性、体验与情感的真实性。可见打工诗歌群体内部的选择标准，是将文学审美标准与社会身份标准相结合的。于韧也认同这一点，当文学水平相差不大时，所从事的劳动、所处的生活境况便会成为选编的取舍原则。每年征集打工诗歌的时候，也一直强调"打工现场的原汁原味"，除此之外未对具体题材做出引导或限制，诗歌选题在一定程度上是自由选择的。

本研究将诗歌视为一定程度上具有自主性、自发性的主体性叙事资

---

① 本书中涉及的与打工文学有关的人物名称均为化名。

料，对打工诗歌的文本内容进行编码。关于一首诗作，本研究将其描述重点作为主要编码，如果其内容多样也涵盖多个编码项目，以尽可能全面地把握打工诗歌所涉及的内容。相应地，有的诗歌即便很长，但所涉及内容的范畴比较单一，编码也较少；而有的诗歌篇幅较短，却因言及内容广泛而产生多个编码。因此，以上编码方式的统计结果，呈现的是打工诗歌所涉及的主要内容，而非按照主题分类后每一类型诗歌的数量统计。这是由于诗歌写作的想象性、随意性而使作品具有混杂性，一首诗作往往涉及多方面的内容。此外，一些诗歌抽象晦涩难以确定其含义，为避免臆测，同时也由于这类抽象风格的诗歌数量较少，本研究未对其进行编码和归类而置于考察范围之外。

以下通过一节诗歌对本研究的编码方式进行示例。

用几万吨的力砸断他们的骨头
用几万吨的力焊接他们的灵魂
焊花落下　焊花落下
没有一朵焊花像玫瑰一样美丽
没有一朵焊花像茉莉一样芬芳
身份卑微　身价低下
（程鹏：《焊花落下　焊花落下》）

一级编码	二级编码	具体内容
作为打工者	打工劳动	建筑工地
作为打工者	身份地位	卑微、低下

本研究对打工诗歌的内容进行了分类和编码，将其归纳为四个一级编码（见表3-1），即打工诗歌的主要内容可以概括为初级群体、打工群体、城市社会三大主题，其他是关于时间、身体、公共生活、文学等方面的零散主题。二级编码为一级编码下的分类，用以呈现每个主题所表达的具体内容或态度。可以看出，除对家乡与家庭的感怀、对城市生活的体验之外，作为农民工的社会处境与经历是打工诗歌自我叙事中非常重要的内容，其中包含对工作劳动、身份地位、其他农民工的状况、打工经历以及生活历程的刻画。进而，根据对2008年、2012年、2014年《中国打工诗歌精选》（许强、罗德远、陈忠村，2009；许强等，2011；许强、陈忠村，2015）的编码录入和数量统计，打工诗歌中内容出现频率的变化如表3-2所示。

表 3-1　打工诗歌的内容编码

一级编码	二级编码及其具体内容	
初级群体	家庭	父母、夫妻、兄弟姐妹、子女、其他亲戚
	故乡	乡村、乡愁、回家-春运、离家
作为打工者	身份地位	社会身份、社会地位、歧视、排斥、融合
	打工经历	关于群体称呼、共同的经历和体验、未来生活展望等
	打工劳动	打工现场（流水线、建筑工地等）、失业、工伤、事故、纠纷
	农民工群体	其他打工者、底层劳动者，以及边缘人群如妓女、"二奶"、失踪者、自杀者、精神失常者等
	生活历程	对生活、命运、人生的感喟
城市	城市社会	城市建设、城里人、城市景观、城市观念
	日常生活	居住、饮食、穿着、娱乐等
其他常见主题	关于时间：青春、时间 关于身体：身体器官、体态、疾病、性欲 关于公共生活：祖国、时代、新闻、政治、历史 关于文学：阅读、创作、兴趣 关于爱情：恋爱、择偶 关于金钱：钞票、财富	

表 3-2　打工诗歌主要内容的变化

单位：首

年份	诗歌总数	初级群体		作为农民工					城市生活	
		故乡	家庭	劳动工作	身份地位	其他农民工	打工经历	人生命运	城市	日常生活
2008	172	78	52	71	50	45	34	30	55	32
2012	198	101	72	99	101	87	79	54	59	42
2014	229	96	86	74	96	86	80	77	73	43

　　《2008 中国打工诗歌精选》（于坚等编，2009）共有 108 位诗人所作的 172 首诗歌。从主题来看，主要内容是故乡、家庭、城市这三项打工者的基本社会关系纽带和生活范畴，此外，关于打工劳动的描述最多，而打工者的身份地位、群体处境、生活经历等方面的描述相对较少。与之相对照，《2014 年中国打工诗歌精选》（于坚编，2015）共 229 首诗歌，关于

故乡、家庭、城市的内容出现数量仍最多，但对打工劳动的描写却有所减少，从以往农民工研究以及本研究的访谈调查来看，可以推测这与整体上打工者劳动条件和社会保障制度不断改善有关。相形之下，较2008年数量显著增加的是关于自身身份地位与其他打工者境况的描述、关于打工生活与人生历程的思考和感喟。社会身份与地位意识的上升，对群体社会境遇的追问、对生活历程反思意识的加深，显示打工诗歌日益关注农民工群体共同的社会处境，同时也体现出自我认同的建构成为其诗歌叙事中越来越重要的主题。

在此基础上，本研究集中关注了对社会境遇与自我建构进行较为直接表述的诗作。《2008年中国打工诗歌精选》共172首诗歌，其中有48首提及对打工者身份与地位的认识；《2014年中国打工诗歌精选》共229首诗，其中明确提及自己身份地位的有96首。在对待身份与社会境遇的态度上，虽然出现了多种情感与意志的倾向，但其基本态度的归类与个案研究相一致，可以分为适应（包括认同、忍耐、服从等形态）、批判（包括质疑、不满、抗争等形态）、创造（包括自我主张、重新定义身份等形态）这三种模式。每位打工诗人身上各种类型的态度经常混融，打工诗歌文本中对境遇的态度也并非泾渭分明而常常共存于同一文本之中。因此，在每一类型态度的考察中，本研究对于诗歌作品也仍基于理论抽样选取其中较为显著地体现了某种态度与意志倾向的诗歌文本，作为具有典型性和代表性的诗歌样本进行重点考察。

第四章

适应型态度：
安所遂生

在本研究持续进行调查、了解较为深入的二十个打工诗人的个案中，十个个案可以归入适应型态度。本章将适应型态度尤为显著的七个个案作为重点个案（以下简称适应型个案）进行分析①。他们都肯定现状，认为这一群体改善境遇的关键在于从自身的能力或精神状态入手适应社会环境。

七个个案（见表4-1）均发表过多篇诗歌作品并出版诗集。在农民工群体中，打工诗人是社会境遇发生较大变化的小部分人，本章的七个个案外出打工均是从工厂工人、保安、快递员等职位开始做起，多人已经历了职业地位与社会地位的向上流动。但他们仍以不同的形式持续关注和参与农民工群体的生活或工作，并明确表达出作为"外出打工者"的身份认同。为了考察他们身处打工者境遇的体验和态度，本章将结合访谈中个案的回顾性表述和他们以往从事车间劳动或快递、保安工作时的文字表述，并主要参照他们早期打工时所写作的诗歌文本，从而尽可能贴近打工诗人身处农民工境遇时的适应方式，提高整体分析的有效性。

表4-1　适应型个案的基本情况（2015~2017年访谈当时）

化　名	性别	年龄	家乡	学历	首次进城打工时间	主要打工地	经　历
徐林安	男	42岁	湖北	大专	1999年	东莞	车间工人、保安队长、管理人员
萧莹芝	女	50岁	江西	初中	1985年	东莞	车间工人、管理人员、记者/编辑
董　高	男	46岁	湖南	中专	1999年	珠海	电工、仓库管理人员
何锋思	男	37岁	广东	中专	1999年	珠海	车间工人、自由撰稿人、行政人员

---

① 本章部分内容载于《社会学研究》2019年第6期。

续表

化 名	性别	年龄	家乡	学历	首次进城打工时间	主要打工地	经 历
孟 敏	男	46岁	湖北	高中	2000年	东莞	保安、文员、企业内刊主编
向明歌	女	36岁	湖南	高中	2008年	深圳	车间工人、企业文员
周京岸	男	44岁	湖北	高中	2005年	东莞	快递、车间工人、保安、作文辅导老师

注：个案名字已按拼音规则进行了匿名化处理。

适应型个案对于农民工境遇的体验或"快乐"或"惨痛"，但都肯定现状，认为这一群体改善境遇的关键在于提高自身的能力或调整精神状态以适应社会环境。如徐林安将自己成功改变境遇的原因归结为个人的素质和能力；萧莹芝认为自己"心态很好""能吃苦"；何锋思主张打工者应该有上进心；孟敏重视学习技能、提升文凭，以实现职业的提升；向明歌认为关键是"自己要强大"；董高和周京岸注重现实生活中"心态"的调节。提升能力与保持积极乐观的心态，是他们适应社会的主要方式。

为分析个体适应结构性处境的方式，本章对个案的考察内容主要包括以下几个方面：他们如何认识和体验打工者群体的社会处境；在此基础上，他们的文学活动折射出个体对结构性处境的何种态度，反映何种自我建构的形态。

一 个案白描：以文学提升自我

萧莹芝是积极适应社会变化并成功实现了阶层流动的典型。她生于1969年，1987年从江西老家外出打工。17岁时在村里收鸡毛的萧莹芝，现在已是东莞一家时尚杂志的主笔兼广告部主管。2016年初，在东莞市区气派的写字楼，我见到了这位打工诗人群体的"元老级"人物。她活泼热情、神采奕奕，说话语速较快，充满活力。

（一）以"乐观感恩"面对成长机遇

萧莹芝初中毕业后靠收集鸡毛帮家里赚钱，18岁通过家乡的招工考试，以劳务输出的形式从江西农村来到东莞工厂做工。在工厂流水线上，尽管工作辛苦、经常加班，萧莹芝很珍惜这份工作，因为觉得这是一种"新鲜"的体验，还能帮家里挣钱。她对待工作十分认真，做了一段时间以后，"线上的那些拉长啊，那些巡检啊、主管啊，他们都看到我很努力在做事，而不是像别的小员工，有人管时就很努力，做得很快；没人管的时候，就在那里偷懒、磨洋工。我不会这样的，我是不紧不慢一直在做，不管你这个人站在我后面，还是不站在我后面，我都一直在做事，只要有货我就一直在做"。萧莹芝认为自己不断提升，源于工作认真自律。

与很多打工诗人认为打工现场艰辛而压抑有所不同，萧莹芝称"在工厂打工，我是快乐的那一个"；"在工厂打工再苦再累，我都是很快乐的那种。而且我写的东西也很阳光，心态很好"。"快乐的打工生活"并非萧莹芝的文学修饰或社交辞令。她对工厂车间生活的追忆充满了欢快之感，经常脱口而出的口头禅是"好过瘾"，即好高兴、很有意思、很尽兴的意思。

快乐首先来自经济上独立和收入显著增加。"我们家里一个中学教师都拿不到60元工资。我做一个整月下来，第一个月的薪水是150元，比我叔婆当年这个县组织部部长的工资还高一些，而且第三个月我的工资还会更高。计件取酬，手艺技术会越来越好，工资也会逐渐增加。"同时，快乐也源于打工生活带来的自我改变，"人家说，一年土、二年洋、三年四年变模样。没几个月从服装到思想，一切都有变化。这让本地人看我们顺眼多了"。家人的肯定也让她确认了外出打工后的进步和变化。"父亲来信，也说我现在写回去的信里的字比以前好多了。父亲对我的进步很满意。打工把一个什么都不懂的傻女孩变聪明、变漂亮了。"因此，萧莹芝积极地肯定打工生活的意义，认为打工促进了自身的独立自主和个人成长。在她的自传小说里，曾有这样的表述："它（打工生活）让我们远离家乡的同时，也教我们成熟。因为我们不要整天听父母的唠叨、做没完没了的家务活；也不用为了一个月几元的零花钱而找父母伸手讨要，这种日子我喜欢。我也喜欢我自己目前的这份工作，做小工人有小工人的乐趣。"

当问她坐在流水线上是否会觉得单调疲劳或担心工业污染损害身体时，萧莹芝主要通过与干农活做比较来评价车间劳动。

你知道吗？我在农村是干农活的，上山打柴。我们那里离山还很远，我打柴去高山上的话，要上几个坡，上到那个山顶上，有时候……下面的柴好，还要爬下去，下去捡完了一担柴还要挑上来，挑不上来时要别人来帮忙……这种苦我都吃过。不要说在外面打工苦，在我眼里不算什么。因为我觉得最苦最累的是我们农村人，其实不是工人。工人是时间长，但他做的都是手面上的功夫，（从事的）都是手工业。而农民他要干重活，比如说你去田里，那个田是水田，那个蚂蟥老是在你脚上扒着你的时候，你还要割稻子。割完稻子还要背上来，还要用力去背，像我们女的就背不了多重，重一点扛起来就很累。这种活我们都干过，我们怕打工吗？不怕的。

对于初中毕业就开始在家乡干活贴补家计的萧莹芝来说，工厂劳动远比农活来得轻松和安全。心情沮丧主要是在工作受到批评的时候，"如果今天做得慢，做得不好，该返工了，被组长骂了，（心情）会有点不好"。除此之外，打工意味着新鲜、自由、增加收入、长见识、成熟、进步，促使自己从农家"傻女孩"成长为现代女性"小工人"。而打工生活所伴随的艰苦，在萧莹芝眼里是为了获得这些生活机遇而必须承担的代价。对于一个抱怨车间劳动的同乡"平凡"，她曾忍不住抢白："平凡，我写信要我表妹出来打工，是想帮她家改善家境，改变她自己不想种田的命运，你跟着她来了，……这里是东莞，是沿海城市，打工需要努力，却不需要抱怨，想回去的话你趁早。"如果对打工生活不满，可以选择回老家——这是对打工者苦难叙事最常见的批驳方式。萧莹芝也描述了这一反驳的思想依据——外出打工是基于自身家庭的需要以及自我的意志，它会带来经济的改善，同时必须付出吃苦受累的代价。

萧莹芝90年代在工厂工作时写的一首诗《在打工人云集的南方》（歌词：调寄《在那桃花盛开的地方》），也体现出这种积极、乐观的态度。

在打工人云集的南方/无处没有我们的伙伴/满怀希望地走进了厂房/拼命挥洒青春的血汗/啊，南方，我们漂泊的旅程/为了能够富裕我们的家乡/无论遭受多少困苦与艰难/总是执着地穿梭在打工路上。

在打工人云集的南方/到处飘逸我们的风采/上班时我们干劲十足/

"MADE IN CHINA"的产品遍布全球/啊，南方/我们青春的驿站/为了拥有物质和精神双丰收/无论忍受多少冷眼和苦难/啊，南方，考验我们的地方/为了家人能活得快乐幸福/我们不怕漂泊流浪。

工厂打工时期，萧莹芝积极乐观地面对各种境遇，通过勤奋的学习和工作，努力实现向上流动。这种认识和观念强调从个人的自主性和自我负责的角度认识打工者的处境，包含对机遇和代价之间的权衡，也包含付出与收获对等的交换伦理。她主张的"感恩"即认识到打工带来的机遇和获益，对她来说，劳动的苦与累是必然附着在打工生活中的一部分，没有必要进行"抱怨"，重要的是个体如何调整自身以符合环境的要求。

（二）通过学习与写作提高文化资本

同时，外出打工的经历和见闻，使萧莹芝意识到自己在市场竞争和雇佣劳动中的弱势地位，进而产生了学习文化的强烈渴望。一方面，她发现工厂的雇佣劳动缺乏稳定性，"来到这里发现是打工，你不听话，人家分分钟可以不要你，心里就很失落，那个落差就很大了"。因此，"一切都得靠自己，工厂靠不住"。另外，面对学历造成的待遇差异，她在不满的同时，深切感受到市场竞争中文化资本的重要性。

（学历的重要性）在我出来的时候，就意识到了。凭什么人家高中生就可以去深圳，进那个什么金华电子厂。在80年代末90年代初待遇很好，一天八小时工作制，加班有加班工资的，人家在很好的一个企业。为什么他们是高中生就连考试都免了，直接可以进特区，然后我们就没人要，分到东莞了？因为我们那个劳动局的人就觉得，分到特区去嘛，应该是高学历的。我们那里有一个学校，以前就是一个中专，我们考重点高中、考普通高中，剩下的才去读那个学校。结果，他们因为毕业时改成大学的名称了，到了深圳当大学生用，全部分到写字楼，做统计、做仓管、做文员。

刚到东莞时，因学历而获得截然不同的工作地点、岗位和待遇，令萧莹芝感到委屈而震惊。她开始认识到，"你没有文化，就算打工也混不开的"。她对差距的感受格外深刻，不仅在于找工作时学历的巨大分化作用，也与能力判断标准的突然变化有关。身处家乡熟人社区时对他人能力比较了解，打工后遇到仅凭文凭进行判断的僵化标准——即便没有相应的能力，只要拥有一份文凭便可以获得比自己优越得多的待遇，这也是萧莹芝感到自身弱势地位并为之不平的重要原因。学历带来的差距，是她走出乡村社区、进入市场和城市社会时经历的重要文化冲击，既包含着某种正当性，也带着机械性和片面性呈现在萧莹芝面前。

这一感受对她此后影响颇大，她在自传小说中有描述，在访谈中也一再提及。"知识第一次在我面前耍够了威风。我多想在大都市的氛围中熏陶自己、升华自己啊，但受挫的心也明白了，要在百川汇海的人流中挺直自己的腰杆，就必须努力学习文化，并拥有一技之长。"她描述了自己在疲劳的车间工作之余，想方设法艰苦自学。"业余时间我如饥似渴地学习高中课本，阅读中外名著，并订出了'五个一'计划自学。流水线作业每天12个小时，有时还得突击加班，每次归来，人就像散了架似的。姐妹们倒在床上便能呼呼大睡，唯独我不行，我强迫自己坐下来写一天的感受和生活浪花。晚上11点半后，宿舍要熄灯，我只好躲进冲凉房甚至女厕所内看书，每次站着或蹲着到午夜两点多，这样就不会被查夜的女保安或宿舍管理员逮住罚款。"可以看到，她对市场和城市的适应不仅在于认真完成车间劳动，学历、文化上的危机意识也促使她以强大的毅力坚持进行自我教育。

这一自我教育是综合性的，萧莹芝不仅学习文化知识，在打工生活中也非常重视各种技能的学习，为此付出了巨大努力。1991年，她参加各种技能培训班。"每夜从大朗镇出发，跑到8公里之外的常平广播站，学习电脑中英文操作。在当时电脑培训班不普及的情况下，我们两个经常是走夜路回家的。走十几里学电脑，真的是不容易。万一有个好歹怎么办？当时，我们不想这些，只是想，技多不压身，会电脑，我们找工作肯定容易些。因为我们都没学历上的优势，但我们可以在技艺上赢得好的工作。"除知识、技能之外，在兴趣爱好方面，她也积极地进行学习和训练。其自传体小说《漂在东莞十八年》记录了当时的情形。"我有意识地培养自己的兴趣、业余爱好，我的爱好不仅仅是打羽毛球、跳舞，我拿了表哥的会计书，很有兴致地读了起来。尽管那些成本核算、利润核算让人很头痛，但我还是学得很开心，挺带劲的。一本一本，我给自己订了学习计划，每天至少要读两个小时的书，实在没时间的话，我也会尽量挤时间出来。几个月后，我基本上掌握了这门学科，做流水和成本核算没什么问题。我还养成了写日记的习惯，每天必写。"她还养成读书的习惯，打工时晚上只要不加班，就去图书馆借书看。从这些自我规划和自我管理的内容来看，萧莹芝的适应方式主要是提高各种形态的文化资本。

萧莹芝也重视品位、气质等身体化的文化资本。"我告诉她们（年轻的同事），我说你可以不漂亮，你也可以不要穿得那么美，可能人家见你第一眼时觉得你不怎么样，但是你坐下来跟别人聊的时候，要让人觉得你有内涵。……你长得好不好，你天生就是那样的了，但是后天的气质你是可以培养的。"萧莹芝着力于提高自己各方面的文化资本拥有量，参加自学考试和学习各种技能，带来文凭、证书，提高制度化、客体化的文化资本，而培养言谈举止的"内涵"和"气质"，则在于弥补和丰富身体化的文化资本。

与之相应，文学写作也是萧莹芝进行自我教育、提高文化资本的一项内容。她将自己视为一个通过文学改变命运的人。"我原来是一个工厂底层的生产线的打工妹，然后呢，因为文字，老板赏识你，就做了一个小组长；然后还是因为文字，做了一个写字楼的文员；后来也是因为文字，老板就把我调到这个公司……因为我在东莞小有知名度吧，他就觉得我很能吃苦，就要我进来了。"她设想了若没有写作而作为一个普通女工的生活历程：

> 如果我打工我不写作，那我可能会做了几年，如果技术过关、人家觉得你人还不错又很努力，会给你升个小组长。但是他绝对不会让你去做内刊编辑，绝对不会叫你去做写字楼文员。因为写字楼文员在别人眼里，90年代的时候你至少要高中学历，初中学历的人是没有机会的，永远没有机会。但是当组长的话小学生就有机会，只要你技术好。就是说每个工序你都会做，然后口才还不错，能够笼络人心，让别人听你的，他会给你一个小职务让你做的。甚至你做了很多年，做得很好的话升个车间主任都是有可能的，但是如果不写作，我现在不

可能做编辑、做记者。

对于萧莹芝来说，靠着勤奋和努力也可以实现职业的提升，而文学的实际作用不仅在于提升了职业地位，更改变了作为一名工厂员工可能有的惯常升迁路径，使她能够打破学历这一原本难以企及的高墙，有了进入文化产业的机会，成为一个"文化人"。

因此，写作既是萧莹芝的兴趣爱好，也与其他技能学习一同构成她自我提升的途径。如她自传中不断出现的一句话："我一直坚信，有文学的地方就有希望。"对她来说，"希望"代表着打工生活中的精神寄托，尤其意味着上升流动的可能性。在工厂的单调劳动中，文学写作构成她积累文化资本的一种途径，是她努力脱离农民工处境、提升职业地位与社会地位的尝试。

自外出打工之初，萧莹芝便敏感地捕捉到文凭的分化作用，以及文化资本对于社会流动的重要性。在对自身的培养中，既有更高学历文凭的获取，电脑、打字、会计等实用技能的学习，也有通过写日记、打羽毛球、阅读与写作等培养各种兴趣爱好，以提高"综合素质"即身体化的文化资本。萧莹芝的过人之处在于，她很早就洞察到布迪厄所说的"文化资本"的重要性，对文化资本含义的理解也如布迪厄那样广泛。不断学习的特点一直坚持到现在，2017 年调查时她正在参加高等教育自学考试，希望获得更高的文凭。同时在时尚杂志工作的萧莹芝也积极地汲取最新的技术和信息，以便适应市场的发展，保持自己的竞争力。"跟这些 80 后、大学生、本科生抢饭碗，而且我还能指点他们工作、他们不懂得还要问我。不是因为我工作时间长，我的经历丰富，这只是其一。其二是什么东西先出来，我就最先学。你看微信一出来，我没钱也换个手机，玩玩营销，整个编辑部个个都不会做微营销的时候，我就会。就是说，你给我一个市场总监（的职位），但一个新的营销模式来了你都不会，你会被淘汰的。"

（三）关于打工者处境之弊：劳资关系与情感缺失

在萧莹芝的思考中，打工者境遇的艰难，主要是由劳资关系造成的。她着重讲述工人与老板之间的关系。"不仅打工者辛苦，老板其实也辛苦。

你站在他的角度上想，他赚不到钱他要发工资，也很艰难。其实我还是觉得不应仅仅说老板在压榨打工者，他要是没钱赚，他肯定不接那个单，而且他也不可能把所有的钱都分给工人。我觉得问题还是在于很多老板他不知道建设企业文化，他就把打工者当机器，就是你给我干活我给你工资，他就觉得很公平了，他没想过要建设文化。"

从萧莹芝的讲述来看，她首先表示理解和同情老板的处境和立场，"他要是没钱赚，肯定不接那个单"，"不可能把所有的钱都分给工人"，这是对市场雇佣关系和其中的剥削关系表示部分地理解与认可。因此，萧莹芝基本上对劳资关系中的剥削性质并不持有明显的批判态度，她反对的是老板仅仅把工人视为"劳动力"。所谓不重视企业"文化建设"，指的是忽视工人生活的完整需求，即把打工者"当机器"，"你给我干活我给你工资，他就觉得很公平了"。按照市场商品逻辑把人视为且仅仅视为劳动力，只要劳动与物质报酬达到平衡便不再负有其他责任和义务。萧莹芝认为这种劳资关系去除了对打工者作为劳动者之外人的生活的关照，导致工人因缺乏社会交往、缺乏与工厂之外社会生活的接触和参与而感到封闭、孤单。

相应地，萧莹芝认为改善打工者处境的外在途径是建设企业文化，"我个人认为其实工人可以有另外一种活法，就是老板多为工人想一下"。"为人着想"这一伦理主张对于工厂来说，就是注重企业文化建设。"打工环境还是好了很多，很多工厂特别是大工厂基本上有企业文化的意识。原来我进去很多大工厂玩儿，有搞黑板报的，但现在大家都做企业内刊，……现在东莞有很多企业内刊，以前都没有的。"萧莹芝关注的问题在于恢复打工者作为人的生活而不仅仅是劳动力，并将解决的方式寄望于企业文化，企业内刊被她视为企业雇佣关系人性化的一个重要指标。此外，关于打工者的整体境遇，萧莹芝认为现在的市场和工厂的雇佣关系较以前规范了很多，肯努力工作就会有好的收入。"现在压榨工人的时代已经过去了，现在你看工资低了，你就请不到人"；"其实现在只要你肯努力，吃得苦，你就能赚到钱"。

然而，随着年龄的增长，萧莹芝对自身生活以及打工群体生活的认识和态度却有了一些变化，她发现"中年打工人困惑比较多"。就她对自己的认识来说，经济收入有一定的增加，生活质量提高了；但同时也有诸多烦恼和迷茫，如未来的归宿难以决定，不仅城市和家乡都难以割舍，也都难以安定。她反复感叹好友艰难的购房经历，这位朋友同为从年轻时便在珠三角打工奋斗的打工妹，倾其所有积蓄买房却难以获得城市户口。这令萧莹芝感到第一代打工者辛苦劳作至今，在城市扎根仍旧是一件需要"运气"的奢侈之事，充满不确定性而难以实现。同时，老家农村生活水平日益提高，而长期外出打工者在经济收入和社会地位方面也面临边缘化。作为60后的老一代农民工，萧莹芝已经实现了很大程度的社会地位跃升，但在城乡之间左右为难、缺乏成就感的体验，使她"自始至终也没觉得（自己）成功"。同样，她描述其他打工妹进入中年后，工作、家庭也都面临失衡的危险。在工作方面，打工者步入中年后在劳动力市场中缺乏技能且体力下降，处于难以适应而易被淘汰的困境；在家庭生活方面，外出打工带来的负面效果日益呈现。随着时间的推移，家中老人身体衰弱，难以照顾儿童，原有的留守老人加留守儿童的家庭模式难以为继，普遍的办法是用夫妻分离的家庭模式取而代之，这使原本不完整的家庭生活更加不稳定。

因此，萧莹芝开始感受到年轻时并未在意的打工生活的沉重代价，并体现在她的写作之中。一向乐观向上的她，在写中年打工者的现状时，常常在诗中表达了与此前截然不同的情绪——酸楚、苦涩、懊悔等。这显示，一直以坚强的意志、乐观的态度、勤奋的实干精神努力适应市场竞争的萧莹芝，开始正视长期打工生活所付出的代价。不过，尽管对打工生活的体验有所不同，萧莹芝持续一贯的评价标准却并未改变。用以衡量打工利弊的内容不仅在于经济收入和福利待遇，还包含人格成长以及情感需求、社交需求和完备的家庭生活等方面的满足。

二　适应的各种形态

（一）利弊权衡：对结构性处境的认知与体验

七个个案对群体处境的认知情况整理于表4-2。说到打工者的生活境遇，七个个案虽然提及学术话语所重视的国家政策、市场竞争、社会保障制度、劳资关系、企业管理方式等社会因素，但认为改变境遇的关键因素在于打工者自身，依据主要是他们对打工者处境的评价是利大于弊。

表4-2 适应型个案的处境认知

个案化名	对外出打工的认识与体验
徐林安	机遇大于伤痛，自身上升流动的经历证明了有机会
萧莹芝	城乡比较，外出打工收获大，苦恼是精神上的苦闷，打工者处境在改善
何锋思	有向上的通道，个人安于现状才导致生活困顿
孟 敏	经常会有"精神溃疡"，但外出打工收益大，抱怨没有意义
董 高	外出打工有利有弊，打工是个人的自主选择
向明歌	打工总比在农村强，市场竞争是合理的，辛苦工作是生存必须，生活没改变"怪我自己没努力"
周京岸	外出打工获益大，远好于留在农村，有得必有失

这一评估基于城乡生活的比较，适应型个案认为外出打工带来巨大收益，以此肯定农民工群体的生活现状。在萧莹芝眼里，打工出于自己的需要和意志，它带来更好的经济收入，而且车间劳动也比农活轻松安全得多。"不要说在外面打工苦，……最苦最累的是我们农村人，其实不是工人。"她感激打工带来的收入和机会，认为承受相应的代价也"不需要抱怨"。徐林安虽然回顾以往经历时禁不住落泪，但对处境的整体评价中，他并不愿强调苦难，认为外出打工是重要的生活机遇。"如果我不出来打工，可能在家里就是打架，或者跟那些二流子一样，成了一个无所事事的人、没有用的人。"周京岸对打工生活的总结是"对我个人来说肯定有得必有失，我感觉我得到的还是比失去的要多一点"。孟敏也认为获益大于损失是毋庸置疑的，"我在家里靠那点工资养不活家人，后来出来几年就回家建房了"，"看看外面世界肯定不一样的，一定要出来"。对于孟敏来说，"生活境遇的形成根源"这个问题，首先在于打工者是以自主意志进入这一情境之中的。在自主意志、自我选择的基础上，对打工群体处境的不满和批判对他们来说，意味着既想获得更好的生活，又不愿意承受相应的代价。就如董高并不认同"诉苦"的理由："很苦你就不会在这里生活

了，你早就回去了，是不是？因为在外面肯定过的还可以，绝对比在家里好很多，你才说留下来。"适应型打工诗人基于城乡生活的比较而对外出打工利弊进行权衡，强调打工生活是基于自身目标而进行的自愿选择，承受痛苦是为获得以经济收入为核心的生活机遇而付出的必要代价，因此主张忍耐与适应。

这些个案强调利大于弊的前提是他们都曾体验并认同打工者生活中"苦难"的普遍存在。关于打工生活中为了增加物质收入而付出的代价，较之身体的疲劳、健康的损害，诗人们着重讲述的是远离家人、缺乏社交而造成的情感缺失，工厂劳动导致的内心压抑和自尊受损，以及频繁换工和"留不下的城市、回不去的乡村"引起的漂泊无根、缺乏归属等感受。情感满足匮乏与精神磨难的体验，常常是访谈中打工诗人们情绪迸发之处，也是打工诗歌的重要倾诉内容，这些诗歌因而常常被视为打工者的苦难叙事。这些痛苦的感受与诸多农民工群体研究以及打工文学研究的论述相一致，本章对此不再做详细的描述。重要的是适应型诗人个案对农民工社会处境的体验和认知，常常表述为利与弊之间的比较权衡，即经济收益、生活机遇同精神、情感之苦痛的共存与冲突。

这种表述不仅出现在访谈中，也体现于诗歌文本。从七个个案早期诗歌中对打工者社会处境的描述来看，首要的体验是地位低下，谋生艰辛。对打工者的比喻多用"草芥""草木""树叶""蚂蚁"等意象，对打工者最常见的描述是"卑微""势单力薄""土里土气""廉价""怯生生""瘦弱"的"异乡人"，而打工生活意味着"在低处的生活里辗转奔走"（《这些年》）、"苦苦挣扎"，"辛苦""疼痛""孤独""流浪""漂泊"等是高频率出现的词语。典型的诗句如"我只能如一股战栗的风/一张惊慌的影子"（《异乡》），"以更卑微的姿态走路，低于尘埃和生活"（《江南一年》），"我微如草芥的生命还在流浪"（《东莞》），"他和我打着同样卑微的工/挣着同样辛苦的钱"（《我认识的他（她）们或者更多》），"我们穿着褪色的工衣/习惯被冷落"（《楼梯》），"父亲和他的农民工兄弟/瘦弱的身影如粒粒浮尘"（《父亲》）等。

诗歌也显示出对打工生活的期待和希望。如打工者也被称为"寻梦人""躁动不安的灵魂"，打工生活意味着追求"前程""事业和爱情"，

"寻找机遇/将自己嫁给幸福"（《在劳务市场》）。如"只要敢于迈出双脚/都会海阔天空/忘却那些伤痛"（《人生感悟》），"我携带家人的期待而来/抵达珠海心跳的地带/终于站到事业的起跑线上"（《抵达珠海》），"与城市粘连的节奏 让南国的暖流/滋生了/每一位工仔与逆境抗争的勇气"（《身份》），"就是寄人篱下的我还是这一具陶罐/也还是有一片属于自己的天"（《陶罐》），"生命的征途/又何惧日子里/那残留的冰风雪雨"（《我一直在走》）等。与访谈中强调机遇和获益相对照，他们诗歌中的情感体验包含积极乐观的情绪，但更多刻画了社会地位低下带来的弱小压抑、不受尊重，以及缺乏情感支持和归属感等负面感受。尽管访谈中相对理性的叙述与诗歌文本中的感性表达侧重有所不同，但都体现出利益期待与情感代价的分化与冲突，这是适应型打工诗人体验打工者社会处境的重要维度。

具有适应型态度的打工诗人审视并试图调和打工者结构性处境中的机遇和代价，收益与牺牲，这两方面的矛盾体验往往呈现为"爱恨交加""五味杂陈""有得必有失"的表述。对他们来说，打工者的结构性处境并非完全是压迫性的或不合理的，尽管意识到结构性力量对生活境遇的制约，但处境认知主要建立在利弊的权衡评估之上，物质生活机遇与精神代价之间的冲突是其重要感受。这种体验和区分的方式在农民工群体的研究中也可获得佐证。多数农民工都认为，精神上的歧视较之物质生活上的艰苦，更令他们感到不满和难以忍受（李强，1995：63）。这一体验维度在中国社会变动中也具有普遍性。改革开放以来，物质与精神的分化和冲突是普通民众、大众媒体乃至学术话语认识生活变迁的重要方式之一，物质生活繁荣与精神价值空虚之间的对照成为社会生活中的常见话题。打工诗人"爱恨交加"的生活体验提示，社会转型中生活机遇的开放、扩大，与社会纽带、伦理价值观念之间构成冲突，劳动方式的变化并未伴随新的社群联系方式和价值体系的整合方式，造成个体内在情感的矛盾体验。那么，打工诗人如何应对和处理这一冲突？

（二）张力与协调：适应型打工诗人诗歌写作中应对结构性处境的方式

适应型个案大多在打工以前是文学爱好者，但真正写作诗歌是在外出打工生活的激发之下才开始的，显示其文学活动与结构性处境压力之间的关联。根据访谈资料编码中关于诗歌创作等文学活动的描述（见表4-3），适应型打工诗人的文学写作体现出以下三种面对自身处境的方式——弥补、脱离、超越。

表4-3　适应型打工诗人在诗歌写作中应对结构性处境的方式

概括	一级编码	二级编码
弥补	增加社会交往	文友交流、工友交流、认识新朋友、获得接纳与认可
	填补感情匮乏	建立拟亲密关系：苦闷倾诉、精神慰藉、缓解孤单、情感支持
		巩固亲密关系：向家人倾诉告白、维系乡情与亲情
	疗愈精神损伤	宣泄压力、重建主体性、安抚伤痛体验
脱离	作为客体化文化资本	"靠文学改变命运"，以文学成绩脱离底层劳动、实现职位晋升、进入文化行业
	作为身体化文化资本	激发进取心和奋斗意志、使人自我改变、跟命运抗争、不甘于现状
超越	压力的回避	脱离现实："摆脱世俗的喧嚣"，心里舒服轻松、没有压迫感
	寻求自我认同	淡泊欲望：摒弃欲念，带来内心平和、随遇而安，"让我内心安静、干净"
		"净化灵魂"、保持"阳春白雪"

1. 弥补：通过诗歌写作修补情感缺失和精神损伤

在诗歌写作中，适应型打工诗人寻求打工生活中缺失的情感交流和精神支持。萧莹芝从普通女工奋斗成为杂志编辑，她重视提升包括写作能力在内的文化资本以提高市场竞争力，但从其对早期文学创作过程的描述来看，写作的动力和快乐还来自在此基础上形成新的关系纽带。这一点在她做流水线女工时撰写的自传小说中也得以确认。对萧莹芝的写作给予重要推动作用的有两个方面：一个是工厂里的黑板报；另一个是同厂姐妹和朋友们，这些都带来了围绕文学的互动和交流。"（同厂工友看到黑板报上自己的文章以后）觉得你文章写得好啊，就找你想跟你交朋友啊，认识你啊，这个（让我）很开心的。"以文学写作为契机而形成的友情，既基于对才华的肯定；也基于情感，通过作品内容而达成共鸣；同时还有因共同的兴趣爱好而产生的交流欲望和惺惺相惜。萧莹芝在打工生活中感受到的痛苦，主要是情感上的孤单无依。"（车间劳动）这种生活上的苦跟那种心灵上的苦闷，是不同的。"心灵的苦闷是"你肯定找不到一个可以说悄悄话的人"，即缺乏亲密的社会关系给予的精神慰藉和情感支持。由文学这一共同爱好而形成的人际交流，为她提供了重要的补偿机制。缺乏社会交往、情感生活匮乏是工厂打工者生活中的普遍困境，而通过文学写作形成精神上的互动，是萧莹芝应对这一困境的重要方式。

周京岸在 2015 年受访时担任工厂的保安，他认为写作的快乐在于"他人对自己的认可"。当感受到周围人的亲切对待和"赞赏""对我更加热情"并"成了好朋友"时，"就觉得生活中还是有一点小小的快乐，是通过写作获得的，如果没有写作，什么快乐也得不到"。在写作中他渴望获得他人对自己情感上的接纳，将之视为最大的动力。另一位个案向明歌现为公司文员，她描述从前作为流水线工人时喜欢诗歌写作的原因除了经历情感波折而渴望通过写作释放情绪、缓解精神压力之外，还在于能与有相同爱好的人进行精神交流。"文学对我来说也许意味着亲情吧，即便相隔久远，也会一见如故。"诗歌写作构成一种既虚幻又真实的精神互动，建立一种友好、融洽、相互进行内心倾诉的虚拟亲密关系。

徐林安的打工生涯从工厂啤工（注塑机操作员）起始，现已成为企业高层管理人员。他长期与家人分离，从居住在工业区出租屋的时候开始，他的很多诗歌就是对家人的深情告白，并经常把作品给父母、妻女看，以表达对家庭的重视和眷恋。因此，诗歌是他远离亲人时维系、巩固亲情的一种方式。董高从事电工多年，后转为仓库管理人员。一直以来他的诗歌中写得最多的是乡愁，他将乡愁的核心含义描述为"亲情"，认为这种重要而基本的情感正是城市生活中缺乏的。通过乡愁与亲情的描写，他对城市打工生活中的情感匮乏进行了想象性的弥补。

此外，多个个案也提及了写作是压力的宣泄和"呐喊"。徐林安外出打工以后开始写作诗歌，他描述其必然性在于"因为你没办法抗争"，尤其是早期作为普通的车间工人时，"不得不去找一种发泄的渠道，说出自己的生活状况和自己的心境"。在对外在社会力量和结构性压力感到无可奈何的情况下，诗歌写作可用以重获个体对生活的掌控感，重建主体性。孟敏早期有过车间工人的经历，现在担任企业内刊的主编。尽管他自述

"因为文学我有了饭票",不掩饰自己诗歌写作中明确的功利性,但他仍旧描述每写一首诗歌都"治愈了我的一处精神溃疡"。从个体与结构性处境之间的关系来看,诗歌写作使生活中受到压抑而受损的自我获得一定程度的修复。

由上来看,适应型打工诗人感激打工生活为他提供的机遇,也很清楚自己为此付出的代价。家庭分离、缺少社会交往、精神苦闷、内心封闭寂寞等问题是其中的重要部分,诗歌写作是他们针对生活中情感的缺失和损伤而进行的调节与弥补。面对既包含收益也包含损害的结构性境遇,文学写作帮助他们修复内心世界的损伤,缓解利益目标和情感代价二者之间的冲突,使他们能够暂且忍耐并安于当下的处境。

2. 脱离:通过诗歌写作实现上升流动

诗歌写作从资本和意志两方面支持打工诗人实现向上流动。作为一项文化资本,诗歌创作起到了帮助他们脱离底层劳动的作用,这被打工群体称为"靠文学改变命运"。如孟敏做车间搬运工时,凭着写作能力得以从蓝领工人转为文职人员。他将自己的文学爱好表述为"为了职业所做的准备",主要是实现上升流动的途径。另一个案何锋思虽曾在工厂里获得一定晋升,但最终辞职并凭着文学成果的积累转行进入高校从事行政工作。萧莹芝也将自己视为一个通过文学改变命运的人,凭着诗歌和小说的写作,她从"工厂底层生产线的打工妹"被提升为小组长、文员,进而能够转行成为杂志社的记者和编辑。文学不仅有助于提高她在工厂体系内的位置,还使他们脱离工厂劳动而进入文化行业。

对于未能显著地"靠文学改变命运"的个案来说,文学写作同样被视为改变处境的重要途径。向明歌虽从工人转为公司职员,但并未凭借写作实现职业和生活的明显提升,她解释现在的平凡状态是因为"自己心里没有坚持(文学)梦想",认为"我这种人要想改变命运,只能靠好好打工,或者自己做生意,或者写出好作品这三种方式"。访谈调查时任职工厂保安的周京岸表述了自己对文学非功利性的热爱,但他羡慕"写作改变命运"的人物,"他们都改变了自己。像我这种人要想改变自己必须努力写作"。他也希望"有一天我能到一家小小的报社里去工作,也希望再出名一点"。因此,境遇改变不甚显著的个案也多重视文学的资本效用,认为写作是脱离农民工的结构性处境、获得更高社会地位的重要渠道。

诗歌写作作为文化资本的性质还体现在身体化的进取心和奋斗意志上，它被认为可以激发自强向上的自觉意识。徐林安觉得"文学它会冥冥地、隐隐约约地就让我充满正能量，让我去向往好的生活，这可能是很多打工人不具备的"。他希望通过诗歌"唤醒他们改变自己命运的意识"。他的诗歌风格与之契合，透露出积极向上的精神意志。"要看个体自己如何去跟命运抗争，……我的诗歌里面不会呐喊完了就拉倒，我一定会告诉自己应该去改变命运。"作为打工诗歌年度精选诗集的编委，徐林安在诗歌的评审和筛选中也看重诗歌的"正能量"，即"首先我会去评估你有没有想过、写到过改变自己"。对他来说，"正能量"意味着一种主体性，是积极建构自我以适应环境的行动意志。何锋思也强调文学是他提升自我的意志支撑。"去当搬运工……在这个环境下，只有文学给我指明了道路。……没有这个的话，可能就找个女孩子结个婚，一辈子待在那里了。"文学成为激发向上流动的精神动力，使他不甘于现状，努力脱离眼下处境。他认为自己与其他没能脱离打工生活的普通工友之间的差异，就在于"我是通过'打工文学'才开始提升的"，"一个人只要坚持写作的话……他会不甘寂寞，不甘那个境况，想跳出他目前的环境"。

打工诗人通过诗歌写作激发上升意志，并以作品发表和获奖的成绩寻求收入与职位的上升以及生活处境的改变，诗歌写作是他们积累并展示其文化资本的行动。他们所说的"命运"，指受到种种社会力量所制约的生活路径，而"文学改变命运"便是通过写作获得文化资本以摆脱结构性的限制，进入新的、更优越的结构性位置。他们对农民工群体的地位及境遇感到不满，写作活动是他们脱离现有处境、实现向上流动的重要手段。这一工具性较强的写作方式也包含精神上的自我鼓励，但整体上偏重于生活机遇的获取。

3. 超越：通过诗歌写作"生活在别处"

尽管是在忙碌而艰苦的电工生涯中开始写诗，董高是唯一一个坚定而明确地表述自己并不想通过写作改变命运的个案，他称自己写诗就是"心理的宣泄"。"我写一首诗出来，心里很舒服，很轻松。"与徐林安将宣泄转化为改变命运的意志不同，他的"宣泄"旨在通过写诗"摆脱世俗的喧器"。"遇到的那种困难啊,就好像什么都没有了,……就忘记了,到了另外一种境界了……进入那种诗歌生活嘛,就没有那种压抑感。"董高说刚到珠海打工时,心理压力主要来自与外出同乡之间在物质生活上的比较。而文学的阅读和写作,是董高缓解"压迫感"的方式。"一看上诗歌,心里就会很舒服了。"他曾这样写道:"诗歌,让我粗俗的生活去掉了岁月无法洗彻的浮躁,也让我拥有了一方心灵的净土。"在他早期的打工生活中,写诗是使他暂时抽离现实而"生活在别处"的一种方式。

与之相似,虽已脱离工厂体力劳动但自我定位仍是普通打工者的向明歌主张淡泊欲望,"不快乐是因为欲念太多",而文学恰恰使她"摒弃了许多凡世的欲念",带来了"内心的平和"。在打工诗歌比赛中获奖使她获得城市户口、脱离了工厂劳动,但她抱有强烈的"缺乏一技之长"的焦虑。对她来说,诗歌写作既可以作为亲近、融洽的拟亲密关系而弥补情感的缺失,同时也是在这种倾诉中回避或超越现实生活中的压力和焦虑、获得精神宁静的方式。董高强调自己写诗是为精神乐趣而非"靠写作给自己谋点什么好的东西","因为写作没有功利心了,我今天能写就写,不能写我就不写了,没有太大压力,随遇而安。"周京岸也认为写诗"让我内心安静、干净"。这一写作取向较之物质收入和社会地位的改善等功利性目标,着重于情感的充实、非竞争性、去工具性的价值取向。他们将对利益、机遇的期待视为扰乱甚至污染内心世界的因素,写作成为其抵抗现实焦虑的方式。

周京岸认为诗歌写作使他"净化灵魂"而保持"阳春白雪"。他描述在乡下老家时以及外出打工下班后,老乡或工友们"就是闹闹哄哄地在一起打麻将,然后抽点时间喝酒"。他则不同,写作"让我身为下里巴人,却拥有一颗阳春白雪的心"。周京岸一方面明确地认为自己的身份是"下里巴人",另一方面坚持自己高于农民工群体的精神追求和生活方式,其诗歌写作是努力抽离和超越打工者现实社会位置而建构新的自我认同的方式。周京岸渴望更高的社会地位和更好的物质生活(2015年底访谈时是工厂保安,2016年辞职担任作文辅导班教师),但有时间和精力进行写作,使他对所担任的保安工作感到知足。访谈时,他曾主动提议并带笔者去参观所供职工厂里位于江边的保安亭,骄傲地介绍他在这仅一米见方的亭子里值班时，可以"一面欣赏秋水长天，一面构思写作"。这不仅显示他内心真切的愉快感，也呈现他通过写作抽离于现实情境的生存姿态。

这三个个案都寻求通过写作获得内心的宁静，这种"宁静"意味着能超越现实生活境遇而设置内心的"飞地"，暂且安于现状。超越型写作的个案身处打工者处境的同时，在精神层面回避或超脱于打工群体的现实处境，努力使自我建构与自身价值感不受这一结构性位置中利益与竞争的干扰，也免受其精神压力的损伤。这显示超越型的写作者同样并不接受或认同打工者的结构性处境，对其境遇的评价是负面的，文学活动更多表达着对"别处"之生活的认同和向往。

徐林安与周京岸有关工作与写作之关系的观念差异和由此而来的矛盾，可以清楚地呈现"脱离"与"超越"之间的不同与共性。周京岸在东莞的工作是徐林安为他介绍的，但两人对于这一职业发展的设想截然不同。徐林安由普通打工者奋斗而上升为高级管理人员，他认为这对周京岸来说也是改变境遇的最佳途径。在徐林安的期待和规划中，周京岸可以先在车间学习各项技能，从普通工人晋升为拉长，进而逐步转向管理干部。而周京岸则觉得车间工作人际关系不愉快，工作辛苦伤身又无益于写作。他的各种表述表明，从事车间工作，难以找到他最为重视的、他人认可自己的方式，这份工作也无法为他提供进行文学写作的有利条件。

很自然地，关于从打包工转向做保安，两位好兄弟有着明显的观念分歧。徐林安对周京岸的选择表示难以理解，因为他认为生活本身才最重要，即改善自己的生活和境遇，同时能为家人承担更多责任，而能实现这一切的是职业晋升，诗歌创作在这一目标之中并不占据主要位置。因此即便调换岗位，也应该努力进入办公室做文职人员，而不是去做没有太多晋升机会的保安。而周京岸坚持自己的文学兴趣，将其作为自己生活的重心、快乐的源泉，因为文学创作给他带来了社会认可和极大的自我价值感。由此出发点来看，保安所提供的工作条件和生活方式更加自由、轻松，是比"坐办公室"更好的选择。两个人都想努力摆脱普通工厂打工者的境遇，但他们的态度和方式有相当大的差异。徐林安渴望在工厂的等级阶序中向上流动，周京岸则欲通过自己最为爱好和擅长的文学在工厂之外的领域获得社会认同。工厂的生活服务于他"生活在别处"的文学目标，他并不介意短时期内的打工身份，工厂内部的岗位晋升对他来说也并不具有十分重要的意义。从摆脱境遇的方式来说，徐林安重视通过职位的上升脱离打工者境遇，希望通过实际的经济收入改善个人与家庭生活；周京岸注重在个人才华和生活方式上实现内在的提升，渴望在精神层面脱离打工者群体。

（三）写作行动中的社会适应：成长性适应

适应型打工诗人能够在一定程度上理解形成农民工群体生活处境的重要社会背景和结构性因素，但主要是作为生活者从个人视角感知境遇。其中，对利益和机遇的期待与精神、情感方面的压抑感、残缺感，是他们对打工生活进行体验和评估的重要维度。诗歌写作活动是打工诗人处理冲突体验、适应结构性处境的方式，体现出三种应对方法：努力克服社会纽带和社会交往的缺失而寻求情感支持；努力克服学历、职历的障碍而争取成为市场中更具竞争力的个体；试图抽离现实处境而成为淡泊欲望的"精神贵族"。在其他态度类型的打工诗人身上，也可以不同程度地看到适应型的态度。适应型打工诗人的写作活动中既有"个人奋斗与成功"话语，也有对职业关系、熟人关系甚至家庭关系中均无法提供的情感支持的渴望，还有对摆脱日常世俗生活情境和社会身份框架的向往。

打工诗人和大多数农民工群体一样，主要为经济目的和生活发展前景而外出打工，但收入改善的同时也带来了生活失衡的感受，文学写作活动是他们在经济利益与精神情感之间重建平衡的努力和尝试。在诗歌文本中，诗人们也常常将打工生活中感受到的对立面并置、统合，试图完整地认知自己与环境之间的关系。典型的诗句如"打工/痛并快乐着"[1]（《打工·爱·南北交错的芒刺》），"酸甜苦辣摆在人生的旅途/躲开 真的是难"（《人生感悟》），"在南方流浪的日子/有些主动/有些被动"（《流浪南方二首》），"城市，这个资本家可爱又可恨/我手捧《围城》进入围城"（《在广东还要暂住多久》）。在写作行为层面和文本内容层面，他们将打工生活之利弊和由此产生的各种情感体验在诗歌中进行整理、协调。诗歌写

---

[1] 斜线为本书作者所加。为匿名化起见，未显示诗句所在出版物的相关信息。下同。

作与诗歌文本两相对照，显示迅速进入全球化经济体系而偏重经济的发展模式，建基在并倚重于个体对现代性的想象和寻求生活机遇的渴望，而积极适应时代的个体同时体验到生活的进步与残缺。其诗歌写作呈现个体努力对生活境遇中的利弊冲突和多元体验进行整合，塑造完整连贯的自我认同，以此协调自身与结构性处境之间的紧张关系。

同时，适应型打工诗人在文学写作中也保持着与处境之间的张力。无论释放精神与情感的压抑还是通过写作获得机遇而脱离现实处境，抑或通过写作在精神上抽离于现实所处的结构性位置，诗歌写作作为反思性实践所体现的适应模式，均努力逃脱或回避这一结构性位置之中的压力，是对境遇的暂时性适应。它与脱离这一处境而实现上升流动的希望紧密相连，而非对农民工群体社会地位与境况的认同。何锋思重视"文学改变命运"，强调打工者应努力奋斗和提升自己，改变处境。而董高以既轻松也郑重的口吻多次表述自己的想法——从不期待靠文学改变自己的生活，他重视的是文学带来的抒发方式和精神乐趣。虽然何锋思和董高写作动机有所不同，但对待打工者处境的认识有相似之处，即他们的应对之道都是想办法脱身而出，一个是从社会结构的低处向高处流动，一个是靠着进入文学世界调整内心、释放情绪而游离于现实情境。

因此，从"安所"与"遂生"两个方面来看，适应型打工诗人顺应位置的方式，是尝试调和"物"与"心"之间的利弊冲突，回避现实处境中的客观问题；自我发育的方式是保持个体与结构性位置之间的张力而期待向上流动。个体为了未来发展而自我调整以适应结构性处境，本章将其概括为"成长性适应"。潘光旦的"位育论"重在提示适应现象包括静（在环境所处地位）和动（自身的发育）两个方面，其论述中二者共存，并无孰轻孰重；在此基础上，打工诗人的写作行动所体现的是一种"蓄势待发"的适应模式，即为了"遂其生"而"安其所"，个体对于结构性处境一面寻求协调与平衡，一面保持距离和张力。

对于不适宜甚至以悲剧结局的打工诗人，如绝望自杀的许立志，也可以用这一适应形态来理解。根据对许立志友人的访谈，没有向上流动渠道的认知是导致他走向绝望的重要原因。许立志在工厂流水线劳动期间写下的诗歌作品中，关于打工生活的描述主要表达对机械劳动的疲劳厌倦、对难以脱离普通打工者生活状态的痛苦。他曾努力写作并多次尝试改换工作，但终究未能摆脱身份、学历等条件的制约，仍旧无奈地回到工厂劳动并日渐陷入绝望。在具有上升流动希望的前提下，本章个案可以将打工之苦、伤痛体验视为换来更好收入、磨炼身心、提升能力与经验的必经之路；然而脱离处境的希望渺茫，使许立志无法为单调疲劳的劳动和慢性病痛赋予积极意义，其诗歌中各种"苦"的描述便导致"咬紧牙关忍受""呕吐""合上双眼""离开""走向死亡"等意象。从"为遂生而安所"的成长性适应方式来看，失去发展与上升的远景和希望，导致许立志无法调和自身与现实处境之间的紧张，"安其所"难以为继。

自 20 世纪 90 年代后期以来农民工问题日益受到关注，关于这一群体适应和融入城市生活的研究多基于马斯洛的需求层次理论，将其社会适应方式分为不同等级的层面进行分析。如田凯（1995）、朱力（2002）认为农民工的适应与融合有经济层面、社会层面和文化心理层面三个依次递进的层次。即完成初步的生存适应之后，新的生活方式和社会交往是城市生活的进一步要求，而文化心理等精神层面上的适应意味着再社会化过程的完成。其他一些研究（陈丰，2007；叶继红，2010）对农民工群体适应层次的分类有所不同，但也基本采用逐层渐进式的阐释方法。随着相关研究的进展，这一认知方法受到冲击和质疑。如张文宏、雷开春（2008）指出城市新移民的社会融合呈现心理融合、身份融合、文化融合和经济融合依次降低的趋势；杨菊华（2015）也从经济整合、社会适应、文化习得、心理认同四个维度测量流动人口的社会融入，发现经济、社会方面的融入反而滞后于文化、心理方面的融入。进而，李培林、田丰（2012）从经济、社会、心理、身份四个层面分析农民工社会融入情况，确认四个层面之间不存在递进关系，经济层面的融入并不必然带来其他层面的融入，不同层面更可能是平行和多维的。这些研究提示，关于需求层次从低至高逐层递进的认识，对于理解社会适应有机械、偏颇之嫌，需要更加全面地把握个体。

打工诗人在文学活动中通过内在调整应对结构性力量的作用，既要协调物欲与情感之间的冲突，也要保持在既定结构中的上升欲望。这一成长性适应并非被环境同化，也非被动消极、逆来顺受的反映，而是在现有结构性位置中努力维系生活完整性、发展性的实践。此外，对照从经济适应到社会适应、文化心理适应的递进层次模式，物质收益与精神、情感的满足的确被分割而构成二元对立的体验，但二者并非主次分明的递进关系，而是同时存在、相互冲突。底层群体常常被强调其生存理性或经济理性，是否只是一种结构性处境造成的结果而非动因或初衷？需求层次理论影响下等级化、递进式的个体理解方式，容易导致刻板印象并促成不平等的再生产。如同所有社会群体那样，打工者也有其丰富的内心需求和生活世界，打破"经济人"的简单假设应克服马斯洛需求层次理论影响下对个体的等级化认知模式，从关注和展示打工者完整的生活世界开始。通过文学活动考察打工诗人对自身所面对的结构性处境的适应方式，不仅有助于超越社会适应意味着同化顺从的简单假设，也有助于打破关于农民工社会适应常见的递进式、等级化的认知模式，扩充对中国社会变动中个体适应形态的理解。

三　适应型打工诗歌：希望在未来

下文对 2008 年、2014 年《中国打工诗歌精选》中明显表达出对打工生活持肯定与适应态度的诗歌进行考察。这些作品肯定打工生活的价值，对未来抱有希望。作为认同现实处境的依据，"希望"主要是追求个人及国家共同体的发展与进步。从适应型态度的诗歌中可以看到作者追求个人的向上发展，根据城市劳动环境和生活环境的要求而改变和塑造自我，并将打工生活中的艰辛视为富有美学含义的生活体验。这里列举并分析其中具有代表性的作品。

未来发展与成功的希望，使打工诗人在体验处境之困窘的同时，能够正面评价打工生活的意义。他们渴望向上流动，并期待获得城市社会对自我价值的认可。《在一首诗中邂逅深圳》将打工者描述为"徘徊在立交桥的夹缝之中"、在"出租屋一隅"席地而坐的"异乡人"。然而，"单调的工衣/裹不住彩色的梦想/人生是一张未标注的版图/它一次只展现其中一刻的辉煌"。这里呈现的是单调的劳动环境中打工者们对生活的热情、对人生的梦想和期待，渴望有朝一日能"展现辉煌"，即个人价值得到承认。

因此，这首诗对打工生活的认识是兼有"快乐和忧伤"，即艰苦、单调但抱有改变现状的希望。《要飞得更高的候鸟》描写初中同学阿成想"飞的更高"，然而成了"迷失方向的候鸟"，显示出城市与故乡之间自我认同的迷失与断裂。然而诗中作为旁观者的"我们"仍旧认为："哪里能追寻梦想/哪里能安稳/就往哪里迁徙——要飞得更高"，显示出强烈的自我发展的渴望。

《喷漆台上的天使》通过玩偶喷漆车间里的工作，表达对生活境遇的看法。对于自己加工的喷漆玩偶，"我也想，像他们那样/拥有一颗泥土的心，接受/机器的搅拌，成龙成虎/一旦起飞，发出瓷器的轰鸣"。作者"拥有泥土的心"，但期待在机器生产之下"成龙成虎"，渴望成功和改变命运。《路过模具厂》中对于工伤事故的危险，"我"心里充满畏惧，但描述正在操作的工人"火花机前那张/小心翼翼的脸里/有着铁一样的沉重，有火花一样的希望"。面对机器的无情和相关制度保障的缺失，对于打工生活既感到沉重也仍旧怀有期待。这首诗一方面描述工厂劳动的严酷和一般打工者的担忧，同时极力从城市工业对打工者生活的整体影响上来把握其意义——工厂劳动既充满了危险，也带来了改善生活的希望。《我要飞得更高——躺在脚手架网兜里睡着了的兄弟》刻画"农民工兄弟"的奋斗者形象，并描述其奋斗的目标是"出彩的人生"。这些积极态度之所以成立，原因在于以个人的上升流动和自我实现为目标，并认为这些目标在未来有实现的可能。

又如《大广州，大舞台》表达"打工人"的梦想是成为"老板"。"'要发财，去广东'，人们说/广东遍地都是钱，立交桥也叠成了变奏曲/脚手架也架上了蓝天。"对打工者来说，广州不仅是经济收入提高的财富聚集之地，也是对现代城市生活的想象之地。诗中认为，学习粤语和遭受嘲笑都算不了什么，只要努力工作就会获得个人成功。"在广东，只要你舍得出汗，舍得拼命/就可以混出人模人样来。"诗中描述了同学阿新的奋斗过程，是从打工者到老板，并在城市扎根的成功事例。阿新做过"流水线上的'机器人'"，搬过砖头，扛过矿泉水，送过牛奶，开过馒头店和饭店，后来办起了工厂。"脚跟像榕树根丝一样，一点点地扎进了/城市繁华的钢筋水泥里。"通过对"我"以及打工朋友适应行动的刻画和赞赏，表达了对竞争性劳动环境与上升机会的认同。城市对于打工者来说是个"大舞台"，"每个打工人都享受到了酸甜苦辣"，"说到你多少人心潮澎湃"，"说到你我也会流下热泪/因为那里也有我美丽的青春之歌"。城市这个"大舞台"意味着奋斗以达成社会地位向上流动的空间，以及由更多公众所构成的更具权威的、认可和接受个体自我呈现的公共范畴。打工者渴望获得城市在利益、情感方面的接纳，城市对于打工者来说，不仅意味着更有利的谋生区域，也是一个谋求自我价值得到更大实现的公共空间。

个人的奋斗成功与自我实现的希望，支撑着打工劳动的意义阐释。如《工地》表达了对建筑工地上劳动的热情赞美。"砖头上的温度/如此炽热/像刚发芽的诗句"，"钢铁的号子/嘹亮了又一个楼盘"。充满激情的劳动场景没有打工诗歌常见的对劳动艰苦的哀怨之情，也没有因劳资关系、福利待遇而将劳动描述为出卖自己的生命而愤怒抗议。满怀热情的工作干劲被描述为"一种建筑精神/一寸一寸地在延伸/一种劳动情怀/一寸一寸地在交融"，而最后几句诗句显示，这种劳动态度并非基于集体贡献的话语，而基于个体发展的视角——"有时，你握住生活的右手/有时，你牵住生命的左手/一起向上攀登"。劳动伦理、劳动意义的阐释建立在个人生活的基础之上，劳动的热情源自"向上攀登"。

基于对个人成功与自我实现的期待，打工生活被赋予了道德与审美的价值。《途中》描写坐车离开村庄的情景。诗的开头写道："汽车像一位孤独的流浪者，挺近烟雨苍茫的远方"，表达了对于不可预知、可能充满各种困苦和风险的打工生活，诗人感到孤单、忐忑而近乎悲壮的心情。在诗的末尾，看到窗外的燕子，作者感慨"我们何尝不是另一群燕子/为了幸福，和未来的美好生活/一样地奔波在风雨征途？"作者面对外出打工的不安和忧虑，通过赋予打工生活具有美学色彩和道德含义的阐释——"为了幸福而奋斗"，而鼓励自己打消顾虑、接受现实。诗中对打工者社会处境感到茫然、无力，以自己的利益需要和未来生活目标为支撑和依据，努力从自身生活历程的角度诠释打工生活的意义。《用旧的身体》描述自身处境为"我们已在异乡的边缘"，而作者"对生活的审视仍/兢兢业业"，因为"梦想继续"。《南方吹笛》表达游子思乡，在城市的夜晚吹笛，寄情于乡愁。打工生活既被描述为"城市暗淡的灯火""生命的疼痛"，同时也被比喻为"嘹亮的漂泊",被赋予奋斗与进步的正面含义。

成功与发展的希望以"梦想"的形式描述出来,并给予困苦以"先苦后甜"的阐释空间。《遥远的火鸟》描写坐火车外出打工的情形,绿皮火车"装满一厢厢梦游的人",形容外出打工者抱有对城市不切实际的幻想和期待。而"我们要到达的地方名叫异乡",即与故乡不同,缺少熟悉、亲切、温暖的社会支持;"一颗螺丝钉/从头到尾咬住了生活",描述封闭、狭窄、单调的城市打工生活状态。面对这一落差,作者的应对之道是忍耐,"生活,时常用神秘的阵痛暗示我/忍一忍,就能得到更好的结果/于是,我在自己的翅膀下安放了减震器"。忍耐苦痛之后方有甜美的结果,这一观念促使作者消极地接受现状,面向内心进行自我调整。同样,《我渴望》的作者因小儿麻痹致残,到深圳打工后获得社会帮助,从普通文员做到公司管理层,并且逐渐能够独立行走。她在诗作中写道:"我的人生曾因残缺充满苦难,同样因残缺而变得坚韧",当她审视自己的生活时,"让我忍不住回首,打开模糊的双眼——/看一看简单的生活/想一想坚韧的一生"。上升流动体验使她回顾过去时赋予"残缺"的经历以"坚韧"这一伦理与美学的价值。

此外,一些表达认同现实的诗歌将打工生活与国家发展相联系。即便有可能是作者有意对主流话语的贴近或运用,也能显示出在离乡入城的过程中,个体超越地方性社区生活而在国家范畴之内建构身份认同的趋势;同时,也进一步呈现对发展与进步的渴望,在个人生活层面上和在国家层面上是呼应一致的。

《在我祖国的大地》① 是一首态度积极乐观、表达与国家共命运的诗歌。其中对于打工者社会身份和社会地位的描述与其他打工诗歌无异,都是"渺小""卑微"的"那些失去姓名性别和籍贯的人",但诗中将打工者与国家在进步指向之下相互联结而成为利益一致的群己关系——"祖国需要前进,打工者同样需要前进/只有打工者前进了祖国才能前进/只有祖国前进了打工者才能前进"。进而作者在此基础上肯定现状——"在我祖国的大地,

---

① 根据匿名原则,提及诗歌作品时隐去作者姓名;而为呈现诗歌的主旨和内容,保留了真实的作品名称。下同。

火车前进得/越来越快，打工者前进得也越来越快"，"在我祖国的大地上，每个人都是火车在前进"。同样对时代进行积极肯定的态度也体现在《究竟是什么让我的心如此热爱》之中。这首诗流露出作者不仅热爱大自然和亲人朋友，还"热爱铁以及它脆弱的锈/热爱机器以及它飞速转动带给我的伤口/热爱塑料制品以及它的易碎/热爱火车以及它拥挤着的陌生人/热爱这世界上所有的人/无论和我一样打工的，还是老板"。他既"热爱一个贫穷的落后的故乡"，也"热爱一个崭新的前进的时代"，全诗洋溢着对社会变迁带来的新生活的感激和赞美。该诗作者被认为是一个"虽然历经坎坷仍旧坚持不懈传播爱与温暖"的作家，这首诗中的情感符合其一贯的写作风格和生活态度，即接受社会的变化，既欢迎现代性带来的生机与活力也保留着对传统乡土社会的眷恋。上述两首诗都赞颂进步与团结，在个人与国家共同体的联结之中认同时代变化与打工生活，在正视打工者所面临的各种处境的同时，为其赋予情感上或审美上的正面价值。

有些诗歌也刻画打工生活的艰辛，但试图以国家共同体一员的身份认同，表述积极适应的态度。《铁·机器》是其中的典型。它描述工厂机器与人的关系，机器无情，会伤害到人的肉身，而"这是我留给生命最后的本钱"；机器的残酷也体现在对人的改造之中，工人像铁一样被"锤炼/锻造/一个痛苦的过程"，"肆意地蹂躏成可以操作的机器/但，始终保持着与铁一样的冰凉"。这些诗句描写打工者在工厂被迫无奈地改变自己，对工业劳动并无真正的热情；面对机器既敬畏又恐惧，然而出于生计又无法逃离。然而，诗作后半部笔锋一转，对机器的描述发生转变——"轰隆的机器响声是铁赋予的使命/城市因为机器的响声变得活跃/并组成社会发展中一组重要的音符"，"机器已变成我们生活的时代/变成城市里的又一道风景"。机器被描述和阐释为带来进步发展、促进现代城市生活的工具。全诗从个人主义视角的现实批判转向从共同体视角对发展与进步的赞颂，从而以肯定现实的积极态度结束。

作为探索应对之道的话语实践，这些诗歌不论是基于个体视角还是共同体视角，其中的现实认同都建立在对发展与进步的期许之上。这些期许表现为富有美学意义的"向上""更高""梦想""彩色""辉煌"等修辞，印证了适应型打工诗人的成长性适应这一特点。即他们的自我重构与处境适应并非对结构性处境本身的认同，而是忍耐现状、期待脱离打工者处境的现状适应。为"遂其生"而"安其所"，未来进步与成功的希望是支撑他们适应现实处境的主要动力。

在个人发展之外，鼓励自己适应打工生活的精神支持还包括家人。如《我忍不住大哭了一场》描述看到母亲生病时的心痛，由此感慨"这么多年我一直在硬着头皮支撑"，支撑自己的是"能向往的美好"，这一生活愿景在于女儿、母亲等家人的幸福。《致五一劳动节没停下工作的人》描写了恶劣的劳动环境中，疲惫不堪的工作像"宽阔的江面"一样，几乎要吞噬象征个体生命活力的"锃亮的星斗"。打工者"持续劳作/不曾哀叹/不用哀怨"，其精神支持是"我们亲爱的人"，"我们的梦想也是亲爱之人的梦想"。作者以家庭生活、亲密情感等个体化的劳动目标阐释工作的意义和价值，表达适应打工劳动的个人生活依据。《蛇皮袋》用蛇皮袋比拟打工生活，刚从乡村来到城市时，它"装满了春天的祝福和整个乡村的梦想"，而在打工生活中，蛇皮袋"又不断添加进了苦辣酸甜雪雨风霜"。"在异地他乡""漂泊流浪"，只有过年返乡时，"想到回家时/一家人期盼已久的欢喜/就要从这只蛇皮袋中抖落而出/我对着车窗外的城市一挥手/千般恩怨从指间滑落"。尽管城市打工带来负面体验，但带来家人生活的改善，作者在过年回乡时对打工的付出与收获进行评估，力图在心理上获得一种平衡感。

作为适应的效果，一些诗歌描述自己较为成功地进行了自我管理和自我调节。如《钉子》以钉子比拟打工者，"'钻'和'挤'，一种生存方式/找到立锥之地"，是应对生存压力的方式。"一种坚忍进入一个深度/意志薄弱者在锤下弯曲"，"纠正错误的方向/需正直身体"，刻画打工者以坚韧不拔的意志进行自我修正和自我约束，面对困难积极调整适应方式。《存在——在城之二》中作者已经充分适应城市生活，"我开始融化这座城市/吸收他的热量与邂逅的梦"，对生活的回顾和展望也具有了乐观的色彩："没有太凹的路/也没有不灭的红灯。"结尾处写道："在城里，发现你已经居住多年/上班打卡的声音驱散背后的阴影。"作者在城市居住多年后逐渐获得更多生活资源和机会，这些能够抵消"背后的阴影"，即那些心酸痛苦的回忆以及仍有缺憾的现实。作者建构能与城市适应相协调且具有相对一贯性的自我的重要因素，是将城市的生活机遇与在城市所承受的压力平衡相抵。

然而，也有诗歌呈现了适应的被动和困难。如《蜗牛》将自己比喻为"蜗牛"，表达在巨大的社会力量的面前，个体无从把握和掌控自己的命运，充满了无力感和不确定感。作者提出的应对之道一是时间和耐心，"在东莞，无论承认与否/年龄都是唯一的解药"；二是小心谨慎，人生"就像一条拉链/每一个细小的部分都需要/小心翼翼地，咬合/已进入"；三是忍耐和坚持，"蜗牛用坚韧爬行的轨迹/修复着世界的犹豫/连同隐藏在壳里的梦"。这里适应处境、发展自我的方式——忍耐、认真、坚持，源于作者认为在强大、无常而难以抗衡的社会力量面前，个体弱小而无力，这是一种无奈的适应。《我忍不住大哭了一场》描述自己"伪装成一块坚硬无比的黑铁/对着生活工作两大堡垒冲锋陷阵"，"可这些堡垒也全部是钢筋混凝土构造"，"当攻克下大部分的时候灵魂也已带血"。这些诗句描述了个体面对结构性处境的压力，全力以赴适应但仍旧力不从心，内心产生了无力感和创伤感。

四　适应型态度的自我建构：成长性自我

（一）成长性适应与"位育型"个人主义

关于珠三角城市农民工群体的调查与研究显示，其生活形态的特点是缺少完整的家庭生活和社区生活，缺乏社会交往和情感支持，休闲生活单调而精神上缺少皈依（卢晖临，2010：55；汪建华，2016）。在频繁换工的高流动性、严苛的工作压力和原子化的社会交往之下，个人的精神危机容易不断加深，甚至有时以自杀的方式寻求解脱（郭于华、黄斌欢，2014；汪建华、孟泉，2013）。本研究的调查发现，物质利益与精神情感的冲突与失衡，是打工诗人体验与认知生活境遇变化的重要方面。其文学活动呈现了努力适应社会的个体如何在物质利益与精神情感之间进行调节和权衡，如何在与处境之间的紧张之中顺应整个社会的等级结构和价值秩序。他们显示出为了发展而暂时适应打工者不利位置的成长性适应形态。

本章呈现的三种应对之道不仅呈现了打工诗人对现实处境的适应模式，也有益于理解整个农民工群体的社会适应。如以往研究中描述的"忍"、无奈（李培林、田丰，2011；秦洁，2013）以及被动地承受外在的身份建构（陈映芳，2005；王建民，2010），是他们将城市打工生活的意义局限于获得物质收益，与精神上的归属感、尊严感相互区分隔离，以此接受或抑制打工时的心理压抑体验，维系个人生活和自我认同的统合；而按照市场和发展主义的逻辑塑造自己，接受城市的价值观、学习工作技能、掌握地方语言、力图融入城市（严海榕，2001；符平，2006；陈晨，2012；张彤禾，2013），是明确全面地提升文化资本，在经济利益和价值标准上都期待在城市生活中获得满足或肯定；通过各种消费行为体验时尚的生活方式，满足作为现代个体自我肯定的需要以及获得分享经济发展成果的感受（潘毅，2010：160～163；余晓敏、潘毅，2008；丁瑜，2016），则是试图摆脱现实条件的限制，抽离于结构性处境而进行自我身份建构。

这一成长性适应的过程中所建构的个体自我形态，是一种"位育型"的个人主义。中国儒家传统中的个人建构包含着丰富的自内向外延展的公德含义，但近代以后"大我"逐渐消解，80年代以后，"小我"作为唯一的、最重要的主体崛起，演化为唯我式的个人主义（许纪霖，2009）。打工诗人在文学写作活动中呈现的自我，也主要是"小我"的形态。其中对生活机遇、阶层流动的期待，对梦想、成功的渴望，与阎云翔（2017）描述的注重维护私利的个人以及许纪霖（2009）、罗丽莎（Rofel，2007）论述的消费主义意识形态之下唯我且重视欲望的个人，均有相符之处。但打工诗人的自我建构也呈现了与之不同的当代中国社会个人主义的其他侧面。

首先，与为了主张自我利益的扩大而不顾权利、义务之平衡的个人主义肖像（阎云翔，2017）不同，适应型态度的打工诗人重视自主意志和自我负责，主张为了获益必须承担相应的代价，并体现出对付出与收益相对等这一交换伦理的重视，这些也是个人主义的内涵与特点。其次，适应型打工诗人自我建构的内涵和目标，仅用"物欲"是难以概括的。外在收入和职业地位的提升之外，精神意志的重塑、情感的充实、品格的进步也是其重要内涵。外出打工的主要动力——"长见识"以及渴望"成功""发展"都包含于生活世界的扩大以及对自我价值实现的追求之中。打工诗人的文学活动提示，以往当代中国社会个人主义的研究过于偏重物欲和私欲，多描述功利型个人主义，而对表现型个人主义（贝拉，2011）较为忽略。诗歌创作活动融合了工具理性与价值理性、功利型个人主义和表现型个人主义的特点，其自我发展意味着内在人格与外在地位的综合发展。适应型打工诗人在主张自主意志和自我负责的基础之上，在当下处境之中注重"物"与"心"之平衡，在纵向生活历程中重视整体的自我成长。借用潘光旦的表述方式，可概括为既要"安其所"也要"遂其生"的成长性自我。

适应型态度显示出对进步与发展的渴望，这在他们的自我表述中还体现为对"拔尖"的期待。萧莹芝模仿茅盾的《白杨礼赞》写了一篇小散文《泥土赞》，登在工厂黑板报上后，得到了主编和工友们的称赞。很多人来找她交流，使她快乐的不仅在于结交很多朋友，还在于成为"拔尖的人"，"在厂里基本上可以说人人都认识你"。她进而总结"拔尖"的要领——除了厂里的领导和管理人员，"普通员工要拔尖，就要有一技之长。除了歌唱得好的、舞跳得好的，就是文章写得好而且能登在黑板报上的"。"拔尖"意味着引起关注、在群体中享有一定的知名度，这显示出个人价值得到认可；作为工厂打工生活中获得认可的途径，萧莹芝所举一技之长皆是唱歌、跳舞等文化才能，而工作本身并未被视为可以获得认可的重要方式。文学也给徐林安带来自我的价值感。"我追求一种价值观，我就总觉得别人没做的事我把它做了，而且做好了……是一种成就感，那种成就感好像是不言而喻。"

从自我建构的观念来看，在适应型文学行动中体现的是一种"小我"的个人主义，包括物质与精神等多方面的完整的个人发展，尤其表现出对自我价值感、成就感的追求。这些显示出他们对于一种给予个体以展示和认可的社会公共空间的需求。以往研究多从阶层流动的角度指出工厂打工者的困境为缺乏职业上升空间，本研究认为，对于打工者来说，冲击首先来自进入城市后体验到的想象与现实之间的巨大落差，不论是"遍地黄金"的收入想象，还是"混出模样""有机会出人头地"的社会地位想象，在上升空间的客观情形之外，主观期待的落空也带来巨大的失落感、无力感。同时，从个体的自我价值焦虑来看，打工者群体的社会生活中缺乏能够赋予个体以价值认可的公共范畴，而作为个体与社会之重要纽带的工作领域，其公共意义在社会话语和个人认知中易被忽视，工作难以成为满足自我价值需求的活动领域。与之相对，文学活动与唱歌、跳舞等文艺才能一样，构成一种获得认可的途径。因此，打工者们的"疼痛感""创伤感"不仅来自结构性位置与处境的压力，还来自现代性想象以及在此基础上自我实现的期待，与实现自我价值的公共性范畴之匮乏相遇，二者之冲突构成了个体的渴望与丧失感。

打工诗人在社会适应中所应对的问题，与中国社会个体共同面临的冲突体验相联系且具有普遍意义。周晓虹（2017）指出中国体验具有二元性、两极化的特点，传统与现代、理想与现实、城市与乡村、积极与消极共存而相互拮抗。改革开放以后，在社会转型、市场经济迅速发展的背景下，个体的社会生活面临物欲与精神道德之间的紧张（贺照田，2016）；同时作为后发现代化国家，对现代性的想象与复杂现实之间的话语冲突、意义纠葛，也构成二元化的体验。打工诗人的文学活动显示，积极适应社会变动的个体努力权衡和整合多重体验，试图建构具有完整人性和追求发展成长的自我。与其他类型相比，适应型打工诗人认知和探寻自身境遇的成因、寻求改变处境的意愿和动力相对淡薄。但其文学写作具有工具理性的同时，也有着反思与淡化物欲的侧面，通过塑造一种重视个体内在深度与情感维度的社会生活，他们的诗歌写作构成对工业文明、商品逻辑扩张和新自由主义发展话语一定程度的抵制。

（二）适应型态度的文化地层：个人奋斗话语的背后

作为面向现代市场、工业文明与城市生活积极重塑自身的个体形态，成长性适应与"位育型"个人主义如何生成？适应型态度显示出对进步与发展的渴望，以往研究多将这一个体化自我形态归结于现代性的结果，尤其是市场经济、全球化、新自由主义话语、消费社会意识形态等因素的作用。也有研究指出了中国社会改革开放以前社会主义集体化时期的政治经济形态对此后个人主义的影响（阎云翔，2017）。本章基于萧莹芝个案的自我建构与其精神资源的分析，认为这一自我形态是各种文化地层与新的社会变动之间相互作用的产物，不能仅仅理解为对当代市场经济、全球化、消费主义的遵从和接受。

萧莹芝的刻苦奋斗是第一代农民工努力适应城市生活的典型，如各种影视作品及学者们所描述的那样能吃苦、积极进取。她迅速认识到市场竞争的规则和自身弱点，勤奋工作并学习各种知识和技能，就像张彤禾在《打工女孩》中刻画的打工妹，积极抓住城市和市场带来的机遇。她适应环境并成功"改变命运"的奋斗之道，在于重视积累包括制度化、客体化、身体化各种形态在内的文化资本，文学写作是其中的重要内容。

她为何如此重视文化资本？从萧莹芝口头与书面的记叙中可以看到自打工之初，她便视文化为改变命运的关键。前述同乡间学历差异造成外出打工后的待遇差异，显然激发了她的文化抱负。"我知道，自身的文化素养太低，繁华的都市并没有接纳一厢情愿的我，这个社会需要文化和技术，我一定要做一个有文化的人，也给自己长一次脸。"在无形的学历竞争中体验到挫败感和不甘心，固然是重要的刺激，然而再仔细推想会发现对于文化和教育的重视并非完全源于市场竞争。如刚刚来到东莞时，看到低矮的厂房与自己想像中的城市繁华大相径庭，萧莹芝和姐妹们感到失望。于是她在日记里这样写道："我的理想是读师范、上大学。但生活既然让我选择南方这片热土，不管怎样的艰难，我一定要在这片土地上活出自己的精彩！"萧莹芝因家境拮据，只有初中文化，但她一直抱有"读师范、上大学"的梦想，打工生活中的学习和写作是在延续这一梦想。每天劳动完熬夜读书写日记，别人笑她"你一个农村来的初中生能写出什么名堂"时，她只是笑笑，"我就这样，孜孜不倦地学习、充电、在忙碌中找寻自己的另类快乐！"写作于她而言也并不仅仅是工具性的资本。她养成写日记的习惯并乐此不疲，"累了写，受气了写，高兴了也写，失落了更要写"。当她感到自己有点写作天分时，"我小时候的那个文学梦在不经意间又被点燃了"。可见，萧莹芝的文化渴望和写作兴趣源自外出打工之前的成长经历，受到市场的激发而被再次唤起。

因此，要了解萧莹芝对文化资本的重视及其社会上升流动的成功，需进一步追溯其家庭与故乡的生活。萧莹芝自己也认为其进取和学习的动力来自家庭教育。她的母亲出生于知识分子家庭，外公曾任国民党将领，在新中国成立初期的政治批斗中去世；外婆是"读过很多书的聪明人"，曾在"文革"中被当作"牛鬼蛇神"游街示众。"空有满腹经纶"的外婆在老家乡村过着清贫艰难的生活，却一直重视文化知识。她曾教自己的儿媳识字和算数，"想把她培养成有文化的女人"。她的女儿、萧莹芝的母亲为了成为"根红苗壮的贫农"而被送给"穷亲戚"，因此未曾接受教育而"目不识丁"。但在萧莹芝的回忆里，母亲顽强能干，"知道没文化的苦"，因此对孩子读书非常重视。在萧莹芝的记忆里，母亲经常管束五个孩子不要过于玩耍，要求他们多看书；当时村里孩子因家庭负担重而退学很常见，但有五个孩子而尤为艰难的母亲一直支持萧莹芝继续读书，"砸锅卖铁也要供"。母亲对文化教育的重视一方面是因为自己没进过学校而感到遗憾，另一方面家族传统看重文化也加深了这种遗憾，这些持续影响和塑造了萧莹芝的观念。

同时，萧莹芝的父亲是生产队的会计，"做事认真负责，又有点文化"。父亲业余时间喜欢看书，能把《三国志》《红楼梦》的故事讲得生动有趣，梦想是在家里开一个供村里人免费读书的小小阅览室，"茶水也是免费供应"。萧莹芝认为这样的家庭氛围使自己养成了爱读书、爱思考的习惯，即便到城市打工也不忘家风："勤俭持家，努力学习和工作。"由此来看，萧莹芝家境清贫，父母受教育程度虽不高，但都保持着积极上进和重视文化的生活态度。这些使初中毕业便开始劳作补贴家用的萧莹芝一直抱有对学习的渴望和写作的兴趣。"文学使我成为一个不只会建房子、生孩子的农家妇女。"家庭教育促使她深切认识到写作作为文化资本的巨大作用，即带来"见识""内涵""能力"等身体化价值内容的充实，实现了生活范畴与社会身份从"农家妇女"到"现代女性"的转变。

此外，从萧莹芝的自述来看，乡村社区的文化氛围也对其产生影响。萧莹芝外出打工之前已经对文学有浓厚兴趣，这种兴趣从何而来？她自豪地告诉我，因为她的家乡"原来的知识办得很好"。虽然村里都是农民，但"年年都有大学生考出去"。她也敬佩地提起村里很多老辈的教书先生会写对联，认为那种文字能力是她一个现代诗人自愧弗如的。"我们村子很有文学氛围。"这种"文学氛围"熏陶了萧莹芝少时的文学兴趣。进而，她回忆 20 世纪 80 年代读初中的时候，村委会订购了《人民文学》《收获》以及《今古传奇》等当时很有影响的文学刊物。在贫困而偏僻的江西老区，无法继续学业的萧莹芝却可以读到最新的文学期刊，接受 80 年代文化思潮的影响。因此，她受到的滋养不仅在于家庭，乡村社区重视文化教育的传统，也是萧莹芝注重培养文化资本的重要原因。

萧莹芝对家庭与故乡的回忆中，重点提到了传统文化对自身的影响，"五千年的传统文化给我打上了深深的烙印，我传统但也时尚"。外出打工后，萧莹芝接触到了汪国真、席慕蓉、三毛的作品，在工厂宿舍的阅览室里，她还读到了梁凤仪、岑凯伦、亦舒的言情小说，以及梁羽生、金庸的武侠小说。从其回忆来看，家庭与社区提供的文化内容主要包括民间文化（如对联）和古典文化（如《红楼梦》）。此外，20 世纪 80 年代的文化热潮也给萧莹芝以重要影响，尤其是启蒙文化（如文学期刊）和来自港台地区的大众流行文化（如言情小说与武侠小说）。

作为通过写作改变命运的打工妹，萧莹芝是农民工群体中极其幸运的少数人；但作为自我奋斗的成功者，她的上升流动叙事却在改革开放后的阶层结构变动中具有一定代表性。个体独立面对自由的市场时，以自主意志与自我负责的精神，通过具有自律性和工具性的学习规划提升自身的竞争力，这是市场化环境下"个人成功"叙事的常见要素。萧莹芝所呈现的这一社会适应形态，具有鲜明的个人主义特点，但它并非仅由市场化以及新自由主义话语所带来的全新的自我改造，其中具有深远厚重的文化地层。在她身上，无论是积极适应市场的进取心还是对文化资本的重视，均为外出打工之前观念基础的延伸，不仅与阎云翔所指出的社会主义时期意识形态有关，也包含着民间文化传统、古典文化以及 20 世纪 80 年代启蒙文化、流行文化的影响。从社会结构的角度来看，尽管 20 世纪初以来中国社会经历了阶层结构的巨大变动，但改革开放以后，萧莹芝身上延续的家族传统与乡村文化传统，推动着她在市场化环境中进行阶层流动。由此看来，各种文化传统构成的文化地层，不仅支撑着个体对现代性的适应和自我转化，也成为历史性的媒介和基因，穿越漫长时间与复杂变动而影响着当下阶层地位的获得。

其他适应态度个案也大多显示出对个人成功的渴望、对文化资本的重视，他们阐释这一点时运用了各种各样的话语资源。孟敏是追求个人成功的典型。他在生活历程中一直不断学习、积极寻求上升流动的机会，文学写作的能力和成绩成为增强其市场竞争力的重要文化资本。他表述自己的价值取向是"水往低处流、人往高处走""发展才是硬道理"，用民俗话语和意识形态话语共同表达自己的进取心。徐林安关于打工经历的叙述重视其间人格力量的成长，将打工的艰辛视为促进自我磨炼与心志成熟的方式。"我反倒很感恩和感谢那个年代……我诗歌里面永远写着我感恩苦难。苦难给了我上进，给了我自己改变命运的信心和决心，一直在磨炼着我。"他眼中的文学写作也同人格修炼密切相关。"文学对工作有帮助，对命运有帮助，对我在真善美热爱这方面（有促进），……就是平常的这种，很平平淡淡的这种自我修养、修炼。"对徐林安来说，成功不仅意味着提升地位、收入，也意味着人格的成长和精神境界的提升。与之相似，"成熟"是打工诗人回顾打工生活收获时经常出现的词语。向明歌从个体内在调整的角度适应社会，不只是面对外在压力的无奈之举，也基于她对内在人格走向成熟的自我期望；萧莹芝对打工生活的肯定也包括它带来的自我改变——一个人在历练中走向进步和成熟。"实现不断成长的自我"这一人生目标，以及相应的自我反思、自我完善、自我把控的意识，是中国传统文化中重视现世取向和内在超越的自我形态（杜维明，2013；余英时，1992）。

综上，以萧莹芝为代表的适应型个案向我们揭示了重塑自我的精神资源多元交错，它们相互勾连、彼此借用。以往关于农民工社会适应的研究多以"从传统到现代"的方式进行描述和分析，由本章分析来看，将现代与传统视为对立的"二元化"认识，便失于笼统浅显。同时，现代化视角积极评价个体适应意味着新型现代公民之养成，但忽视多种文化资源的共同作用而未能充分把握个体"现代性"的工具性和表面性。

如果说适应型态度的文学活动体现出个人主义"成功学"的价值倾向，这并非作者进入市场以后价值观的重塑，他们只是在原有价值观的基础上进一步体验和选择。徐林安、萧莹芝、孟敏等人呈现的是，外出打工之前在乡村社区就拥有的向上流动、追求更好生活和通过人生历练实现人格成长并获得社会认可的人生愿望，外出打工以后则受到外在压力的激发而并非根本改造。在中国社会，个人的自我实现和成功学话语有着长久的文化传统脉络，并有深厚的民间伦理作支撑，它并非市场化后的新生事物，更应将其理解为在市场竞争与消费主义中被进一步唤起，进而与国家发展进步话语之间彼此呼应、一拍即合。

第五章

批判型态度：
据理求变

批判型个案的特点是面对打工者的结构性处境时，较之个人的内在调适，更加注重思考外在环境和社会力量的影响，对生活境遇的不满转化为对现实的呈现、思考和质疑。在本研究的个案中，具有批判型态度的打工诗人共有六位，本章选择其中三位作为重点考察的个案，他们的批判性主张较为明确、持久，且同意将其经历和观点在本研究中公开。个案的基本情况如表5-1所示。批判态度最为显著的这三位诗人，在打工诗人群体中知名度均较高、诗歌成就令人瞩目，被认为是打工诗歌发展历程中不可忽视的人物。这并非巧合，不论是"经典大多是悲剧"的文学观念，还是"诗歌是对意识形态的反抗"（阿多诺）这一具有社会学色彩的观点，批判性的作品更易得到文学审美标准的认可。

表5-1　批判型个案的基本情况（2018年）

化　名	性别	年龄	家乡	教育程度	外出打工时间	现居城市	经　历
安毅容	女	38岁	四川	中专	2001年	广州	车间工人—文学杂志编辑
黄可讴	男	52岁	湖北	中专	1991年	深圳	车间工人—社区流动人口管理机构文职人员
于韧	男	46岁	四川	大专	1994年	苏州	普通职员—企业高管

与适应型态度个案一样，三个个案的生活境遇均发生较大变化。安毅容曾辗转在珠三角工业区的多家工厂打工，现在已是著名纯文学杂志社的骨干，并在国内外文学界享有较高的知名度。黄可讴从工厂工人开始做起，曾在著名的大型代工工厂打工，与安毅容不同，即便已有重要作品出版并享有文学声誉，他仍旧在社区流动人口管理机构工作（作为"编制外"的合同工）。于韧学历较高，并未从事过一般农民工所经历的体力劳动，但他的诗歌创作以农民工群体的打工生活为主要题材，其作品曾引起

广泛共鸣而成为打工诗歌历史上的代表作。同时，他曾参与《打工诗歌》杂志的创办，并持续组织《打工诗歌年度精选》的编选出版工作，是打工诗人群体中的核心人物。与适应型态度个案一样，批判性态度的三个个案已经历职业地位与社会地位的显著提升，但他们仍以不同的形式持续关注和参与农民工群体以及打工诗人群体的活动，并明确主张自身作为"外出打工者"的身份认同。

于韧的《为几千万打工者立碑》是著名的打工诗歌，可以视为表达批判性态度的代表作品，从中可以看到批判型态度的典型表述内容。诗歌首先描述打工者的感受，"时代对我们说：/孤独、迷茫、徘徊、挣扎、绝望、煎熬"，它们是"许多躺在南中国这块砧板上的虚弱词语"，打工劳动被描述为"从青春的体内提取无形的核能""在别人的城市中 为什么我们的心灵/只能戴着脚镣手铐/在砧板上和热锅中/一点点耗尽自己的青春……"。第一段描述打工生活的艰辛、困惑、无力感，其中伴随着"青春"这一人生美好精华与能量被压榨的感受，打工者整体上是虚弱、压抑而无奈的形象。

第二段以疑问句的排比句式表达对工业劳动中社会保障尚不完善的不满和批判。"为什么我们敞开的喉咙声尽力竭发不出声音/为什么我们多少被机器吃掉四肢的兄弟姐妹/他们喉咙发出的声音喊不回脸朝背面的公道"，并再次主张自身对社会发展的贡献："几千万人悄悄流逝的青春冲击成了 珠江三角洲/灯火辉煌的现代文明"，然而内心积累了越来越多的乌云"在碰撞呐喊"，"又有谁伸出过手来抚摸过 我们内心的伤口""被冻僵的表情只有靠依偎的乡音取暖"。这里表达了贡献没有获得相应的回报，感受到的反而是不平、冷酷、势单力薄。呈现离开乡土社会熟人关系进入城市和市场以后，作为雇佣劳动力对付出与报酬的不平衡感、在面对市场竞争时的弱小无力感以及缺乏社会支持的失落感。这些愤怒的质问和对个体负面感受的描写本身构成了对社会现实和农民工处境的质疑与批判。

整首诗情感饱满地对打工者生活处境发出不平、不满的呼喊，而主要的批判，较之远离故乡与亲人等情感问题或收入低下经济拮据等生活问题，主要指向作为雇佣劳动力进入市场后劳动条件恶劣、劳资关系冷酷而不平等、缺乏社会支持以及报酬不平衡的问题。此外，将打工诗歌视为面向现实的"刺"、表达忧愤的"内心的鼓声"。这首诗中表达的内容与于韧对打工者境遇的看法以及对打工诗歌的主张相一致，即对现实进行真实的呈现与深刻的批判。具体来说，揭示在各种制度和市场条件尚不完善的背景下雇佣劳动之冷酷、不公。

延续本书的问题与思路，对批判型个案及其诗歌文本的考察也仍旧主要关注以下几个问题。①他们如何认识和体验打工者群体的社会处境？②他们的文学活动中折射出个体对待结构性处境的何种方式？批判性态度的宗旨和依据是什么？③批判型打工诗人的写作过程与诗歌文本中，呈现出何种自我建构的形态？它们何以形成又具有何种意义？

一　批判型态度的境遇认知

（一）安毅容：质问阶层结构与工业文明

安毅容于 1980 年出生在四川，2001 年南下打工，曾在塑料厂、五金厂、家具厂做过流水线和仓库的工人。由于文学创作的成功，她于 2008 年结束工厂生活而进入文学杂志社工作。安毅容已出版十多部诗集，并被译为多种语言；作品屡次获得文学界、诗歌界的重要奖项，被视为"打工诗人"群体中文学成就最为突出的代表人物。一系列令人瞩目的成绩意味着当代文学界对安毅容文学才华的认可和肯定。从作品的传播与接受这一角度来看，安毅容作品中关于打工生活的内容与情感能够唤起广泛的社会共鸣。在内容上，尽管安毅容写作题材广泛，但其最受关注而引起赞誉的作品是关于打工生活的诗歌，而具有思想批判的深度与力度是她成熟期诗歌作品的主要特点。安毅容的重要性不仅在于她自身的文学成就，还在于她的写作内容与文学风格对打工诗人群体产生了广泛而深刻的影响，许多诗人对她的诗歌作品进行模仿和致敬。因此，安毅容是打工诗人面对打工者结构性处境之批判态度的典型代表。

安毅容不仅在自身经历中深切体验了工厂的打工生活，还进行了大量阅读（包括文学、历史、思想类的书籍），同时涉猎了有关农民工的学术研究论文，以认识与思考打工者群体社会处境的成因。这些阅读使她知识丰富、眼界开阔，她也更擅长用书面的、理性的表达方式讲述自己的观点。安毅容认为打工者的精神痛苦主要在于对城市生活的向往难以得到满足，认为造成打工者处境的主要因素有以下几点。

其一，机会匮乏。安毅容认为，打工者承受的主要压力是难以扎根城市以及获得向上流动的机会。"这种流动性道路被阻塞之后，导致一种内心疲惫。"而她认为这一问题的根源主要在于城乡二元体制下的政策取向使农民工无法真正变成城市居民。她以其他国家工业化过程中的进城农民为参照，指出能够变成城市居民给流动者带来希望，给城市带来活力。对世界和历史的了解，使安毅容在思考打工者境遇时可以运用更多资源，论证农民工群体获得城市居民同等待这一诉求的合理性。

进而，安毅容指出打工者群体的感受是"他们的精神无处安放"。她在撰写诗集《女工记》时对打工妹做了很多调查，"大部分女工进城，在城市无法立足，实际上故乡的那个乡村她们同样也无法回去。这种无根状态让她们只能漂着，像无脚鸟一样只能永远在天空飞着"。难以市民化的困境造成打工者"农村回不去、城市留不下"的"无脚鸟"状态，安毅容将其视为阶层固化的一个方面。她认为"农村人上升的途径被越挤越窄、越来越艰难"，向上流动的力量被压抑，导致不满情绪等不断地积聚，这让她感到担忧。

其二，打工者在市场中处于弱势地位。安毅容认为农民工群体的生存状态仍旧有待改善。首先，劳动时间过长，大部分打工者要获得稍微高的工资，只能依靠加班，进行超负荷的劳动；其次，打工者的报酬普遍偏低，大部分企业依照当地最低工资标准支付劳动报酬，只能维持劳动者在城市的基本生活。这些因素导致劳动者"整个人累成了一台加班的机器"，身心健康受到损害。她认为，打工者在工厂劳动中的不利处境主要是由于《劳动法》的规定并未得到实际遵循。在与企业界人士做交流时，面对资本方主张劳动力的市场逻辑，如"你有能力，我就给高工资""现在是市场经济，工资要由市场说了算"等表述时，她的回应是，市场必须实现法制化才是真正的市场经济，企业必须是守法的企业。

由此来看，关于农民工群体的结构性困境，安毅容认为，解决问题的关键是更为开放的人口流动政策、在法律约束下更为公平的市场竞争和劳资关系。她并不反对市场化，而是期待市场的进一步完善与发展。近年来，农民工劳动待遇有所改善，安毅容日益关注工业文明带来的异化问题。对异化的抨击在她的散文《流水线》（《黄河文学》2007年第8期：89~92）中尤为强烈而细致地表达出来。"她们的面孔属于这个车间，属于这些不说话的制品，属于这些工序名称定位的某个角色，属于流水线这个由人和机器组成的集合组织。"安毅容认为，工厂劳动使得个体的个性被淹没、被轻视，每个人的面孔都变得模糊空洞，更为关键的是将每个人都贬抑并改造成为服务于机器的一个附属品。"整个流水线本身就是一台机器，它不过是由装配工与机台组成的另一台巨大的机器。我们每一个人都沦落为它的一部分，成为它程序中的某个角色，如同机台的某颗螺丝钉。我找不到属于个体的人，找到的仅仅是一个个属于流水线的角色，像机台一样的角色。"因此，看到新员工努力小心翼翼地适应流水线作业时，安毅容感到悲哀，她认为这意味着一种自我的丧失。"我和她们一样都活在不断的丧失中，原本属于我们个体珍贵的部分——意识、喜乐、性感、曲线都被流水线剪掉了。""每次走进流水线车间，我就像扎进无边的黑暗中。这种黑暗来源于自由而活泼的躯体对桎梏的流水线的恐惧。"

安毅容对打工生活中个体的感受，还可以从其诗歌作品整体上的内容中加以理解。她对包含自身在内的打工者形象的认识和塑造，经历了从"漂泊无依的茫然"到"被动改变的异化"这一转化过程，这体现为其诗歌意象从"风"到"铁"的转变。

> 进五金厂的前两年，我用得最多的词是"风"，它更能代表我那时的生活状态，无所来也不知所去。在那两年里，我不断地换厂，不断地换工位，像"风"一样四处飘荡，那种无所依的感觉特别强烈，自己本身就是一阵贫困潦倒的风，不知吹身何处。在五金厂呆了差不多四年，天天与铁打交道，包括现在每天还是跟五金"交往"，这种日常接触构成我的另一个词"铁"。在铁器的世界中生存，面对的机器是铁，来料是铁，最后的制品也是铁，你看到它被折弯，被机台噬咬，被轧形，你会感到坚硬的铁原来是这样的脆弱。这种感受让我想到了我或者工友们，在家里，他们是儿子、是丈夫，是家里的顶梁

柱，是坚强的、是强大的，是乡间之铁。但是走进这边的工厂时，面对形成系统的社会程序组织，他们是那样弱小，他们正被一种看不见的系统异化，坚硬的个体面对组织系统时只有无力与屈服感。我最近在写一首长诗，表达一个原本强大的乡村面对形成系统组织的城市的脆弱。在打工者之外更广阔的社会生活中也有太多这样类似的感受，让我不断写着"铁"。

进五金厂工作之前，安毅容像很多打工者一样，辗转变换过很多工厂和工种。"风"的比喻代表频繁换工和生活缺乏保障的不稳定感、缺乏群体归属的不安全感，以及缺乏明确生活目标的盲目感。在五金厂较为持久而稳定的工作似乎可以看作安毅容在一定程度上逐渐适应了工厂的劳动和生活，"铁"的意象大量在其诗歌中出现，从其自身说明中也可以看出，它代表打工者被工业生产体系改造、原本强有力的主体性接受现代生产组织的重构、乡村自我被城市工业体系打破和重塑。对于安毅容来说，"适应"是无奈和屈辱的，是个体价值和尊严的贬抑。同时，安毅容并不止于对打工者群体的认识，她认为这体现了现代化过程中乡村文明与城市文明之间的关系，并指出这样的生存处境是现代社会个体的共性。

如上所述，关于打工者的结构性处境，安毅容体会最深的是其中的弊端，主要包括缺乏向上流动的机会、在不健全的劳动市场中处于弱势地位以及工业文明造成的个体异化，认为这些导致打工者生活艰辛、丧失自我同时又缺少希望。与适应型态度有所不同，安毅容较少提及外出打工的益处，主要对打工生活中的身心痛苦有着深刻的体会；而对这些结构性感受，她多从阶层结构、市场环境、现代文明等超越个人生活的视角进行思考和分析。这些特点一方面使她的诗歌充满批判的深度和力度，另一方面促使她通过打工者的处境反思现代社会中个体的普遍困境，因而其批判的锋芒可以包含或触及更加基本的社会议题。

（二）黄可讴：从伦理立场追问生命价值

黄可讴生于 1966 年，湖北人；1991 年开始在深圳、东莞一带打工，做过建筑工、搬运工、工厂普工、仓管等。现居深圳，作为非正式职工在社区的基层管理部门工作。作品多次获国内诗歌奖项，诗作被译成多国语言在海外出版，曾受邀参加著名国际诗歌节。

在深圳"关外"龙华新区的城中村，笔者见到了这位蜗居在 30 多平方米出租房里的著名诗人。与安毅容的温柔腼腆不同，黄可讴坦诚、直率，在联系访谈的过程中甚至颇为冷淡，并不掩饰自己不愿被打扰；但认识和熟悉之后，他也相当大胆地表述自己的想法，不太重视一般客套，给人留下的印象是一个"真性情之人"。

黄可讴于 1983 年高中毕业后参军，在东北沈阳度过了四年部队生活。1987 年退伍回乡，1991 年经商失败，便离乡到深圳打工。"反正在家里混得没啥意思了。有别人在深圳打工，回来跟我讲深圳是一个什么样的地方，正在开发嘛，经济特区嘛。然后我打个背包，一个人就出来了。"黄可讴认为外出打工是一件"很自然的事"。"想一直待在父母身边的人是比较少的，长大了一般都会离开。其实他不关什么梦想的问题，人长大了，就是要离开这个地方，到别的地方寻找新的生活。""就像小鸟一样，它长大了要从这个窝里飞出来、飞走，这是很自然的一个事情。其实每个人都是这样的。"关于新生代农民工的调查研究中经常提及外出打工不仅追求经济利益，也抱有"见世面"等精神上的期待和追求，而黄可讴一再强调"这是一个很自然的事情"，主张外出看世界的愿望在所有个体成长历程中具有普遍性，并非只有打工者才如此。他抵触外界对自身以及农民工群体的特殊化认识，对打工生活和群体的社会处境也侧重于从个体生命、生活需求等普遍人性的角度进行阐释。

在深圳，黄可讴做过多种工作，漂泊不定时，也像很多打工者一样在桥洞下住过。"其实吃苦没什么问题，从部队出来，什么困难都不是问题。"回忆从前在工厂打工的经历，黄可讴觉得劳动时间不太正规，加班时间长，但他最为在意和着重讲述的是不受尊重的感受。他描述打工者在流水线上被视为工作机器，出错的时候被辱骂甚至被体罚。很多打工者怕丢掉工作便忍气吞声，自己则由于"个性的原因"加之曾作为军人而重"骨气""血性"，会明确地反抗。而这样的反抗只能导致被开除，遭受一定的经济损失且无处申诉。

同时，像许多打工者的自我叙事一样，被查暂住证成为黄可讴的一段创伤性回忆。"我们最害怕的不是没有饭吃,不是哪个工厂欠我工资,不是没有工作……就是被查暂住证。"1999 年,黄可讴开始在民政局治安管理所从事文职工作,"我觉得我很适合这个东西,……再说也挺自由的,在外面到处去转,派出所没有理由抓我,是不是这个道理?"当时收容遣送制度尚未被废止,从"老鼠"转变为"猫"的角色,使黄可讴获得免于被追查的安全感,但并没有减轻他对这项制度的厌恶。2003 年暂住证以及收容遣送制度被废除,他认为"这是一个社会文明的进步,一个巨大的进步,社会倒退了一小步然后又向前进了一大步"。

现在他作为出租屋管理员,虽然是事业单位的临时聘用人员,即"编制外"的"临时工",但长年做下来,与同事相互熟悉而有一定默契,这些令他感到稳定、安全。不过他对收入和福利保障方面心存疑惑。"我们这些打工的,现在已经干了二十多年了,工资一直维持在两三千块钱,这个社会到底是怎么了?"不论作为出租屋管理员还是作为打工者,黄可讴的不满不仅在于收入低微,还包括工作时间的积累并未带来收入的相应增加。他的期待是,收入与地位应随着工作时间和年龄的增长而有所提升,并认为这是一个健康社会的体现。然而黄可讴也非常清楚,如果辞掉这份工作,以自己现在的年龄在市场中一般会被如何对待。"你不做这个(的话),现在五十多岁,人老了,做别的,人家也不要你啊。"他了解市场的环境及其逻辑,但同时内心仍旧保持着对工作状态与生活历程之理想关系的想象和期待,并将之转化为对现实的评价标准。

与自身打工经历的体验相呼应,关于打工者群体社会境遇的问题与成因,黄可讴认为主要是"生命"与"人性"的问题。黄可讴以富士康员工跳楼自杀事件为例,批判过度强调市场逻辑导致缺乏生命关怀,其对照的基础是故乡的经历和体验。"如果老家发生有人自杀的事情,肯定四乡八里的人对这个事情都非常重视、非常关注,是吧。他会了解这个人是怎么死的,大家都会有很多评论,但这儿就没有,死就死了。就像有些人说的,××工厂这么多人,死这么几个人,在比例上面完全是很小的。这观点完全是错误的。这是人命,不是数字问题,对吧?"他对现代城市文明的批判也以乡村经验为依据。"乡村的文明,实际上是一个生命的文明,工业的文明和这种城市的文明实际上是一种物质的文明,其实它对生命是有损伤的。"他以尾气、空调等例子说明自己的观点："你看路上这么多汽车，深圳这么多汽车，它每天排放这么多尾气，人们已经习以为常，没有考虑车排出的尾气会对人的生命构成影响。没有，反正大家都开着，他坐在车里面但是他下来了也是要呼吸。……没有人考虑这些东西。所以，物质的高度发展对生命是有影响的。"黄可讴将乡村文明和城市文明描述为"一个是养命的，一个是催命的"。

然而在现实生活中，黄可讴依然选择在城市生活："如果我们乡下是一个很好的地方，能回归生命的基础上面，让自己生活得相当安逸的话，我肯定愿意回到乡下。可是，现在我回到乡下干啥？"黄可讴对目前家乡的描述充满痛惜。"乡村已经被他们破坏了，它既不能往城市靠拢，也不能回到乡村。人与自然的那种关系被破坏了。人与自然就是人与万物都有一种相互依存的关系。比如说现在回到家里，山平掉了，没有树了，没有动物了，什么都没有了。湖被填平了，那么水就没有了，没有水的流动，就没有活力了，好像生命就没有了。"黄可讴不仅以人的生命及其与自然的和谐关系批判城市的现代生活，也以此对乡村的现实进行衡量并表现出失望与感伤。

此外，"人性"也是他评价社会发展与打工者社会处境时常出现的关键词。黄可讴对中国发展总体上抱有信心，认为将来十年二十年社会文明的程度会不断进步，这种信心来自对深圳变化的感受。"我走过这些年，最起码深圳这个地方改变是非常明显的。从改革开放初期无序的、混乱不堪的状态，走向了有社保的状态，包括现在有公积金。虽然它不能完全给打工者保障，但是慢慢有《劳动法》保障了。从立法到执行，这是有过程的，现在已经往文明的方向走了。"他重视法律，认为法律是衡量人性的重要方面，"法律是人类对生命或文明认知的体现，有什么样的法律，就有什么样的文明"。他以2003年被废除的收容遣送制度为例说明法规与人性的关系。

> 这是人性的问题，它并不是简单的制度问题，是吧？……比如说，这个收容遣送制度，人家没有工作，对吧，你就把人家关起来收容，还罚款，……法律它是人定的吧，制定这个法律的法学家、专

家，他们考不考虑得到，如果是你父母在这里工作，因为没有工作，因为没有办暂住证，你就要收容他，你会定这个法吗？

由上来看，黄可讴对自身经历、打工者境遇以及城市与乡村的现代化发展，主要从维护普通人生命与生活的角度进行体验与评价。作为他阐释感受与主张的基本立场和重要原则，"生命""人性"的含义包括对生命价值的重视、人与自然的和谐关系，以及普通人应获得尊重与善意的关照。黄可讴并不强调农民工群体的特别之处，而倾向于从更为普遍的"人性"与伦理视角认识打工动机、劳资关系、政策制度和社会发展。

（三）于韧：探寻市场中的伦理与公正

2015年10月，笔者在苏州工业园区附近见到了于韧。这位打工诗人群体的元老，现在一家企业集团任高层管理人员，但他依然是打工诗人群体的核心人物。于韧言谈举止温和敦厚，同时对自己的观点和信念也相当坚持。尽管有高等教育的学历，并未从事过基层劳动，而且现在社会地位和生活境遇已较以往有很大改变，于韧仍旧积极组织和参与打工诗人群落的活动，并一直主张自己作为"打工诗人"的身份认同。

与很多"农民工"有所不同，于韧拥有会计专业的大专学历。1994年，于韧大专毕业后被分配到事业单位工作，但他"不想做那种一直没什么变化的工作，觉得人生的意义不在于此"。1994年底，于韧便选择辞职下海，来到深圳。"深圳听着比较好，实际上现实太残酷了。"到深圳的第二天早晨，于韧就因没有暂住证而被抓起来，要不是表姐花50块钱把于韧领回来，他会被送去进行艰苦的惩罚性劳动。由于当时会计工作多为女性从事而很少招聘男性，于韧到深圳后生活很快陷入困境。"两个多月没找到工作，我想再找不到工作，我就做操作工。没办法了，已经生活不下去，山穷水尽了。"失业期间陷于赤贫状态而饥寒交迫的悲惨记忆，深刻地嵌入于韧的记忆之中。以至于每次说起往昔的落魄经历，他都感慨万千而需要努力控制情绪。就在于韧无路可走而准备去电子厂做车间操作工时，他终于有机会进入一家台资企业做人事工作，成为白领。然而工作体验仍旧是压抑、严酷的，于韧对当时所在企业打人骂人的野蛮管理方式极为反感，"非人待遇，真的就是不把人当人"。

有过失业体验的于韧对农民工群体的境遇感同身受。于韧首先不满于"打工"这一市场化雇佣劳动的不稳定性。"工厂让你走，……你随时就得走，经常就会看到有人突然被解雇，……真实的环境就是这样，你没有任何保障。今天早上你还高高兴兴地上班，可是老板来了之后，马上（让你）走人，把包打好，你随时就得把全部东西搬出去。就这样，就像扫地一样，一下就把你扫出去……即使你做了五六年、七八年，也一样的，这就是环境。""随时走人"与劳动者在雇佣关系中的附属性弱势地位有关，于韧认为劳动法不健全，难以保障打工者的权益。但于韧对不稳定性的不满，不仅指向政治经济地位的低下和缺乏权益保障，还在于一种长期劳动贡献理应获得更长远回报这一期待的落空，"即使你做了五六年、七八年，也是一样的"。

进而，他认为打工者实际上没有获得应得的回报，原因在于：一是很多企业没有按照国家规定去做；二是财富的分配机制不合理。"打工者现在没有得到应该得到的，很多人完全就是在生存线上挣扎，有的甚至没办法维持基本的生活开支，非常贫困。真的，分配这一块的问题很大。"他认为分配机制的主要问题在于劳动者所得比例太少，"财富集中到少数人手中去了"。他主张提高最低工资，降低企业的利润，让劳动者多得一点。"就是说，一年的利润拿出 50% 让劳动者得到，或者 30% 让劳动者得到。不能像现在劳动者只得到 5%，95% 给企业投资用，这个分配形式我觉得应该发生变化。……这个不公平嘛。"相应地，他表述如果自己当公司总裁，在操作权限之内会在利润分配上将员工所得比例适当调高。

于韧重视劳动关系和收入分配问题。他所关注的打工者，从由乡入城的农民工群体扩展到所有雇佣劳动者。相应地，关于打工者境遇他说得最多的是"看不到希望""看不到未来"，即便他自己身为高管也感觉没希望，因为"没有保障，压力很大"。他认为保障来自拥有公司股份，确保在企业的发展中拥有稳定的参与和收益（在 2015 年秋天的访谈结束后不久，于韧晋升为该集团的副总裁）。"比如说下一步我升为集团的副总裁。如果那样，上市公司慢慢就给股权，有股权的话就彻底发生变化了。""有股权，自己的基本生活就有保障，那就不一样了。"从于韧对自身生活的期待中可以看出"有希望""有未来"意味着对企业拥有权的分享，即在某种程度上对生产资料的占有。而他所说的打工者群体缺少希望和未来，主要指市场化环境中，劳动者在雇佣关系当中处于附属性、工具性地位，这不仅表现为收入低、上升空间少，更重要的是缺少职业的稳定和对于生产经营的参与权，这些导致个体对生活缺乏长期预期，归属感和安全感无从获得。

在谈及打工者在城市的去留问题时，他指出打工者自发地渴望进入城市并喜爱城市的便捷，而且回到乡村更是缺乏改善生活的机会和资源。"（在城市）看不到希望，回到乡村的话就更绝望，在城市里还是会有一点儿希望的。"进城打工意味着一个重大的人生际遇，"走出农村是好的"。但于韧并不认为外出打工是生活机遇，他认为打工能否带来更好的收入和机会，"不是考虑的问题，我觉得最需要考虑的是，他们有没有得到他们应该得到的东西"。于韧对打工者境遇的认识和评估方式与适应型态度不同，其批判态度不局限于个体视角对机会与代价之间的权衡，而是着重于打工者与共同体发展之间的交换是否公平。这使他主要在城市和市场的环境中关注打工者的弱势地位，并对法律、市场、分配等宏观制度进行更多的思考。与此相应，关于打工者的境遇，于韧主要关注其困苦艰辛的一面，认为个体面对外部各种社会环境时往往无能无力，"他摆脱不了（无力感），这是整个社会带来的"。

由上来看，于韧认识打工者境遇的重点在于打工者离开乡村成为市场化的雇佣劳动力所面临的压力与冲击。尽管他较之稳定的工作更为"下海"这一自由市场带来的机会和愿景而诱惑，但成为雇佣劳动力同时意味着求职困难、缺乏原有人际纽带的支持和扶助；缺乏安定感和持续的职业预期；难以参与劳动过程的决策和劳动成果的分配，缺乏对企业组织的认同感和公平感。这些导致其孤独、绝望的感受，也导致其付出与收获不平衡的怨恨情感体验。于韧将造成打工者境遇的主要因素归纳为两点，即市场化的雇佣劳动和财富分配制度不公平。而他对这两点的阐述都显示出对一种交换伦理的重视——长期的工作应获得即时收入之外的长远报偿（包括物质报酬的累积性增加和相应的符号报酬，如获得尊重和归属感、不被随便解雇以及分享生产资料的部分所有权）、劳动付出所创造的财富应进行相应比例的分配和回报。付出与收获的交换伦理构成于韧社会公正感的基础，支撑着他对打工者境遇的批判。

但于韧并不同意回到改革开放以前的平均主义，"我觉得那个年代也不太好。社会如果在现有的这个情况下，能够进行不断完善，我就觉得会非常好"。于韧对于市场经济是接受和认可的，他主张的是不断完善法制和市场。他认为中国社会的发展非常迅速，打工者身上所体现的社会问题是"跨越式发展"导致的"不良反应"和"副作用"。与黄可讴对整个发展方式的反思与批判不同，于韧的社会批判是在认同市场经济基础上的批判，他所主张和力求推动的是市场化、城市化的进一步发展与完善。

（四）小结：批判性态度的境遇认知

关于打工者的结构性处境，批判型态度的三个个案显示出一些共性——较之打工前后个人生活中收益与代价的对比权衡，更重视打工生活中个体与城市环境以及整体社会发展之间的关系，对个体生活所承受的弊端有更加深切的感受和更深入的思考。安毅容体会最深的是打工者在社会阶层结构与市场环境中处于不利地位以及工业文明造成个体异化；黄可讴批评工厂管理方式、劳资关系、政策制度以及城乡的现代化，认为中国社会的整体发展模式缺少对生命与人性的爱护；于韧的批判主要指向市场化和商品经济，认为打工者生活之困顿，源于雇佣劳动的特点以及财富分配的不公平。适应型态度对打工生活的基本体验维度是物质收益提升与精神情感代价之间的冲突，与之相对照，批判性态度的认知维度是个体与社会之间的关系是否均衡，他们倾向于在更为宏观的整体社会状况之中理解打工者的社会处境。在此视角之下，打工者的社会处境更多体验和表述为在物质、地位、精神、情感等各方面均承受不平等、不公正的待遇。

进而，批判性态度的认知立场显示出普遍性、伦理性、反思性三个特点。他们从市场与商品经济，法律政策等制度环境，包括工业化、城市化在内的现代文明等视角对打工者境遇进行思考和分析；他们的质疑、不满和批判之中都主张个人生命与个性的需求，维护个人基本的尊严和价值；

而在个体与社会环境的关系中，相对平等、均衡、互惠的交换伦理受到重视。无论依据对城市建设的贡献主张农民工应获得城市公民资格，还是长期的工作积累应获得归属感、收入持续增加等即时物质报偿之外的劳动回报，以及劳动付出所创造的财富应进行更为均衡的分配，这些主张的阐述都显示出其社会公正感建立在付出与收益之间对等、互惠这一交换伦理的基础之上。

批判性态度认识打工者处境的普遍性、伦理性、反思性视角，使他们作品中的情感和思考能够触及现代社会中个体的共同困境，并回应公正、平等、发展等社会变动中受到关注的基本社会议题。批判性态度的三个典型个案，也正是打工诗人群体中最受文学专家及普通读者关注与认可的人物，原因也许正在于此。他们的作品对于社会变动中共同关心的问题，给出一种基于普通打工者立场的回应。而且这种回应以文学的形式呈现，情感饱满、刻画生动，因而具有冲击力和震撼力。打工诗人与文学评论家经常主张，打工诗歌的价值主要在于"社会性"而非"文学性"。其"社会性"尤其体现于批判性态度的表达，尽管内容集中于打工生活，却与发展与公正等问题相契合而引起广泛的情感共鸣和思想共鸣。相应地，对于本研究来说，批判性态度不仅显示出打工诗人对待农民工群体社会处境的一种认知，也呈现了中国社会个体对市场化转型以及现代性的一种体验方式。

二 批判型态度的诗歌写作：强化自我与改变境遇

对于批判性态度的打工诗人来说，文学写作是面对打工者结构性处境的何种行动？从三个个案的自我叙事来看（见表5-2），他们的写作活动均对应着他们对农民工群体处境所批判的主要问题。针对工业文明以及现代社会造成的人性异化、市场关系中的弱势地位和市场竞争的残酷，三位个案通过文学写作进行应对的方式主要包括两个方面：一是在适应结构性压力的同时维护自我、重建内在精神秩序；二是作为代言人为农民工群体见证、发声和争取权益。

表 5 - 2　批判型个案的诗歌写作与境遇应对方式

	自我的维持与强化	为打工群体代言以争取改善境遇
安毅容	面对不健全市场的残酷现实建构道德认同； 面对工业异化导致自我丧失，以文学写作恢复人性、保持主体性； 通过文学活动扩大人际交往、获得情感支持	为底层见证与发声、争取改善； 尽管文字无实际功用，也要表达立场； 写作与参与政治一样，都是介入社会的方式
黄可讴	表达日常交往中隐而不显的真实自我； 通过文学重返生命价值与人性的自然状态； 文学服务于正常生活，使生活质量更高	自我表达，客观上构成群体代言； 促人反思发展方式，注重以人为本； 引起关注，带来改善境遇的机会
于韧	在市场竞争的风险与残酷中获得精神救赎； 呈现市场竞争中个体的困窘、伤痛、绝望	从自我抒发到为群体代言； 发出真实的声音； 通过刊物和媒体扩大打工者群体声音的传播范围

（一）在文学写作中巩固自我

1. 安毅容：压力下的自我维护

对于安毅容来说，文学创作是在适应工厂生活的过程中保持和巩固自我、建构自身主体性的努力，也是她表达弱者声音而争取道义的方式。如前文所述，外出务工经历与工业区的打工文学杂志，为安毅容提供了文学阅读与创作的外在机会，而她的写作历程曾发生从工具理性到价值理性的转变：从向往工资更高的厂报编辑职位，到通过诗歌表达自己、记录时代。其写作动力包括以文学改变命运而脱离打工者处境的渴望，适应型态度是她对应处境方式的一部分，但仅仅是一部分。她格外看重的同时也是外界对其诗歌高度评价的，是对现实尖锐有力的批判。

这种批判成为安毅容在"残酷现实"中确认自身道德主体性的一种方式。在中专毕业后的求职经历中，她主要从学校教育中得以塑造的自我价值感和道德取向多次受到冲击。而诗歌的写作帮助她形成对于社会生活的认知方式，重建受到冲击的价值信念，保持自己作为"理想主义者"的道德主体性。

145

我以前接受政治经济学等方面的教育，与来这边打工现实中所遇到的是强烈的黑白对比，我们就生活在这样一个夹杂的灰色地带中。比如对资本剥削，常常会把自身的打工现实与课本中批判的《包身工》联系起来，在这种心灵的灰色地带中，一个理想主义者的自尊在现实面前情何以堪。面对与课本完全不同的残酷现实生活，也许只有诗歌才能表达内心那点点我们所受教育中的理想主义的光。

在诗歌写作中，安毅容抨击城市对农民工群体的歧视，批评政策制度无法充分保护劳动者的权益，同时也批评打工者的自私虚荣和相互倾轧。写作过程不仅是不满情绪的释放，更使价值立场得以确认、获得主张。批判不公与背德既表达出自身对社会公正、人道主义的期待，同时也是一种道德伦理实践，是建构价值秩序的话语行动。

同时，文学写作是安毅容对抗劳动异化的重要方式。"车间的人冷漠而愁苦、沉默而压抑，空气中仿佛飘浮着一股阴郁的死寂，每张脸上的眼神之中都流露出一种由紧张而产生的恐惧，某种冰冷规矩下产生的胆怯与小心翼翼。"对于流水线对个人动作的规范化约束，个人的服从是被动而恐惧的，"她们无法摆脱它们，她们只能服从"。安毅容强调自己是一名认真上进的流水线工人，她也努力适应车间劳作，遵从工厂的规定和要求。不同于徐林安、萧莹芝把打工生活的苦视为一种能力和人格的"磨炼"，安毅容认为这种苦是个人尊严的损伤，即高效率、程序化的工业生产损害个体的主体性，带来"受压抑""被奴役""丧失自我""损伤尊严"的感受。面对工业生产带来的个性淹没和自我丧失，安毅容在文本之中表达了很多痛苦和无奈。"我和她们一样，在时光流逝中逐渐丧失自我，有时会因丧失而感伤，因感伤而痛苦。"（散文《流水线》）在安毅容眼里，完全适应流水线劳动后"所谓的成熟"意味着自我的丧失和麻木。而写作使她保持内心的清醒和敏感，成为拒绝沉沦、自我拯救之途，是打工生活中唯一"有意义的精神际遇"。因此，在安毅容的自我叙事中，打工者的境遇构成了对个人主体性的压抑和价值感的贬低，她通过文学写作对自我进行维护。

这一点也可见于她对"诉苦"的反驳。"我的打工题材的诗歌……不断将内心与劳工的生活状态呈现，并不是忧伤、绝望的呐喊，更多出于对生命本身的热爱。"有文学评论者认为打工文学止于对苦难的同情，安毅容则表达自己"其实我更多的诗歌是写一种爱，写一种不屈服的命运"。她举例自己在很多诗歌中表达过这些感受："我数着我身体内的灯盏，它们照着/我的贫穷、孤独。照着我累弯下了腰/却不屈服的命运。""不屈服的命运"是指个体对于结构性位置所构成的压力，不愿被它们束缚和改造，而试图转化和超越这些压力的意志。

安毅容通过诗歌写作确认自我、强化自我，也用以主张对个性与人性之尊重。其诗歌表达内容除了"内心的叫喊"，更注重描述完整而活生生的人。其刻画打工妹的诗集《女工记》的写作就包含着这样的努力。这部诗集的主旨是把打工妹还原为"有尊严、有血肉"的个体，真实地呈现她们的生活。

> 我在一个数千人的流水线工厂工作过，后来进了一个五金厂，对面是一个数万人的电子厂。每次上下班时，看到厂门口来来往往的人群，几千人或者数万人从几个门口涌了出来，她们穿着相同的工衣。当我走在这样的人群中，我感觉自己在消失，这种感觉十分强烈。当我进入流水线，成为一名工人时，我与我的工友是如此地贴近，我们在流水线上交谈，返回一个个具体的人，比如我的工友的姓名、她来自哪里、她的家庭、她的恋爱、她的故乡、她过去的经历、她的生活。于是我放弃了2008年的写法，当初是想写女工群体，后来觉得更应该在工业集体时代表现独立的个体——有血肉的个体。

进而，安毅容将这一个体在工业文明中的困境扩展到对时代共性的思考，即打工者的体验表征着现代社会对个体的普遍压抑。"这个工业流水线化的年代，无论是精神上的人还是物质上的人，正被流水线以某种角色分解打磨成某个工序角色，名称不一，用途不一。作为个体的人，唯一能做的就是服从于流水线某个角色规定的职责。"但被动的服从并不意味着彻底的自我丧失，内在的鲜活世界可以通过工作之外的各种活动恢复活力。安毅容描述下班走出工厂车间之后，对自我和自然人性的欲望又恢复了清晰而丰富的感受。

这时我才真正做回具体而独特的自己：长裙，长发，修长眉毛，涂上淡淡的口红或者眼影，纤长的手指甲上涂着豆蔻红或者玫瑰红，在眼睑下挂着几颗闪着光亮的泪，高跟鞋与牛仔裤将我的修长与挺拔呈现出来。天空在我们头顶，大地在我们脚下，树木青草在我们周围，有鸟在不远处的荔枝林里鸣叫，没有机器的轰鸣声，没有流水线种种标准规范。远望大地，自己的内心辽阔起来，它使我更深刻地感到宽阔的意义。

关于打工妹们的穿着装扮、修饰自身外貌与气质的行为，社会学的研究通常从消费社会论的视角进行，将之视为她们通过消费活动建构身份认同、争取社会地位的行为（严翅君，2007：225；余晓敏、潘毅，2008）；也有观点将其视为一种对抗社会身份约束的生活实践，即新生代农民工在日常生活世界中，通过身体消费的自我呈现反驳大众传媒塑造的弱势、边缘的"农民工"刻板印象，与不平等的群体身份和社会地位界定进行抗争（郑欣、章译文，2016）。与之相对照，安毅容的讲述显示出化妆、穿衣、打扮作为抵抗异化之行动的含义。这是一种自我的维持和确认，用以修补机械单调、抑制个性的车间劳动所带来的自我丧失感，重新获得作为生活主体而拥有个性、情感、乐趣的鲜明感受。而文学与口红、高跟鞋所具有的意义是相同的，都试图恢复工业劳动过程中被压抑的个性和欲望，对抗异化、保持人性的平衡。

进而，安毅容对处境进行批判的主要依据，首先是大多数人应该能过上完整的生活。夫妻同居、家庭团聚、努力工作能换来安居乐业——她将其描述为"正常的、有尊严的、普通人的生活"。针对改变命运的关键在于个人的努力和调适这一观点，她强调多数人正常而体面的生活理应得到保证，而打工者的处境往往"吞噬"了多数人生活的希望和生命的激情，使他们陷入无力、被物化而无法满足正常人性需要的境地。因此，一种普遍的人性需要是安毅容对农民工群体结构性处境进行批判与抗争的重要依据，而文学写作正是她维护人性、主张人性的途径。安毅容认为"文学不能改变什么，但是它需要表达什么"，即表达"一个诗人清晰的立场"。可见，对于安毅容来说，诗歌写作是一项话语行动，用以主张对自我与人性的珍视和维护。

《打工，一个沧桑的词》是安毅容的代表作之一，写于 2003 年即外出打工的第三年。这一作品所表达的对打工生活的感受、认识以及行动意志，在安毅容其他打工诗歌作品中也多有呈现，并且一些描述方式和情感态度在打工诗歌中成为一种常见的模式。虽然安毅容的生活经历、打工体验、思想深度在发展变化，但其写作打工生活的整体基调一直未变，这首诗不仅可以代表她关于打工者境遇的基本认知和态度，在打工群体中广泛的传播和共鸣也可以表明这种认识与态度具有一定的普遍性。

其中，在对打工生活的体会和认识上，"打工"意味着"沧桑""艰难""陷阱""支配我的错误""充满谬误的词"，它"充满剥削"、无法改变"浮萍的身份"。打工包含"苦涩与欢乐 无奈与幸福"，但更加频繁出现的是"疲倦""艰辛""饥饿""惆怅"等负面的感受。"在这个词中生活 你必须承受失业 求救/奔波，驱逐，失眠 还有打着虚假幌子/进行掠夺的治安队员 查房了 查房了/三更的尖叫 和一些耻辱的疼痛。"对于个体来说，进城打工从生活的希望变成了更为深刻的困境。"在村庄的时候/我把它当着可以让生命再次飞腾的阶梯 但我抵达/我把它 读作陷阱。"

关于境遇的描述所涉及的既有打工者在工厂与市场中的低下地位，也有在政策制度上的弱势地位。关于前者，高强度的单调劳动以及工伤、失业等带来身心损伤，劳动力的商品化还带来了深深的自我价值与尊严遭受贬损的感受。她刻画打工生活给打工者带来的蜕变和异化。"在这个词里 我不止一次 看到/受伤的手指 流血的躯体 失重的生命/卑微的灵魂 还有白眼/就像今天 我目睹自己/一个刚来南方有着梦想和激情的安毅容/渐渐退次成一个庸俗而卑微的安毅容。"在打工生活经历中，打工者个体面对境遇带来的压力，不仅产生痛苦沧桑的感受，还发生了从外在形貌到内在自我的调整和改变。安毅容将这种个体的重构视为一种扭曲和伤害。

这首诗中呈现的个体面对境遇的态度，主要是在痛苦中无奈地坚持和适应，"只能和着 两滴泪水 七分坚强/一分流水样的梦 来渲染这个 有些苍凉的词"。安毅容也想象获得财富与成功，"我每天都坚持 拭擦 内心的欲望/虚构未来 把自己捂在某个淘金成功的寓言中/让它温暖孤独而忧伤的心 使它不会麻木"。然而关于未来的美好想象只能"让田园味的内心 生长着

可乐 拉罐/塑料泡沫一样的欲望"。她将未来的希望视为虚幻的、难以实现的，同时也是意味着精神退化、丧失自我的"欲望"。适应型态度所期待的未来之希望，在批判性态度这里被视为由"欲望"填充的虚假的希望。

在安毅容的切身体验里，"我见到的打工 是一个错别字/像我的误写它 支配着我/一个内陆的女子 将青春和激情扔下/背负愤怒和伤口回去"。"我倾听到的打工这个词它荒谬地将青春/葬送。""带着梦境和眺望/在海洋里捞来捞去 捞的是几张薄薄的钞票/和日渐褪去的青春。"付出宝贵的青春却收获无几甚至背负伤痛，是安毅容以及许多打工诗人在诗歌中常见的内容。它不仅是对青春逝去的感喟，也包含着最好年华的辛苦付出并未获得充分回报的不满，同时还表达出在"打工"这一临时雇佣劳动形态下的时间焦虑。劳动意义缩减为即时性收入以后，缺少稳定、持续向上的安定感，青春的逝去便意味着市场竞争力的丧失，劳动时间的积累对自身价值和社会地位并不具有累积性的意义。

她的文学交往成为打工生活中唯一具有明亮色彩的要素，她和众多打工者从诗歌中获得共同的话语模式进而形成内心应对境遇的方式——"像张守刚一样编着一些：'在打工群落里生长的词'/或者像罗德远一样用打工这个词来敛聚内心的光芒。""写着同一个词的张守刚徐非 还有/在南方锅炉里奔跑着的石建强 以及/曾文广 任明友 沈岳明……他们在纸上/写着这个充满谬误的 词 打工/我找到 他们的 心情 像深秋的一缕阳光/也像露水打湿的身体 我记住的/是这些在打工词语中站立的人 他们微弱的/呐喊。"文学写作与文学交往支撑着安毅容的自我重建。

诗歌表述也显示，安毅容对待境遇的基本方式是以隐忍坚持进行适应，而其中的创伤体验促使她通过写诗保全自我的精神秩序，支撑自己继续面对打工生活的压力。"我不断地在纸上写着 打工 打工 打工/我的笔尖像一颗微亮的星辰 照着 白天的伤口。"然而这样的诗歌"不可能沉静地 恬静地 寂静地写着""它不再是居住在 干净的 诗意的大地"。这一差异便是批判型态度诗歌创作与适应型态度写作之间的不同。安毅容对于其他阶层读者阅读打工者"卑微的诗歌"并不抱有乐观的想象和期待，但强调打工诗歌描述的生活与情感对于打工者自身来说是重要的，使他们"干净地 纯净地 澄清地"，既拒绝自我内在的沉沦，也拒绝外在的污名化，保全自

身的道德主体性。对安毅容来说，外出打工使家乡生活中难以获得的生活
希望进一步落空，不仅物质欲望更加虚幻不实，精神主体性也面临压抑和
丧失；诗歌创作是她在结构性处境的种种压力之下坚守主体性的行动。

2. 黄可讴：通过文学返璞归真

对于黄可讴来说，诗歌写作与生活实际需要相隔离，是相当纯粹的精
神活动。其重要意义在于表达日常交往中隐而不显的真实自我，以及通过
文学主张生命的价值、重返人性的自然状态。

到深圳打工以后，黄可讴偶尔写些小作品，但是很多写完就随手一
放，甚至扔掉。他的解释是首先需要解决的是工作和生存的问题，"没有
地方吃饭，你投了个稿，也没有用啊"。对于他来说，写作是"没用"的，
从不是生活中的头等大事。"我到1999年才有一份稳定的工作，我其实是
一个很懒的人，很闲散的一个人，很自由的一个人，我就觉得我有一份稳
定的工作，就不需要第二份了，也不想有更高的追求。""懒散"也好、
"自由"也罢，其实都是黄可讴试图解释自己以经营生活为重，同时缺乏
通过诗歌写作努力谋求更高收入和社会地位的愿望及行动。这一点看起来
并非"唱高调"，黄可讴获文学奖并参加国际诗歌节后备受瞩目，2014年
出版的诗集也广受好评，不过获奖经历和诗集出版并未给他带来显著的物
质改善。他的生活没有太大改变，依然作为编制外的临时工在治安管理所
工作，住在"城中村"30多平方米的出租房里，也仍旧是农村户口。

关于写作动力，黄可讴描述自己的写作出于一种"有话要说"的内心
冲动。"我就在我的岗位上干好自己的本职工作，然后偶尔有内心的冲动，
就写一首诗。有时候我对写诗能带来的东西没有太强大的追求，诗就是
诗。"他重视自己内在的表达欲望，诗歌创作于他来说是精神需要，与物
质、收入等利益需求相分离。"是我内心的一个需要，我内心有话要说，
然后我通过诗歌的描写把它表达出来，是我内心说话的一种方式。"当被
追问"向谁表达"的时候，他认为这是"自己跟自己说话""说出来就完
了""别人愿意听就听，不愿意听拉倒"。他并非没有认识到文学必然产生
交流，但他对读者如何接受兴趣不大。"它不再是我的诗了。你爱读就读，
爱咋看咋看，你觉得好就好、坏就坏，跟我没有关系，对吧？不影响我的
情绪，我写完了……这个孩子我已经生下来了。它的成长像个小鸟，它已

经飞出去了，是它的事情，对吧?" 黄可讴想表明的，是不受他人影响，专注于呈现自己真实的思想情感，这也使他满足于写作本身带来的表达愉快。

那么，这种内心世界的表达需要意味着什么? 对于黄可讴来说，在诗歌里表达的往往是日常社会交往中难以实现的或被压抑的东西。他多次用与现实生活的比较来说明自己的创作观念。如社会交往中必然要掩饰真实的想法，被压抑的真实自我便可以在写作中得以展现和主张。"假如我在生活当中撒了很多谎，但我必须对我的诗歌和文字诚实。是这样的，当然生活当中、人情当中往往很多东西要说一些假话、撒点谎，但是我不对自己的诗歌撒谎，不能自欺欺人。" 社会生活中也往往需要为实际利益做出妥协和让步，被搁置或扭曲的价值立场可以在写作过程中重新得以伸张。"如果我们在生活当中被金钱压弯了腰，挣钱挣弯了腰，那么我们应该在文学、在精神里面把自己的腰杆挺直。" 黄可讴认为，无法回避在现实的人际交往中要聪明、圆滑一些，但在文学中应该真实、率直，让自我得以充分地展现。我觉得文学就是要说一些傻话，这个傻话就是真话。如果在生活当中，你不敢说真话，那么请你在文学的创作当中讲真话。" 黄可讴对文学的需要，与社会交往中本能冲动以及真实想法受到克制与约束有关; 其中被抑制的自我主张，通过文学写作得以抒发。

由上来看，对于黄可讴来说，诗歌写作是重返主体性的途径，是在社会关系及其互动的一般规范之外，持续建构自我本真性的一种方式。这一点与安毅容相似，差异仅在于安毅容的诗歌写作侧重于在朋友式的亲密情感交流中表达真实的自我; 而黄可讴较之与人的互动关系，更重视以内心独白的形式，呈现隐藏的真实自我。但黄可讴并非完全忽视读者，他认为作品必须具备表达上的感染力，才能引起情感的共鸣，进而具有促人反思的能力。"需要讲究一些东西，即怎样恰到好处地把自己内心想说的话表达出来，不仅自己这个表达是合适的，别人也能感受到你表达的东西，能传递到他的内心，就像过电一样的。""过电"意指个体性、私人性的事物通过良好的表达技巧获得感染他人的力量，从而能够实现其公共性、群体性的社会效应。

对于黄可讴来说，文学也是返回生命与人性更为本然、和谐状态的方式。黄可讴虽然把文学与金钱、地位等功利目标相分离，但他并不是一个文学至上主义者，而主张文学写作与具体生活相互融合。"文学应该与生活越近越好，它应该与生命是对称的，应该与生命是对等的。"他想表明，文学是人生中不可分割的一部分，体现着一个人对整体生活方式的认识与态度，因此一心追求文学而忽视现实生活的做法违背文学的初衷，可谓南辕北辙。

> ……（有的人）没有饭吃就要去写，我觉得这是一个有问题的生活方式，不正常的生活方式，因为正常的生活方式一定是生命排在第一位的。你自己都没饭吃，那你找老婆，老婆有饭吃没有？生了孩子，孩子没有奶吃你管不管，你是去写东西还是管你孩子吃奶？我说的这种写作完全是一点意义都没有，生命你都没有看到，你就看这几行文字有什么意义。你不珍惜你自己的生命，自己父母你也不赡养，你的儿女你也不抚养……你说我要去搞文学，我要去写小说，那有什么意义？

黄可讴的文学观与其人生观相一致，重视实际生活和日常伦理，重视"人性"的各种现实需要，并将这些都置于"生命价值"这一基本目标之上。他将文学称作"盐"的比喻也生动地表达了这一点："文学对我们的生活来说，不是什么很重要的（东西），但是没有它不行，菜里不放盐肯定不好吃。没有它不行，但是有它也不会怎么样，盐就是盐，没什么特别的。"对于黄可讴来说，文学创作与现实日常生活既是互补关系，使为现实利益而受到压抑克制的真实自我得以抒发，也是在同一人生哲学之下的协调关系，都是为提升生活的质量、实现生命的价值而存在。因此黄可讴说："我对生命比较真诚，对文学不是很真诚。我完全没把文学当回事。"他的文学创作是生活的一部分，服务于生活的充实和丰富。

同时，他对文学的看法与其社会认识是联结一体的，他认为经济的快速发展冲击了对生命和人性的思考，而文学的本质就是重视每个个体生命的价值和意义，因此成为现代社会发展弊端的一剂药方。"文学的原点是要回到人的生命上来的。包括经济、文化、政治和其他东西，也是要回到原点上来的。我们现在就不知道原点在哪里，可能我们真正在乎的是赚钱,就是 100 万元、1000 万元、1 亿元,他在乎的是那里,而不是生命上的东西,他早忘了他在这里赚钱是干啥的。"黄可讴对社会发展的感受也以精神与物质的冲突为重要维度,认为"赚钱"使人们"离生命越来越远"。"现代人在物质上太丰富了、太发达了,经济上发展太快了,这个东西冲击了人性,很多对人性的思考、对生命的思考越来越少。所以这个时候,我们通过文学回到对生命、对人性的认知是很有必要的。"因此,他所看重的,较之文学本身,更在于通过文学进行本体性价值的探索。黄可讴以某大型代工工厂为例说明文学促人反思、牵制欲望、回归人性的功能。

> 好像这个人类的欲望是无止境的……××工厂的这个老板,我就在想即使他得到多少亿,他可能还要追求下一个数字。他玩的是一个数字游戏,一个数字不断增长的游戏……他不缺钱花。但他为什么这样对待工人,他为什么不把赚的钱投入到增加工人的福利待遇上去?他一分钱都不愿意多投的,因为数字牵着他离人性越来越远,他一直往前奔跑,他不能停止。而文字会给你思想敲一个警钟,让你自己进行反省、反思。别人看到也可能受到影响,就是这个意思。你反思后就会知道,你赚的这个钱需要回到人生上来。

此外,黄可讴还认为文学可以抑制人际交往过度功利化的现象,复苏淡化的情感。"现在人与人之间有一种陌生感。可能我们写诗,它让人怀旧,或者在虚构中回到这个东西,回到已瓦解的东西当中去。"因此,真正的文学"关注生命当中被损害的那一部分",这是黄可讴对文学的定义,也是他自身文学行动的目标和期待。他将这一观念贯彻于自己的文学活动之中并以此影响他人。黄可讴现在为诗歌奖做评委,评审诗歌时重视通过艺术形式的创新表达自身独特的生命体验和内心世界,因为这是他心目中文学帮助现代社会重新关注生命与人性的方式。"诗歌所要表达的是一个思想,是对生命认知深度的问题。"

由上来看,文学是黄可讴思考现实、批判现实的方式,也是他参与建构现实的途径。他所主张的重视"生活""生命",既表达普通人日常生活具有尊严和价值,也包含对个人本体性价值的追求。其文学创作的宗旨在于彰显"生命"与"人性"的完整丰富，他通过"生命"和"人性"承认欲望和个人生活的重要性，也通过"生命"和"人性"批判过度偏狭、单一化的欲望，不论是一味追求财富与发展还是一味追求文学。他的文学活动对包括商品经济、政策制度、工业化、城市化等在内的中国社会发展模式进行反思，将文学视为促进人性返璞归真、牵制物欲膨胀的方式。他自己表述为"如果没有（文学）这个东西"，个人和社会"会堕落得更快"。

进而，本章选择黄可讴最知名、影响最大的两首打工诗歌代表作作为考察对象，分析他对待境遇的态度或意志。

第一首《在外省干活》刻画外出打工的艰辛，主要描述内容涉及语言的改变、身体的劳累与生病、拮据简陋的生活环境、乡愁，以及与此相对照的城市的迅速发展。首先作者描写的是对环境的适应和忍耐："在外省干活，得把乡音改成/湖北普通话。/多数时，别人说，我沉默，只需使出吃奶的力气。"接下来是生病但不舍得花钱治疗的描述，痛苦和忍耐自然而然地带来思乡之情："四月七日，我手拎一瓶白酒/模仿失恋的小李探花，/在罗湖区打喷嚏、咳嗽、发烧。/飞沫传染了表哥。他舍不得花钱打针、吃药/学李白，举头，望一望明月。/低头，想起汪家坳。"进而，诗句的目光由生病的人扩展到居住环境："这是我们的江湖，一间工棚，犹似瘦西篱/住着七个省。/七八种方言：石头，剪刀，布。/七八瓶白酒：38°，43°，54°。/七八斤乡愁：东倒西歪。/每张脸，养育蚊子/七八只。"环顾四周之后，视线重新回到了严冬中生病的表哥身上，将表哥定位于打工城市的街道之中——"岁末，大寒。表哥/淋着广东省的雨/将伤风扩大到深南东路、解放路与宝安南路"。与湿冷难过的病人形成鲜明对照，描述的视线转向日新月异的城市发展——"地王大厦码到了69层/383米高"，并以此结束全诗。

在这首诗中，作者以平静克制的忧愁语调将视线自然地移动、聚焦、扩展，对打工者生活的刻画层层推进。看似没有强烈的情感迸发，却有深刻的感染力，尤其最后部分唤起打工者之落寞与城市之欣欣向荣两个画面的强烈对比，引发巨大的情感想象，达到"无声处听惊雷"的效果。在此过程中，作者择取劳动、居住、生病时的零散情形和片段进行组织。作为一种积极而自发的自我叙事,可以将这些片段视为作者在实际生活中感受最为深切、感情触动最大的情境。它们显示,黄可讴在工作时被动地适应,面对改变口音的无奈,尽量沉默地干活;从对表哥的描述中可以看到其他打工者同样忍耐着身体上的痛苦和经济上的拮据;工棚的描写显示工作以外的情境下他们仍旧保持乡音,白酒和乡愁作为艰苦环境中的抚慰与寄托,也体现出对自身处境的消极承受;而最后的鲜明对比则呈现了作者内心巨大的不平不满之感,指出打工者的辛酸处境与为城市所做贡献之间的不对等,包含着沉默却强烈的批判。整体来看,黄可讴一方面同其他打工者一样被动地适应和忍耐,另一方面内心对自身处境进行质疑,抨击社会生活的巨大落差和打工者待遇的不公平。

另一首诗《打工日记》也描述工地上打工者在酷暑中劳动的艰辛。"工地上的气温,比我体温略高 3℃/皮肤内的河水,带着盐花,开始/叛逃/燃烧。/焱。/部首:火部外笔画:8 总笔画:12。三只火/堆在一起/我们需要靠一群群汗水/浇灭。/汗是含盐的。/雨是凉薄的。/明天,阳光灿烂,我不愿意。/明天,晴空万里,我不喜欢。/明天,气温高过今日。"诗的前半部分着重刻画高温天气下劳动艰苦,并强调打工者"我"的意愿和情绪。下半部分则描写打工者们沉重的负担和责任感,说明他们忍耐高温辛苦工作的动力,呈现了打工者的奉献者形象。"一群热锅里的蚂蚁还在搬运。钢筋。水泥。阳光。/其中两只,必须挺住。/挺住意味着:堂兄的父亲,我的伯父/癌细胞就扩散得慢一些。/以我们的快换它的慢/也以我们的快,加速城市的快。"寥寥数笔,呈现了打工者对家庭、亲人的付出与对城市发展的贡献,他们的艰苦劳动因而具有仅以"吃苦"远远无法涵盖的伦理意涵,成为一种有道义的付出。诗的结尾转而写道:"突然,脚手架,一个人/自/由/落/体/重力加速度/9.8 米/秒^2。"与前一首诗同样,表面客观而不带感情色彩的描述,反而带来巨大的想象空间和情感冲击效果。

这首诗也强调工人自己的主体性,重在刻画他们的内心意志。关于劳动的价值,它指出打工既对个体家庭生活具有重要意义,也对城市繁荣做出巨大贡献。面对自身在社会变动中的机会和压力、收获和代价,黄可讴在诗歌中尝试给出一种"说法":忍耐艰苦的打工生活,是出于打工者自身作为活生生的人的责任、意志和愿望，他们不是糊涂或麻木的"廉价劳动力""挣钱机器"；然而不能因为打工者的劳动是出于自身意志、满足他们的生活需要，就可以轻视或否认他们对于城市建设的巨大贡献。尤其是打工者不仅劳动条件艰苦，人身安全也缺乏保障。城市发展忽略其付出和贡献，是冷酷而违背基本伦理的。

由上述两首诗歌的考察来看，黄可讴对待境遇的态度是适应和忍耐，同时也保持内心的质疑和批判，而其批判主要依据一种伦理立场。对打工者处境的认识是劳动艰苦但付出与所获不对等，无论其中刻画的打工者还是诗歌中呈现的作者本人，都是情感和伦理的主体。在对打工者内心世界的刻画之中，黄可讴将打工者的个体意志与社会承认、劳动的私人性与公共性进行联结和协调——外出打工是个体的自由选择，对艰苦环境的适应和忍耐出于打工者自身的需要，但这些都无损于其劳动对于城市建设的公共价值，这些贡献理应被承认，打工者应获得更公平的待遇。黄可讴对打工者生活状况与城市繁荣景象之间的对比不仅抨击贫富差距，更侧重于呈现劳动付出与个人收获之间的不对等。不满足于由市场竞争和劳动力的商品逻辑所决定的劳动价格，根据自身对城市的贡献而批判现状、主张更高的收入和地位，这也是黄可讴对市场供需关系决定一切的商品交换原则的抗拒和反驳。以家庭伦理为基础，以平等的交换伦理为依据，黄可讴的诗歌写作较为典型地体现出对农民工群体结构性处境的伦理批判。

3. 于韧：以诗歌写作进行自我救赎

大专毕业的于韧从未从事过建筑工地或工厂车间的打工劳动，但他关于农民工群体生活的诗歌作品广为流传。其写作也受到了打工文学杂志的影响和激发，继 1995 年在《佛山文艺》上发表第一首诗歌后，他的写作和发表越来越活跃。1998 - 2003 年是于韧尤为高产的时期，"基本上我发的作品，在广东省打工作家群体中是发得最多的。一个月差不多有五六本杂志上有我的作品。"

于韧将诗歌写作比喻为"精神的拐杖"，文学是他在落魄而压抑的生活中进行自我救赎的方式。于韧认为打工文学正是因为以往境遇的恶劣而产生的，"很多人其实在那个时代把诗歌当作唯一的精神支柱……我深有体会，在那个残酷的时代，没有诗歌就活不下去，真的"。他认为受到心理摧残才会有打工诗歌,诗歌对于个体来说是一种精神寄托,是"那个时代活下去的理由"。"现在可能会好一点,像我们那时,90年代中期真是看不到希望……文学就是人生的唯一一点念头,支撑精神的一个星星之火。"诗歌写作被描述为一种类似宗教信仰的行动,支撑诗人在此处境中生存下去而避免绝望和崩溃。因此,对于于韧来说,写作是他在面对生存压力时自我保存的方式,它构成周遭环境无法提供的意义来源和生活希望。

"坐办公室"的于韧为什么将自己认定为"打工诗人"?他的作品能够获得很多普通打工者的情感共鸣,表明这一认同并非虚言。刚到深圳时,期待与现实的巨大落差、近乎赤贫且没有安全感的生活状态,带给他极大的精神冲击。"我1994年出去的时候,大年三十都没饭吃,真的是想起来很心酸……第一次身上只有36块钱,吃了上顿愁下顿啊,睡的话就睡在地板上,一天一块钱,木地板铺的房间。一天吃两餐,用那个煤油炉熬稀饭,两个多月没吃到青菜。"即便他后来在办公室做文职工作,这段经历也一直保留着,成为早期体验的伤痕记忆。而关于打工生活的写作,成为他的一种自我疗愈,是他一直热衷于打工诗歌的出发点。同时,他认为白领和蓝领的生活并没有太大的差异。"大家的感受都是一样的,都是一种很压抑的环境。"在于韧的认知中,只要不是老板,没有对生产资料和企业的拥有权,以雇佣劳动的形式工作的人都是在"打工"。于韧反复强调自己与大多数打工者之间没有太大区别,除了他极力想把自己界定为打工诗人群体中具有正当性的一员之外,也在于他对"打工"的认识是"签了劳动合同"这一"共同的生存性质",即市场经济中的雇佣劳动。对于于韧来说,诗歌写作是在市场化的雇佣劳动中,尝试重建自身的精神秩序和生活意义。

于韧的代表作之一《在深圳南流浪的日子》,描述了他1994年和1996年两次失业时期的艰难与辛酸。他将失业的经历比作"两只遗弃在特区街头的千疮百孔的鞋子""在时光河流上沉浮的日子"。求职过程中生活拮据,伴随"干枯的寻工的步伐",他将自己比作小心翼翼的"饿狼",寻工的日子"口干舌燥""摇摇晃晃""虚无""彻骨的痛"。这首诗除了对失业困境的描写,还着重表达了希望幻灭、自信丧失、欲望与现实严重冲突的感受。"特区啊,是什么阻塞着我向前流淌的欲望""我已辨不清/天空这面镜子中我是蚂蚁还是鹰隼"。期待伴随着失落，希望带来伤痛。当时于韧居住的万丰村既意味着"我怀揣着/未来和梦想。/正急剧地 向靶心射去"，同时，万丰村也成为他"难以愈合的伤疤"。因此，"从深圳万丰出发，每一条路都是光明之路/每一条路都是毁灭之路"。这呈现了于韧辞去事业单位工作、"下海"来到深圳时的感受，既有市场经济下自由求职的解放感、对发展机遇的热切期待，同时自由求职所伴随的风险和困难也使他体验到危机感、焦虑感、挫折感。

于韧的另一首代表作《现场招聘》也描写求职的场景。"对一份工作的饥饿像三座大山 压在心中/苦难深重"，招聘会"一张门票浓缩着明天的两盒快餐外加一个/溺水者对一根稻草 绝望中的渴望"。这些呈现出求职迫切而濒临绝望的心境。但"学历，经验，职称织成的网眼太大/许多在苦海中等待被打捞上岸的希望/成了一条条痛苦而无奈的漏网之鱼"，或者现场招聘只能换来"一份虚无的不知何年何月的等待通知"。经济上已山穷水尽，急切、绝望、酸楚混杂在一起促使他情感迸发，"泪 就/流出来了"。即便于韧有高等教育的学历，在当时求职之时也处于十分艰难弱小的境地。自由求职是计划经济转向市场经济后，雇佣劳动形态必备的环节。于韧的诗歌中呈现出迫切的渴望，更多是逼仄处境和激烈竞争所导致的"苦难深重""痛苦而无奈"。

从上述两首诗歌作品来看，于韧在诗歌中呈现出个体脱离计划经济时代的"单位"和社区而进入市场后的困窘体验。面对期待与现实的落差，较之适应型努力将两者进行联系与调和，于韧更注重突出落差之鲜明，显示出现实之残酷与荒谬，惊异之感与怨恨之情的生成便合情合理。与适应型打工诗人的诗歌文本相对照，适应型态度将目标放在未来的提升之上，渴望从现实境遇中出离；而于韧的诗歌则显示出对现实处境毫不回避的逼视，通过自身的痛苦体验审视市场化带来的个体困境。

于韧认为打工诗歌是"面向现实的刺"，而这些精神与身体上的伤痛感受之所以可以成为批判的"刺"，在于其中包含关于一个正常社会中个人应处于何种生活状态的认知——个体感到饥饿、难堪、绝望，缺少生存的物质保证和基本尊严，本身就构成对社会现实的质疑和抨击。这是一种伦理立场。在于韧上述两个作品中，对个体生存状态的负面描述涉及保证生存的基本经济需要、获得劳动机会的生计需要，以及不被市场竞争排斥到缺乏自尊、希望而陷入自卑、无力、绝望的心理与情感需要。这三项内容可以看作于韧对于市场化劳动力竞争的不满之处，它们构成批判的依据，可以概括为关于生存与尊严的伦理。这一隐含的伦理标准以及由此生成的批判意识，通过诗歌的交流与传播，成为对雇佣劳动以及良好社会之想象的一种建构。

（二）为打工群体见证与发声

1. 呈现真相与争取改善

安毅容的诗歌以对打工生活的伤痛进行深刻的揭示与批判而著称，以至于她曾被媒体称作"愤怒的小鸟"（《安毅容，愤怒的小鸟》，《南风窗》2015 年第 8 期）。她被描述为"在精神世界里，以个体之身与工业社会迎头对撞"，呈现出"撞得头破血流的农民工群体形象"。安毅容多次表达，"打工的疼痛感让我写诗"，对于她而言，打工诗歌所表达的，就是对自身境遇的直接体验。"我不断地试图用文字把打工生活的感受写出来"，"我的诗歌灰，因为我的世界是灰的。"她主张用诗歌为打工者群体见证和发声，揭示现实以寻求改善。她也常常因此成为争议的焦点，最常见的质疑是关于苦难叙事的真实性及其文学价值。对此，安毅容认为，苦难真实存在，而写作只有呈现真实，才能促使现实发生改变和进步。"有一些批判性的内容，自然而然就让人觉得你在跟他们怄气。但是生活本身就是这样的，不发出声音的话怎么能改变呢。我自己是工厂里面的，很清楚，如果避而不见地去美化，那这个社会永远都不会进步。写作会让我看到一些希望。很多人觉得我们写社会现实的东西好像是在怎么叫苦叫难，但你没经历这样的生活，你就不觉得……"

安毅容主张较之愤怒和呐喊，呈现苦难更是对造成打工者境遇的社会因素进行思考，以寻求改善和解决之道。"我更愿揭示现实后面的真相，为什么会这样？是怎样达到这样的现实的？这才是我需要表达的原因。"在文学以外，她阅读社会学、历史学、政治学等各类书籍，试图超越个体对微观环境简单、直接的感性认知，探求其背后塑造个体生活的宏观社会力量。

当以我一个"打工者"的立场来表现这个群体在现实生活中的境遇之时，当我不断呈现这个群体在面对欠薪、工伤，或者37岁女工找工作的困境等之时，它们给读者留下一种我获得了某种身份的印象，或通过（打工者的）身份为自己定位等方面的印象。其实更多的时候我更愿揭示现实后面的真相，为什么会这样？是怎样达到这样的现实的？这才是我要表达的原因。

不仅如此，安毅容还关注如何能够找到一种化解这种苦难与悲剧的力量。苦难的刻画旨在呈现真相、寻找苦难背后的根源，以寻求改善境遇的解决之道。对于她来说，这是作为打工诗人的社会责任。同时，她也从个人情感的角度，主张苦难的呈现不意味着悲观绝望，而是一种道德实践和自我认同的表达。"我宁愿把这看作内心的一种本能，对弱者或者不公正的现实的同情与愤怒。我诗歌中为什么会强烈地呈现，是因为我本身就是这样的弱小者中的一个，我就是'他们'中的一个，'他们'即是我的背影……"

即便在名声大噪、完全脱离打工生活以后，安毅容仍旧以诗歌正视打工者群体的困境。有的打工作家认为，第一二代打工者的苦难经历和低微地位已逐渐成为历史。对此，安毅容承认工厂劳动的条件在逐步改善，打工者在政策制度、经济待遇方面所面临的不公平待遇也有所缓解，但她对于工厂劳动者尤其是农民工群体的现实处境仍旧忧心忡忡。如前所述，其关注焦点已从城乡二元化的政策制度、工厂劳动待遇等问题转向社会阶层流动和工业文明下的人性异化，社会地位与个体尊严的问题取代劳动保障制度的不完善成为其核心关切。

然而，安毅容也经常自问："这些瘦弱的文字有什么用？"她对于文学改变现实的作用抱有无力感，但仍旧主张文学的价值，认为意义主要在于记录时代和发出声音。安毅容有一段广为流传的话，是2007年在一项重要文学奖项颁奖典礼上的致辞，其中表述了她对自身文学创作的认识和思考。

我在五金厂打工的五年里，每个月我都会碰到机器轧掉半截手指或者指甲盖的事情。我的内心充满了疼痛。当我从报纸上看到在珠三角每年有超过 4 万根的断指之痛时，我一直在计算着，这些断指如果摆成一条直线，它们将会有多长，而这条线还在不断地、快速地加长。此刻，我想得更多的是这些瘦弱的文字有什么用？它们不能接起任何一根手指。但是，我仍不断地告诉自己，我必须写下来，把自己的感受写下来，这些感受不仅仅是我的，也是我的工友们的。我们既然对现实不能改变什么，但是我们已经见证了什么，我想，我必须把它们记录下来。

她以对打工者境遇的痛心描述，烘托出文学作为"瘦弱的文字"面对现实的无力之感——对于打工者的政治经济地位，以及社会阶层中的底层状态"不能改变什么"。无力感还来自诗歌创作在打工者群体中难以获得充分的传播和理解。在写作诗集《黄麻岭》时，诗歌形象的原型——那些同行同事的小姐妹们，却读不懂安毅容的诗。及至创作《女工记》，采用的基本是很直白的话，安毅容把其中一些诗歌读给她诗中所描写的主人公，她们基本上能听懂这些诗歌是写自己的。然而，"我更关注的是她们的感受，而她们关注的是我这样写她们有什么用。现实生活中，我们的诗歌不断地被询问着，写这些诗歌有什么用，或者诗歌能改变什么。我自己就不断地遇到这个问题，但是我却无法回答这样的问题，我只能笑笑"。这里可以看到打工诗歌创作带有一定的精英色彩，它与大部分打工者群体之间有着难以摆脱的距离和隔膜。这种隔膜不仅在于文字表现能力的高低或文学表述方式与日常交流模式的差异，更在于观念上的差异：对直接可见的实际功用的重视，使文学创作显得盲目而徒劳。

安毅容承认文学缺乏改变现实世界立竿见影的力量，但她仍旧主张这一行动的必要性在于"见证"和"记录"。她认为对于群体来说，感受的表达本身便是通过发出声音介入现实。而对于安毅容个人来说，这也是保持清醒的自我立场的方式。"在这种加工出口区，我们遭遇了世界所有由农业向工业化发展时的问题，工资低廉、工时过长、环境恶劣、资本以剥削劳工权益为代价的生存方式等。在美国或者日本、中国台湾、更远的英国等，在经济转型的阶段，大多数国家和地区都经历过。但是这些时代的记忆，在文学中留下的痕迹却十分有限……对于整个世界来说，这部分文学作品的声音依然是有限的，我们依然缺少有关劳工阶层正义的声音，劳动者的声音在有意或者无意之间被忽视了。"在这一段表述中，可以看到安毅容从世界历史发展脉络与全球现代化的视野中主张打工文学的价值与意义。

于是，安毅容一面承认文学的局限，一面坚持以文学发声。"我无法让诗歌去改变什么。比如我写作的《女工记》，我从来不奢望它真的能改变这个群体的焦虑或者不利处境，诗歌没有这么大的力量。我只是希望自己的诗歌能表达什么，这种表达是我自己的，有着属于我自己的立场，这才是我所需要的清醒。"在面对来自国家经济发展话语、新自由主义话语对其创作风格的质疑时，她强调忠实表达自己立场的重要性。"我只是努力地表达我自己的视角，尽管我知道这种视角也许会带来各种偏颇，但是我仍会坚持我自己的视角与立场。"她认为自己了解老板们、管理层们的立场，并承认他们的所思所想有其合理性，但是，"难道我就要转到他们的立场上发言吗？"对自身立场的坚持也贯穿于其文学观念——"就文学本身来说，我相信文学本身隐含着一种写作者的立场问题。虽然这些年来很多人提倡纯诗写作，刻意将某种立场隐掉，而这种隐掉自己立场的同时就代表着另一种立场，这个立场确定具体文本表达的向度。"安毅容所主张的"立场"，是自身所处结构性位置及其带来的利益得失和情感体验，以及在此基础上对打工经历、打工群体的身份认同；而表达自我的境遇和态度，是哈贝马斯意义上公共领域的重要构成部分，构成一种社会参与。

由于卓越的文学成绩，2007年到2013年，安毅容成为广东省首批农民工省人大代表。安毅容自认"算是一个比较尖锐的代表"，这在媒体的报道中得以印证。有记者写道，2010年、2011年，曾在现场看见安毅容连续两年与同一名企业主代表就农民工境遇问题激烈争执，毫不示弱。"虽然知道不能改变什么，但是要坚持自我。我曾对很多报告投了反对票，我知道在现实中改变不了什么，但我代表着一个群体，需要清晰地表达自己的立场。""我只能说我已尽力了……在内心问自己是不是一个称职的代表，是不是真正清晰地表达了一个群体的声音。"其政治参与的态度和行动方式与其自身文学创作观念如出一辙。安毅容也并未将两者分开，当有记者提问："代表履职，你的建议是什么？"她以诗歌集《女工记》作为回答："我写了100个女工，用她们的故事写成100首诗。我想这100首诗就是我的100个建议。"对于安毅容来说，文学写作与作为人大代表参与政治具有同样的性质，都是对待打工者群体结构性处境的反应和行动，都是发出声音、呈现立场，力争创造改善境遇的契机。正如打工诗歌评论家柳冬妩曾指出的那样，安毅容在精神世界里反抗，诗歌是她对现实的一种介入方式。

由上来看，安毅容的诗歌写作既是面对结构性处境的自我重构，也是面向社会表达群体诉求的行动。私人性与公共性一体两面，其中兼有自我的维持强化与对社会生活的话语介入。这两个方面都在建构和强化其自我的主体性。

2. 代言发声以唤起关注

尽管已跃升为高层管理人员，但是于韧一直保持着对打工群体在身份上、情感上的高度认同。同安毅容相似，于韧的诗歌创作也经历从自我的内心抒发到为群体代言的转变过程。"最先都是写自己的，后来自己要写，要为这个群体代言，发出这个群体的声音，那个角色就完全发生了变化。一个写作者从为自我个体到为一个群体发出声音，那是一个质变。"他进一步解释"质变"的含义："以前都是写个体自我的感情，现在写的是你身后这个群体的声音。包括后面做这么多的事情，我都是为了这个群体而做，不是为了自己一个人去做，这是本质的区别。只有这个质变，才会有后面坚持这么多年。"为群体代言是他持久参与打工文学事业的重要动力。

打工诗歌的宗旨，于韧认为在于改善打工者的境遇。"我们希望生存环境能够得到改变，这是我们最希望的。总的来说，20世纪90年代，生存环境非常辛苦。我1994年出去的时候，大年三十都没饭吃，真的是，想起来很心酸……"于韧常以此说明改善普通打工者境遇的重要性，认为发出声音是重要的途径。于韧对打工诗歌的期待和主张首先是"发出真实的声音"。"诗歌作为任何一个时代的先驱者，更应该在这个社会巨大的变革时期，为一代人喊出埋藏在内心的迷茫、孤独、徘徊、挣扎、绝望、煎熬……"他和其他几位打工诗人一起创办了《打工诗歌》，也是希望"真正地发出自己的声音""希望这个环境越来越好"。于韧重视《打工诗歌》表现真实的现实，他也以此为依据反驳关于"负能量"的批评。"……真实情况就是这样，你就是看不到希望。你说能写出什么很高兴的作品来吗？不可能写得出来，真实的内心世界就是这样，就是在真实的社会环境当中挣扎，在温饱线上挣扎。"于韧认为打工者境遇中的负面因素显著，因而打工诗歌呈现不满是自然而然的，"真实的声音"意味着一种现实主义和具有批判意识的诗歌。在他的认识中，打工境遇的艰苦促发了诗歌写作，《打工诗歌》创办的目的在于记录打工者"最原生态的声音"，而自己多年来对《打工诗歌》发展所做的努力，便是扩大这声音的传播。

相应地，基于发出声音、改善境遇的宗旨，于韧在评审和选编打工诗歌的杂志和精选集时，衡量标准除了诗歌本身的文学质量之外，另一重要因素是作者的身份是否属于普通打工者。"我们希望更多打工者能发出声音，所以说我们选稿的时候更倾向于车间工人或者做体力劳动的工人，一直以来都是这样。""我是根据代表性，如果是同样质量，大家都差不多的，那肯定选普通劳动者的作品，没有任何顾虑。"对于于韧来说，打工诗歌不仅是一项爱好和才能，更是一种有目标的社会行动。这一性质的界定，决定了在评选打工诗歌时的取舍标准，这一标准进而影响了打工诗歌整体的题材、内容和风格，并起到了强化打工诗人对农民工群体身份认同的作用。因此，于韧的文学观念和评审标准参与塑造了"打工诗歌"和"打工诗人"呈现于公共空间的主要形态。

进而，于韧重视各种发出声音的渠道。他推崇在主流刊物上发表作品，那意味着在更大的平台上"发出群体的声音"。他重视大众媒体的传播作用，尤其是希望主流媒体持续关注打工诗歌的创作。"我觉得在《工人日报》上还是有作用的。《工人日报》的话，各级工会主席都订了，都会看。……还有重要的媒体，比如《人民日报》、央视啊……如果持续对这个群体的文化进行关注就非常好。"他也关注网络技术带来更多发声的机会和途径。"现在好很多，……我觉得互联网兴起非常好，很多公众信息更透明，慢慢就会彻底改变。如果一个大的环境慢慢变好，我觉得这样就很好。"此外，他认为增加打工群体的人大代表，通过政治渠道表达诉求也非常重要。"安毅容有的时候提议案，她会把议案发过来给我看，问我们大家还有什么补充的，我觉得这样非常好。但是我现在觉得这个（打工者）群体的全国人大代表太少了，应该多一点。……那才能发出声音，真正把这个群体想说的一些话表达出来。"于韧表述自己"只要能发出声音，我都有兴趣，我们这些作者也是要发出声音的"。面对打工者的境遇，于韧所推崇的诗歌写作活动既非徐林安式的通过上升摆脱境遇，也非周京岸式的通过文学"生活在别处"而游离于现实境遇之外，他与安毅容均重视通过文学描述现实、传播声音、唤起关注，以对这一境遇施加影响、争取改变。

第三个批判性态度个案黄可讴，虽被打工文学群体、媒体和一些学者称为"打工诗人"，也强调社会责任，但他否认自己具有为打工者群体代言的意识，认为自身的感受必然会具有共性，因而在客观上会具有代言的效果。"没有代言意识，我只是觉得我心里有话要说。我的处境和几亿农民工、几亿打工者的处境是一样的，可能我一不小心讲出了他们想讲的话。不是我要为他们代言，我只是讲了我想讲的话。"对于自己与群体之间的联系、共性以及代言的效果，他认为是在创作过程中逐渐感受到的。"实际上一花一世界，一沙一世界。你这个人，你这个世界、你这个处境不是你一个人的，你写你自己的时候，可能就写出了你所代表的整个阶层、几亿人的这么一个处境。"从根本上来说，黄可讴对于文学写作持一种个人主义立场，他认为诗歌要说的是"一个思想，对生命认知的一个深度"，重视自我内在的表达。他并不主张有意识地为群体代言，但无意中表达出群体的共同感受，令他感到很荣幸。

关于文学对现实的作用，如前所述，黄可讴认为好的文学作品会促使人反思而回到生命的本质，从而带来某种现实的转变。他以孙志刚事件促使收容遣送制度废止作比，说明文学具有同样的促发反思的功能。"读诗不仅是读诗，最重要的是思考，……你要转而反思，这太重要了。"与安毅容相似，黄可讴对诗歌重视的不仅是情感的抒发，还有唤起理性的思考。他的文学活动对包括商品经济、政策制度、工业化、城市化等在内的现代化发展模式进行反思，将文学视为由物欲膨胀转向重视生命与人性的重要通道。其文学行动、社会反思虽与主流话语和流行价值观有所不同，却在"以人为本"这一观念构成呼应。同时，如同他对自己作品面世之后的反响不抱有特别期待一样，他认为文学改变现实的效用是不可预期的。

但他觉得打工诗歌也可能会发挥实际的效用，在诗歌作品的表达内容和表达形式之外，打工诗人群体的创作本身也会引起相关学者、专家的关注，进而可能推动形成改变打工者境遇的政策提案。

（三）小结：批判型个案的应对之道

1. 文学作为"精神支撑"强化主体性

打工者整体缺乏向上流动的机会、在不健全的劳动市场中处于弱势地位，以及工业文明对个体的异化作用，造成个体无力改变命运的绝望感、自我丧失和自我价值匮乏之感，产生精神上的迷茫、情感上的孤独。这些个体的感受是外在社会力量综合作用下的结果，是具有一定共性的结构性体验。对于安毅容来说，诗歌的阅读和创作，是她面临这些结构性压力时保持个性、整合自我、建构内在精神秩序的努力，也是她表达群体声音而争取道义的方式。黄可沤在诗歌中也体现出对现实生活处境的忍耐与承受，对自身进行一定程度的调整，但他力图维持本真性自我而表达真实的感受，主张重视"生命"与"人性"的价值。于韧强调诗歌是他于艰难的生存境遇中自我保存的方式，也是他自我价值感的重要来源；同时作为表达方式，是打工群体获得话语权、争取改善处境的途径。

如前所述，打工生活不仅意味着生活机遇和劳动方式的改变，打工者还面临社会结构性变迁带给他们的艰难任务：脱嵌后的个体，需要在各种相互冲突的观念范畴之中，孤独地进行精神探索而重建自我、确认自我。批判型态度的文学活动也是努力实现这一目标的一种行动。三个个案都为原本的现代性想象与现实境遇之间的落差而痛苦困惑，其中有学校教育与社会现实的隔膜、乡村生活与工厂劳动之间的差距，也包括市场化背景下商品逻辑扩张与道德伦理之间的冲突，这些都显示出当代中国社会中意义生产空间与话语空间的多元性和断裂性。他们力图通过诗歌写作面对多元而断裂的现实并重构一个相对整合而稳固的自我认同，在结构性压力之下仍旧保持自我价值感和生活秩序感，进而能够抵抗外在力量的压抑与规训而保持自身的主体性。

尽管适应型态度无论在打工诗人群体还是在农民工群体中均占大多数，然而批判型态度的三个典型个案同时也是打工诗人群体中被视为最有代表性、文学成绩获得广泛认可而享有极高威望的三个人。这仅仅是巧合吗？若从文学艺术性的角度来看，悲剧性情感本就是文学最打动人的力量，批判性内容更容易产生优秀的作品；若从社会传播的角度来看，批判性、揭示性内容更容易唤起跨越阶层的关注、同情与共鸣；从现代诗歌作为精英文化的性质来看，对精英话语的熟悉和掌握与对农民工群体境遇的不满往往相生相伴，诗写得好的人对农民工群体境遇的认同较低并更容易获得文化精英的认可，等等。而从本章个体面对境遇的态度和自我建构这一视角来看，安毅容、黄可讴、于韧不论经历何种阶层流动，他们均基于自身对打工生活的深刻个人体验，把农民工群体的结构性困境和此中生成的结构性情感，尤其是社会变动带来的机遇和代价之间的张力、适应与创伤的对比，通过高超的文学话语、以格外鲜明的笔触表达出来。他们呈现了农民工群体社会适应中普遍的伤痛体验，也因触及现代个体在社会变动中的共性，而兼具社会意义和文学意义，因此能够获得文学领域和大众媒体的关注与肯定。同时，他们文学作品的社会反响显示，批判型态度所展现的主体性是许多打工者以及社会转型中的个体所需要、所期待的。

2. 改善：寻求改变

安毅容主张诗歌写作是为打工者群体见证与发声，用以揭示现实存在的问题进而寻求改善；黄可讴认为好的文学作品会促使人反思，敦促人回到生命的本质，从而带来某种现实的转变；于韧对打工诗歌最为重视的，首先是"发出真实的声音"，而且相信打工文学确实对改善打工者境遇发挥了实际的作用，各种传播渠道都有助于缓解普通打工者的困境。批判型个案的诗歌写作，试图把握和超越影响自身的社会结构性力量，争取处境的改善，对现实构成一种话语上的介入。

在他们的自述中，打工生活早期的写作活动也普遍显示出适应型态度的特点，如凭借写作成绩获得更好的工作职位这一文化资本取向、通过文学扩大社会交往和获得情感支持以及暂时抽离于现实而构建新的自我认同等，但此后逐渐向批判型态度扩展和转化。三个个案对现实的批判锋芒毕露，不论在访谈中还是诗歌作品里，都直言不讳地质疑和反思劳资关系、市场转型以及中国的发展方式。同时，三位诗人在日常社交中都温厚稳重、文质彬彬，在本职工作中认真敬业，重视维持与同事之间的良好关系。因此，本章认为，批判型态度并非对结构性处境进行简单直接的批评或抗议，也并非与适应型态度相排斥，它首先建立在社会适应的基础之上，是对适应过程中所带来、所发现的问题进行进一步回应和处理的方式。如果说现实批判呈现出对自身处境与主流价值体系一定程度的疏离感，那么这是一种积极深入地适应之后具有反思性的疏离感。

关于个人成功的流行话语，批判型态度认为它容易遮蔽打工者境遇的外在社会问题，而将生存处境完全归结为个体自身的素质和能力。安毅容不愿作为农民工群体个人奋斗成功的"样本"，因为这与她批判打工者群体处境的初衷相悖。较之成功者的励志故事，她更关注大多数农民工的处境，即面对结构性力量难以改变自己的生活。"他们变得平庸，服从命运。他们的一切努力在现实面前都显得那么徒然无力。"她认为真正代表打工者形象的是"沉默的大多数"，她的诗歌创作也力图描绘那些普通打工者的生活和心境，主张平凡个体生命与个性的价值。她通过普通人的基本生活需求对"个人成功"进行抵制和反驳，争取群体处境的普遍改善。

> 因为这个问题我跟很多人争吵过，比如有人埋怨女工不努力，为什么张三成功了，李四也成功了，你还在生活的沼泽中挣扎，你应该加大对女工自身的叩问。每当遇到这样的问题，我几乎都会跟人吵架。我努力告诉他们，你们看到的是少数的成功者，我看到的是生活中多数的普通女工。比如一个女工在她工作了20年的城市里，她应该能在那儿安居乐业，她的子女应该能在她工作的城市就读等等，这是最基本的问题。现实中我遇到的绝大部分女工，她们的生活状态是每天工作10个小时，每个月只休息2～4天……她们这样辛苦地工作了10年，有的甚至20年了。哪怕付出如此艰辛的劳动，她们依然无法在她们工作的城市安居，她们的子女无法在她们工作了这么久的城市里就读，他们夫妻长期分居，她们的孩子长期得不到父母之爱。我不知道如何去叩问女工自身。成功者毕竟只是少数，大多数都只是普通人，她们只想过正常的、有尊严的、普通人的生活，比如努力工作就能够安居乐业，夫妻不用长期分居，孩子不成为留守儿童，家庭不用支离破碎地各居一地。但是现实中连这些基本需求都无法满足。

批判型态度对打工者群体生活境遇的认知中，较之个人因素归因，更重视外在社会力量的归因。他们质疑政策的合理性、法律实施的可靠性、各种工人福利保障的不完备以及市场发展的不完善，努力通过与国家和制度的对话争取维护农民工群体的权益，改善处境中的问题。进而，他们对处境的认知往往具有一种"社会学的想象力"，能够从自身的生活困境以及微观环境中观察和体验问题，并与整个社会宏观的历史脉络、发展方向相联系。因此他们的批判既是对农民工群体社会处境中存在问题的思考，也自然地延展到对现代化发展方式、市场社会与消费社会的价值失序等宏观社会议题进行反思。

三 批判型打工诗歌：质疑与抗议

与批判型个案的写作活动一样，批判型诗歌呈现了个体面对自身处境的主体性。其批判反思的对象主要是工厂的劳动环境、劳动力商品化的市场逻辑，以及社会发展模式、城乡间不平等、阶层流动机制，还有少量诗歌批评打工者群体自身的弱点。这些质疑和批判的依据，也主要是人性观念和伦理观念。其中，"人性"的观念主要指尊重个人生活的完整性，对个体需要给予体谅和满足；伦理观念重视对等和互惠的交换伦理，以及超出简单的"生存伦理"而实现向上流动、在公共范畴中自我实现的发展伦理。此外，赋予打工者以道德和审美的价值，是其自我主张与现实批判的重要方式。

（一）以"人性"抗议工厂劳动

批判型诗歌抗议工厂劳动和劳资关系，对微薄的收入、专横的工厂管理、不健全的工伤制度以及机器劳动中的异化等问题表示不满。其中的主要依据是它们带来人性的压抑，导致个体的尊严、价值感、主体性受到损害。

一些诗歌描写打工者在工业劳动中身体上遭受的损害。例如，《车间角落的药袋子》描述工友们"像老牛一样劳作/像蚂蚁一样生活"，他们放在车间角落的药袋子"像一座小小的山/隐隐压痛我的心"。打工者在工业劳动中的身体是有着"贫穷的肺部"的"卑微的身体"，其"受难者"的形象显示出工业劳动对个体健康的恶劣影响，呈现了社会境遇的不公平。药袋子"是工业时代的一道伤口/无法痊愈的隐痛"。另一首诗《一位同事》描写一位打工者工作中突然病倒的情形。"身体不听使唤是不可原谅的/又无可奈何。虽然它是你自己的/但它却被另一些手操纵""身体一经通电就停不下来/除非切掉电源，或者/取消附加属性"。这首诗以健康正常的身体规律，抗议人在工厂劳动中的客体化、非人化，进而表达对工厂劳动的深刻批判——"正常的时光已经无药可医"，即日常工厂劳动是一种与正常人性和正常生活规律相悖的病态，抗议工业社会对人的压抑和扭曲。《一颗螺丝掉在地上》将自杀的打工者与螺丝作比，"一颗螺丝掉在地上/在这个加班的夜晚""不会引起任何人的注意/就像在此之前/某个相同的夜晚/有个人掉在地上"。打工者与一颗螺丝一样微不足道，这首诗抗议工业时代生命的价值被轻忽和漠视。

此外，很多诗歌表达了车间劳动对精神的负面作用，批判单调劳动消磨了生命活力。例如，《订箱生产线》描述生产线上的女工"用防锈的铁钉/将纸板钉成纸箱"，每天重复这一简单的流程，"生活是如此简单""只是她们怎么也不会想到/自己钉出的纸箱，也是为自己/量身定制的一个骨灰盒"。这里将简单重复的劳动形容为消耗光阴与生命，表达对流水线作业的不满。这里并未涉及关于工业生产特性、劳动力市场竞争、劳资关系等方面的思考和论述，不满在于劳动内容简单乏味，以及"骨灰盒"所比喻的生命空虚流逝的感受。因此，这首诗批判重复性单调劳动意义空虚，造成对个体生命力的消耗而使个体缺乏价值感。其中暗含的前提是生活理应丰富多彩、生机勃勃。

对工业劳动的批判依据还包括"梦想""乐趣""青春"等，它们代表着对生活的期待、想象和享受，以此为对照表达出对打工生活的不满。例如，《流水线上的女工》感慨梦想与现实之间的差异和冲突，"一个梦的开端/被生活的压力拒绝/被一件又一件的工艺品拒绝/汗湿的种子在躁动中起伏""一些优雅的诗句和动人的旋律/一些幻想的心情被设计/而那些憧憬/却和流水线上的工艺品对峙"。流水线上的生产劳动及其产品与女工对生活的浪漫想象相对立，劳动意味着生活的压力、沉重的叹息、加班的夜晚，它们使关于生活的美好想象落空。而从"优雅的诗句""动人的旋律"来看，她们憧憬的是轻松、愉悦、富有文化气息的生活场景。《漂泊的记忆》回忆了从乡村到城市历尽漂泊的打工历程，感叹"北京！这是我的北京啊/机器和几个零件，人的价值/工棚，捂在被子的诗歌，旧书摊前的淘金梦想"，工业劳动无法给予个体以自我价值感，打工生活中精神追求与物质梦想均被压抑。"我的十八岁就僵死在棺材的车间"，怜惜青春时光在机器和车间中消耗。上述诗句以"梦想""青春"为依据，表达对工厂劳动的不满与无奈。

《那是一片灯火的苦海重洋》对工厂加班进行抗议。加班是"一片灯火的苦海重洋"，是"资本原始积累的梦魇/淹没了我美丽的年华"。它在身体上损害健康、加剧衰老，造成"身体里隐藏的疾病、疼痛"；在精神上则"扑灭了我心中的火焰"，"卷走幸福、爱情和欢乐"，令"我"苍白、疲倦、寂寞，"多少年的夙愿/人生的歌与吟/泪与笑"都在灼热的车间"失却了温馨、祥和与月光下静谧的写意"。作者总结"无休无止的加班加点/耗尽了我生命的活力、喘息与哭泣"，使"我"独自品尝"所有的孤独、凄清、哀苦/以及行将走远的一生"。从身体和精神两方面对加班进行控诉的依据是健康、青春、欢乐等所代表的生命活力，以及享受人生伦常生活之愉快的理想。

《纸上还乡》描写了在某大型代工工厂自杀第十三跳的少年。全诗由三个部分组成，第一部分描写少年的自杀，第二部分描写母亲的悲伤，第三部分以第一人称描写安装"防跳网"的心情——"防跳网正在封装，这是我的工作/为拿到一天的工钱/用力/沿顺时针方向，将一颗螺丝逐步固紧"。这是为了工作职责而进行安装的操作，并无明显内心情绪的表述，冷静抑制而不露声色。接下来的诗句从工作场景中抽离，想象自杀工人的未婚妻担心秋天的衣物，进入日常生活场景的描述。然后将自杀的少年称为"纸上还乡的好兄弟""很少有人提及/你在这栋楼的701/占过一个床位/吃过东莞米粉"。从包含内在紧张感的、冷冰冰的劳动描写，一步步地走近人的活生生的具体生活与情感，用亲近而怀念的口吻呈现自杀者曾经的生活细节。两相对照，将冷静的刻画与悲伤的情感结合，通过人伦情感和生活气息的描绘，质疑和抨击工厂生活的残酷与冷漠。

　　与之异曲同工，《工地上的男人抱起一只小狗》描述工地上"老丁"及其工友对一只小狗的喜爱。"施工进度表上/造价 5 亿，工期 4 年/那些代表进度的呆板数字和红勾/对老丁和他的工友们来说/如此具体却又仿佛毫不相关/伟大的工程无法让具体施工的老丁/想到崇高或者伟大或者其他美好的词语/只有这只记不清楚是谁养大的小狗/让这些挖土电焊浇筑的男人感受到柔软/让机械轰鸣中沉寂的生活增加一点声响。""毫不相关"的"呆板数字"表达打工者对工地劳动的疏离感，建筑工程本身对打工者们来说沉闷单调，既无兴趣也无意义；真正吸引他们的倒是小狗，它所带来的"柔软"和"声响"，代表着有血有肉的情感和生活的乐趣。对小狗的喜爱构成对比，反衬出打工者与劳动对象、劳动业绩以及城市的繁荣发展之间，在利益分配与情感联系上的隔膜；也表明劳动中意义感、参与感的匮乏以及缺少人性所需要的活力、生机与乐趣。

　　也有诗歌作品批判人作为劳动力而被视作商品，造成异化。例如，《一架披着衣服的大提琴》描述劳动中自我与身体的分裂。"我遇见有人在兜售她的身体""他们真幸运/还有一点点值得兜售的东西/我只是一个路客，一个/用汗水为自己赎身的家伙/我只是一架被我偷回的/披着衣服的大提琴"，第二天一早"我还要把我还回去/任那些幸福的人们弹奏/C 大调，或者 E 大调"。自己的身体已经不属于自己，只是一个出租给他人的劳动力，一种为别人谋福利的工具。这首诗描述在市场劳动中体验到自己身体的客体化、外化。这里的"我"是"用汗水为自己赎身的家伙"，渴望获得与自己身体的一体感，即成为完整的、具有主体性的自我。这首诗以反讽、夸张的手法，通过呈现个体内在自我的分裂及其荒谬，质疑市场经济中人作为劳动力的商品化。

　　与上述对现实进行刻画的诗歌相对照，也有作品通过虚构理想状态而对现实进行反讽，或呈现理想与现实之间的鲜明落差，揭示和批判现实之缺憾。前者如《好员工》，描写老板心目中理想的好员工，以抨击"老板"的自私、无情和冷酷。"理想的好员工"是像机器人一样忠诚、勤劳，没有充分的休息，没有七情六欲和私人生活，不计较付出和回报的对等——是不可能存在的"非人"。这一反讽显示，用以批判工厂劳动与劳资关系的重要依据，是以普遍的本能、情感和伦理需求为核心的人性特点，而一个完全符合资本需要的人会变成"非人",即违背基本人性的怪物。这些批判要求对个体正常生活和对等互惠交换伦理的尊重。

又如《虚构,打工梦》,在构想理想的打工生活、表达憧憬的同时呈现出对现实的缺憾和不满。许立志自杀事件被认为体现了打工者对处境的绝望,"我们都明了他的梦想",这首诗便是在同样的心境中所进行的"虚构"。首先,虚构的内容是关于劳动条件和福利待遇,"不拼命在催促声里/不加班在流水线上/不咽工业的废水/不穿束缚的衣裳/做一个健康的打工仔";"没有工伤"、"没有死亡"、"人情化管理"、"免费充电"(技能培训)、"提供温暖的食宿",以及有休闲生活和假日、工资不拖欠并能随经济发展而上涨。其次,虚构的内容关乎人际关系及其情感和伦理,"虚构人与人之间多一分关爱""虚构一场真爱/不嫌贫爱富"。再次,虚构指向整个打工群体的权益维护和处境改善,"虚构打工诗人组成联盟/为打工者的基本权益代言伸张""虚构国家撒下强大的罗网/捞掉黑厂/建立文明的招聘市场/让秩序运行通畅",从打工者自身与国家两方面提出问题的解决途径。最后,虚构的内容指向打工生活的整体感受,"虚构打工是一场幸福的旅行",借以反衬现实的困顿与伤痛。进而,打工生活的理想状态是:"让每个打工者的劳动/闪耀着荣光/让每份普通的工作/变得令人神往/让每当母亲打喷嚏时/我们安然回到故乡",即提高打工者的福利待遇和社会地位,同时使个人在工作的同时能够充分照顾家庭。这首诗描述了四个方面的理想情境,可以看出作者对打工生活最有切肤之痛、最渴望改善的方面。除以往研究所重视的政策制度、工厂管理、市场秩序之外,对劳动的价值感和荣誉感以及人际关系中的情感与伦理的需求也占据重要的地位。

由上述诗歌作品来看,批判性态度评判现状与建构自我的主要依据,是渴望实现个体完整的生活和人性全面的满足。这里的人性包括日常生活中的本能欲望,喜怒哀乐的感情需求,对荣誉、价值、意义的精神需求,以及以对等互惠交换为核心的伦理需求。对于打工诗歌来说,有血有肉、有七情六欲的人本身就是正当性的依据,他们所主张的并非仅仅是经济伦理、生存伦理,而是人性伦理。人性的需要也包含对生命意义的重视。大量对流水线劳动的不满不仅在于异化或对健康的损害,还在于它使人充满"人生行将走远"的焦虑。除了上升流动的发展焦虑,这里对"美丽年华"

的惋惜表达了一种生命焦虑。批判型诗歌描述工业劳动与人性伦常需要之间的脱离，劳动在挣钱谋生之外的意义空洞化，并且构成对正常生活需要的挤压和排斥。这些诗歌以人性的内涵和理想生活方式的想象为依据，对经济发展和劳动现状、生活质量进行质疑和抗议，建构了一种基于人性立场的主体性。

（二）以伦理立场抗议社会阶层结构

在人性伦理之外，打工诗歌以平等互惠的交换伦理抗议打工者社会地位的低下，进而批判打工生活缺少上升流动途径，从而无法满足个体自我实现的需求。

首先，许多打工诗歌抗议社会阶层结构、城乡二元体制下自身的弱势社会地位。其重要依据是进城打工者对城市建设、社会发展所做出的贡献，并以此抨击打工者与城市之间不对等、非互惠的关系，表达对平等和社会承认的诉求。

例如，《民工的家书》描写打工生活充满"疾病""疼痛"和"苦"，而城市是乡村鲜明的对立面，"一张张脸多么健康"。进城打工者在"别人的城市"里受到区别对待，"种子一样的命运/种植在别人的城市里/成为特殊的庄稼/与季节不一样的庄稼"，表达与城市居民之间的差异和隔膜。"只是他们不会长高/长高的是城市/长大的是城市"，不平等、非互惠的关系，造成不公平和被剥削的感受。《擦玻璃工》描写高层建筑上擦玻璃工冒着危险进行劳作，然而对于这座大厦来说，他们仍旧"像被拒绝入巢的工蜂"，艰苦付出却仍被排斥。通过描述付出与获得的不平衡，表达对打工者遭受不公正对待的抗议。"酿蜜公司"的"高层建筑"寓意丰裕却壁垒森严的城市，对擦玻璃工的刻画呈现了打工者为城市发展服务，却被边缘化、被轻视和贬抑。

依据贡献与回报的不对等批判打工者境遇的不公正，可见于很多作品。《焊花落下焊花落下》以焊花比喻打工者"身份卑微、身价低下"。"用几千万人的躯体将大厦筑起/用几千万人的双手将城市建设/你要进入大厦，请你走货梯""他们送去了万家灯火的温暖/他们裹紧了乡愁的棉被/请你亮出身份证，必须登记"。诗作主张打工劳动的公共价值，并通过贡献与待遇的强烈对比，揭示打工者待遇的荒谬和不公平，抗议来自农村的打工者没有获得承认和充分的收益，而只是"装饰了时代的大厦""粉刷了城市人的梦"。《在广东还要暂住多久》表达对暂住证制度的质疑。很多打工者"在广东暂住了若干年""我已暂住5年，恐怕还要暂住10年"。讽刺的诗句抨击暂住证制度的不合理，但主张公民权利的正当性依据，主要是质疑付出未获得充分的回报。"以青春进入广东的血脉""青春换血般被广东换掉"，然而，"城市居民权利/离我们还有多远？"

　　一些诗歌主张打工者的奉献，同时描绘其生活备受损害，付出之多与收获之少的鲜明对比进一步凸显了不公正的待遇，"被忽略的卑微"表达了不满和申诉，要求获得更加平等的社会待遇和社会地位。《租房》抨击打工者在城市社会中的处境，"把身体都无偿租给了时代/租房的人生活在自己身上，房屋不属于他们""穷人在城里帮房地产商建好房子/然后房子反过来朝穷人扑过来收房租/所有房子都由穷人民工的汗水堆成/但绝对不买他们的账/城市的房屋异口同声：无钱者一律不得入内"。这首诗歌极力主张自己劳动对城市的贡献，并以建房之人难以拥有房子的对比，表达对社会现实和打工者社会处境的不满。这种表述和抗议并非从资本的角度，按照私有制和所有权的逻辑来看待房屋和居住的权利，而是付出劳动的人应该获得和享有相应的权益，具有"按劳分配"的社会主义色彩。《打工者的脚印》用五个小节描绘打工者的种种感受。第一节表达对劳动的热爱和自豪感。"空地是我的王国/我热爱空地"，诗人对于自己的劳动过程和劳动成果饱含情感，"我总是爱用目光抚摸/我建造的高楼/就像喜欢用手掌/轻轻抚摸儿子的头顶"。但接下来发出疑问："是不是这样/每一个在空地上播种楼层的人/总是能够收获大地"？在主张自身的劳动能力"我栽植高楼"以后，"你们 请入住吧/我将用一杯最廉价的酒/祝福你"，表达了建筑工人对付出与收获不平衡的失落感。在此基础上批判自身处境的不公正——"我看见同伴们的躯体变成了楼房/我看见同伴们的背脊变成了桥梁/我看见我的鲜血变成了城里人喜爱的装潢/我还看见我的命运/变成了一个人的财富"，不对等的交换导致被剥削、被利用的感受，以此抨击自身成为城市建设与发展的牺牲品。

　　其次，一些诗歌批判打工生活和工厂劳动缺少自我价值实现的空间和机会，例如，《盲流》描述外出打工后"幻想如一些红红绿绿的气球/那么容易嘭的一声/破碎"。这是大多数农村外出打工者的心路历程，抱着希望和梦想来到城市，梦想幻灭后感到痛苦无奈。"后来，我们在别人的城市各就各位""在异乡/我们注定是一群睁眼瞎子"。"异乡""别人的城市"是将自己视为城市的局外人，以城市社会对打工者的认知方式表达自身，和"睁眼瞎子"这一自我贬抑的说法一样，都包含着无奈和不满。因此后续的诗句说"其实我们也想到天上飞/体验崇高和伟大的感觉/看地上的人像蚂蚁"，对卓越感的追求、对自身价值获得肯定的渴望在打工者身上是非常强烈的。

工厂劳动的现场常被描述为扼杀梦想、承受痛苦的地方。《三楼车间》描写车间劳动。"一群留着汗水的男人，在为了/月底的工薪在三楼车间，汗流浃背"，对此，诗人的悲伤不在于经济收入，"整个三楼的悲伤，是更多的不自由"，比如"人造的风，固定的方向，是那些悲伤的男人/被生活规划好的轨迹""而梦想，绝对不会被悬挂在一台转动的机器上"。可以看出，这里的不自由是指希望与现实之间的差距，自我发展在车间繁重而单调的劳动中被束缚的感受。《我在三楼车间》表达同样的不满。"疲惫使我感到更加孤独了/我想与旁边的工友说句话，可我不能猜测/他此刻的心情，离这个车间有多远。"描述工人们对于车间劳动并不投入而心不在焉的状态。"我想的是，大声地喊出'这不是我想要的远方'""这是一种渴望被替换的生活"作者的愿望是"去更远的/地方。或者回到我大西南山林中的村庄"。要么追求真正想要的生活，要么回到故乡去。"远方"代表在更广阔的社会空间寻求发展和自我实现的机会。对"远方"的渴望和放弃显示，打工劳动未能构成他们自我价值的有效支持要素，也未能提供充分的未来向上发展的远景和希望，加深了他们对现实处境的不满。

进而，一些诗歌表达个体渴望改变生活而付出身心俱损的代价，却依然难以实现自己的目标，这就带来深深的失落和幻灭之感。《审判》中打工生活的感受是"被冷漠包围的身心疲惫不堪/对河流的向往，一个理想中的幻象"，自己"像一条患上炎症的鱼""钉死在热切的游弋里/麻木，疲倦"。农村生活的困苦不幸并未因为进城打工而发生变化，不论是"我"还是父亲，"逃脱不了命运固定的铁圈"。面对社会结构性的制约力量，个体的选择和挣扎显得无力而徒劳,这被体验并阐释为"命运"和"轮回","仿佛命里的血脉注定了这些潮湿"。个体被市场化及社会转型所激发的生活憧憬难以实现,面对难以抗衡的结构性力量感到无奈和绝望,便将之归于神秘的力量。

这些对打工生活表示不满和批判的诗歌里,表达了打工者对更高社会地位与自身价值感的期待,也揭示对于打工者来说现实与期待之间的巨大鸿沟,以及伴随而来的压抑感。每个打工者都提到了外出打工时的憧憬与梦想,学者以往的研究多将其概括为打工动机从经济原因转向"见世面""扩大见识",以争取更好的生活机会。然而打工者带着对个人发展的期待进入城市后,难以拥有实现的途径和机会,不仅如此,他们大部分人面临的是较为封闭的劳动环境和生活环境,个体的私生活和公共生活都被极大削减,难以获得在公共空间获得承认和自我实现的机会。对等的交换是批判型态度对待自身与城市关系的基本原则,生活的向上发展是对打工生活之意义的衡量标准,批判型态度是从关于公平与发展的伦理立场评判现实处境。

(三) 从道德与审美的立场评判社会发展

打工诗歌也以混合着情感、道德、美学的话语批判不规范的企业管理与劳动形态。《矿难》中,他们"每一个人背上扛着一家几口人生的希望",并且"为地上的人们带来温暖/他们去了没有温暖的黑暗里/身体在冷却 在僵硬"。矿工不仅是遭遇矿难的受难者,更是对家庭承担责任、对社会做出贡献而牺牲自己的道德者形象。以家庭责任和社会贡献为理据,赋予打工者以正面形象的符号资源的同时,抨击造成这一遭遇的资本方有悖伦理道德的立场。《断指者 C》描述在机台上工伤断指的工人,在抨击工伤医疗制度的不健全时,将 C 的两根断指称为"流浪在外/为一家人/艰难撑起半边蓝天的断指"。打工者的形象是为供养家庭而辛勤付出的人;这一勤劳而坚忍的道德形象更衬托出劳动工伤事故处理轻视打工者权益、不符合人性的残酷和冷漠。

伦理立场也体现在对打工者群体自身狭隘的功利性和内部不良竞争的批判当中。《旅人啊》将打工者比喻为欲望膨胀的"贪婪的野兽",

《我在流水线上拧螺丝》批评打工者的自私冷漠和相互倾轧——"零件加工零件/螺丝不关心别的螺丝/只顾及自己脚下的位置"，并指出这样的人际关系环境导致打工者工作状况不稳定，容易受到小群体的排斥和孤立，"稍有不慎/便无立锥之地"。《审判》也描写当有人发生工伤事故时，"无论发生什么，第二天他们总会回到机台上/回到白炽灯下的屈从里/而另一些，在饭后议论着被绞断手掌的'倒霉鬼'/卸掉衣装上的灰色，跃入五光十色霓虹的暗流中"。冷漠形象的刻画，用以批判打工者群体自身内部缺乏情感与伦理的联结纽带。

融合伦理与审美的话语也用于批判打工者群体自身的变化，指出城市打工经历造成成功利化倾向和道德规范的松弛。例如，《打工妹回乡》用排比句式、以嘲讽的语调描写打工生活带来形形色色的变化——既有更加体现现代个体色彩的因素，也包含大量城市生活影响下生活方式和价值取向的"扭曲"。例如，毒瘾、隐疾、渴望嫁给矿老板以及生活放纵以致孩子"不知谁是亲爹"等，所提及的唯一较为正面的内容是回乡"办农家乐的想法"。作者以一种冷眼旁观的立场语带讽刺地刻画打工妹在城市生活中受到的影响，发出了"打工带来了什么"这一疑问，从道德伦理的角度对外出打工的作用进行强烈的批判。

还有一些诗歌综合道德、情感、美学的立场批判城市化和工业化。《在桥沥》描写工业区的景色，"我生活的地方，它繁华的市场/嘈杂而拥挤的工厂，我在这里领受着/生活的虚幻与虚荣。"诗中工业区的形象是冷酷、暴力、贪婪、浮华的，原本宁静的自然和传统文化被摧残而呈现令人伤感的面貌，具有生机的只有身穿工衣的少女的婀娜身影，"仿佛春天的气息"。这些描述表明作者对待现代化的批判态度，惋惜自然与传统的破坏、珍视人的情感与活力。《蛙鸣》描写工厂外的蛙鸣唤起对故乡的怀想，令作者"回到青涩的从前"。工业区"轰鸣里窜起的乡愁/烟囱里沸腾的怨气/厂房覆盖的阴郁/正解构玻璃内嵌的思想"；与之对照，乡村是"清风临摹的水墨/月光放牧的十万亩稻香/荷塘舒展低头含穗的七月"。然而宁静美丽的田园风景"均被迎面而来的蝙蝠撞碎/村庄像撕碎的稿纸/凌乱一地"。以"蝙蝠"比喻工业化、城市化带来粗暴的破坏，通过城乡的对比表达对现代化发展模式的不满和抗拒。与批判型诗人的个案考察相一致，批判型诗歌也重视生命与自然而赋予其美学价值。

（四）批判型打工诗歌考察小结

由上可见，打工诗歌对境遇的批判主要依据"人性"抗议劳动现场的异化、剥削、无尊严，批判工厂管理方式与工业文明；依据公平互利的交换伦理和个体理应追求更好生活的发展伦理，抨击社会阶层结构中的不平等和打工者面临的不公正待遇。综合来看，这些批判常以生命活力、生活希望、生活乐趣以及青春价值、人格尊严、人际情感等为依据，混合着伦理、道德、情感、审美的话语，可归纳为对人性与伦理的重视。这一人性伦理的立场也可见于对现代社会发展方式的批判之中。

打工诗歌对打工者社会处境的批判也显示，打工者对于现代性的态度是矛盾的，既充满向往，也在看到自身处境与城乡发展状况的弊端之后对现代性开始怀疑和抵触。从盲目而不切实际的期待到认识到残酷现实之后的失落与质疑，打工诗歌中的批判性话语显示出逐渐城市化的打工者对社会结构性处境的审视和反思，他们与中国社会现代性之间，呈现出一种既期待又抗拒的紧张关系。

四 批判型态度的自我建构：伦理性自我

（一）"人性伦常"之自我

关于打工者的结构性处境，较之打工前后个人生活中收益与代价的对比权衡，批判型态度更重视打工生活中个体与城市环境以及整体社会发展之间的关系，对个体生活所承受的弊端有更加深切的感受和思考。其文学活动从人性和伦理的角度反思打工者结构性处境以及整体的社会发展，强化自我的主体性同时争取改善农民工群体的社会处境。批判型打工诗人的诗歌写作中应对结构性处境的方式，主要包括两个方面：一是维持自我的本真性、巩固内在的价值立场，这是面向结构性压力加强自我的主体性，同时也是个体的自由实践，以抵抗适应环境所带来的自我丧失；二是为农民工群体代言，记录和呈现个体的伤痛体验抗议不公正的处境。适应型态度重视重构强固的精神意志，体现了为脱离现状而适应现状的"成长的自我"；批判型态度则在诗歌写作中直面处境中的问题，强化自我并寻求改善处境。这既是适应基础之上的反思和批判，也是应对问题的行动，在此过程中所建构的个体自我是重视人性的伦理主体。

从安毅容、黄可讴、于韧这三个个案来看，较之于适应型态度重视由乡入城这一自我生活历程的纵向比较，批判型态度更倾向于在现代市场环境下评估权益是否得到保证，付出和收获是否平衡。前者的着眼点在于现在与过去在纵向生活历程中的关系，后者的着眼点在于个体与市场、城市、国家等共同体之间的关系。适应型态度将外出打工视为重要的生活机遇，重视协调打工生活中的利弊；而对于批判型态度来说，打工较之作为生活机遇，更是一个希望落空、困境加重的过程。适应型诗人虽然不满于打工者群体的处境，但对整个市场竞争体系以及社会等级结构持基本认同的态度；而批判型诗人不仅批判打工者群体处境的不合理性，也对阶层结构与社会发展模式提出质疑和抨击。

适应型诗人为了未来的生活目标而调整忍耐当下，他们目光向上，用未来的设想为现实的苦难赋予意义，"吃苦"意味着进步的基础和"人生的历练"。相应地，疏于对现实的深入理解，也少有改善现实处境的行为意志。而批判型诗人正视现实所处境遇，对于期望与现实之间的差距，不是努力调和两者，而是强化两者之间的对比，揭示并质疑社会现实的不合理性，"吃苦"意味着现实社会存在弊端。适应社会处境而到达"成熟"，对于适应型诗人来说是成长的目标，对于批判型诗人来说则是丧失自我的过程。相应地，从个体的角度来看，诗歌写作对于适应型诗人来说是发展与提升自我的途径，对于批判型诗人来说，更是找回自我、强化自我的方式；适应型诗人的文学写作意味着"离开"，它缓解个人与结构性处境之间的紧张关系，而批判型诗人的文学写作是审视与反思，努力呈现甚至凸显个人同结构性处境之间的张力。

写作活动同时在建构着写作的主体。批判性态度据理力争时所据之理主要是与"人性"有关的伦理立场。对于安毅容来说，工业劳动中个性被轻视而产生的负面体验，并未由于身体的服从而消弭，它被转化为诗歌创作的理念以及具体的人物表现方式，即呈现个体的完整性与独特个性。因而，打工诗人的诗歌创作是对工业生产和现代社会中自我丧失的抗议，是在适应境遇的基础上，对抗由此带来的缺陷或弊端而保全完整自我的话语行动。此外，安毅容对群体处境进行批判的主要依据是大多数人应该能过上正常的、有尊严的、完整的生活，如夫妻同居、家庭团聚、努力工作能换来安居乐业等。她强调多数人完整而体面的生活理应得到保证，无法维护多数人基本正常生活的社会是有问题的社会。一种关于普遍的人性需要的观念，是她批判与抗争的伦理依据。

黄可讴也认为改善境遇的方法应该从"人性"入手。首先他以此衡量和评价制度，认为农民工群体社会处境的改变，需要政策制定中有对个体生活的关怀、对生存困境和精神困境的了解与对应。"我觉得……回到根源上还是人的问题"，黄可讴也认为现在经济的发展速度太快，而心灵和思想"没有跟上"，造成精神和心理上的痛苦冲击，主张在整个社会发展方向上进行以人为本的调整。"回到人身上来，不管你是经济高速发展也好……你赚钱是为什么，资本积累最后为的是什么？也要回到人身上来。"黄可讴心目中的"以人为本"，即经济发展的手段与目标都应促进而非损害个体的生命质量。"只有人的生命才是无价的，才是最珍贵的。人类的一切社会活动都是要回到生命上来的。"相应地，黄可讴认为文学正是让人重返人性的一种方式，其写作活动是应对现实的一种解决方案，是一项改变现实的行动。

对于韧的考察表明，他借助于写作，努力在市场化的雇佣劳动中找到自身的价值和生活的意义。于韧"下海"进入市场后，体验到个体孤立无援地面对严酷市场竞争时的弱小无力、劳资关系严重不平等造成的压抑屈辱。他心目中的理想图景是，形成更为公平合理的利益分配模式，使个人可以拥有生产经营的参与权，能够分享更多的劳动成果；同时在一个企业组织中劳动时间的持续会带来一些积累性的利益，比如更加稳固的成员资格、更深厚的情感联结、更重要的地位等，而不仅仅是工资交付与领受这一"你出钱，我出力"的单纯利益交换。这些都表明，他不仅从经济利益的角度，还从情感、伦理、人生关怀的角度理解个人与劳动，进而批判现有市场化雇佣劳动的弊端。

这些显示，批判性态度面对农民工群体的结构性处境，以及工业文明和现代社会的压抑感，主要从人性伦理的立场进行批判抗议并同时形成其自我建构。批判型打工诗歌中"人性"伦理的内涵包括生活完整、有希望、有乐趣，能够感受到尊严和活力，也包括对等交换的伦理等。这些构成一种人本主义、人道主义的观念，认为个人在社会生活中自然具备的需求包括生理、物质、精神多个方面；而这些基本需求应获得尊重和满足，并且也是社会发展以及所有宏大叙事的出发点与最终目的。批判型打工诗人在文学活动中或明或暗地提出了关于人的认知和设想，即"追求完整生活的自我""享受生命活力与乐趣的自我"；他们对于个体与社会之间关系的想象，是以个体需求为尺度，由自身所处境遇拓展至对社会整体发展方式的思考和评价，建构着一种以人的需要为宗旨的人本主义社会秩序。

打工诗人从人性伦常的角度体验和评价市场化、工业化和城市化，与波兰尼所说通过"人性""保卫社会"的方式相似。但与波兰尼对人性的概括有所不同的是，打工诗人对人性的观念显示出更为具体而复杂的面向——除了生理和心理上七情六欲的需求，还包括拥有个人尊严、保持生命活力、体验生活乐趣等"乐生"的权利。此外，这里的伦理观念也有别于汤普森（2001）、斯科特（2013）所论述的"生存伦理"，更重视对等、互惠的交换伦理，并认为社会理应体谅和满足个人的生活需要，近似于梁漱溟（2018）所说的"相互着想"的伦理。

（二）批判型态度的精神资源

1. 文化地层

黄可讴文学才能的形成、对于人性的理解，在其访谈中主要显示出中国传统民间文化、儒家文化、20世纪80年代文化热这三个方面的影响。他虽然没有受过文学方面的专业训练，却显示出别具一格的文学才华和写作风格，因而经常受到国内外媒体记者好奇的追问。每到这时，他总是这样为自己分辩："不是我，是我们整个民族都对文学很感兴趣。"他将自己对古典文学的了解和熟悉，追溯到儿童时期乡村里传唱的歌谣、上学后语文课本中耳熟能详的古诗，以及课外古典文学阅读。

文化是中国的传统，不管你有没有，认不认得字，都能背歌谣、

唐诗。很多人都会，不仅仅我们读书的会，不读书的也会，就是他们
会得多少的问题。比如说我们读书的时候，你可能背了唐诗三百首，
他们可能就是三五首或者三五十首，对吧？那么像我……课本上我们
也有《诗经》、《楚辞》、《汉赋》，我背诵了很多很多，包括唐诗、宋
词、两晋时期和汉朝的那些赋……乡下的时候是老师教的，有的是自
己抄的，肯定有很多老师会教你啊，很多同学感兴趣，然后你自然也
感兴趣，是吧？

从这些回忆中可以看到，乡村社区和学校教育中有很多口头和书面的
古典文学资源，老师的指导和同学中的文学气氛培养了黄可讴的文学兴
趣。当兵之前，他从未觉得自己是一个文学青年，因为周围人都同他一样
喜爱文学。黄可讴也强调乡下对知识和文化非常敬重，推崇有知识、有文
化的人，自己身在其中自然也对文学感到亲近。因此，他将自己所受到的
古典文化的熏陶界定为"文化传承的问题"，强调群体性环境对自身的教
育和影响。但对出生于 1968 年、在 20 世纪 80 年代度过青春年华的黄可讴
来说，可以充分沉浸于文学还由于 80 年代的文化热，这一点体现在他参军
时期。

在军队时黄可讴经常到辽宁大学图书馆看书，由于"军地两用人才"
的政策，他还与辽宁大学的学生频繁交往。"跟那些大学生瞎玩，他们看
什么书我就看什么书，他们写什么我们就跟着写什么。"受到大学文化氛
围的影响，黄可讴进行了大量阅读。"其实我看了很多书，可能别人就觉
得我是一个打工的，没太多的文化水平和知识，但是我当兵四年，就相当
于上了四年大学。"与乡村教育中教师和同辈群体的影响相似，同大学生
的交流使黄可讴保持文学兴趣和持续的阅读。他所感受到的这种社会气
氛、人际关系和文化资源接触，既有赖于军队政策提供的机会，也是改革
开放以后的文化风潮使然。20 世纪 80 年代的文化热被认为是社会生活去
政治化以后，思想文化的重新启蒙。其中个人主义话语兴起，但仍旧保持着
理想主义和集体主义的价值观。对于黄可讴来说，这是他离开故乡后文学生
活的一种延续和扩展，对尼采、弗洛伊德等西方文学、哲学、心理学等著作
的阅读，使他充实了知识结构。"80 年代的青年人……50% ~ 60% 是文艺

青年。"同在故乡一样，黄可讴并未自认为是与众不同的"文学青年"，因为自己周围环境里爱好文学和阅读是普遍的。黄可讴在少年时期与参军时期的文学熏陶和阅读积累使他的文学才能在群体之中得以孕育和培养。其中，乡村社区对传统文化、古典文化的重视，改革开放以后文化思潮尤其是外国现代文化的影响，它们的共同作用促成了黄可讴作为"文学青年"的成长。

从安毅容的自述来看，影响其文学观念的主要文化资源包括中国古典文化和现代西方文学，前者如她对古典诗词和历史类书籍的热爱，后者如她对波德莱尔、金斯堡、现代先锋诗歌等西方现代诗歌的欣赏和模仿。此外，历史、哲学、社会学等领域的学术话语也对安毅容的认知方式产生深刻的影响。她不仅在自身经历中深切体验工厂的打工生活，还进行了大量阅读，也包括社会学、人类学领域有关农民工的学术论文。这些塑造了她的生活态度和写作观念，使她能更理性、更深入地认识打工者群体社会处境的结构性成因，也形成了她的"学者型写作"风格——知识丰富、眼界开阔、理性与感情并重；还常常在写作诗歌前进行多个地区、多个个案的访谈调查，擅长用冷静、克制的语言表述自己的观点。

同适应型打工诗人一样，批判型个案的写作活动也受到古今中外各种精神资源的影响。改革开放以后，日益开放的文化环境，使他们通过阅读和写作，能够在跨越时空的更大的社会历史中获得自我重构的资源。

2. 社会交往

安毅容阅读范畴的扩大、对文化资源的接触是随着其社会交往的扩大而实现的，尤其是与四川诗人发星的相识和交流对其影响最大。她们经常互通信件，发星为安毅容的文学创作和文学阅读提供了很多指导和建议，并寄给她大量书籍，引起安毅容诗歌价值观与诗歌表达内容的转变。如发星引导安毅容了解先锋诗歌，并启发她产生诗歌创作的"社会担当"意识，促成安毅容写作目标和写作观念的转换。

安毅容因文学创作而扩大的社会交往还包括其他打工诗人以及文学领域的作家、评论者和学者，她也保持与普通打工者在现实或网上的交流。这些交流促使她关注社会现实，"评论社会上种种不平事，想要改变打工现实中种种不平之事"。同时社会交往促进安毅容的阅读范畴不断扩展，使她的创作理念、创作内容、文学风格发生变化。如在她的创作遇到瓶颈时，文学领域的两位学者为她推荐了历史、思想史的书籍。通过阅读，安毅容逐渐扩充知识结构和思想深度，她在认识自身境遇时能够超越自身对微观环境感性而直接的体验，对造成境遇与体验的历史脉络、思想潮流、政治经济背景等社会变动产生兴趣，并从新的角度不断思考打工者群体的处境。

安毅容写作动机的转变、写作风格的发展、写作形式的选择、具体作品的形成等，都与包括"诗人朋友"在内的社会交往有关。文学交往不仅带给安毅容情感释放和交往需求的满足，更对她的社会认知、思考方式产生刺激作用，促进她对自己文学创作活动的反思与重构，帮助她形成更理性、更开阔的视野以及具有批判性的文学观念与诗歌风格。

与之相似，于韧于 1994 年去深圳前就是文学爱好者，高中受同桌喜欢写诗的影响，也对文学产生兴趣，在县图书馆读了许多现代诗歌作品。他称自己最初是个人写作，主要抒发个人的情感，此后逐渐转向为群体代言。这样的转化和他同打工诗人们的交往有关。随着作品的不断发表，于韧开始与其他打工诗人相识和交往。2000 年春节参加笔会时，于韧与几位打工诗人朋友一起在一个工厂宿舍里聚会。虽有物是人非的感慨，但于韧回忆起那一晚时仍很兴奋。"那个时候第一次出去进行文学交友啊，感觉还是蛮新鲜的。我们几个人哪，当天晚上就到孙宁中的《××文学》编辑部，没有地方睡觉嘛，我们四个人就在孙宁中的那个床上，又没被子，冬天很冷的……我们都被冻得发抖啊，就这样坚持到早上。中国的这种文学形式——《打工诗人》的名字就这样讨论出来了……"在打工诗歌发展历程中曾发挥重要作用的《打工诗人》杂志，由此创刊。2000 年，于韧写了长诗——《为几千万打工者立碑》，他把这首诗作为开始为群体写作的标志，而创办《打工诗人》后，他更加坚定地把打工诗歌作为自己的"精神信仰"，表达他对打工文学的使命感和责任感。与打工文学朋友的交往，强化了他对打工群体的情感认同和价值联结，促进了于韧对打工文学作为一个独立文学范畴的关注和参与。

黄可讴文学创作发生转变的契机是著名诗人臧棉对他的肯定。而黄可讴对臧棉文学成就的了解和敬重，以及臧棉对黄可讴的关注，与 20 世

80 年代的文化背景密不可分。臧棉是当代中国著名诗人，朦胧派诗歌的代表人物之一，在其思想和文学观念的形成之中，80 年代中国社会变动是重要的因素，那时"历史和文化的反思，构成了当代中国思想或者诗歌的一种深度"（何晶，2015）。黄可讴对生存感受的呈现使臧棉自身的历史回忆变得鲜活，"我'文革'中下乡插队，就是一种打工（还不挣钱!），而且少小离家，也算一种漂泊。它们都被你唤醒了。我的'文革'、你的 90 年代打工经历，中间没有一道墙，诗里永远没有墙，它用生存感受把我们连在了一起"。臧棉通过诗歌反思历史、思考现时的创作观念，与黄可讴不谋而合；黄可讴作为打工诗人的社会身份与其内心世界的表达，也正符合臧棉"个人内心构成历史的深度"这一看法。同时，黄可讴也因与臧棉的交往而在写作上有了新的发展。"使我的书写得到了来自诗歌外部的力量，如果说从前写诗是'对自己一个人说话'，那么现在，我的诗歌因得到您（臧棉）艺术和思想的'光照'或'观照'而存在向下修建和向上生长的可能。"

因此，黄可讴作为一位诗人的生成与接触文学资源的机会有关，也受到人际交往的激发。但这一切看似偶然，却有着内在的历史脉络。虽然他的作品在 2011 年开始受到关注，但无论其文学观念的生成和发展，还是受到公共领域关注的原因与机制，都与 20 世纪 80 年代的社会生活一脉相承。这一时期的文化热带动改革开放后中国传统文化在社会生活中以重温或反思等形态复苏，西方文化思潮也大量进入，黄可讴的诗歌才能与写作旨趣皆受其熏陶而与之相伴相生。黄可讴以人性的观念批判劳动力的商品化等市场逻辑，对中国社会现代化发展形态进行反思。这一表达与文化精英自 80 年代以来对中国历史和全球化的反思形成共鸣，也是他对农民工集体境遇构成代言的条件。

相较于适应型态度主要呈现"小我"的状态，批判型态度在"小我"的同时也显示出"大我"的倾向，即超越自我利益而面向群体的责任感。基于对三个个案的考察，从"小我"到"大我"发生扩展的契机和影响，主要来自各种文化资源与社会交往。这些交往不仅如一般社会资本那样给予他们以情感的支持、发表和出版作品的机会，还通过指导、建议或推荐书籍等形式提供各种思想资源，影响他们文学写作的观念和态度——从为自己写作转向直接或间接地代表群体发声。批判型诗人在这一扩展过程中，自我认同与群体责任感得以强化；同时社会认知能力得以提高，能够从历史与社会变动中更加理性地理解自身的际遇；他们自我价值感的来源，从个人生活历程中的上升流动带来的满足感转向在更大群体范畴内发挥作用和影响。

第六章

创造型态度：
独辟蹊径

"世上本无路，走的人多了，便成了路。"本章对创造型态度的考察将试图呈现：新路是如何走出来的？持创造型态度的打工诗人面对打工者群体的社会处境以及相关的现实问题，侧重于新型价值标准的主张与推行。如通过主张打工者的劳动价值与道德—审美形象为打工者群体自我赋权，或实践与市场化、城市化、工业化以及消费社会的主流观念有所不同的生活方式，以对应某种处境或现实中的问题。较之对结构性处境的适应或批判，这一态度更注重在协商与平衡的基础之上，充分地进行价值立场与评价标准的自我主张。

本章主要对四个个案（见表6-1）进行考察。北京皮村"新工人艺术团"的陶健和尹飞致力于"新工人"（农民工群体）的自我组织，通过文化和群体的力量提高打工者的社会地位，构想超越"物欲"和"异化"的生活形态。谢敏恒通过经营企业文学内刊推行自己的文学理念，并尝试实行新型的企业管理方式，以改善打工者的生活状态。邓拓宁在很多方面以适应型态度面对自身处境并实现了一定程度的上升流动，然而仍要面对城市的排斥和歧视。在城乡之间进退两难而缺乏归属感时，他通过积极参与家乡的建设获得自我价值感。这四位打工诗人都做出了与主流立场或通行做法所不同的行动，包括诗歌活动在内的艺术创作活动是他们另类实践的重要媒介。

表6-1 创造型个案的基本情况（2018年）

化 名	性别	年龄	家乡	教育程度	打工时间	现居城市	经 历
陶 健	男	43岁	河南	大专	1998年	北京	中学老师—新工人艺术团带头人
尹 飞	男	41岁	浙江	高中毕业	1999年	北京	街头歌手—新工人艺术团核心成员
谢敏恒	男	42岁	湖南	高中毕业	1994年	东莞	车间工人—民营企业主
邓拓宁	男	45岁	湖北	高中毕业	1992年	武汉	建筑工人—台资企业工会干部

　　与此相应，面对打工者群体社会性境遇时主张自身价值取向与评价标准的诗歌，本章将其归类为创造型态度的诗歌。根据对 2008 年和 2014 年《中国打工诗歌精选》中诗歌作品的分类和归纳，创造型态度的诗歌中主要可见三种自我主张：赋予打工者以荣誉和地位、超越外在标签而建构新的身份认同、主张与消费社会有所不同的新的生活理念。

　　与对适应型态度、批判型态度的分析一致，对创造型打工诗人个案及其诗歌文本的考察主要关注以下几个问题：①对打工者群体社会处境的认识与体验；②创造型态度的形态、目的及依据；③创造型态度之中自我建构的形态与社会介入的方式。

一　新工人艺术团的文化行动

　　与珠三角地带的打工诗人群体相对应，北京的新工人艺术团也是为农民工群体"发出自己的声音"之代表。新工人艺术团以"为劳动者歌唱"为己任，为农民工群体赋予新的名称"新工人群体"，2002 年成立之初名为打工青年艺术团，后改为新工人艺术团，从事多种文化及社会实践活动，出版原创歌曲专辑、小型电影、纪录片、戏剧作品等。其作品"以 3 亿打工群体真实的劳动与生活为题材，力图站在劳动者的立场上对社会现实做出艺术的回应"（崔柯等，2013）；同时将艺术创作与社会实践相结合，建立了农民工子弟学校、工友之家、打工博物馆、新工人剧场、同心互惠商店、工友影院、工人大学等一系列机构。

　　陶健和尹飞是新工人艺术团的灵魂人物。关于打工诗歌，尹飞认为打工者写诗是因为"困境下的人最需要精神上的支持"，而诗歌是一种方便易行的表达方式。"因为工人写诗歌感觉成本更低一些，所以大家写诗歌的比较多。"与打工诗人以诗歌面对自身境遇相对应，对于身为歌手的陶健、尹飞来说，作词、作曲等文艺创作与诗歌一样，是他们应对之道的重要构成部分，是主张自我、建构新价值的方式和途径。由于行业差异，北京打工者的诗歌与珠三角地区的打工诗歌在内容上有所不同，北京打工者的文学写作涉及家政业等服务行业的内容较多，最有代表性的如范雨素的小说和散文；而珠三角地区的打工文学以工厂流水线和建筑工地的劳动情景为多。但在农民工群体对结构性处境的体验和感受上，两者是相同的。

新工人艺术团与珠三角地区的打工诗人群体之间的交流虽不频繁却一直持续。陶健创作的歌曲连续几年被载入《中国打工诗歌精选》，而新工人艺术团组织的"打工春晚"也经常邀请南方的打工诗人到场朗诵诗歌，安毅容、于韧、黄可讴等人均参加过他们的活动。作为农民工群体的重要代言者，他们对于打工者的社会处境有大体相同的认识，也都重视通过诗歌或歌曲等艺术形式进行自我表达，但新工人艺术团以更为组织化、体系化的形式发展规模完整、内容多元的文化事业，并且拥有较为明确、一致的与主流价值观相异的观念主张和生活方式。因此，新工人艺术团对待农民工群体社会处境的方式具有鲜明的创造性态度，本章以其领导人物陶健和核心骨干尹飞为个案，探寻他们如何走出新路。

（一）陶健：本真性自我之上的群体团结

陶健探求建立在自我本真性需要上的、不受主流价值观束缚的生活方式。即"首先要找到自己，按照自己的真实需要生活，然后去反思一个人生命的价值和意义究竟是什么"。进而，主张在本真性自我的基础上形成新工人群体的团结与文化。

1. 个人的生活历程与价值探索：寻找自己

陶健大学毕业后，在老家一所中学做音乐教师。陶健喜爱音乐，但走出学校、端起"体制内"的"铁饭碗"以后，他陷入精神上的迷茫——"找不到自己"。陶健将这种迷茫归因于教育与社会现实之间的脱节："我上过大学，学了一大堆知识，但是当我走入社会的时候，突然发现自己对这个社会一无所知。当你对社会一无所知的时候，你跟现实就会有冲突，有冲突你就不明白，不明白你就会很迷茫。"陶健认为对现实社会缺乏理解导致对自我无从把握，"你不明白这个社会发生什么，当然你就看不到自己"。进而，"当你不知道自己是谁时，就会特别迷茫"。于是陶健试图"找到自己"。这种探索先是通过歌曲的创作对自身进行审视。"有一个阶段拼命在自己身上找自己，比如说我最开始写歌都是写自己，我不会去关心别人，也不会去关心这个社会。"这种探索的结果是"反倒越来越迷茫"，徒增困惑。于是他改变了探索的方式，为了"寻找自己"而辞职

"逃离"。

1998 年，陶健离开家乡来到北京，曾做过搬运工、推销员，其中工作时间最长的工作是在打工子弟学校做音乐老师。"在北京，一方面要生存，另一方面要做一些自己想做的事情。但是生活上的苦难不是最重要的，事实上大家生活都很艰辛，是精神上的苦闷使我无法忍受。"同很多打工者的感受相似，在他的叙述中，物质生存与精神追求的区分也是基本的体验维度，并且同样强调精神压抑的痛苦。他自述在苦闷中也一直相信"在这个世界上肯定有属于我的全新的生活"。为了找到这种生活，1999 年，陶健到全国各地唱歌和流浪，其间在街头、地铁站、建筑工地看到了普通人形形色色的生活。陶健自述这一段经历对他影响很大，最重要的就是他接触和认识了社会。

回到北京以后，陶健去一所打工子弟学校做志愿者，认识了温铁军、李昌平等关注三农问题的知识分子，在思想上受到他们的影响，并参与这些学者主持的一些社会实践活动。他一直在想，自己能为打工者做什么。2002 年，在一位高校教师朋友的推荐下，他到建筑工地上为工友唱歌。这次活动使他体验到与此前演出极为不同的意义感、成就感，为他带来极大的精神震动。他曾经在酒吧里唱歌，"唱得不好拿烟灰缸砸你，唱得好他们开心也拿烟灰缸砸你，因为你没有尊严"。陶健深感为取悦客人而唱歌，即便把自己变成一种消费品，缺乏自主性，也得不到充分的尊重。"但是当我去建筑工地唱、去工厂唱、来农村唱，那感觉就不一样了。我唱歌给工人们听，很多工人就会开心，会给你鼓掌，甚至会流泪。那我觉得唱歌就是有用的，让我感到成为一个有用的人。"陶健认为"对于别人真的是有用的"，就是自己的价值。自那以后，陶健和几个爱好文艺的朋友组织起来给工人们演出，成立了"打工青年演出队"，这成为他后来逐渐发展扩大农民工群体相关文化事业的起点。

从陶健的生活经历和精神探索历程来看，他所渴望的"寻找自己"，既是出于确立自我认同的需要，也意味着对现实处境不满而期待脱离，但主流生活方式并不能满足他的需要，他要探寻与现实存在所不同的更为理想的生活形态。在思考和探索的过程中，陶健逐渐感觉"找到了自己"，这包括两个方面：身份认同与价值立场的确立。首先是工人群体身份认同的建立。陶健认为，最初"寻找自己"的尝试失败在于"在自己身上无法找到自己"，而必须在与社会、群体的联系中，才能获得对自己的认识。"（和社会）接触得多了，你就会发现你是谁。"他通过与自己生活经历、流动经历相似的农民工群体比较界定了自己的身份认同。"我们都是从农村来的，……我家里有27亩地，从小就种地。那你从农村进入城市，你会发现你身边这么多的人跟你一样。他们是谁，他们就是中国的新工人，那我就是这个新工人群体中的一分子。"

其次，"找到自己"是形成一种符合自己真实需求的价值取向和生活方式。从建立打工青年演出队到从事今天丰富多样的工人事业，陶健的探索过程重视真实自我的内在需要。对他来说，物质社会、消费社会所重视的成功定义，无法令他感受到真正的满足和幸福。陶健曾梦想成为歌星，努力去酒吧唱歌，也参加过很多商业演出活动，但现实的残酷让他感到成功的梦想"只是一个梦幻"，而"那个梦幻是主流的价值观给你的"。更为重要的是，他对成功的内涵产生了怀疑。"什么叫成功呢？你出名、有钱、有权力、买房子、买车，这是成功的标准。可是这一套东西其实对我来讲，按照那个标准你会越来越失去自己，甚至找不到自己。"与安毅容等批判性态度相似，在充分适应社会环境这一意义上的"成熟"对陶健来说并非一种理想的状态，而是意味着自我的丧失。

怎样能够找到自己呢？"肯定不是酒吧，也不是中央电视台。"他认为与世俗成功相对的，是按照本真性自我的需求建立属于自己的生活方式。"所谓的成功标准很简单，最开始你要自己找到真实的自己。一个人活出真实的自己就是成功的标准，不是说你有没有钱。当然经济很重要，自力更生也很重要。但是你找到适合自己的生活方式、找到自己的人生道路更重要。"陶健心目中适合自己的生活方式，是在与物质、地位等一般个人成功话语之间的紧张关系中进行界定和描述的，其中也包含物质—精神这一基本认知与思考维度。进而，按照这一标准，陶健评价自己目前的生活状态是相对成功的，因为"最起码从大的方面来说，我选择的这个道路和我现在所做的工作，内心觉得是最适合自己的"。

"本真性"意味着什么？陶健主张选择生活方式必须重视"心灵与尊严"。在个人层面，陶健自小喜爱音乐，并认为这影响了他对"心灵"的重视。"读书会影响你的思想，但是我觉得比思想更重要的是你的心灵。而音乐可以直击你的心灵。"陶健抵抗物质主义价值观的依据就是"心灵"。"心灵是不会骗人的。也许有时候你做的事情是你脑子里面想的，可是那个想法受整个主流价值观的影响。比如说发财致富，其实人生活得幸不幸福，跟发财致富没有什么直接关系，钱也重要，但你有钱不一定就幸福。"陶健所说的"心灵"，是一种精神、情感上的体验和需要。同时他认为，自己的精神历程是思想、心灵与行动之间逐渐统一的过程。"很多人都是分裂的嘛，你的脑子跟你的内心、跟你的手脚是分开的。你想的不一定你能做，你做的也可能是违背你良心的。很多人都是这样的，因为我以前也是这样，（所有努力）就是为了让自己能够统一起来，不要违背自己的良知。"因此，陶健主张心、知、行合一。"你的想法和你的行动、你的生活应该统一起来""头脑、心灵和手脚应统一起来"。陶健抵触消费社会的物欲主义价值观，追求自我的本真性意味着把情感、精神的需要作为日常实践与生活方式的核心，形成连贯、完整的自我认同。

那么，陶健在"心灵"的基础上形成的是何种价值观呢？"我觉得生命价值首先不在于你有多少钱、多少权力。对我来讲，生命的价值在于一个人在有限的生命当中，能够去做一些对社会、对他人有意义的事情。你的生命价值体验就在这个过程当中。"对社会与他人的贡献，是陶健人生价值的重点，这一点依旧是他在与金钱、地位等"世俗"衡量标准的紧张关系之中进行阐述的。而对社会与他人的贡献何以重要？对陶健来说，这是尊严的来源。"比如说我唱歌，我喜欢唱歌。可是我去哪里唱歌、为谁唱很重要。我曾经在酒吧里面唱歌，别人点你一首歌，给你十块钱。……在酒吧里边不能唱自己的歌，只能翻唱，你只能取悦客人。"但是当他去建筑工地、工厂、乡村演出时，会有截然不同的自我价值感。"觉得唱歌就是有用的，（我）是一个有用的人。"

陶健所实践的价值立场和生活方式，是在与社会的联系之中，从精神和情感的需要出发，通过社会贡献获得自我价值的实现。他认为学习知识、增加能力、提高素质本身没有问题，问题在于这些学习与适应的目标。"你学这些东西是为什么？你是为了发财致富，那就有问题了，你就会很痛苦。"他以买房为例，"你买一套房子，你就变成了房奴，你一辈子的时间精力就是为了还贷。那你想想，一个人的人生就很没有意义了"。陶健认为买房牺牲了更为宝贵的东西，即"每一个人都有那么丰富的情感，每一个人都有无穷的创造力，有那么多的兴趣和爱好"。情感、创造力、兴趣爱好……对陶健来说是"心灵"的需求，是生命的价值和意义之所在，而世俗社会以经济能力评判个体价值的标准压制和扼杀了这些需求，因此功利性的生活目标是虚幻而压抑自我的。

陶健认为过一种节俭、可持续的生活是可能的，而且能够带来一种"人人都有尊严"的社会。他不仅如此主张，也如此生活。他一直与妻子过着较为节俭的生活，与消费社会价值观相疏离。他简单干净的行头几乎很少改变：绿色的裤子、黑色的马丁靴，从春到冬，变的只有上衣。他甚至演出和拍海报时，着装上都与日常没有差别。他认为："不一定要有丰厚的收入，可持续就可以了。"他表述自己不喜欢奢侈的生活，"那让我不舒服""我的审美观，简单就是美，越简单越好"。这种生活方式是否能获得家人的支持？陶健的妻子和弟弟都是工人群体事业的重要成员，能够理解他、支持他。他的父母从前曾极力反对，甚至险些与他断绝关系。然而经过持续的沟通，现在他们都已成为皮村工人群体事业的志愿者。陶健认为家里人这样做是他们反思自身生活后的自主选择，而非基于"道德绑架"。"你像我爸妈退休了，他们现在也有退休工资，不一定非得跟我在这儿。如果觉得在这儿不舒服他们可以回老家，不是说没有选择。"同样，参与皮村工人群体事业的同伴们在物质收入上是清贫的，但陶健认为这也是他们对生活方式的自主选择。"比如说有了孩子、家庭，确实有很多压力。……这个我不能替他们做主，如果觉得很艰苦，他们完全可以离开。"陶健是在尊重个人意志、自主性的前提下主张新的生活方式与价值观。

而对待生活方式不同的人，陶健用同样的理由表示尊重。"那只不过是自己的选择不同而已，那没有办法。他愿意那样去生活，你就要尊重嘛，每个人都有自己的选择。只要你选择，你自己开心就好了。你活着又不是给别人看的，自己内心活得是不是幸福，只有你自己知道。"对生活方式、工作方式的评价，陶健重视自己内心的感受而非他人的看法。"不为别人而活"这一典型的现代个人主义的自我表述，是陶健与主流价值观念保持距离、建构自我的方式。

陶健对个体新型生活方式的主张与实践，与其对社会的认识相辅相成。如前所述，陶健对中国社会着重于从物质—精神这一维度上进行认识。"今天你会发现，当我们的物质生活越来越繁荣的时候，我们的心灵、精神就越来越匮乏、越来越萎缩了。人活着都不是为了人而活了，为了房子而活，为了名利而活，为了权力而活。而且这种方式对于所有人都是破坏性的，空气有毒了、喝的水有毒了，人人都处在危机时代，所以今天我们必须改变。"物质—精神的冲突扩展为世俗成功—本真自我之间的紧张，并造成人人自危的生存环境。因此，陶健的解决之道是个体价值观与社会制度都"在现在基础上找到一种新的替代性的、更好的方式"。这正是他在个人生活和工人事业中所尝试建构的。

2. 作为应对之道的群体：文化觉醒与群体团结

关于打工者境遇的成因，陶健认为政府的政策是主要因素，但也重视工人自身的原因。陶健认为，政府主导的发展方向与相关政策对打工者的社会处境来说非常重要。另外，陶健认为工人群体自身的意识与行动也很重要，但与适应型态度对打工者自身努力的强调不同，他反对追求世俗意义上的个人成功，因为这种追求构成与物质社会和新自由主义的合作。"工人满脑子都想发财致富，那就没有出路。"

关于打工者的处境，陶健既重视外在的社会因素，也重视打工者的个人因素。这也体现在他对许立志自杀事件的看法上。"我觉得自杀当然一定是有个人的原因，它跟你的家庭环境、生活环境、个人的性格一定有关系。但是我认为不仅仅是个人原因，一定是有社会的原因。"关于个人原因，他推测许立志也许"对自己的人生有很高的要求"，或者因为写诗"他的心灵可能更敏感"等。但他反对"心理素质低""感情脆弱"这样的说法，认为更应看到工业文明对廉价劳动力的剥削和压抑——劳动模式与严苛管理"把人变成机器"。

陶健曾用"绝望、活得没有尊严、收入低微、生不如死"来描述工人的境遇，"15年前我觉得工人的处境和权益非常糟糕"。但在整体的认识上，他认为随着时间的推移和社会环境的改变，农民工群体的境遇较之15年前成立打工青年艺术团时已有很大改善。他列举建筑行业拖欠工资已经减少，建筑工地的取暖设备等工作环境的配套设施也更加完备。但是这个群体依然面临很多问题，如流动儿童的教育状况仍旧没有改善，而留守儿童、留守老人的现象甚至越来越严重；精神上迷茫、生存压力加大的年轻打工者，以及二十多岁外出而现在渐渐步入老年的打工者，都面临在城市与乡村之间何去何从的问题；等等。

面对时代的变化和新工人群体的处境，陶健不仅重视个体根据本真性自我的精神需求而形成更有尊严的生活方式，还主张新工人群体的自我觉醒、形成群体的团结与新的文化。"这个群体自身要知道自己是谁，就跟一个人一样。"他批判整个社会在文化方面的问题，如媒体的舆论导向以及各种文艺形式所呈现和传播的"主流文化"，充斥着"消费主义的文化、享乐主义的文化和资本的文化、官僚的文化"。

从北京皮村开始的一系列新工人文化事业，便是陶健推动打工者自我组织、建构群体文化的实践，其中艺术、教育是核心内容。"我们这个组织，从音乐文艺开始。"自打工青年艺术团成立 15 年来，除了义务演出，还出版歌曲专辑、组织打工春晚、举办工人文化艺术节、办工人大学等。对陶健来说，文化艺术的宗旨正是在于唤起个人与群体的自我觉醒。"一个人的觉醒跟一个群体的觉醒是一样的。一个人没有思想、没有文化，这个人就会很迷茫；一个群体没有文化、没有觉醒，这个群体就没有力量，没有出路。"陶健提倡工人文化、劳动文化，旨在形成工人群体的主体意识而不被资本社会、消费社会的价值观所裹挟。

进而，他又认为群体的方向取决于个人的价值观念和生活方式，"你说这个群体有什么出路，那首先问问你自己有什么出路，你有什么想法"。作为工人一方对处境的应对之道，陶健试图寻求的是建立在本真性自我基础之上的群体文化。陶健通过各项事业鼓励和引导工人们基于内心需要形成新的生活方式，如办工人大学就是要让工人群体了解在主流价值观之外还可以有各种生活方式的选择。陶健认为工友们因为家庭环境、生活环境比较狭窄，接触到的社会信息、文化资源比较少，需要给他们展现不同的生活道路。"希望大家看到不同的活法。因为很多人没有选择是因为他没有看到，都觉得这个社会好像只有一条路，你不这样做好像你就无法生存，就没有安全感。实际上这是因为我们的思想没有解放，因为你的视野没有解放，你没有看到更多、更美好的生活方式。"陶健想打破一般意义上个人成功的模式，促成新工人群体与造成自身弱势处境的发展模式、价值体系之间非合作、非呼应的关系。"你的一生不是只有去拼命买房子……你的一生可以有另类的道路，可以有别样的生存方式。"

其次，群体的组织也旨在为打工者提供社会支持。陶健建立"工友之家"，目的是为脱离乡村社会、缺乏社会纽带的打工者服务。"在老家我们有一个家，爸爸、妈妈、同学、老乡、朋友，这就是一个社会支持体系。当我们个人遇到困难，就可以通过这个网络互相帮助。可是当我们来到城市，我们一无所有，所以我们也要在城市建立一个自己的'家'，这个'家'就是一个社会支持网络。"陶健认为，富士康的自杀事件是工人缺乏社会支持导致的，而皮村工友之家、工人大学正是为了给他们提供精神、情感和能力的支持和帮助。因此，"如果许立志在皮村，他就会像范雨素一样"。而且，陶健主张工人群体的团结是比富士康十三跳更好的反抗形式，因为群体给予个人以归属感和尊严感以及人与人之间的情感联结。"流水线是什么？流水线就是把人变成机器，而皮村为什么有文学小组？就是把人变成人。如果皮村文艺小组有什么不同，我觉得在这个地方大家会感到很温暖。"

如工人大学为工人们建立了互相支持的网络，帮助他们学习选择新型生活方式的方法和能力。"因为一个人学习会很孤单的，我们需要学习，需要动力。"陶健认为在群体中进行学习和建立新的价值观并非"谁影响谁"，而是在参与和互动中形成自主的意志。"我觉得真正的改变，第一是参与，第二是对话和交流。在这个过程当中，不是说唱一首歌影响了谁，不是的，这是一个平等的、参与的、互动的过程。"这些显示新工人群体的事业试图实践一种去等级化、高参与度的群体互动模式和自我组织模式。

陶健通过文化事业积极建构打工者的群体认同。陶健与皮村的工人团体最先提出"新工人"这一命名方式以取代"农民工"的称谓，现在已在公共话语和学术话语中广为使用。"发现这个群体没有自己的名字。这个群体一直有那么多人，但是没有力量，甚至你连自己是谁都说不上。"于是陶健组织工人们讨论名称的问题，收集关于工人群体的各种词语。"讨论过程当中我们就发现'农民工''民工'这些词语包含着身份体制，是一种外在的、强加在自己身上的。那你说你不喜欢别人这么叫你，那你叫什么？"讨论中"新工人"这一词语被认为是更合适的称呼，它指脱离农业生产而到城市进入制造业、建筑行业、服务行业等，以劳动为生的工人；与原有国有企业的工人相对照，由农民转向而来的工人是一个新兴的群体。为自身群体重新命名，是对包含各种不平等因素和权力作用的外在社会标签的一种反抗，也是对自身社会角色与价值的积极主张。整体上，命名行动本身就是新工人群体自我组织、群体认同以及主体意识的彰显。

陶健带领皮村的工友之家创建了"打工艺术博物馆"，其理念是"没有文化就没有我们的历史，没有我们的历史就没有我们的将来"。陶健解释这句话背后的思考是，从小就受这样的教育——"劳动人民创造了历史、劳动创造财富、劳动创造一切"，然而他发现劳动人民创造了历史，可是劳动人民从来没有进入历史。历史需要文化和载体的记录才能流传下来，而"打工艺术博物馆"的目的就在于记录新工人群体的历史和文化。对陶健来说，文化活动和文化机构既是新工人群体的自我主张，也是加强群体认同的途径。

从成立打工青年艺术团至今，陶健、尹飞等人的工人事业已经走过15年，其间持续不断地扩充壮大。随着社会环境的变化、农民工群体的发展，他们也在调整工作方法和工作战略。他计划今后更多关注城乡互助和新工人的联合，这既是由于北京疏解外地人口政策而进行的"战略转型"，也是鉴于政府提出了"振兴乡村"的发展方向。陶健认为新工人群体是连接城乡的纽带，从皮村工人事业的工作经验、能力和资源来看，可以在城乡互助和新工人联合方面发挥作用。

由上来看，面对时代和工人群体的处境，陶健的应对方式不是抵抗，而是注重建构与时代潮流不同的价值观，运用各种支持性的资源展开行动。与适应型态度重视提高个人素质与能力以符合竞争需要不同，陶健倡导回归个人的本真性，拒绝为主流生活方式及市场逻辑、消费社会意识形态所控制。同时，与批判型态度也不同，陶健对社会环境因素进行批评的同时，一方面，看到政府政策与发展方向的转变，赞许和支持自己所认同的转向，并积极借用政府的政治话语推动新工人群体事业的发展；另一方面，重视形成群体团结，倡导打工者自我组织、自我赋权。无论是外在社会层面还是打工者层面的归因，陶健对打工者社会处境应对之道的基本出发点在于个体基于自我本真性的需要反思现代社会生活并形成群体。

陶健的歌曲创作以及皮村的文化事业均是实现这一宗旨的方式。陶健的《我们的世界 我们的梦想》作为北京著名的打工者艺术团体的代表作品，其歌词亦被收录于于韧等人选编的《中国打工诗歌精选》中。这首歌词由9个描述打工生活的段落和4个表达希望与决心的咏叹段落组成，表达了打工生活中的感受与期待。

"从乡村到城市 从工地到工厂/打出一片天地来是我们的梦想。"外出打工的目标是"打出一片天地"，表达追求自我实现这一新生代农民工的生活憧憬。然而作为真实的打工生活，"我们的世界是狭小的九平方"，"打出一片天地"的梦想与工厂流水线上封闭单调的劳动相对照，打工者在现实面前感到失落。接下来，"我们的世界是长长的流水线""付出了青春汗水和血汗/省吃俭用寄钱回家是我们的梦想"。用劳动换取的是退而求其次，满足物质需要并承担家庭责任。然而这一期待也并不能完全实现，在接下来的一段里，"脏苦累活儿没日没夜地干/顺利拿到血汗钱是我们的梦想"，在市场里获得公平的待遇也成为一种"梦想"。"我们的世界是孤单和寂寞""梦里时常回到妈妈温暖的身旁"，描述的是在城市中的孤独疏离感以及常与之同时出现的思乡之情。

面对社会地位低下而受歧视的处境，一方面是忍耐，"我们的世界是别人的冷眼/冷漠与偏见我习以为常"，同时坚定地进行自我主张——"我一不偷二不抢心底坦荡荡/顶天立地做人要有做人的尊严"。通过劳动换取收入的正当性，肯定自我的道德地位，主张正面的自我认知。进而，从个体走向群体的联合，"我们的世界是烈酒和乡愁/天南地北四海皆朋友/有福同享有难同当/一个好汉需要三个来帮"。乡愁暗示基于故乡的人际关系纽带，而外出打工后"四海皆朋友"，即超越地缘的人际关系网络，显示出不断扩大社会交往、形成团结的意愿。"我们的世界是没有硝烟的战场""工伤事故职业病痛苦和绝望/平安健康有保障是我们的梦想"，讲述工厂劳动中对自身权益保障的担忧。"我们的世界是矮矮的村庄""同在一片蓝天下共同成长/总理说的话也是我们的梦想"，期待消除城乡差异，并借助国家领导的话语增强这一主张的正当性。

最后一段话倡导打工者群体自身的组织团结。"平等团结互助合作/创造一个新天地是我们的梦想"，在描述打工生活现实中各种困难、不满和期待之后，这里表明陶健以及打工者艺术团面对自身处境的态度与主张，即打工者应进行组织和联合，创造一种在新型价值观引导之下的、打工者自身的社会行动方式。歌词以祈使句和口号的形式表达对现实的清醒认识以及探索新价值的坚决意志，号召所有打工者团结一致："挥挥手，嘿！莫回头！/把泪水和誓言埋在心头！""携起手，嘿！向前走！/哪怕前方仍然一无所有！""一起走，大家一起来走！/大道就要靠我们大家来走。"

尽管对打工者境遇的认知和理解与其他打工诗歌大同小异，但这首歌词中的句式是一种主动而明确的自我表达，很少用被动性的文体和语气，充分呈现词作者的主体意志。在内容上，通过呈现外出打工后自我实现期待的不断落空，批判社会待遇的不公正；同时积极主张正面的自我认同，赋予自身价值、荣誉和地位并重视打工者之间的团结与联合；借用政治话语资源增强自身主张的正当性，以推动现实处境的改变。与陶健的主张相一致，这首诗贯彻和张扬打工者的主体性，不仅要适应现实、批判现实，更要在此基础上创造现实，肯定自我并从个体走向群体。

（二）尹飞：群体组织与文化自信

打工艺术团和工友之家的核心成员相当稳定，包括陶健、尹飞在内的几个发起人一直都在努力，共同坚持至今。40多岁的尹飞，一直住在皮村工友之家的小屋里，不满30平方米的空间被书籍和乐器堆得满满当当，呈现了一个摇滚歌手随性直率的个性风格与音乐追求，但按照当前的一般标准来看，居住空间并不充分。尹飞对自己的生活和皮村具有实验性的事业抱有坚定的认同，认为应该摸索出一条路来，"反正人生也很短暂"。

1. 自我认同与艺术表达

1977年，尹飞出生于浙江海宁。年少时爱好艺术，曾经渴望考入电影学院当导演，高考失利后一面在家乡工作，一面开始玩摇滚。1999年到北京学习音乐，经常在地下通道里卖唱，由此结识了同样在街头唱歌的陶健。陶健在建筑工地为农民工演唱后大受触动，回来便与尹飞商量成立一个为工人演出的乐队，于是他们在2002年成立打工青年文艺演出队。2009

年，他们举办"工人艺术节"，召集和组织全国的劳动团体"自己搭台、自己唱戏"，通过戏剧、音乐、论坛等活动"发出一些工人的声音"。

尹飞结识陶健并与其共同成立打工青年文艺演出队，是他生活历程中的重要转折。从"摇滚青年"到"打工歌手"，尹飞描述这使他的艺术活动和生活理念从自我的世界走向工人群体，是一种"身份认同的转变"和"立场的获得"。在给工人演唱的经历中，尹飞逐渐了解他们的生活状态，而且跟随陶健与一些三农学者交流，这促使他对农民工群体的境况有更深入的认识。在"感性理性的共同刺激下"，他逐渐形成对工人群体的认同意识。

> 以前在地下通道或者学校办的音乐节唱过歌，就没有去给普普通通的工人群众演出过。一进工地，就让你看到这个城市的另一面，这个城市是怎么建起来的，工人们血脉偾张的那种生活给自己很大的触动。然后慢慢地自己有了身份认同的转变，开始觉得自己是摇滚青年，后来觉得自己跟大家一样是个劳动者，是个打工青年。所以在创作上也发生了一个转变，从一个摇滚青年比较自我的状态走出来，开始写周围的工人、周围人的生活。

对尹飞来说，对工人群体的认同意味着自己与社会生活世界建立了一种连接，成为一个有群体立场的参与者、介入者，而不再是一个旁观者。"真正走出自己的屋子，真正走进社会，找到一个工人的立场来看这个世界。"相应地，对于尹飞的艺术创作来说，写歌与唱歌从表达自己的感受和思考过渡到对群体的一种使命感。"这种表达也不只是自己的声音，你背后有这么庞大的一个群体，所以做这些事情的实践，到后来就有一种使命感。"不过，他在具体创作的过程中并不以群体代言意识为出发点，而仍旧秉持一种个人主义的看法，认为大的社会背景下一己之内在感受，会和具有共性的群体性经验产生共鸣。

"发出声音是争取权利的第一步。"对尹飞来说，通过诗歌或音乐表达自己，是反抗异化、争取公正的方式。在个人层面上，尹飞认为与大多数人一样，自己的生活也面临异化的压力，他反异化的首要方式就是"得唱歌、得表达"，他对自己身份的界定就是"一个表达者"。尹飞对"异化"

的理解是社会把人当成像零件或机器一样的工具，让人变得非人化，而反异化的方式就是通过自我表达恢复人的本性。因此，对于他来说摇滚较之歌唱艺术的形式，"更是一种态度，是一种精神"。其重要之处在于"至少让人在精神面貌上可以跟这个世界有一些较量"。尹飞以及打工艺术团的艺术创作也以此为主旨。"在现实的这种改变还比较缓慢的过程当中，艺术的表达其实是可以让人重新站起来的，至少在精神上重新站立起来，找到恢复的力量。"此外，他也强调参与到集体之中，以抵抗个体的碎片化，汇聚成更大的力量。

尹飞通过唱歌等艺术表达形式思考社会现实和摸索生活方式，他回顾自己对摇滚产生兴趣与青春期的压抑有关。"青春期的那种压抑中你会觉得这个世界很脏，……会有很多愤怒，但是你不知道为什么这么脏。后来看一些文章，……就感觉慢慢看清了这个社会。"之所以有压抑感和"脏"的感受，尹飞认为源自小时候的教育，尤其是儒家思想中公平正义的观念，这成为他面对 20 世纪 90 年代以后物质主义潮流的基本立场。在此基础上，他在对工人群体的认同和思考中进一步形成对商品化、物欲主义的批判，他的艺术活动也是他对其价值观念的具体实践。尹飞对自身价值立场的归因既包括与陶健的结识、交流，对新工人群体的认同和参与，也将之追溯到学校教育中传统文化观念的影响。

尹飞和陶健的精神历程有相似之处：其一，都是从对自我的关注逐渐转向对群体的参与，在与群体的联系之中重新界定自我，建构更加稳固的自我认同；其二，促使他们发生重要转化的精神危机都包括物质—精神这一核心维度，他们的价值探索和自我建构均是在与物欲化的消费社会的紧张关系之中进行的。

2. 对工人处境的认知与行动

尹飞认为，站在工人的立场来看，打工者的处境"很糟糕"，并认为造成这种困境的主要原因在于社会运行的机制，尤其谴责劳动力的商品化造成人性尊严的丧失。"主要的原因就是这个社会把人只是当成一种劳动力，好像就不用把人当成人来全面地思考。"尹飞认为，以前会考虑工人的需求，如住房、子女教育等劳动力的再生产；而现在基本上只把工人看作劳动力，把人只当成商品。其后果是，"对人的一个评价体系，就是要有更多的钱，挣钱多才是有价值的。资本主义的这种价值观，让普通的劳动者看不到自己的价值，……让人觉得活得很压抑，看不到出路"。劳动力的商品化不仅在劳动待遇上轻视人的需要和尊严，并且促进金钱衡量个人的价值观，进一步压抑个体。尹飞将商品逻辑对人之价值带来的这种双重贬抑视为新工人生活困境的关键，他的认知中将社会主义计划经济时期的工人状况作为认识和比较的重要参照。

对此，尹飞以人性为依据抗议工业文明中的劳动异化。"异化就是把人变成一个零件，或者变成一个动物，就变成不是人的样子。"在尹飞的心目中，理想的劳动"应该是人的一种对这个世界的改造手段或者一种主动的（劳动），充满人的主观能动性，也能够激发人的主观能动性"。然而，他认为现实中个人无法获得归属感，主观能动性难以被激发，"现在是被动的、消极的劳动"。尹飞认为权益的保障不仅仅意味着经济收入的提高，工人处境中的问题仅仅靠工资的增加是"治标不治本"的。如半军事化的管理、严格的等级序列和缺乏上升渠道、工人之间缺乏交往与联结等，也是需要改变的重要方面。而解决这些问题需要恢复对人性之需求的认识和尊重，即"必须把工人当成一个人来考虑"。

同陶健一样，尹飞注重在文化价值方面对抗商品逻辑，反对世俗意义上的个人成功话语和以金钱衡量个体价值的观念。他也批评打工者的"成功学"是对社会现实不切实际的幻想，将之视为一种社会的欺骗性效果。"一个是社会给人制造幻想，可以一夜成名，各种选秀节目在制造这种幻想。另外也是要通过这个来化解大家的矛盾，制造幻想转移矛盾。"在尹飞看来，信奉成功学而极力摆脱打工者处境的人，"他的价值观还是资本主义的价值观"。而能够与"成功学"对抗的是"劳动价值"——真正创造价值的是劳动者，"要让大家能够认识到自己创造的价值，这个繁华的背后是劳动者的辛苦付出，然后你是有权利去争取更多权益的"。劳动对社会的贡献，是争取权益的正当依据。打工青年艺术团的艺术活动也旨在打破商业文化制造的幻象，促使打工者拥有自我的价值感、效能感，因此被一些学者称为"自我赋权"的行动。"工人要有自己的文化。看不到自己的价值就无法与资本的文化对抗，要让大家看到自己的价值，从而去找到自信去对话，去争取自己的权益。"

　　进而，尹飞也积极推动新工人群体的组织和团结。一方面，他认为造成打工者现实地位低下的另一个重要原因，就在于工人无力也无意于争取到更多的权益以改善处境，尤其缺乏自我组织和文化自信。"在普通人的心里，工人没有自己的组织，也无法真正能够去跟资本（争取）对话。"尹飞主张工人重新认识自身价值，是自我组织以及与资方议价时提高谈判能力的重要基础。因此，引导工人群体"要有工人的意识"，即"看到自己的价值，然后有自己工人团结的意识，就是工人的觉悟吧"。工人大学的办学宗旨不在于鼓励个人的成功，而在于"让大家通过团结，首先看到现在的处境，创造互助、团结的理念，以便能够摆脱这样的现实处境"。

　　另一方面，尹飞主张个体无法抗拒社会运行机制带来的压力，而现在的问题就是自由主义、个人主义的价值观导致个体碎片化，阻碍人的联结。"当单个人独自面对整个世界的混乱时，会感觉毫无希望，会有自杀等各种极端的事情。"而工友之家等事业所尝试的，是让工人们了解到团结的可能性——"工人和工人是可以连接起来的，你在这个世界上不只是单独的（人）。"他举出许立志的例子，认为这就是个体独自面对现实压力而崩溃的极端后果。一方面压迫感强烈而"把人压得窒息掉"，另一方面生产线的异化使许立志"每一个动作都要精确到每一秒，很容易挂"。此外，群体团结的必要性不仅在于单个个体势单力薄，尹飞还从时间的角度来进行阐释，即改变处境将是一个缓慢的过程，需要共同面对。"我觉得改变本身也是很漫长的，……首先还是要做准备工作，大家能够互相支持、联结，共同去面对这样的困难。"尹飞等人试图唤起群体意识，促进打工者的自我组织和联合。

　　与推崇新的价值标准和个体生活方式相一致，在工人群体的经济收入和权益保障方面，尹飞、陶健的主张也是"创造新的游戏规则"。关于劳动者收入较低而感到付出与收获不平衡的问题，尹飞认为"关键现在市场不按照《劳动法》的逻辑来，你至少得按照《劳动法》的逻辑来"。这样的说法与持批判型态度的于韧、安毅容很相似，包含着这样一种期待，即市场化程度的提高和完善有助于公平与正义的实现。但当研究者继续追问：站在企业主的立场来看，如果严格执行《劳动法》的规定是否会导致竞争力下降？尹飞并未直接回答，而是认为市场改良和完善的作用是有限度的。"在丛林法则的游戏规则当中，会发生恶币驱逐良币的状况。所以这么看，工人通过合作社的方式自我组织起来发展经济可能是一个出路。"较之于市场的完善，尝试不同的价值标准、劳动模式与合作模式，更为直接地创造和建构工人群体的社会地位是他们更加关注的。

由此来看，陶健和尹飞在理解打工者社会处境时，关注整个社会发展中文化观念尤其是价值观的因素。包括新工人艺术团、工友之家、同心公社等一系列与进城务工者相关的事业，不仅维护打工者的权益，也试图反思市场经济与消费社会的生活方式，反思当今中国社会的价值体系。在尹飞心目中，一个没有异化的个人和社会是这样的："（个人）能够根据你自己的需求全面地发展。（比如）一个工人也可以去当哲学家，也可以去唱歌跳舞。（个人）根据自己的需求去全面发展，然后这个社会又对人的全面发展有一个保障。"尹飞重视"完整的人""能动性的人"，认为理想的社会秩序应保证这样的个体得以实现。他心目中理想社会的形态是"以人为本，互相尊重，互相劳动；社会层面更加公平正义，游戏规则更加公平；大家可以有表达诉求的渠道，公平地对话"。在此社会秩序下才能实现理想的个人形态——"个人可以根据自己的需求去挖掘自己的潜能，然后去全面地发展"。他们所主张的群体和良好社会，以具有主体性的个体为基础，其宗旨最终也在于为个体自我的充分发展而服务。

（三）小结：本真性自我与群体组织

较之对打工者结构性处境的批判，或对主流价值观念进行抨击，陶健、尹飞及其团体更注重实践新的价值标准，将本真性的追求、新的生活方式及其价值主张，贯彻于他们的音乐与诗歌创作活动以及一系列工人文化事业之中。对自身境遇的困惑延伸为对打工者境遇的思考，进而扩展为对社会发展方式与文化价值体系的反思。在这一反思的基础之上，陶健、尹飞通过文学艺术活动应对打工者结构性处境的方式，是对个体和群体自我赋权以自树脊骨。简言之，即个体从自我真实的心灵需要出发，形成相对自主的生活方式，并在具有主体性的个体自我的前提之上形成群体。其中不仅针对打工者社会地位的提高，也对市场经济、消费社会背景下关于生活方式、劳动方式、城乡差距、阶层结构等表达质疑、别求新路。

批判型态度促进社会公正的方式重在揭示和抗议不公，以隐含的价值观念衡量评判现实；创造型态度则更注重基于不同标准和观念取向直接采取行动，以明确的价值主张建构现实。批判型态度偏向于作为群体的代言人，将诗歌写作视为有意或无意地表达共同心声而成为"刺向现实的刺"。陶健、尹飞则认为个体的对抗力量微弱，在通过艺术活动代言的同时，更致力于新工人群体的联合与自我组织，以文化创作活动作为新工人群体增强自我认同和自我赋权的方式。两种态度在不满于现实、渴望改变打工者处境的立场上基本一致，不同之处在于个体与社会力量之间的互动方式。批判型态度的诗歌基于"松散的打工者群体"而从个人立场上进行代言，陶健、尹飞的文化活动本身就是对群体团结的倡议和动员。

在与外在社会力量的互动中，陶健、尹飞善于借用国家立场的政治话语资源，抵制市场化时代的消费主义意识形态。他们不愿顺应结构性处境和世俗文化的标准，通过文化活动建构更为优越的社会身份；不仅通过文化成果揭示和批判打工者的生活处境，获得关注从而促使政府与社会改善其境遇；他们在主流价值观之外另辟蹊径，探寻自己的生活方式、劳动模式，通过与政府之间的合作互动而不断扩展新的文化价值实践，对新工人群体进行自我组织，以期构成对社会发展模式以及文化观念更为直接有力的塑造。

二 谢敏恒：以文学内刊推行文化主张

珠三角的打工潮不仅催生了一度繁荣的打工文学杂志，也形成了大批具有文学色彩的企业内刊。在珠三角地区的打工诗人群体中，影响力较大的企业内刊是《南天》。它的大部分栏目面向全国征稿，有较其他杂志优越的稿酬，还通过网络、微信的联络交流形成自己的作者群，这个作者群与珠三角的打工诗人群体多有交叉重叠。更为重要的是，这份杂志明确倡导自身的诗歌风格偏好，其诗歌特点甚至被戏称为"南天体"。

《南天》所属的"南天科技"，是广东省东莞市一家主要生产工程塑料的民营科技企业，创立于2005年，员工约70人（2016年初）。《南天》创刊于 2011 年，原为季刊，2013 年起转为双月刊。这家企业与杂志的创办人谢敏恒，作为曾经的打工者、现在的老板以及打工诗歌杂志的创办者，成为与珠三角地区打工诗人群体相关的一个特别人物。作为企业创办的纯文学内刊，《南天》的初衷是为包括打工诗人在内的弱势群体文学爱好者提供文学发表的空间。下述的《南天》对创刊背景的自我介绍，表达了在大众媒体市场化的背景下，进行"文学公益事业"的宗旨。

> 全国各省区、市县、乡镇多数报刊撤了文学副刊，有的一味地市场化，为了迎合读者的重口味而将花边消息或是绯闻大篇幅刊载，而不给或是少给中国文学（特别是弱势群体文学）一席之地。《打工族》《江门文艺》《大鹏湾》《西江月》等多家打工刊物纷纷倒闭，真空的时刻，《南天》应运而生，向学生、农民、农民工等弱势群体作者开放收稿并及时支付稿酬、邮寄杂志。民营企业办纯文学内刊，在全国《南天》估计是首家，《南天》实行内刊外办的模式办刊，面向全国征稿，属于跨界、跨行业、跨领域，是对社会文化的渗透——如果国家能够制定政策复活全国各级报刊文学副刊，同时激活类似如南天科技这样热心于祖国文学公益事业的全国优秀企业资源，充分利用，将会走上文学的"私塾时代"或"贵族时代"（古今中外，贵族家里都有客居文人，不乏文学家、诗人；古代有些官员本身就是文学家，即使不是也要通过填词、作诗科举入仕），不失为一种新的尝试。此类企业应促进文学爱好者的提升，让他们在工作之余发挥所长，觉得生活有希望，才不至于颓废，才会再次开启文学的"大唐盛世"。①

文学内刊有助于提升企业的形象。对于企业经营来说，杂志成为"南天科技"品牌文化的一部分，有助于增强企业的声誉等符号资本。但整体上《南天》把自己定义为一项公益事业，旨在扶助打工作者，促进文学的繁荣。主要面向的读者群是：学生（特别是贫困地区的留守学生）、高校中文系教授、出版社文学编辑、农民、农民工、我厂客户、员工，以及国内各大期刊社、图书馆、文学院（研究所、中心）、文联作协、内刊、寺

---

① http://blog.sina.com.cn/s/blog_ 4c927d3a0102vpot.html.

庙等单位文学受众。除了为打工者和打工诗人提供文学平台，为弱势群体提供精神支持、情感支持之外，杂志还经常组织作者和读者进行"爱心捐款"。与文学创作相关的人士和机构，尤其弱势群体中的文学爱好者是《南天》主要的公益援助对象。

（一）对打工者群体社会境遇的认识与适应

谢敏恒于1994年高中毕业后从湖南老家到东莞打工。和很多外出打工者一样，初来乍到时一无所有，因为无钱住宿而"睡过坟场"。在8年的打工生涯中，最初几年谢敏恒像其他打工者一样频繁变换工作，但他善于学习各种知识和技能，不断获得晋升，从杂工升任技术员、领班以及主管。谢敏恒进过7家工厂，第一家是自己离职的，另外6家是被炒掉的。尽管如此，凭着聪慧和刻苦，不论是搞技术还是搞销售，他逐渐有了自信："什么都能干得好。"离开工厂后他创业成功，工厂规模不断扩大，这使得此后谢敏恒可以每年拿出近30万元投入《南天》。似乎为了突出他从普通打工者奋斗而上的经历以及生活境遇变化之大，《南方工报》的报道文章将其称为"从坟场走出的打工企业家"（《南方工报》2014年3月11日，第10～11版）。

基于工厂打工经历，谢敏恒认为打工诗歌中的痛苦描述是"那个时代真实的反映"，打工诗人"是那个时代忠实的记录者之一"。从他自身的体验来看，20世纪90年代的打工生活比打工诗歌描述得更加艰难残酷，"没有人管你死活的"。他回忆打工者不仅经济困窘、地位低微，还在工厂的严格管理之下精神上陷入隔离和孤独。"以前的打工可能更多的是孤单、孤独，那时候资本家管得很严，很痛苦……那个年代我经历过。……没有朋友、没有老乡。"他也形容以往的打工者"跟包身工差不多"，处于与社会隔离脱节的封闭状态。因此，他认为打工诗歌对90年代打工者境遇的描写是真实、克制的，甚至并未全面地呈现打工者的苦难。

由于自己经历过打工者的生活，谢敏恒经营工厂时格外注重工人的待遇问题。"像我们这个民营企业应该说是不多的，有五险一金，我们都是主动给工人上的。现在社会进步，这是大的趋势，慢慢越来越多的人也意

识到这个，不搞不行。"谢敏恒所说的主动，是指像他自己这样出于道德
自觉，了解和同情打工者的困苦，愿意去改善打工者处境；而被动则是指
按照市场的供需规律，不改善工人待遇便无法确保企业获得充分的劳动力
资源时，经营者迫于市场压力只能调整劳动条件。"现在已经好很多了，
不好不行了，有一些主动好，有一些被动好。所谓被动好就是大家都搞
了，你不搞，你的工厂开不下去，是不是？"谢敏恒认为现在打工者的境
遇有了很大好转，主要因为企业家们面临市场形势的变化必须改善工人的
福利待遇。谢敏恒对打工者困境的阐述主要提及"老板""资本家""工
厂"，对处境改善的认识也着重于企业经营者的举措。可以看出，他主要
是从市场竞争和企业管理的角度理解打工者的境遇及其变化，对政策和制
度等因素则较少提及。

谢敏恒肯定打工诗歌对 90 年代打工者处境的记录和呈现，同时他认为
"文学，注定带着一种淡淡的忧伤"。他在表述自己的写作过程时，也认为
逆境中更容易促成表达和抒发的欲望："总的来讲，我个人的经验是，开
心的时候比较写不出来……比较有感慨的时候写得出来。大部分是出了什
么问题的时候写的。"尽管如此，他仍旧重视诗歌表达"正能量"。对此他
解释说："下小雨无所谓，不要下暴雨，搞得桥梁冲断、道路冲毁就不好
了。(负面情绪的)那种东西不能看多了，看多了要受影响的，看多了一
些人便沉溺其中了。"在谢敏恒心目中，打工者境遇已有改善，而且"现
在更多的是年轻人要创业，我认为时代变了"。相应地，他认为打工文学
的内容也应该更加积极进取。"应该是对未来的一些憧憬，或者是理想，
就算是苦闷也是相对苦闷。不像是以前查暂住证要抓去坐牢的那种，那是
很苦的！"作为一名创业成功者，谢敏恒与徐林安等适应型态度的个案一
样，基于自身经历和对社会的观察，强调社会环境的变化，主张乐观向上
的个人奋斗。与此相应，《南天》创办的宗旨和理念，首先便是呈现农民
工的生活境遇，并敦促他们自我奋斗。但与适应型态度有所不同的是，在
重视个人奋斗之外，他通过创办和经营《南天》这一企业文学内刊，鲜明
地推行和传播自己的文学主张和审美标准，积极地对社会现实加以介入和
引导。

（二）以文学内刊推行自我主张

1. "南天体"风格：推行文学的理念与审美

所谓"南天体"，是怎样的一种诗歌风格？从每个季度"《南天》好诗榜"的征集要求中可以看到谢敏恒对诗歌的独特审美主张。其要求除不得有涉黄、涉暴等违反公序良俗的内容，还列出了以下审美取向的说明。

> 审美取向（仅满足下列一条的，原则上不要列入候选范围）：
> （1）遣词造句符合中华传统诗歌风格。
> （2）韵律优美或虽不押韵但读来感觉有诗歌韵味。
> （3）情感内涵比较丰富。
> （4）思想性比较强。
> （5）用语精练（"鸟宿池边树，僧敲月下门"讲的是旧体诗，但新诗也应该一样要注意锤炼词语）。
> （6）传递正能量。

"审美取向"所列六条内容之中，第（1）条提出"遣词造句符合中华传统诗歌风格"，接下来的第（2）～（5）条相当于阐释了这一风格要求的具体内涵，即强调新诗要像古体诗那样，具有文字语句上的韵律感和凝练感、内容上的情感性和思想性。此外，"审美取向"的最后一条提出"正能量"的选取标准。从《南天》对"好诗"的要求来看，谢敏恒的诗歌观念倾向于古典文化传统的审美风格。这样"南天体"何以形成？其主张与谢敏恒对现实的认知有什么样的关联？

谢敏恒外出打工前就喜爱阅读诗歌，尤其钟爱古体诗，这奠定了他对诗歌的审美趣味和评判标准。"我初高中时有点'不务正业'，诗歌看了不少，后来看的诗歌感觉不像诗了。跟我以前看的截然不同，后来我就想，我自己搞一个杂志，搞一个诗歌专栏，这个是我的地方我说了算，我不喜欢的我一律不准发。"他的审美趣味偏向于古典诗词，重视诗歌的韵律感和思想性，这使他对现代诗歌的发展抱有很大的不满。他曾在《南天》刊登关于现代诗歌的评论文章，表达对"那些口水诗歌、垃圾诗歌"的反感。"也不能想怎么样就怎么样，否则那不叫诗歌了。举个例子，我看过某现代诗人写的，中午吃的萝卜炒蛋，晚上吃什么，明天吃什么。我看后很气愤，这样的诗歌太多了。我理解的诗歌是艺术性、思想性或者语言有美感，总得有一样长处。……很多现代诗歌，在我看来没有任何可取之处。"

因此，谢敏恒主张"让诗歌回归传统"。他认为现代诗歌不仅没有思想性，也缺乏基本的艺术美感，如韵律。"诗歌跟散文、小说或者杂文是不一样的，诗歌应该有诗歌的语言。我觉得那些诗歌（现代诗）也太不一样了，简直让我接受不了。我个人比较喜欢那种押韵的，就算是没有所谓的传统的韵律，某种意义上来说应该有新的韵律吧。"即便是很多打工诗人喜爱的打工文学杂志，谢敏恒对其中的诗歌也评价不高。"我看的时候觉得不怎么好或者很失望，就不买。"在乡村生活中接触到的诗歌，很大程度上塑造了谢敏恒对诗歌的界定和审美趣味，因此当他读到不符合自己标准与偏好的现代诗时，感到很大不快，甚至不承认这是诗歌。

谢敏恒自己的诗歌作品包括古体诗词和现代诗，古体诗如《思故乡》："离乡背井岭之南，万众柔情付枉然。晓镜难言乡梓意，夜吟怎解枕衾寒。"现代诗如《蝴蝶泉》："小鸟折断了飞翔/无名歌手在夜半流浪/是谁的思念被淋湿/扇不动比蝉翼还薄的忧伤/噙着泪咽下你温柔的祝福/让二十二年的脚步不再沧桑/也许当双翅成了标本/才能留住泉边的芬芳"其作品无论古体诗还是现代诗歌，均重视节奏和句尾押韵，多用象征手法，可以视为能够呈现"南天体"风格特点的作品。《南天》稿费优厚，吸引一些打工诗人一边揶揄"南天体"，一边兴致勃勃地按照其风格偏好写诗投稿。

由上来看，《南天》是谢敏恒对现代诗歌发展感到不满、力图恢复心目中诗歌之"本来面目"的一项行动。促使谢敏恒创办《南天》的首先是一种文学兴趣，他这样描述办杂志的初衷："也不是说我有什么责任感，就是自己搞着好玩。"不过，他意识到这种说法并不全面，随即又进行补充，"如果纯粹是为了爱好不会出这个风头"。在"纯粹的爱好"之外，他想通过《南天》推行自己的文学主张。"严肃地说，我想推行我的文学理念，这个目的很难达到……但是，这个就是我的理想。想推行我对诗歌和文学的一种理念，希望慢慢地对社会产生影响。"办杂志即谢敏恒以自己的主张介入社会的一种方式。

谢敏恒自身的文学审美倾向是在青少年时期形成的。除了古体诗，20世纪80年代流行的"朦胧诗"如舒婷、北岛的现代诗也影响了他。此外，谢敏恒在初中和高中时期曾读了许多武侠小说和言情小说。《南天》每期封面所打出的办刊宗旨——"大众文化精神读本 草莽英雄心灵家园"强调杂志的平民性和精神追求，与他对武侠、言情小说等通俗文学的爱好不无渊源。因此，不仅古体诗，包括现代诗与通俗文化在内的80年代兴起的文化热潮也共同塑造了谢敏恒的文学观念和审美偏好。谢敏恒也承认这一点："就像人，你生下来吃什么菜，长大就是什么口味的。"按照这样的认知，为了推行文学理念、扩大对社会的影响，《南天》还专门开设了面向中学生、大学生的诗歌专栏。这一方面关注打工者子女的成长，另一方面旨在从小塑造文学口味。谢敏恒认为青少年是价值观和审美标准形成的时期，"接受什么都会受到影响。上了年纪的，四五十岁的人你改变不了他们。我们的这个钱既然花了，在我的理念之内，就尽量把这个搞扎实……大学和高中，每期都要有一个专栏，这些我都有看、都有翻的"。谢敏恒在传播自己的文学理念时，希望影响的并不仅仅是一代人。"我们一年出6期，10年60期，如果是一期里面有10个学生看的话，这个数字也是不得了的。最主要的是还会继续影响他们的子女，也可以说是千秋基业。"谢敏恒认为以青少年为对象更容易产生影响，而且这一影响会延续到其后代。他对以一己之力介入社会生活的抱负是渗透式而立意长远的，经营企业内刊是他在现代文学发展脉络之外对自己诗歌主张的实践与推行。

2. 倡导精神追求与文化主体性

如《南天》办刊宗旨"大众文化精神读本 草莽英雄心灵家园"所显示的那样，谢敏恒强调平民性和精神追求。《南天》所欲实现的公益效果，一方面是使打工者等弱势群体获得文学表达的平台，另一方面便是"对社会文化的渗透"，即振兴文学，促进对精神的追求而抑制物质主义的泛滥。

在文学理念之外，倡导精神追求也是谢敏恒办刊的又一目标。这一办刊理念建立在他对整个社会精神追求衰落的认识之上。"现在我觉得最严重的问题就是精神层面上的追求越来越少了，几乎是没有。"他担忧文化"一旦后退，想再前进也是非常辛苦的事情"，并认为精神价值的失落主要源于拜金主义、功利主义。"最起码我小的时候，在整个农村、整个社会好像有一种气氛，谁也不敢做坏事。而现在谁都敢做坏事了……中国这么大，我跑了也抓不到，而且搞到钱了。""就是说整个社会，我们感觉价值观的主流把钱看得重了一点。"他描述自己在企业家朋友的圈子里属于"超级另类"，"像我这样的估计不多，我认识的朋友里反正是没有第二个的"。他的"老板"朋友们业余都喜欢"抽烟，喝酒，打麻将，泡温泉"，"这些都很好，但是我就不喜欢"。还有老板朋友嘲笑他办杂志、给员工办运动会是"钱多啊"，他便反驳"你打麻将要多少钱，随便就好几十万"。反对耽于物欲、倡导文化与精神追求，也是谢敏恒办刊的主要目标。

此外，对于谢敏恒来说，办文学刊物还具有提高民族自尊、加强中国文化主体性的意义。"说得比较崇高一点，我个人对这个国家、对这个民族，觉得出于一个责任心嘛，尽我的微薄之力。""责任心"主要指对中国传统文化主体地位的坚持，反对过度追随西方文化。谢敏恒近年常去国外出差或游历，多个国家的广博见闻使他更加感到自己对中国社会和文化的感情。"每个国家，每个社会，每个地方优点、缺点都有的，……这个我感受很深刻的，以前没去也不知道，去了之后发现人家有好的地方，也有不好的地方。对我来说还是生活在中国比较合适一点。"他试图解释对本土文化主体性的重视并非故步自封，在他的讲述中，这是基于自己的切身感受而由衷地眷恋中国传统文化。这种基本情感与谢敏恒充满民族主义色彩的思想立场相互呼应、相互加强。谢敏恒的爱国主义主张也渗透他的生意，他曾经因为一位80后的供应商经常发表羡慕美国的言论而与之中断合作。谢敏恒坚持古体诗的审美偏好，希望加强中国传统文化审美风格对青少年的影响，并视之为一项波及后代的"千秋基业"，原因也在于此。

曾经打工8年的谢敏恒重视改善企业文化和员工福利，创办《南天》为其提供打工文学发表的平台，给予打工文学爱好者以情感支持和经济支持，直接或间接地使打工者以及许多打工诗人获益。同时，面对现代文学和打工诗歌的发展趋势，他为这份文学内刊投入了大量资金、时间和精力，渴望推行自己的文学理念和审美标准。在打工者境遇和打工文学之外，谢敏恒也关注超越某一群体或阶层的整体社会问题，即拜金主义导致精神追求丧失以及全球化背景下西方文化对中国传统文化的巨大影响。

《南天》这一企业内刊的创办，是他为打工者和打工诗人提供社会支持的方式；也是他主张和推行自身文学立场、价值立场的一项行动；还是他基于年轻时期奠定的观念之上，构成个体对现代诗歌、市场化、全球化等社会文化发展趋势做出的应对和介入。

三　邓拓宁：在城乡之间寻求自我价值

2016 年春节前的一天，笔者在武汉见到邓拓宁时，这位著名大型台资企业的工会干部刚刚结束春节休假前的工人慰问活动。他符合人们对工会干部的一般想象，待人接物温厚谦和，擅于沟通交流，朴实中带着精明之气。

邓拓宁生于 1973 年，湖北黄冈浠水县人。少时家境贫困，艰难地完成初中学业后，进入职业高中学习。1992 年，19 岁的邓拓宁职高毕业时，原本包分配的政策发生变化，"不包分配了，原来（专业对口的）那个公司，从国营变成民营的，然后我就找不到工作了"。邓拓宁开始在武汉打工，在建筑工地当了两年搬运工，其后跟随叔叔四处游走做生意。作为家中长子，邓拓宁曾尝试各种法子赚钱，但赚少赔多。1995 年，邓拓宁来到深圳打工。他做过流水线工人，进入现在供职的代工企业后，从工人逐步升任技术员、工程师、管理干部。邓拓宁曾依靠写作能力争取到调入该企业内刊编辑部工作的机会，然而为照顾生病的父亲，他申请调转到离老家较近的省会城市的企业分厂，此后一直担任分厂的工会干部。

邓拓宁虽已是企业的中层管理人员，但仍旧称自己为"农村出身的打工者"。他也是一个热切的文学爱好者，虽然"游离于文学圈子的边缘"，但为写作付出了大量时间和精力，熟悉打工诗人群体的人物和发展脉络。他在从普通工人到管理人员的自我奋斗叙事之中，显示出明显的适应型态度，而本章择其创造型态度的一面进行考察：面临在城乡之间均缺乏归属感、认同感这一打工者群体的普遍困境时，邓拓宁选择了一种双重归属的方式，即居住和工作在城市的同时将很多精力投注于家乡农村的公共文化事业。邓拓宁的选择较之于仿效榜样或响应政策，主要是基于自身生活经历与体验之上的自主选择和自我主张。因此，通过他的对应方式及文学活动,可以看到个体面对农民工群体共同处境时与一般适应模式有所不同的创造性行动。

(一) 作为基底的适应型态度

不论是访谈还是诗歌作品中,邓拓宁的态度既有批判型态度的立场,也有适应型态度的立场。关于打工者境遇的感受,他侧重于表述打工者社会地位低下、受到轻视和不公正待遇的问题,认为打工者被剥夺、被榨取、为他人作嫁衣而贡献未被充分地承认。"对于普通打工者来讲,他会觉得很不公平,这个社会很不公平。"而对于打工者境遇成因的理解,他主要提及农民政治经济地位在历史中的变动、制度的不完善与市场的不规范、地方政府为发展经济而忽略打工者权益以及工业劳动造成异化等问题。但邓拓宁仍旧认为外出打工推动社会进步而具有积极的作用,流水线是"打工者的沉痛史,但它也是成长史"。他对打工生活的肯定性评价基于对收益与代价的比较和衡量。"假设我一直在农村待着的话,我到现在可能还是一个(农民),我们家还是很贫穷,我的儿子可能是个放羊娃。但是现在我的儿子,我已经把他变成武汉市的户口了,我把他的命运给改变了。……所以说它(打工)存在各种各样的问题,但是它带来了推动社会进步的积极的作用。"在自身生活经历和对农民工社会境遇的体验之中,城乡关系与打工者的社会地位是邓拓宁有深切感受且尤为关注的焦点。

邓拓宁对待自己境遇的基本适应方式,表现为努力提升经济资本和文化资本。在获取经济资本方面,邓拓宁曾想方设法努力赚钱。在建筑工地打工时,他一度梦想做个"万元户",渴望"发家致富";为了"早点发财"而帮家里摆脱贫困,邓拓宁甚至曾误入传销。他对此深深懊悔,认为"我的人生有污点了"。他试图在打工的微薄工资之外尝试各种摆脱贫困的方式,但都未能如愿。同时,邓拓宁非常重视文化资本的提升。他不断学习技术和技能,在流水线上时利用可能的机会学习生产技术以及电脑、打字、绘图等,通过自学考取大专文凭,学习心理学并获得心理咨询师的资格证书。这些技能和文凭有效地帮助他提升了在工厂等级结构中的地位。勤奋的自学和写作使他从车间劳动者逐渐上升为管理干部。

与适应型态度的打工诗人一样,邓拓宁的文学写作具有明确的资本意义，同时也是一种热切的爱好和获得自我价值感的重要途径。年少时期接触到古体诗词后，他尝试过古体诗创作；读职高时受诗歌热的影响，开始阅读和写作现代诗。他这样描述就读职高时的自己："在心灵深处，我是一个快乐的富翁；但在物质生活中，我仍然是一个贫寒的学生。身处比小山村要繁华得多的县城，家境富裕的同学比例较高。在他们面前，我很难不存在自卑感，唯有以优异的学习成绩和手中的笔来为自己赢得荣誉和尊严。"（出自其诗集《野草》）文学写作和学习成绩使他赢得他人的认可，获得才能方面的自我肯定。"我一次次在同学们的目光中踏上领奖台，带回家交给父母一张奖状、一本获奖证书，甚至一笔奖金，以支付学费和生活费。"（出自其诗集《野草》）他承认物质拮据带来的自卑感，也以作文获奖时"同学们的目光"为骄傲。作文能力与学习成绩等文化资本的优势弥补了邓拓宁经济资本的匮乏，满足他对"荣誉和尊严"的渴望。文学写作一直是他获得他人认可和自我价值感的重要途径。

（二）生存之痛：城乡之间

关于打工者生活境遇，邓拓宁认为个人的进取心和自我规划很重要。他觉得自己之所以能从普通员工逐渐实现晋升，就在于积极地学习各种知识和技能。"你就要不断地成长呀，你不能指望别人。"他还列举了很多成功的打工者，并着重描述他们为了明确的发展目标而奋斗的情节，叹服其强烈的进取心。然而，邓拓宁对于个人奋斗持一种有限的乐观，即它可以在一定程度上改善自己的生活境遇，但无法使他在实质上跨越城乡差距、相应的学历差异所造成的深深沟壑。对邓拓宁来说，城乡差距是其生活历程中最为强烈的一个痛点。

他表述自己在城市没有公平感和归属感。邓拓宁已在武汉买房，妻子、孩子也落户武汉，他担任大型企业的中层干部，又刚刚出版了一部诗集。这一切看起来稳定而有希望，然而邓拓宁对自己整体生活的评价是消极的。"漂泊不定的感觉，就是没有那种很安定的、吃定心丸的那种（感觉），没有。""打回原形"是他经常使用的词语，显示出他内心深深的不安全感。他将原因归结为工作和生活缺乏保障。"第一个怕工作丢了，第二个怕医疗的问题。这些能把你一下就打回原形。"对于工作他缺乏稳定感，表现出对失业的隐隐忧虑。"职场还是有一些压力嘛，多多少少，万一哪天公司经营不好了，或者你自己有什么过错了，离开公司了，下一站在哪里很难讲的。"在生活中，他也没有对城市的归属感、融合感。邓拓宁多次提到"一种没有根的感觉"。"没有那种很安定的感觉，扎不下根，你像一根草，到城市来了，但是这个城市是水泥森林，还是扎不下根，外面的人脉，各方面都没建立起来。在城市里面，人际关系也很淡漠，平常的话，大家都互相不往来。"邓拓宁描述自己面对城市一直觉得是个"外人"。

同时，邓拓宁也指出了老家乡村的社会支持网络并不稳定。"你有钱你混得好，人家都来巴结你。但是'穷在闹市无人问，富在深山有远亲'，就是这样的。"邓拓宁对老家充满感情，但也难过地描述乡村社区的变化，尤其是人际交往功利化，人情味日益淡薄。尽管打工诗歌中乡村题材的作品大多表达对家乡的怀念与眷恋，很少描述乡村人际关系和道德伦理方面的变化，但调查中一些打工诗人表达了与邓拓宁相似的感受。这不仅显示外出者与乡村社区之间联系纽带弱化，也显示乡村人际网络给予打工者的情感支持有功利化、脆弱化的趋势。这些给邓拓宁带来失望和痛苦的体验，回老家也无法给予他归属感。"回老家你也回不去，……不论是在家乡还是在城市，都觉得像野草。"因此，邓拓宁所体验到的"扎不下根的城市，回不去的故乡"这一尴尬局面，是基于他自身在乡村和城市都缺乏充分的情感纽带和社会网络，自我价值感的焦虑难以缓解的感受。

从整体来看，在邓拓宁的工作和生活中，对城市的隔膜感在其精神烦恼中占据尤为重要的位置。以往打工经历中种种创伤记忆在现今邓拓宁的生活中仍旧历历在目，难以忘怀。比如，在建筑工地上干活时，他在一个书店站着看书看得久了一点，被书店老板打了一个耳光。"他说你不买，看什么？打了我一耳光。……他觉得我在建筑工地上干活，穿得破破烂烂的，又很脏嘛。"他把这些农民工的经历描述为"深入骨髓的一道伤痕"。从邓拓宁对生活历程的讲述来看，这道伤痕并不仅仅是过去留下的，现在面临的工作压力和职场竞争使他的回忆不断被唤醒，加深着这道伤痕。他对竞争和冲突中的乡村歧视和学历歧视格外敏感，"他仅仅就觉得你是个乡巴佬，你不是大学生，他就可以瞧不起你"。这给邓拓宁带来很大困扰，他开始学习心理学并考取心理咨询师的资格证书，就是为了治愈工作中的精神抑郁。

这些或近或远的被歧视体验，形成了邓拓宁深深的被排斥感与对城市的情感创伤。"对城乡对立这种事我是刻骨铭心的。尽管我在城市买房子了，我老婆、孩子也变成城里人了，但是我自己觉得，我还没有彻底融入这个城市。这是我切身的感受。这也是我把户口留在老家农村的理由。"同时，乡土歧视的感受与城市生活焦虑共同强化着他作为普通打工者的自我认同。"虽然我现在坐在办公室里面，但是我一直记得我还是个农民工，我还是有时时刻刻会回到建筑工地的这种感觉。"邓拓宁多次讲述尽管现在做白领工作，但内心仍觉得自己只是一个"资深农民工"。"因为我曾经在很底层的生活中经历过，'农民工'这三个字可以讲是落在我心里的一个烙印，也是深入骨髓的一道伤痕。"

城乡差别带来的卑微感，在其诗集开篇第一首诗即《野草》中得以表述。"在故乡肥沃的土地上/长满了/比庄稼还要茂盛的野草/在故乡日益空虚的村庄里/孩子和老人/像寂寞生长与枯萎着的野草/而在异乡的水泥森林里/我们/是一株株无法扎根的野草。"在这首诗歌里，"野草"的寓意较之顽强坚韧，更多在于"卑微寂寞地自生自灭"。这一点从邓拓宁那里得到确认。"因为农村的人，比如说老人和孩子也是一样的，像野草一样的，很少人关注，而我们在城市里面也很难扎根。你像我虽然买了房子，但还有贷款要还，万一工作丢了，就不知道怎么办。"这首诗里想表达的是，无论是留守在农村还是外出进城谋生，农村出身者像野草一样被忽视，弱小、卑微而艰辛的感受挥之不去。进退两难的体验使他感到农民工群体社会地位低下，同时在城乡两边都缺少社会支持。

（三）文学写作与家乡事务：寻求情感和价值的满足

邓拓宁如何对待城乡之间的内心伤痕？城乡差别、乡土歧视以及"回不去的农村、留不下的城市"等是打工者普遍面临的共同处境，打工诗歌中呈现了各种对应的态度。例如，有的对城市的排斥与歧视表达不满和义愤；有的表述自身对城市建设的贡献并以此主张应该享有城市的成员资格和相应的平等权利；有的怀念乡村的传统伦理和田园牧歌式的生活方式，逃避于现实中已逐渐远逝的乡村回忆；有的从乡村伦理的立场反思、批判城市发展方式与生活方式的破坏性。乡土歧视的体验一度令邓拓宁陷入抑郁状态，除了接受医学治疗并学习心理学以进行自我疗愈之外，他积极参与家乡公共事务，积极筹划、组织、推动乡村社区的文化建设，在此过程中重构与乡村关系网络的紧密联系，并获得自我价值感和成就感。

邓拓宁重视与家乡之间的情感联系，老家人际交往功利化带给他的失落感印证了他的重视。虽然他已把妻子与儿子的户口迁入城市，但自己的户口却留在农村。他解释这一选择是因为"我自己舍不得，我觉得要是调过来，我就跟家里人隔开了一样"。邓拓宁一家原来在村里只有两亩地，由于是丘陵地带而被分成了七八块，获得经济收入的潜力不大。不过，农村户口使他还能保有一块宅基地。"我生活在农村，从农村走出来的，这种对泥土的热爱还留着，根还在农村，……将来还是要回家养老的。"尽管对农村的社会风气和人际关系表达了颇多不满，邓拓宁还是不愿脱离老家的社会关系网络，也不愿放弃村庄的成员资格。不仅如此，邓拓宁对家乡的社区建设满怀热忱，在村里带头筹办了一个文化广场。对他来说，建设家乡的文化广场是他生活中的一件大事。三次访谈中，他都带着热情和骄傲，主动而详细地描述了建设文化广场的过程，包括自己的想法、遇到的困难、协调与解决的过程、建成后的效果、村民们的反响等。

邓拓宁的家乡和许多中国农村社区一样，随着外出打工者的增加，公共生活日益衰退，乡村面貌日益荒芜。他拿出家乡的照片，"以前的老家，一个一个这样子，就是很破烂，残垣断壁"。"很荒芜，回到老家，我每次看着都很伤心。"不仅如此，邓拓宁对于农村公共生活和娱乐生活的贫乏有痛心疾首的感受。邓拓宁所在村落有四十多户人家，有十几台自动麻将机。他讲述长时间不动打麻将导致农村中风老人增多等，痛陈麻将之弊。而两起打麻将引发的事件让邓拓宁在痛心之余感到农村业余文化生活迫切需要改善。一件是和邓拓宁感情很深的堂叔，因为打麻将和妻子吵架之后喝农药自杀了。另一件是派出所来抓赌时开枪误杀了一个孩子。然而，"牌还是照打，那是最惨痛的"。一系列事情令邓拓宁感到痛惜和责任，他认为这都是在干活之外缺乏文化娱乐活动造成的。

2015年春节前后，邓拓宁决定建一个文化广场，丰富村里的娱乐生活。"当时我想，我要是出一两个书，有点名气了，有点号召力了，我就回去搞这个事。或者我赚一笔钱了，我就回去搞。我觉得我影响力还不够，所以我就搞了一个策划书带回去。"对于邓拓宁来说，参与家乡的社区建设是主要目标，而写作出书是为此服务的，出版诗集能够为他带来"名气"和"号召力"。"有为才有威嘛，一个人有作为了，自然就会有人尊重你。而你做的是好事，你不是为一己之利。"出版诗集这一业绩意味着有能力，推动公共事业的"为公"性质意味着有道德，这两项是邓拓宁在家乡社区事务中拥有威望和发言权的重要条件。邓拓宁自己也表述，对于他来说文化广场项目比写作价值更大。"筹划项目、募集捐款的过程耗费了我相当多的精力，但是我觉得比写出任何好作品都要有意义得多。"（出自其诗集《野草》）邓拓宁文学创作、出版诗集的重要目标之一是提升文化资本，以转化为在家乡社区的社会地位与声望，帮助其作为社区精英参与推动社区发展。

邓拓宁于 2015 年底自费出版诗集《野草》，每卖出一本，将其中 2 元钱捐赠给文化广场作为建设经费。此外，他在村里挨家挨户拜访，征求意见并争取支持和筹集款项。实际施工开始后，他从县体育局、村委会争取资助，获得了器材和资金方面的一些支持。邓拓宁还建设了农家书屋，希望改变农村的思想观念；提议村里组建了理事会，以便自己在外工作无法频繁回乡时，文化广场的建设和管理也能顺利进行。文化广场建成后，他很有成就感。以往"除了干活，就是打牌"的情形有所改变，文化广场促使村民更多参与运动，并形成了村里新的公共空间。文化广场还得到了官方的认可和鼓励，成为"新农村文化建设的示范基地"。他充满自豪地给我看文化广场建成前后的照片——建设前，"狼藉一片，残垣断壁"；建设后，整齐洁净、健康向上。村民们反响良好，"现在大家都支持，交口称赞，说这个事情好"。"我们附近的村子都轰动了，都很羡慕。"对邓拓宁来说，面对城乡差距和两边缺乏归属感的"双重脱嵌"，他基于写作活动建构文化资本，进而返回乡村参与家乡公共事务。这是他重建社会关系、获得自我价值感而弥补卑微感的重要途径。

邓拓宁现在每两个月回乡一次，以便能和家乡社区保持紧密的联系。除文化广场和农家书屋之外，他还组织和参与村里其他重要事务，如建立

"乡贤榜"、举办"家乡美"征文比赛、评选"五好家庭标兵"、筹划当地特产的网上商务平台等。"他们每次有重大问题，就会尊重我的意见。"他认为是诗集的出版和文化广场的建设为他带来这种威望与地位。不过从他的表述来看，充分地重视传统的乡土社会伦理也是他能够赢得乡亲们支持和信任的重要因素。比如，邓拓宁对相关筹划、游说、组织等工作的描述显示，他的"亲和力"表现为在乡村社区中的行事准则和话语策略，都遵循民间礼俗社会的情感与伦理规范，而非现代城市社会中的法律制度原则。邓拓宁已经过世的父亲曾任生产队队长，积累一定威望，帮助他获得村里一些年长者的支持，在村落公共空间和关系网络中奠定了权力基础。在此基础上，邓拓宁在城市奋斗到大型企业中层干部的经历、出版诗集的经历、重视尊老爱幼勤俭节约等传统伦理道德、善于运用官方话语与村委会等基层权力组织打交道等特点，促成了他在村落中的社会地位和组织能力。这些显示邓拓宁返回乡村社区的尝试不仅追求精神慰藉，更是获得社会地位与自我价值实现的行动。

家乡事业需要投入很多时间和精力，但他在众多阻力中仍旧坚持认为参与家乡公共事务是比写作更重要的事情。"虽然耽误了时间，但是我觉得比写任何书都要有意义。我写书可能是孤芳自赏，但是这个确实做了一些事情，也不是说很大的，但我觉得还是有一定好处的。"可以看出，儒家生活方式理念对邓拓宁的影响较之个体的内在表达，对共同体的贡献、具有公共意义的行动才是邓拓宁自我价值的真正体现。从其自我叙事来看，返乡参与家乡事务是邓拓宁基于内心情感的需要，也使他获得在城市无法充分获取的自我价值感。借助文学写作构成的文化资本投身于家乡社区的公共事务，是他面对伤痕、应对城乡之间无所归属之窘境时自我主张的一种方式。整体来看，邓拓宁对待境遇的行动方式是，借助于写作活动积累文化资本，以拥有参与和推动公共事务的资格与权力，进而在公共事务中建构乡村社区中的精英地位。得到自我价值的实现和内在人格的提升。

邓拓宁的诗歌写作与家乡建设同样重视与社会现实之间的关联，重视与身边普通人之间的交流互动，既旨在建立情感纽带和促进相互交流，也意在获得社会的认可和自我价值感。有的工友看过他的诗集后，觉得反映了打工者真实的酸甜苦辣，还有读者感谢他为打工者记录心路历程，邓拓宁觉得"这是对我很好的奖赏"。写作的意义既被他概括为"精神食疗"，是自我疗愈的手段和途径，也"希望能够代表草根阶层发声"。在文学写作中，邓拓宁寻求人际纽带和情感支持、谋求参与公共性活动的辅助性资源，并以此获得自我价值的确认和内在的精神平衡。诗歌写作与家乡建设，是邓拓宁针对打工者在城乡之间社会地位低下、社会支持匮乏的困境而选择的行动方式。这一行动是在适应、批判的基础上，基于生活经历和内心情感，积极运用在城乡双方拥有的各种资源重建自我认同，谋求社会认可与自我价值的实现。

四　创造型打工诗歌：新路的描绘与行走

创造型态度的诗歌中可见三种自我主张：通过表述多元化的自我、更本质的自我等形式，超越外在标签而建构新的身份认同；通过赋予打工者以审美和伦理的价值，主张自身的荣誉与地位；主张与现代消费社会所不同的新的生活方式。

（一）建构新的身份认同

面对"农民工""打工仔""打工妹"等一些外在称呼及其包含的刻板印象或歧视色彩，以及城乡之间双重脱嵌而缺乏归属感和社会身份认同等问题，一些打工诗歌显示出建构新身份的努力和尝试。它们主张自身在城市中享有同等的权益和社会地位，主张自身经历与体验的多重性、独立性，以此塑造多层次的、超越于外在标签与刻板印象的身份认同。

针对打工者与城市之间的关系，一种做法是直接主张"我的城市"。《漂泊的记忆》回忆了从乡村到城市历尽漂泊的打工历程，其中感叹"北京！这是我的北京啊"，并不将自己视为城市的局外人，而直接以"我的北京"主张自己的身份与权利，表达对城市排斥的拒绝与反驳。《今夜北京的冷》将自己比喻成夜晚寒风中"街边一棵没有叶子的树""几个行人匆匆地瞅了它一眼/怜悯的目光，压弯了树的枝头"。行人对枯瘦形象匆匆一瞥，其中的怜悯让作者感到自尊受伤。接下来走过王府井大街时，"我亮开嗓子吼：/'这也是我的北京/这里的繁荣/也有我的一份!'"这也是直接主张自身的贡献以及相应的权利，对来自城市的目光予以抗议，反驳"局外人""边缘群体"的定位。

另一种话语策略是颠覆主流话语中的城乡等级差异。《长不大的城市》将城市与农民之间的关系作了与一般看法截然相反的定位和描述。"城市总是长不大""城市很矮/它低于泥浆/低于农民额上的汗水"；而农民被视为抚育城市的成人角色，"脚手架上，农民弯腰抱起城市/他们敞开胸怀/干瘪的胸脯袒露在城市/吮吸的嘴边"。"乳臭未干的城市/穿着防尘网/在农民的身后/像是托着鼻涕的孩子""城市跟着农民的汗味/学习行走"。农民不仅被比喻为养育者，还是主导、掌控着城市的主体角色，农民"心里牵挂着乡村/手里却紧紧地攥着城市"。而常被描述成漂泊、流浪、无根的城乡之间的流动在这里也成为"农民卷着铺盖走了过来/又卷着铺盖走了过去/轻松自如/把城市搬来搬去"。在这首诗里，农民作为主语以积极的能动主体出现，而城市是跟随农民的被动客体。农民非但不是弱势、消极的形象，还是城市的抚养者、引导者，是"抱着""领着""攥着""搬着"城市的人，充满了主体感和力量感。

也有诗歌直接从"局内人"的视角出发，表达和实践这一自我认同。《城市的肺叶》将"中兴街"描述为"是这个城市/两片狭长的肺叶/每天吐散着灰尘/时间和不息的脚步"，而作者自身"我是那个坐在/肺叶里写诗的人/我用我的诗歌/把这片疲倦的肺叶/布满灰尘的肺叶/一遍遍地清洗"。这首诗中的自我刻画与一般打工者或打工诗人的形象不同，不再是卑微、痛苦的受难者，而是坐在城市中心、用诗歌净化城市这一沉稳、从容、积极的形象。"清洗"表达了作者将城市生活作为反思的对象、它是以自身行动进行影响和改变的对象，而非需要改变自己去适应的对象。这首诗呈现了打工者逐渐融入城市生活以后的安定感和自信，不仅以城市生活的场景描述和界定自己，表达方式也转向从自我的价值立场出发对城市生活发生作用和影响。即不再以"局外人"身份进行表述，而是建构与实践着城市"局内人"的身份认同，"我"与城市之间平等地相互融合。

而针对"农民工"这一社会身份，打工诗歌呈现了将丰富多元的经历、立场进行综合而重新定义自我身份的趋势。例如，《工衣》描述对工衣的复杂感情。工衣缺乏个性，"男男女女 老老少少/混合语言都统一包装"；然而"工衣是身份的准考证/是职位人的聘任书/是工人的期盼和梦想"，工衣代表一份工作，也意味在城市中得以立足的身份和凭据，是多少人眼中渴望的对象。接下来作者转向从日常生活者的角度打量工衣："工衣其实是五星级的抹布/我们无权/用它抹桌上的灰尘/只能远远地看着/鸡肋的余温。"工衣作为身份与谋生的依据无法丢弃，然而对于一个年轻的姑娘来说，呆板的工衣并无美感，在劳动之外，它除了做抹布别无他用，更像是一个留之无用、弃之可惜的鸡肋。不过，诗作最后，作者再次从一个进城打工者的角度来看待工衣——"这个冬天/我想穿着我的工衣/游走于城市最繁华的中心/并回湖南老家，看望那些/久违的亲人"。工衣代表着打工者的职业身份，穿它去城市中心和回到故乡亲人身边，意味着在对自己最有意义的城乡两端的社会关系空间中，展示和确认新的社会身份认同。这首诗的视角从劳动者到年轻女性再到进城打工者接连转换，为工衣赋予了不同的价值和情感，其中包含多重立场的综合表达，也在叙述过程中呈现并整合自身的丰富性。

《我并非一无所有》通过"我有……"和"……不是我的"这样的句式，探索自己的身份。"我的星星眨巴着眼睛/不认识，我的身份"，借外在意象提出"我是谁"的疑问。作者诗中的回答是"我叫唐××，一个农民/一个工人/一个流浪者/一个建设者，背叛者/忠实者"。显示作者用多元的职业身份和社会角色理解自己。不过，他试图找到更本质的自我："即使这些都失去了/我还有最后的一粒泥土/那是我的远方/我的家。"表述自己的根在故乡。进而，"即使这些也失去了/我还有我自己/我就是我的泥土，和墓碑/掘地三尺/你会发现我的爱和恨/只是我埋得太久/太深"。更为根本的自我是"我的爱和恨"。这里的自我认知呈现为三个层次：第一层是外在呈现的职业与社会角色，第二层是与故乡之间的联系，第三层是个人内心世界尤其是情感体验。这首诗是对自我之本质的思考与探寻，其中描述多元的社会身份但又不囿于社会身份的群体框架，试图从内心世界将自我界定为情感主体。

还有一些诗歌努力将城乡之间的生活经历连贯整合，建构新的自我认同。例如，《铁轨》中"我们将接着死去/让另一种出生/获救"，将火车轨道作为连接两种生活世界的象征。乡村"一切都平安有福",而走出乡村后等待自己的是"冒险的生活""伴随着火车的另一种人生"。"弯曲的铁轨似漂泊的命运/在荒野中独立成排/坚强站立与对望,它们冒险抵达/也将冒险的生活抛给我们。"这首诗以个人改变命运和接受风险为依据,以"铁轨"的意象将乡村与城市在自我的内部连接。

成功的联结状态如《我与这座城市不辞而别》,它以亲切和眷恋的语调与自己居住过的城市作别,但"你依然是我身子里的流域""亲爱的江南,流经血液中的水乡/你是知道的,我骨子里还缀连着另一片土地/几近荒弃,在等着我修葺打理""与这座城市,以后,我想/会在此终老下去"。这里城市已经不是陌生、冰冷、隔膜的他者存在,它已经变成"我"身体和生活的一部分,并且在感情上息息相通,是一种非常亲密的向城市的情感告白。诗中表达城市与乡村都是"与我相连缀的土地",超越城乡二元身份划分方式而表达了一种新的自我认同的整合。与此相对,有的诗作呈现作者自身无法将断裂的身份和体验以有效连贯的方式相联结。例如,《我身体里的肿瘤》将城市和乡村比喻为身体里的两块肿瘤,描述乡村与城市两种文化在内心产生矛盾冲突,而自我无法协调两者,感到无能为力。"他们(城市和家乡)是孪生兄弟/很多时候 却因生活观念不同/而争吵,甚至大打出手";"他俩不切除/我离死亡就不远了/他俩切除了/我的身体会比死亡更加空荡";"我已经病入膏肓/已经无能为力让他俩/言归为好"。吉登斯指出现代性对自我认同的影响是经历和身份的多元化甚至断裂,需要以反思性将断裂的身份相连接而重构连贯一致的自我。这些诗歌的写作便是将乡村和城市的多元经历在自我内部进行反思与整合的努力。

在城乡之间探索新的身份认同,还包括扩展和跳脱的方式。《大故乡》描写自己对故乡的情感。外出以后作者仍旧保持着对家乡的热爱:"我想把我的故乡告诉每个人""我想让每个人来看看我的故乡";同时打工也带来生活空间和社会视野的无限扩大:"我肩扛遗愿负重前行/故乡太小,装不下我的愿望/我想把所有人的故乡当成自己的故乡/把所有人爱过的故乡都爱过一遍";进而把对故乡的爱发展为对土地山河的热爱:"我想把种子撒在每个人的故土/向山河表达我的虔诚和爱意。"经历打工生活以后,作者重塑了故乡的内涵、范畴和意义,以此打破原本的自我而扩展为新的自我。《回到故乡去》在打工生活的艰难中寄情于故乡，然而自己也意识到已然"血液融进异国他乡"。对故乡的感受日益复杂，"我肯定是回去了又出来/出来了又回去"。诗中把自己明确界定为"诗人"，用这一社会身份、职业身份而非以城乡地域特点理解和描述自己，其中隐含着对"农民工"惯常标签及印象的反驳，是跳脱于城乡身份的限制之外进行自我界定的话语表述。

（二）主张打工者群体的品格与地位

批判型诗歌强调打工者对城市建设和社会发展的贡献，以抗议打工者面对的不公正、不平等的社会待遇。与之相比，创造型诗歌更为注重直接刻画和主张打工者所具有的道德价值与审美价值，彰显其作为奉献者、奋斗者甚至英雄的形象。

一些诗歌主张和赞美打工者的道德品格。《刀具》借用安毅容"铁"的意象，将打工者比喻为"钢"，描述其坚强不屈的意志。"被夹在工业的刀柄上/流血/从不知道流泪""从故土到异乡是一枚铁质的钢/麦田、河流、回头凝望一眼/就把凝重压在心底/行走的脚/崭露锋芒/彰显钢质的本性"。面对"看客们"的闲言、鄙视、挑剔，诗人坦荡地写道，"目光记载了我们内心明亮的动因/一把刀具深入无悔/二十四小时　轮班使用/不言而喻的坚韧直逼生活的亮度""我旋转的每一步/我的汗水及深入浅出的身体依然干净"。"崭露锋芒""诚实""明亮""无悔""坚韧""干净"等词语表达了作者对自身社会境遇和外在歧视有清醒的认识，并对此持一种坚定而坦荡的自我主张：付出辛勤的劳动，坚强乐观，保持道德上的主体性。这首诗句是赋予自身人格以道德和审美价值的行动。

《菊花被命运不偏不倚地采撷》以欣赏和赞颂的口吻描写生活在乡村与城市之间的女性打工者。作者将她们比喻为"菊花"，描写她们单纯、洁白、冷静、茂盛、团结，她们的温暖"比终年漂泊在头顶的雾气，还要绵长"。当她们离开村庄进入工厂工作，"我们的眼睛，知道这些美丽/被脱离泥沙，被脱离尘埃，瞬间从一朵花变成世界"。接着描述年轻打工妹的母亲、村庄里的年长女性，她们质朴、粗糙，"她们是被菊花留下来的根""她们想念进城的花朵""她们的骄傲，是在朴素中亮出无尽的繁华"。这首诗描述女性打工者及留守妇女，给予她们以同情和赞美，是在公共话语中赋予其符号价值并主张其声誉的行动。

创造型诗歌刻画打工者的道德主体性。《柴》将自身所处的打工者群体称为"南来北往的劳工"，是"柴 在乡村烘干 在城市燃烧"，将打工者从乡村到城市的身份断裂通过"柴"的比喻重新联结在一起。诗中刻画他们的崇高在于在城市燃烧，"却没有烧毁人格 尊严 插在现代文明里的那一面旗帜"，我们"独自成长与燃烧/在世态的一些丑恶下面 寻找行走的自由/也在艰难中挺直脊梁""哪怕在病痛与绝望时/也没有向苦难 献媚 作揖"。这里塑造的打工者拥有坚强、自尊、有气节的高大形象和可贵品格。《夯击——献给两亿农民工》称"农民工"是"水泥桩般的汉子""被历史夯进土里/成为一幢幢高楼的基石"。面对艰难的生活处境保持着顽强的意志，"如一截超载负重的螺纹钢/固守着不屈的自尊"。《民工》将打工者描述为坚强、勤劳、为梦想坚定拼搏的奋斗者，赞美了他们劳动的意义：对于城市来说，他们是"一群声势浩大的外来建设者""给城市生动的画布涂上绚烂的色彩""每天在城市这台巨大运转的机器上/他们如一颗颗排列有序的螺丝钉"，主张农民工的价值与正面形象。《坟头上的草》中"我"为万家灯火鼓掌，为太阳月亮鼓掌，为自己的背影鼓掌，还为街头拉板车、擦皮鞋、叫卖水果的人鼓掌，"我就是/为自己重新来到人间/鼓掌的那一棵草"，表达普通打工者的自我肯定和自尊自信。

《重庆扁担》描述重庆扁担工打工生活的各个方面。尽管在诗中称自己"是乡下来的村夫"，在刻画了辛苦沉重的劳动场景后，这样认识自己的劳动——"我们是这山城不可缺少的/一项运输工具"，主张自身劳动对城市生活具有重要价值。进而，劳动的意义在于对他人与对自己都能带来利益："为别人减轻重量/也为自己攒积希望。"劳动的豪情不仅与为他人谋福利有关，更与自身的价值感相联系。"为那些随时呼喊的人服务/扁担，扁担，那特别求助力量的声音/我们在心底特别充满自信/我们挑着重担可以走一楼/也可以上五楼/还可以爬九楼/甚至可以更高更远。"对他人的帮助与对自己力量的信心相辅相成，劳动的动力和意义最终回归到家庭——"我们安慰自己/我们一点也不怨言/为家人劳作是最光荣的事情"。这首诗从个体的角度对劳动的现状、价值、意义、动力等进行全面的思考并努力进行合理的说明。作者从社会需要和自身需要两方面阐释劳动的价值和意义。他不满于扁担工劳动艰苦但收入低微，以自我价值和家庭责任为动力为自己寻求伦理支持和精神支持，为劳作赋予"最光荣"的意义。总体来说，这首诗所呈现的面对现实的姿态是：在接受自身缺乏技能的前提之上，依据帮助他人和自我获益而找到劳动的意义。

《夯击——献给两亿农民工》赞颂他们品德崇高、贡献巨大。"他们被使命反复夯实/也夯实着被尹飞人遗忘的良知"；他们"必须深入底层/托起一个变革的时代""劳累在夯击/肮脏在夯击/危险在夯击/廉薪也在夯击/这一人群的整体质量/已远远超出了黄金的比重"。每一个段落都先描述其被动、卑微、艰苦的处境，然后在此基础上颂扬他们的地位与价值。最后一段赞美彰显其高大形象和社会地位："泥土般朴实的亲人啊/我岩石般坚强的父兄""频频提速的中国列车/燃烧着你们的血液！"这首诗虽然也有批判社会的不公，但主要着力于打工者形象与地位的提升，从美学、道德、共同体的视角称颂打工者的贡献和品格。

打工者也被赋予英雄的形象。《把羽毛卖给凌晨》描写一名死于机器事故的打工同乡。不同于批判型诗歌悲叹遇难者的卑微受轻视而抨击社会不公，这首诗把同乡兄弟离开故乡比喻为"雄鹰自毁巢穴""背着沉重家族兴旺的使命""脚下生风剑走南北/雄鹰不扔下一片影子"；他在工厂事故中丧生的悲剧命运"不是乌鸦的一声""这是英雄的壮歌"，是"雄鹰折翅的悲壮"；关于其一生的总结是"只有诗歌和品质与你相依为命""你依靠纯洁和梦想上天堂"，这样生命的离去"会拯救铜质的心灵"。诗歌用壮美的词语赋予其命运以美学色彩和道德伦理的崇高价值：其生纯洁、充满勇气和责任感，其死将唤醒世人良知。通过悲壮英雄形象的刻画，主张打工群体富有内涵的生命价值，赋予其荣誉和声望，翻转群体形象，提升群体的社会地位。

（三）寻求新的生活方式

一些打工诗歌中主张与主流生活方式所不同的选择，赋予非现代性的生活或生产方式以伦理、美学的意义，主要包括尊重平凡、重新发现乡土生活与农业劳动的价值等。

《还有什么不能放下》描述作者带着妻儿回到故乡，冬夜里一家人围着柴火取暖时宁静而温暖的场景。"一段似水的情怀流淌开来/原来，世界能如此的安静"。"天空放下蔚蓝""秋天放下收获""岁月放下年轮""黄昏放下凉意""浓冬放下严寒"，呈现恬淡释然的解放感。作者在描述这一场景后回顾和反观自身的生活：外出打工的经历对他来说是"曾经舍弃尊严，低下高贵的头颅/苟且活着"；而返回故乡"在愈来愈荒凉的山村，在静谧的冬夜/一家人固守清淡的生活/过着简朴融乐的日子，何尝不是一种幸运"。作者认为父母一代农民是"草芥的命运""波澜不惊的人生"，然而自己外出打工后仍选择回到乡村，因为体验到打工的屈辱压抑，现代城市生活是"浮躁的年月"，并将乡村生活重新诠释为"简朴融乐的日子"，赋予乡村的朴素生活以美感和道德上的正面意义，并继续自问"还有哪些应该放下呢"，拒绝欲望不断膨胀的现代生活模式。这首诗描写返回乡土的生活，从伦理价值和生活方式上对现代城市生活、外出打工进行否定和抵制。

《高过父亲头顶的玉米》描写父亲耕种玉米地的情景。父亲勤劳、细心地侍弄玉米，"生怕碰伤玉米的/每一片叶子、每一缕胡须"。描写父亲的生存状态，"多少年了父亲就是这样生活/这练就的姿势/是他一年更比一年显得弱小"。这似乎是刻画农民平凡生活和卑微的社会地位，然而结尾处语锋一转，"但我知道，在父亲眼中/这一年比一年高大挺直的玉米/永远属于他"。谦卑的姿态背后有着坚实的自信和成就感，这是拥有劳动成果所带来的自我价值感，而打工者难以感受到劳动意义与乐趣的重要方面，恰恰就在于仅对劳动环节负责而远离劳动成果。因此，这首诗歌力图呈现农业劳动中劳动者的主体地位与优越性。在城市现代话语中被视为辛苦而卑微的农民，却能够在劳动中体会到工业劳动无法提供的尊严和成就感。

也有诗歌描述在城市中寻求新的生活方式或生活理念。《请允许我爱一个平凡的女人》描述打工者日常生活中的情感，"现在 我想爱一个平凡的女人/清晨 坐车去一个工厂或者大卖场上班/晚上 带回月光水果和刚刚出炉乳房一样金黄的面包"。将日常的工作与生活描述得稳定、规律而且富有生活的美和趣味，"工厂或者大卖场"没有作为社会地位低下或生活品质低下的不满对象，而是构成平静温暖的日常生活世界的一个部分。诗中咏叹"手足相依 平凡是多么美好"，作者认为"这个世界真的很平常"，他的愿望是"多少春秋 温和宁静的心走过一生"。这首诗歌呈现了在主流个人奋斗与成功学话语之外对待打工生活的态度，主张平凡的价值即以家庭和日常情感的伦理为核心，对生活的渴望是自尊、赞美稳定的日常生活与温暖的亲密关系。类似的自我主张如《我只想好好地写诗》，表达"我在城里的愿望/只想好好地写诗"，不关心楼市、物价、股票，"我租住在中兴街""吃方便面喝自来水/不买家具和电器/不打球不看电影/我只想好好地写诗"，表述对物质生活的淡泊和对诗歌的热爱，显示独立于城市生活潮流之外而重视精神追求。

《搬运工》以一个乡村长大进城教书的城市中产阶级的视角描写搬运工。"和我一样，他们都来自乡下/一样不卑不亢。"不同的是，搬运工"没有几个文化，所以不怕跌了身价"。搬运工的劳动也极具审美价值："他们灵活机动/能屈能伸""粗活脏活是他们的拿手好戏"。而叫他们帮忙搬运大米时，我走在他们后边"着实有些惭愧""假如当初我是个小混混/不好好念书，也许和他们同样命运/所以我没有理由漠视他们/更没有资格在他们面前摆阔气"。作者对搬运工并非仅仅是同情，还有理解、肯定和赞美，在情感、伦理以及理性的思考上保持着对乡村出身的价值认同。诗的末尾表达对底层搬运工的情感认同，"在生活的底层，根的下面/他们是我的农民兄弟、姐妹/跟他们在一起，感觉很实在/不必担心生活会突然瘫痪"。这种情感认同背后，显示出城市中产阶层的生活焦虑。这首诗表述着平等而非居高临下、理解而非同情的态度，构成打工者作为"强者"而非"弱者"的形象刻画，也是对城市化生活方式的质疑和逃逸，暗暗主张新的城乡关系模式。

上述诗歌作品针对打工者社会地位低下，通过赋予打工者以审美和道德的价值，主张这一群体的贡献、荣誉与地位；针对"农民工"这一带有污名化色彩的社会标签，塑造其自尊、自信、积极、坚韧的强者形象，自我肯定而"美名化"；通过表述多元化的自我、更本质的自我等形式，超越外在标签而建构新的身份认同；针对鼓励适应市场竞争和工业劳动、崇尚自我奋斗的"成功学"，主张乡村生活方式与劳动方式以及平凡日常的尊严和价值。上述诗歌与陶健和尹飞的"新工人"文化活动、谢敏恒的纯文学企业内刊、邓拓宁的家乡文化事业参与一样，在反思现实的基础上主张新的价值立场，注重自我的探寻、促进打工者与农民社会地位的提升以及生活方式的实践。文学活动是他们挣脱既有社会的定义框架和价值塑造，基于多元体验和多元价值取向而重构自我与群体、探索生活之道的话语行动。创造型态度的诗歌作品呈现了在农业文明、工业文明、后工业的消费社会意识形态的共存与冲突之中当代中国社会个体进行自我整合与精神重建的尝试。

五　创造型态度的自我建构：本真性自我

（一）　本真性与自我实现

创造型态度面对境遇不仅反思农民工群体的结构性处境，还反思市场化背景下的文化价值体系，体现出在价值观、生活方式、文学观念、审美标准上的主体性。陶健和尹飞批评世俗意义上的"成功学"是不切实际的幻想，主张不受市场商品逻辑和消费意识形态的左右，建立基于自我真实需要的生活方式；同时主张劳动创造价值，为"新工人"群体争取更平等的社会地位。谢敏恒不满于现代诗歌的发展趋势，也抨击拜金主义导致精神追求衰落。创办纯文学企业内刊，是他推行自己文学理念的实践，也是他倡导精神追求、主张中国文化主体性的努力。邓拓宁在城乡均缺乏归属感，深感乡土歧视和缺少社会支持的困窘，借助文学写作所构成的文化资本投身于家乡社区的公共事务，是他面对伤痕、应对困境的方式。四个个案在理解和应对打工者群体的社会处境时，都侧重于从宏观的视角理解自身所体验的困惑、痛苦，尤其重视对文化体系的反思；而他们的应对之道是在流行的价值标准之外践行一个新的方向，用新的尺度衡量现状、批判现实，以实际行动推行自己的立场和主张。

对创造型打工诗人来说，他们应对现实问题的方式是通过实践建构新的现实，以此参与塑造现有的标准或观念。创造型态度的解决之道也旨在改变，改变的方式较之批判型态度的改良主义更为激进，是个体价值观与社会制度都"在现在基础上找到一种新的替代性的、更好的方式"。创造型打工诗人以对现实的批判为前提，这一点与批判型打工诗人并无二致，但他们的生活实践却与批判型态度有所不同，重在建设和尝试，而非抗争。相应地，他们的作品风格也有显著的不同。批判型打工诗人的诗歌重点在于揭示苦难、追问与抨击现实；而新工人艺术团的歌曲则倾向于表现朝气蓬勃、自尊自强、积极向上的"正能量"。尹飞强调，他们的"正能量"首先要直面工人群体的生活处境，表达对现实的诉求和期盼、憧憬，是建立在现实存在问题这一清醒认识的基础之上的。表达"正能量"的目标在于形成群体的团结和自我肯定，直接主张自身群体的价值和地位。这与适应型态度表达"正能量"旨在改变自我、适应环境需要而向上流动的出发点有所不同。

进而，从他们的生活经历与文学艺术活动来看，新路的探索注重在多元体验、多元立场中进行"自我探索"与价值反思。其中呈现的自我形态的共同特点是在自我本真性基础上追求自我实现。

首先，创造型态度的自我建构重视自我本真性，并将自我建构与群体相联系。几个个案的共性之一是在物质—精神的维度上批判现实并探寻新的价值标准。他们将自己和打工者群体境遇的思考扩展到对发展模式与文化价值的反思，尤其批判拜金主义、物欲化、过度功利化的社会观念，重视内在精神、情感需求的满足。相应地，他们独立于流行标准之外实践自身主张时，探寻并忠实于"真实的自我"，其内涵主要是精神、情感、审美倾向上的特质或需要。例如，陶健强调"适合自己的生活方式"，对他来说主要阐释为对音乐的喜爱、对尊严的追求；尹飞认为自己的本质身份是"一个表达者"，面对异化的压力"得唱歌、得表达"，才能获得自丰的意志；谢敏恒坚持自己年少时期形成的诗歌审美品位，即便受到批评或阻力也在所不辞；邓拓宁重视亲情和乡情，渴望在家乡获得情感支持和自我价值的实现。"真实自我"的核心，是作为情感主体的自我。

其次，创造型态度积极寻求自我价值的实现。关于价值立场的反思与选择与此相伴相生，个体价值的衡量标准均被置于对他人、对群体、对城市或乡村以及整个社会的作用与贡献。陶健所探索的真实自我重视"心灵与尊严",其中"尊严"便是指自己的价值。而他认为对别人"有用",就是自己的价值所在。新工人艺术团用以主张打工者社会地位的依据,也是他们通过劳动创造了价值、对社会做出了贡献。谢敏恒把办杂志称为"喜欢做的事",喜欢不仅指文学爱好,也包括可以给他带来成就感。"人不能什么都不做的,就是做一点我喜欢的事,……对于我来说,这个事情让我觉得很有成就感,就是一种享乐的事情。"除了文学是兴趣爱好所在、办刊使他审美趣味和自由意志得以充分发挥之外,成就感来自为打工者提供情感支持、推动精神追求和文化主体性,这些给予他参与社会、影响现实的体验。邓拓宁的诗歌写作与家乡建设都是他获得自我价值感而弥补卑微感的重要途径。有读者感谢他为打工者记录心路历程时,他觉得"这是对我很好的奖赏";但他认为参与家乡公共事务是比写作更重要的事情,因为写作"可能是孤芳自赏",但对社会的贡献、具有公共意义的行动才是自我价值的真正体现。对创造型打工诗人来说,自我价值与社会贡献相辅相成,构成与物欲主义、功利主义等"个人成功学"不同的价值立场。

相对于适应型态度追求"个人成长的自我"、批判型态度重视"人性的自我",本章借鉴查尔斯·泰勒的概念,将创造型态度中呈现的个人形态归纳为探寻"本真性与自我实现"的个体。他们所提示和尝试的新的价值标准、劳动模式与合作模式,建立在主张自我真实需求的基础之上,并服务于自我的本真性与价值实现。这也是一种具有鲜明个人主义特点的自我形态。

(二) 探索以个体为本的群己关系

四个个案均通过与群体之间的联系追寻自我的本真性。陶健和尹飞认为封闭的个体无法真正认识自己,他们在群体之中获得自我认同和社会角色,并致力于推动打工者的团结和自我组织,这是一种在平等的个体、具有主体性的个体的基础之上,重新联合而成的、以个体为本的群体。谢敏恒经历过打工生活,成为企业家以后通过办企业文学内刊为打工者群体提供支持和援助。邓拓宁参与家乡公共事务,重新建立与乡村社区人际网络之间的紧密联系,获得自我的价值感。他们自我认同的建构、对情感性自我的忠实和坚持都在与群体的联系之中进行。而且,真实而充实的个体自我，不仅是他们主张与行动的动力，也被视为群体的基础、理想社会秩序的前提。因此，创造型态度重视自我的本真性与价值实现，并不意味着个体的原子化，反而成为他们重新建立社会纽带、形成群体团结的契机和出发点。

陶健与尹飞的新工人文化事业推动打工者的自我组织，其宗旨在于促进个人与群体的自我觉醒。他们认为，自由主义、个人主义的价值观导致个体碎片化，阻碍人的联结；而个体无法抗拒社会运行机制带来的压力，只有通过群体的力量，才能真正地面对现实、改变现实。因此，他们不仅通过各项事业鼓励和引导工人们基于内心需要形成新的生活方式；更重视工人由个人走向群体，通过群体的互助和团结应对处境、改变处境。他们以"新工人"为打工者群体重新命名，抗议包含各种不平等因素的外在社会标签，积极主张自己的社会角色与社会价值，彰显自我组织的能力和新工人群体的主体意识。

陶健重视个体融入群体，认为只有这样才能使个人重新找到真实的自我，通过群体的力量也才能够塑造新的价值秩序，抵抗异化的压力。但是，他所期待的群体是在个体主体性基础之上而形成的，并不主张群体高于个体。这一点是在对社会主义传统的回忆和批判中进行阐释的。"过去我们的革命传统，好像总是强调你要做螺丝钉。我们不是螺丝钉，我们是活生生的人，对吧。你可以用这个比喻说每个人的重要性，但是如果只强调集体就磨灭个性，我不赞同这样。我觉得应该是每一个人都充满活力，然后才组成一个集体，就像一个社会一样。"他认为只有每个个人的主体性能够建立，这个群体才能得以形成。同时他也强调个体与群体之间的辩证关系，即"人的主体性建立的过程，是你跟群体、跟社会、跟他人对话交流、学习、交往过程当中才能实现的"。在陶健的心目中，理想的社会是一种劳动者的结合："每一个人都是一个自由的劳动者，然后我们大家又是一个共同体。"他用"我为人人，人人为我"来描述个人与群体之间的关系，突出其中个人视角与群体视角的结合和平衡，既以个人为主体，尊重利己，也强调群体的联结，主张利他。对于陶健来说，与群体的联结和融入是个体探寻和实现本真性自我的重要条件；群体应是由具有自主意志、自我负责精神的个人主义个体结合而构成的群体，也是以个体为本，对个体发挥支持性作用而非压抑性作用的共同体。

邓拓宁在城市的生活和工作中饱尝乡土歧视，这使他即使成为中层管理干部，也仍旧保持"草根"认同。"别人都觉得我是很有知识的人，但是我自己认为我还是个草根，没有根基。因为第一个我不擅长搞人际关系，就是我的社会交往比较少。可以说我除了文友，朋友很少，以前有些朋友，后来因为各种各样的事情疏远了，我到哪去都是孤身一人，单枪匹马。……我这种就没什么大的积累，有钱的人看不起。"而在文学活动中邓拓宁可以实现与他人的联结。他希望让身边的人看到自己的作品，通过诗歌与他人形成情感共鸣，引起反响和评价，是他满足感的重要来源。与文学写作行动一样，其家乡建设同样重视与身边普通人的联系互动，意在获得社会地位，也力图建立情感纽带。单枪匹马的孤独感在他投身于家乡文化广场建设的过程中得以缓解，为这项事业奔走使他重新获得与群体的联结感。

邓拓宁认为参与家乡公共事务是比文学写作更重要的事情，因为较之个体的内在表达，对共同体的贡献、具有公共意义的行动才是他自我价值的真正体现。"我也希望像邵逸夫一样，能够做一些对社会有意义的事情。"没有读过大学的邓拓宁非常向往在高校学习，他这样表达自己对大学生的希望："大家将来毕业之后很可能在各行各业是专家，甚至是在政府机关做事情的。我希望大家能够心里面装着老百姓，……不光满足于个人的财富、个人的家庭，还能够力所能及地做一些促进社会发展的有益的事情。"于他而言，群体是自我实现的重要途径，作为个人价值的获取方式，群体贡献高于通过写作自我表达。

由于农民工群体自我组织能力弱、阶级团结难以形成，个人主义的兴起、农民工群体的原子化趋势经常被提及。打工者脱离乡村价值体系之后面对突然进入的市场化、工业化、城市化环境，在适应型态度、批判型态度中大多以个体的形态选择自己的应对方式。无论是陶健与尹飞的新工人文化事业还是邓拓宁的乡村文化建设，都呈现出个体积极走进群体、在相互联结中培养自我组织能力与合作能力的局面。创造型态度在主张自我主体性的同时，也重视与他人、群体之间的联系纽带和相互扶助。这显示了在个人主义的基础之上，重构关系纽带和群体团结、塑造新型群己关系的尝试。

（三）创造型态度自我建构的资源

创造型态度追求的本真性自我以及相应的文化行动，并非与既有价值观相互抵触的全新事物。其诗歌创作和音乐创作的意义在于，表达和建构与商品逻辑以及外在社会一般评价标准相抗衡的新的价值立场。作为这种价值的依据，他们不仅借用传统文化观念、社会主义的意识形态话语、政府的改革政策和发展导向、市场的商品交换逻辑与经济收入本身，也是用以主张有关本真性自我的资源。

1. 文化资源

邓拓宁认为自己有一点关心社会的"那种情怀"，与他深受中国传统诗歌的影响有关。其中包括爱国主义的思想、对社会现实的关心和介入意识以及朴实平易而易于被普通人理解的诗歌风格。虽然他也接触了很多西方文学作品，但他最为喜爱的主要还是中国古典诗词。邓拓宁对自己文学观念的形成进行了较为系统的说明。

> 那么对我影响最大的还是四位大诗人。第一位是屈原，我记得在我读初中的时候，我的邻居有一本屈原的作品集，但是有借有还再借不难。为了能够吸收这个，我就买了本笔记本，把那个《离骚》《天问》《国殇》这些经典的篇章全文抄录下来。近段时间我回家还找到了我原来的笔记本，他忧国忧民的思想、爱国主义的情操对我来讲是影响很大的。
>
> 第二位是诗圣杜甫，他的"三吏三别"可以说奠定了诗史的地位。他同样也是忧国忧民的诗人。第三位是白居易，……他追求老妪能解，就是说老幼妇女都能够看得懂诗，这是我很注重的一个理念。所以我的诗是很朴实无华的，可以看看。我平常写诗，比如说我的妹妹、我的父亲都是小学文化，我写好了一首诗会给他们看。在建筑工地上的时候，我会给那些工友看，打工的时候我给同宿舍的，包括同公司的打工仔、打工妹看。只要他们能够认可、能够喜欢，我就很满足了。我也没有特别的那种很强烈的功利的心！

第四位是闻一多，这是我们家乡浠水县的，跟我一个县。读职高的时候，这位诗人的纪念馆就在我们学校旁边修建。我经常去玩，当然他的《红烛》《死水》我都耳熟能详，经常去背诵。……闻一多提倡诗歌要有一定的格律，要有音乐的美、绘画的美、建筑的美，这个我是比较认同的。所以我的诗歌里面大部分也都是押韵的、朗朗上口的，这是我诗歌的特点。那么白居易还提出一个观念叫文章合为时而著、诗歌合为事而作。就是说，诗歌创作要跟时代紧密相连，要言之有物。所以我的诗歌大部分都是跟时事紧密相关的，而且也比较忧国忧民。

当然，我也看过很多国外诗人的作品，比如说拜伦、雪莱、济慈、普希金等的作品。当然，现代诗歌我也看过很多，比如说北岛、苏泰、海子、顾城，也包括余光中、昌耀等诗人的。但是我觉得我受影响最深的还是这四位诗人。

从邓拓宁的自我表述来看，其文学理念和写作风格主要源于传统文学的影响，尤其是关注民生、贴近民间的创作观念。而且，国外的诗歌作品和 20 世纪 80 年代以后中国现代诗歌的发展也对他产生很大的影响。传统文学、国外文学的经典以及 80 年代文化热潮的作用，在其他打工诗人身上也均得到确认。除此之外，邓拓宁对待境遇的理解方式和行动方式显示出儒家理念的影响，如他对家乡社区公共事务的热心推动以及他对此的表述方式具有浓厚的士绅色彩。即重视通过文化资本的积累获得精英地位，并在公共事务中追求自我实现。这些观念使他形成了自己的文学写作方式，他也通过诗歌写作寻求面对城乡差异和"双重脱嵌"的生活方式，其行动尝试的背后，是多种时代、多种地域文化观念的支撑和影响。

2. 政治资源

对于农民工群体来说，与其结构性处境有关的重要外在力量是国家的政治话语及其政策制度。新工人艺术团开展的文化活动积极利用各种话语资源实践自身价值理念，显示出他们既非顺应也非反抗而是积极主张自我价值立场的行动方式。陶健这样总结皮村工人事业与政府之间的关系："我们作为一个社会组织，一定保持自己的独立性、主体性。但是我们跟政府首先是友好合作的关系。"他所表述的"合作"，是一种在相对自主的立场上、将所认同的部分为"我"所用的互动关系。新工人艺术团非常重视与政府的沟通互动，"像我们这种草根的机构，从一开始生存就很艰难"，而政府的认同意味着正式的承认，构成进一步发展的保证和资本。陶健曾被授予"全国十大艺术青年"，新工人艺术团也被评为"全国服务精神先进组织"，这些光环使得他们在基层做事情时方便很多。政府与媒体的肯定为皮村事业提供了发展的资源，陶健与新工人艺术团知名度的提高也推动了皮村工人事业的顺利开展。在此基础上，他们积极利用各种机会为打工者群体表达诉求、争取权益。如每年一度由尹飞导演、以新工人艺术团为核心成员的"打工春晚"，获得了政府一定的支持，录制后在网络上播放。尹飞表述，其中节目内容旨在"带动一些新的有关工人的议题，通过这种曝光促进大家来讨论"。可见，他们面对政府的策略是"一面保持互动合作，一面表达诉求"。

同时，陶健积极借助官方话语资源和政治政策，这不仅是保持友好合作关系的策略，也是从抵制市场意识形态过度扩张这一立场上对政府政策导向的认同和借用。例如，政府提出"乡村振兴"的发展战略，陶健认为新工人群体正是建立城乡连接的桥梁，从皮村工人事业的工作经验、能力和资源来说，可以在城乡互助和工人联合方面发挥作用。与政府之间的认同和借用也表现在话语方面，如对"生态文明"的赞同和主张。"政府现在提生态文明，它也不是平白无故提出来的，因为以经济建设为中心的那个时代已经过去了。你赚了钱，赚了很多钱，可是你会发现青山绿水不见了，吃的都是地沟油，呼吸的都是雾霾，谁也不愿意这样。"

此外，对国家意识形态话语的认同和借用不仅在于当下的政策，还有过去的话语资源。如"劳动最光荣"是新工人艺术团、工友之家等一系列机构的重要口号。这一宣传语对于陶健来说既是主张打工者社会地位正当性的资源，也包含着真诚的价值认同。"从小爸爸妈妈、老师都是这样教育我的，……最开始我也很反感这些词语，谁还说劳动光荣啊。但你想一下，如果没有农民生产粮食，如果没有工人劳动，没有知识分子做一些知识的生产，那这个社会就很糟糕嘛，社会发展靠的都是劳动嘛。难道劳动不光荣？我觉得这就是价值观，而且是我们整个组织坚持的价值观。"从这段自述来看，陶健对这一口号的认识经历了三个阶段：首先，是年少时期无意识的接受；其次，是改革开放市场化以后，劳动的意义逐渐集中于个体的收益之上，形成对这一时期"陈旧"道德观念的抵触；最后，陶健确立其工人群体的身份认同并开展相关事业时，重新拿回这个口号以主张劳动及劳动者的价值，抵抗"劳动力"这一市场概念中"劳动"之公共意义的丧失，对抗商品逻辑和消费主义的价值观。

由上可见，在与外在社会力量的互动中，陶健、尹飞善于借用政治话语资源，抵制市场化时代的消费主义意识形态。他们既不愿顺应结构性处境，通过文化活动谋求上升流动；也不仅仅通过文化成果揭示和批判打工者的生活处境，促使政府与社会改善其境遇。他们在主流价值观之外另辟蹊径，通过与政府之间的合作互动而不断扩展新的文化价值实践，以期构成对社会发展模式以及文化观念更为直接有力的影响。

3. 市场资源

谢敏恒可以通过创办文学内刊推行自己的主张，其凭借的资源在文化方面主要是古典诗词与20世纪80年代文化热熏陶而成的文学观念，在经济方面则是通过经营企业而带来的财富。谢敏恒认为运用自己的资本办杂志，有助于推动精神价值追求，对抗拜金主义的泛滥。然而在实际办刊的过程中，他也不得不依靠对资本的占有阐释推行自己文学趣味的合理性，借助金钱的力量实现文学理念的传播和社会影响。

谢敏恒不仅付出办刊的经费，也为刊物倾注了许多时间和心力，并且在选稿时非常坚持自己的审美喜好。"基本上前十期吧，我每篇都看过。到现在不管多忙，我还是要看一下，怕他们乱搞！""他们"主要是《南天》的编辑人员。其中主编孟敏是广东省作家协会的会员，有比较丰富的创作经验和内刊编辑工作经验。2011年，孟敏来到南天公司以后，"经过长期的磨合"，才与谢敏恒的要求相适应。谢敏恒对孟敏的要求直截了当："按照我们的要求来选稿，就是这么简单。"孟敏认同一般对现代诗歌的文学判断标准，难免有时与谢敏恒意见不一，或觉得他的意见显得外行。对于办刊过程中的不同文学观点，谢敏恒坚持自己的立场，"孟敏刚来的时候很不适应，他写了很多东西我看不惯。我个人的观点没有什么水平，但是我做我喜欢的事情"。

即便承认自己的文学评价标准"没什么水平"，谢敏恒也坚持这一标准，依据是"我做我喜欢的事"，强调自己对这份杂志的拥有权和主导权。"我自己搞一个杂志，搞一个诗歌专栏，这个是我的地方我说了算，我不喜欢的一律不准发。"基于财产私有权，谢敏恒主张自己对杂志文学风格和评选标准的掌控是合理、正当的。广东省作家协会曾提议《南天》与其主办的刊物合作办刊，谢敏恒不愿接受让出主编位置的条件，担心失去对办刊方向的主导权，最终没有接受这个合作机会。"办刊的方向要绝对在我的掌控之下……要不然你说我图什么呢？"尽管建立的初衷来自文学审美的偏好，但在办刊过程中，谢敏恒对自身审美标准的坚持难以获得来自专业人士的支持，他转而主要依靠资本所有权来解释自己对杂志的主导权。

同样的想法也表达在企业管理方式和企业文化的塑造方面。"现在的公司是我做老大，我希望是我的风格。""公司能够按照我的想法去走，再辛苦也感觉不到，觉得这样很好。"进而，他阐释自己更基本的行为准则是："过自己想过的生活，但是有一个基本的道德底线，不能干涉别人的生活，不能违背社会道德底线……在不违背的前提下，怎么开心怎么过。"谢敏恒对贯彻自身意志进行自我抗辩时，主要以财产和道德上的个体权利作为依据。经济资本成为他可以坚持推行文学观念和价值立场的重要支柱，金钱支撑着他的物欲批判和精神追求。

这一点在谢敏恒推行文学观念的效果方面同样可见。他指出，借用编辑对作品的筛选和引导，自己的文学理念正在逐渐对作者和读者产生影响。编辑们选用的作品越来越符合"南天体"的要求，这让谢敏恒感到很满意，"现在他们也按照我的模式、按照我的思维在复制了"。当研究者询问作者是否会为了获得发表机会或稿费而迎合《南天》的审美标准时，谢敏恒表达自己乐于看到这一点。"这个里边我不排除有一些人，主要冲着稿费来的。但是我觉得是好事，这个钱能够起到正确引导前进方向的力量。……就算是有一些人有意改变了风格，我也很喜欢。"他的目标是抗拒拜金主义，但在他实现这一目标的过程中，试图运用金钱的力量发挥掌控权和影响力，这在某种程度上又突出了物质财富的重要性。与其他打工诗人一样，谢敏恒也面临着某种需要调和的内在矛盾，他在"以金钱养精神"的过程中强化了金钱的效用，抗拒物欲化社会的同时无意中成为物欲化社会再生产的共谋者，即康德所说的目的与手段的不一致性，用功利性的手段追求批判功利性的目标。

由上来看，陶健、尹飞擅长运用意识形态话语和政府的政策，主张自身文化活动的合理性与正当性；谢敏恒抵触物欲主义扩张，重视精神追求，通过办杂志推行自己的文学审美标准和文化理念，这个目标得以实现主要依凭的是其经济实力，"以金钱养精神"使他在办刊的过程中同时强化市场逻辑和资本的力量；邓拓宁跨越城乡的生活方式是面对"双重脱嵌"而选择的"双重归属"，对家乡公共事务的参与深受传统儒家理念和士绅遗风的影响，也受到政府呼吁"新乡贤"导向的启发和鼓舞。创造型态度均对以市场经济和消费主义主导的物质主义价值观抱有批判意识，借助于儒家文化、社会主义文化、国家政策甚至市场本身，探索和实践不同于物质主义的生活方式。因此，与适应型态度、批判型态度一样，创造型态度也是运用各种既有资源建构自我、应对现实，是历史与当下的交融和碰撞。

第七章

打工诗人文学活动中的自我建构

本研究考察了打工诗人面对农民工群体结构性处境的三种态度，其文学活动呈现个体在应对结构性位置及其压力的过程中所进行的自我重构。改革开放以后，在社会转型、市场经济迅速发展的背景下，个体的价值体验面临物欲与道德之间的紧张（许纪霖，2007；贺照田，2016）。而物质利益与精神情感的冲突和失衡，也是打工诗人体验生活境遇变化的重要维度。打工诗人的自我重构所应对的问题，与中国社会个体面临的普遍的精神困境相联系并具有一致性，其自我建构的形态可以为理解中国社会的"自我"提供启发。

适应型态度呈现了个体在与处境之间的紧张之中，如何顺应整个社会结构和价值秩序。持这一态度的打工诗人将外出打工后个人生活中的收益与代价进行对比权衡，肯定现状并期待获得上升流动的机会。他们重视通过自我的内在调整符合市场竞争的需要；通过诗歌写作，对处境中物质收益与精神情感的冲突进行协调而寻求平衡，以期一时性或永久性地脱离现实处境。诗歌文本中呈现的适应形态与文学写作基本一致，主要是忍耐当下和期待未来。适应型态度对现实的认同，是对整个社会结构及其价值秩序的基本认同，而非对农民工群体社会地位与境况的肯定。他们在主张自主意志和自我负责的基础之上，在纵向生活历程中重视整体的自我成长，于当下处境之中注重"物"与"心"的平衡，追求完整而向上的自我。因此，他们的适应来自在此位置的基础上继续上升流动的希望，是一种"蓄势待发"的成长性适应，其中的自我形态是重视发展进步的"成长性自我"。

批判型态度对打工者群体结构性处境的认知，关注打工生活中个体与城市环境以及整体社会发展之间的关系是否均衡，对个体所承受的生活弊端有更加深切的感受和思考。他们通过诗歌写作，一方面整合与巩固自我价值以抵抗结构性处境的压力；另一方面试图为群体发出声音，表达现实境遇进而寻求改善。批判型态度显示出个体面对处境的能动性，其批判内容既面向农民工群体处境中存在的问题，也自然地延展到对工业化、城市化、市场社会与消费社会的价值失序和精神迷茫等整个中国现代性的反思。同时，其写作活动建构着关于"人性"的伦理观念，主要含义除了生存伦理和发展伦理之外，还包括个体理应享有生命活力、生活乐趣的生命伦理，以及重视平等与互惠的交换伦理。批判型态度注重人性伦常的自我，并在此基础上主张以人的需要为宗旨的人本主义社会发展。

创造型态度面对境遇的应对之道是在流行的价值标准之外另辟蹊径，用新的尺度评判现实，并以行动推行自己的立场和主张。从他们的生活经历与文学艺术活动来看，新路的探索重视文化价值反思与自我重构，不仅反思农民工群体的结构性处境，还反思市场化背景下的文化价值体系。其中呈现的自我形态，是在自主而真实的个体需求的基础上追求自我实现的"本真性自我"。他们通过与群体之间的联系获得身份认同、并力图在个人主体性的基础之上重建社会纽带；其个体价值的衡量标准亦重视对他人、群体、社会的作用和贡献。他们提示新的价值标准、尝试新的行动方式，将群体的形成建立在自我的本真性与价值实现的基础之上，并服务于自我的本真性与价值实现。

从三种应对之道来看，作为逐渐城市化的打工者对社会结构性处境的理解与探索，三种态度均呈现他们对中国社会现代性既向往又怀疑、既追随又抵触的紧张关系。面对处境的应对方式也显示出不同的自我建构的形态——适应型态度追求"成长性自我"，批判型态度重视"伦理性自我"，创造型态度注重寻求"本真性自我"。进而，不同的态度和话语不仅建构个体的自我形态，同时也建构不同的社会秩序和价值体系。"成长性自我"追求上升流动和个人成功，认同并再生产着市场化以后具有新自由主义色彩的价值观念；"伦理性自我"正视自身所处的结构性处境，批判社会发展模式中的弊端，力图推动政策和市场更加健全完善；"本真性自我"则试图用新的价值标准将市场化和消费社会的流行价值、生活方式相对化，对其构成冲击和抗议。三种态度均主张个体的利益与价值，同时显示出对自主意志、自我负责的重视，是具有个人主义特点的自我形态。三种应对之道及其自我形态也均以不同方式、不同程度地主张和促进人本主义的社会发展模式。

如前所述，本研究力图理解每一种态度和立场，但认为每个人身上都不同程度地具有多重态度。本研究主要选取的个案是较为显著地体现出某一种态度倾向的个案，以分析其"理想形态"。但每一类型具有代表性和典型性的个案，在不同情境之下，会有其他类型的立场和态度出现；而本研究考察的核心个案之外，其他个案身上也或多或少地呈现多重态度的同时交汇或历时转化。"同时交汇"指某些打工诗人和打工诗歌同时兼有适应型和批判型的态度，构成了从忍耐到失望、不满、怨恨甚至绝望等各种情绪的表达。"历时转化"指不同时期占据主导的态度发生变化，如有的打工诗人年轻时的写作风格和诗歌内容是典型的批判型立场，步入中年以后逐渐转变为安于现状的适应型或重视自我主张的创造型；也有打工诗人原本适应型态度较为显著，而随着年龄增长与社会阅历增加，逐渐过渡到对打工者处境进行反思的批判型。

在打工诗人群落中，几种类型的态度和立场之间常常相互抵触而引起争论甚至冲突。在诗人们的争论中，各种立场往往难以达成共识，在彼此质疑和批评的激发之下，每个人更加捍卫和坚持自身原本的主导性态度，也力图将自身立场的内涵与合理性阐释得更加正当而全面。表面上看，态度的多元性最终以分化更加明显的多元性结束，并未有效地促成融合或新的可能性。但这些争论涉及有关打工者生活境遇的个体内在原因与外在社会原因，会加强每一种态度认知与思考的深度，并促发每个人对自身生活方式选择之合理性的进一步审视。此外，基于打工诗人共同的打工经历、文学爱好以及感受到的共同的利益与压力，这一群落一直保持着较为活跃的共同参与和较高的群体认同。因此，根据对打工诗人群体活动以及社交软件上群体互动的参与观察来看，不同类型态度之间的差异与冲突，既未促成明显的共识或一致，也没有造成断裂性的隔阂。对每个个体以及整个群体来说，立场多元化的主要作用是扩大了认知范畴，促进了反思能力。

一 上升流动中的自我建构

关于改革开放以后社会变迁中的自我重塑，以往研究重点描述市场化转型、商品经济发展背景之下物欲的、唯我的个人主义形态，并将国家、市场、消费主义视为主要的原因。阎云翔（2016）立足个体与国家政治之间的关联探讨中国社会"自我"的变迁，分析过去半个世纪里，农民私人生活转型的核心在于个人作为独立主体的兴起。他认为个人主义的兴起，是集体化时代国家对本土道德世界予以社会主义改造，以及改革开放以后商品生产与消费主义共同冲击作用下的结果，而国家是一系列家庭变化和个性发展的最终推动者。罗丽莎（2004、2007）也认为欲望的主体是国家目标与新自由主义作用之下的产物，是一种治理的结果。以往研究多认为改革开放以后，个体仍旧是为实现集体目标而进行社会治理的对象，不仅生活机遇和社会活动空间受到国家和市场的引导与限制，其个体的文化人格、应对社会境遇和处理社会关系的方式也受到塑造。在此基础上，本研究通过对打工诗人应对结构性处境三种态度的考察，打破"充满欲望而自私的自我"这一当代中国个体的精神画像，在分析了物欲的、唯我的个人主义之外，分析了中国个人主义存在的其他形态与特点，并努力呈现个体的主体性。这些自我形态的建构是在个体与环境之间的互动之中摸索形成的，包含着个体在物欲与精神之间、自我与群体之间的张力与平衡，也是个体运用多种精神资源、在多元的经历与价值立场之间进行自我整合的尝试。

改革开放以后中国个体的精神群像，除物欲与私欲的自我之外，还有由于经验与价值多元化而产生的"内在冲突与断裂的自我"，如对"失去自我方向的人""边际人""复合人"等形象的探讨。国家意识形态与商业实践的社会生活之间日渐隔膜，人们对多种多样的个人经验难以进行整合而缺乏清晰的自我认同（流心，2004）。转型时期中国人精神世界的嬗变具有二元性、两极化的特点，传统与现代、理想与现实、城市与乡村、积极与消极、虚无与超越等对立面向共存且相互拮抗；进而中国转型中的人格基本特征被概括为"边际人""双面人"，即文化的变迁与融合使个体的自我概念是矛盾而不协调的（周晓虹，2017；谭同学，2016）。这样的精神感悟或心理感受，被认为是具有鲜明二元特征的宏观变迁过程的微观结果，而中国人精神世界的成熟有赖于这种二元性或极化特征的消失或褪去（周晓虹，2017：22、364）。打工诗人的自我建构也呈现了上述二元性以及多元性的特征，但较之对立与冲突，他们更多显示出基于自身主体性而在多元经历、多元立场之间进行反思、协调、整合。下文通过阶层上升流动最为显著的两个个案，进一步探讨打工诗人面对多元的经历与体验，如何进行自我整合；进而通过对打工诗人所运用的精神资源进行归纳，探讨当代自我重构的文化地层。

（一）多元性的混杂与整合

1. 安毅容：为多元化赋予价值

在安毅容的创作历程中，可以看到她自我内在世界与外在社会生活的不断扩展。其文学创作的目标，从谋求厂刊编辑职位到见证与记录社会现实；写作的主要内容从乡愁到打工者的城市生活，文学风格也日益丰富多元，既有细腻婉约的情感抒发，又有尖锐犀利的现实批判。对打工者境遇的认识从个体的微观生活体验向政治、经济、历史等宏观社会变迁的思想视野扩充；对打工者及其生活的了解从日常交往中的感性认识，扩大到对不同地域、不同类型的打工者进行长期、大范围的田野调查和访谈调查。与此同时，安毅容的社会交往范畴也从工厂内部的打工者扩大到打工诗人群体，再扩充至文学专业领域的作家和学者；她的社会活动参与从封闭的工厂劳动扩展到作为人大代表参与政治；自 2008 年以后，她的个人生活也发生变化，从工厂劳动者转变为一家纯文学杂志的编辑，但同时并未切断与普通打工者以及打工诗歌群体之间的联系。这一切都显示，在通过文学成绩实现阶层上升流动的过程中，她的自我世界不断纳入新的范畴且不断得到拓宽。

作为"文学改变命运"的典型人物，安毅容的工作和生活状态较之外出打工之初已有很大改变。但她一直通过各种形式保持与普通打工者的交往，明确表达自己对打工者群体的身份认同。这出于诗歌创作和了解社会现实的需要，但她也强调对自身生活历程的忠实以及为打工群体代言的责任感。"我有着深刻的八年打工经历，它是我人生成长最重要的八年，我无法回避，也不会回避。在这八年里，是它让我有了自己的价值观念与文学视角，它必将影响我以后的人生与创作。"面对关于"打工诗歌"文学价值的争议，以及一些作者抵触或拒绝"打工诗歌"这一称呼，安毅容十分坚决地维护"打工者"的自我认同。"我一定会站在'打工者'的立场，我知道这种立场也许会造成我的作品审美与价值观的偏颇，但我愿意接受这种偏颇。我不会像很多从打工群体中走出来的诗人与作家那样，刻意去摆脱自己曾经是打工者的烙印，我最近在写的两部散文集就是以'打工'与'底层'为主体的。"

打工诗歌为安毅容带来了文学声誉和改变生活的机会，在坚持打工者这一自我认同的同时，安毅容也努力打破边界，拓展创作的多元性而建构"完整丰富的自我"，强调打工题材仅仅是她创作的一部分。安毅容将自己的诗作分为三种类型：第一种是自己"最为喜欢的风格"，这类作品是作为个体表达面向社会和生活的思考感受，而没有明确打工者身份意识；第二种主要是打工题材的诗歌；第三种是乡村题材的诗歌。"我喜欢第一种风格，因为这种风格更多的是将我自己置身于一种大环境下的感受，更多构成自己精神与内心的东西，而打工题材与乡村题材是我在现实生活中的部分感受。前者我想追求一种庞大的、自由性的写作，它们更多地呈现了个体对世界完整的感受。"努力在创作内容和题材上走出打工诗人和打工诗歌的局限，一方面与其文学观念有关，另一方面也是她生活世界不断扩大之后在更大范畴内追求自我认同的表现。

安毅容对文学创作内容与风格多元化的主张，本质上是她自我建构的追求——不为任何类型所固定的、面向多种可能性自由扩展的自我。正如她反对"打工诗人"这样的称呼和标签，认为这是把一种题材的类型转化为对其作者和作品的刻板印象，由此形成对作者的束缚和偏见。因此，安毅容认同并珍视自己的多重风格和多重身份。有些人说安毅容不同诗歌中风格差异巨大，好像"有两个安毅容在写作"，安毅容承认并以此为荣。"我不愿意呈现一个类型化的安毅容，而更愿呈现一个复杂的人。"她在打工题材之后还写作了历史题材的诗歌，为此阅读了很多历史资料，"写这类文本更为真实地表达我不再是一个类型化的人的内心，而是一个复杂的人的内心"。安毅容强调"打工诗歌只是我诗歌的一部分，或者说是我社会角色某一部分的感受"。安毅容认为个体会具有多种社会角色、多种社会经历，其诗歌写作的重要意义便在于将驳杂多样的感受和体验同时呈现。"不同的社会角色也许给个体内心带来不同的感受，而不同的感受呈现在诗歌中会有不同的方向，我更在意诗歌是不是真实地表达了一颗复杂的内心，而不在意是否坚持着某种大致的方向。"对她来说，丰富多元的自我即便伴随着复杂和矛盾也应予以承认和肯定，因为那既是真实、完整的自我，也是打破类型化的社会刻板印象、展现个体自由的方式。

她描述自己从单维度自我向多维度自我的发展，其中对社会身份认识的转化主要是从"农民工"到"现代公民"。

> 如果说早期，身份最强烈的感受是，我是一个农民工，作为农民工而写作自己的感受，后来源于自己的读书、思考的不同，我开始认识到自己的另一个身份，就是一个现代社会的公民。在这两个身份上，显然会产生不同的思考视野……不要将自己局限在一个类型的人中，要认识到自己是一个复杂的人。

"农民工"是对自身"由农到工"生活历程的概括，也是"农民"兼"工人"这一社会身份的界定，而"公民"则是作为现代国家的成员，意味着权利与义务。安毅容在阶层上升流动中职业经历与生活体验多元化、社会交往与思想视野不断扩展，其自我认同也不再囿于城乡之别而转向在更大的国家范畴内认识自己的社会身份。对于扩展和超越带来的生活经历与社会角色的复杂性、多元性，安毅容通过诗歌写作将它们并置、整合，并将这种多元性、丰富性视为打破外在社会身份框定而主张自我的方式，代表着个体的自由、完整和真实。

与之相应，在整体的写作态度上，安毅容也强调"自由"。"在诗歌写作中，我一直以为最重要的要素就是自由。这种自由在我看来不仅仅是面对资本和权力时的独立品格，……还有另外一种意义上的自由，就是不拘束于陈旧、不从众，然后到达一切事物的可能性。我们的诗歌便是不断地探索着事物与语言的可能性。"安毅容所说的"自由"，既是面对政治、市场的主体性，也是面对文化传统与群体生活时的主体性；其诗歌创作"探索着事物与语言的可能性"，也是力图摆脱各种束缚以实现主体性的行动。由上来看，安毅容对多元性、复杂性的整合方式，是承认和肯定其价值，她将之视为自然而真实的自我形态，通过文学活动呈现丰富多元的自我构成冲破刻板印象的自由实践。

2. 于韧：多元立场的冲突

关于打工者境遇的主要社会因素以及改变境遇的方式，于韧提出了一系列自己的认识和理解。那么如今成为一个企业集团的高级管理人员以后，在文学活动之外，他是否能够在自身的管理工作中实践对打工者境遇的改善？

讲到打工者离开家乡进入城市时，于韧对那种孤立无援、茫然无助的体验感同身受。"在一个陌生环境当中，大家都希望能够有帮助自己的力量，那是不自觉的。"因此，他强调外出打工缺乏社会支持时，车间里老乡之间的关系"非常重要、非常重要，像血脉关系一样"。但是当笔者说到一些工厂为了便于管理，把同一个地方的人打散而分配在不同车间、不同宿舍，于韧指出一些企业在招工时会有出身地域方面的考虑或要求，以避免老乡之间的紧密联系造成管理上的风险，并对此表示理解："做企业管理的肯定会这样。"这时，他从打工者的立场不由自主地转向了管理者的立场，认为原有地缘关系纽带在工厂里被打破或至少不受鼓励，这一做法是正当合理的。

我继续寻问他自己在招工的时候是否也会顾及这一点，他回避了这个问题。"我现在不管招工，下面有经理去做的。我不关心这些，我关心的是一些更重要的（整个集团工作的）重点。……（招工）是我早期做的工作。"他通过表述自己作为高级管理人员的职责范围，躲闪工人招聘与管理中打破地缘团结的问题，而这正是造成了他也感同身受的打工者孤立无助的重要原因。当我进一步追问，他早期做招工工作时是否会注意这个问题时，他便坦率地承认："嗯，不好管理，一个地方的人多了，那会有很大的问题，没办法管理。"职业理性取代了对打工者群体的情感认同，管理人员的立场无法顾及工人们是否缺乏社会关系和情感支持，于韧更关注执行企业管理的目标和效率。但回答过程中的躲闪和回避，显示他也意识到了两种身份认同之间的矛盾，而且他尚难以调适。

这一情感与认知的矛盾，也体现在对待工业劳动的观点上。流水线所代表的工业文明，被视为压抑人性而把打工者变为劳动机器，在打工诗歌中多有批判。对于选编诗歌时重视打工现场题材的于韧来说，从职业角度来看，流水线却是高效而重要的生产形式。于韧所在的企业采用现代工厂通行的泰勒式生产模式，对具体的操作流程、每一动作的标准化操作等都有固定的模式和要求。于韧觉得这是一种科学合理的设计，因为它是"提高效率的"。虽然他也承认对于劳动者来说，"单调是比较单调"，但他很郑重地站在企业的角度进行解释："企业为了效益，为了利润，为了减少浪费，它肯定要这样做的。因为利润的话，现在越来越低啦，必须要节约。"在车间打工者视角与企业管理者视角的冲突之中，本职工作的岗位责任以及按照市场逻辑追求效率和利润的工具理性，对于于韧来说显然是第一位的。

然而于韧也在探索打工者与管理者两种立场之间矛盾的解决方式。比如，关于打工者境遇，于韧主张提高工人在利润分配中的比例。谈及招工难在一定程度上提高了打工者工资待遇时，于韧感到欣慰。"我觉得好。很多年前我就一直说，希望出现这样的情况，……这样社会财富公平状况才能真正好转。"然而，当问到他自己从事人力资源管理工作是否会尽量压低用人成本时，于韧含糊其词地回答"要根据企业的要求、企业本身的情况"。这种含糊是诚实的，作为企业的人事管理干部，若非用工市场供需关系发生变化，增加工人收入的做法既无必要，也会带来经营风险。我继续以假设进行追问："如果您做了总裁，会不会尽量节省人力成本？"于韧认为自己会"在可能的情况下尽可能提高员工的待遇，这样的话员工才会有幸福感"。他希望员工获得工作的安定感，能够心情愉快地工作。"我的理念就是让员工快乐，现在也推崇快乐上班嘛，因为我自己深有感触啊。"适当提高待遇、快乐上班的理念，既满足经营企业的需要、唤起工人劳动积极性，也符合于韧改善打工者境遇的主张。这是于韧将对打工者的情感认同，与上升流动至今已截然不同的高层管理者职业的身份认同，在冲突中努力进行协调的结果。

于韧关注市场经济中尚不完备的雇佣劳动形态给个体带来的压抑和痛苦。其自我建构也是建立在对这一课题的应对之上。其诗歌写作显示出他对农民工群体生活体验的感同身受，扩展至对整个市场经济下雇佣劳动者的身份认同和情感认同。其自我认同是以打工者的身份认同为基础累加管理者的职业认同，不断拓展而多元化。面对不同阶段生活经历所构成的多元且相互冲突的视角，他努力调和多种立场和相应的价值需要、伦理需要。这一协调与整合看似并不成功，他采取的应对方式主要是情境主义的，即在不同的情形之下，针对不同的问题运用不同的话语，表达不同的立场和观点，但尽量找到同时满足两种立场需要的结合点。

安毅容与于韧的个案，都显示出从单维度自我向多维度自我的发展。他们的共同之处在于，向上流动的过程中，均在坚持打工者身份认同的同时，努力扩充身份的范畴和活动的领域，形成了生活世界与文学创作活动的多元性。二者对多元立场之间进行整合的方式和程度有所不同，安毅容阐释"完整丰富的自我"，给予多元性以连贯的逻辑以及伦理、道德、美学上的意义。对于韧来说，其自我认同的重构和整合方式主要表现为各种体验的扩展和叠加，各种身份认同的重要性、相互调和的可能性依据情境而定，连贯性、一致性并非关键问题而时常被搁置。

然而，他们都认同并珍视自己的多元经历，多重身份、多重风格给予他们的自我价值以积极正面的意义支撑，可以阐释为"见识广"、阅历丰富、独特的情感与个性等，也使他们在社会流动中获得奋斗、磨炼、成长等成就感。因此，尽管多元经历、多元立场之间会存在冲突矛盾，但它们同时被视为主体性的实践和表达，也可以构成上升流动者的经历资本。以往研究多关注多元性带来的自我概念的矛盾与冲突，打工诗人的个案提示，在社会变迁与阶层流动中，多元的经历、体验、身份、观念立场，在构成个体内在矛盾的同时为其所用，支持着他们在更大的社会范畴内重建自我认同。

（二）由文学活动探寻自我建构的精神资源

改革开放以来，中国社会个体在社会转型中进行自我重构的精神资源来自哪里？从打工诗人的考察来看，他们的观念并非仅仅受到市场经济商品交换逻辑以及新自由主义话语的影响，在乡村社区成长阶段接触到的民间文学与民俗文化、以儒家思想为代表的中国古典精英文化、社会主义计划经济时期的政治话语和价值观念、具有启蒙意义的 20 世纪 80 年代文化热，包括武侠小说、言情小说在内的改革开放以后的大众流行文化，构成了打工诗人们具有共性的文化经历。这既是促发他们诗歌写作的文学基础，也是他们重塑价值立场和生活态度的精神资源与思想基础。

从打工诗人的研究来看，儒家文化使个体重视内在转化与自我提升，启蒙文化、大众文化带来对现代性的向往，它们与市场化时代的新自由主义话语相结合，有助于促成适应型态度；民俗文化中关于生命、人性的观念与 20 世纪 80 年代文化热衷引进的西方个人主义价值观念相联通，构成了人本主义观念的主要依据，用于对以经济为重的发展模式进行批判；儒释道结合的文化传统中对世俗社会既有介入也有疏离，还包含倡导个人自由的传统，而 20 世纪 80 年代文化热衷广泛传播的个人主义观念也推崇自我主张，这些推动了创造型态度的形成。此外，武侠、言情小说在打工诗人们自我叙事中也经常被提及。通俗小说为他们的文学兴趣或诗歌写作提供阅读基础，"侠气"影响着他们对于公正、公平的看法，以及关于如何为人处世的观念，言情小说则塑造了他们对于现代都市生活的想象与期待，也唤醒、引导了他们作为情感主体的自我意识。

从打工诗人的自我叙事来看，每种态度不仅与个体的性格、经历有关，还受到他们在成长过程中所接触到的各种文化的影响。不论是群体中的多元态度，还是个体内部的多重立场，都与文化体验的多元性有关。面对当代社会变动中生活机遇与社会处境的变动，每个个体组合、运用文化地层中的各种精神资源，形成自己面对处境的价值立场与应对之道。而这一文化地层，较之李海燕（2018）所归纳的儒家文化、启蒙文化、革命文化这三重内涵更为复杂多样，民俗文化、20 世纪 80 年代的文化热、源自港台的大众文化等，对于今天个体的自我建构也发挥着重要的作用。而这些文化类型主要是在改革开放以后，由于社会生活政治化程度减弱、文化空间日益获得自主权，而逐渐复苏或兴起。市场化转型对中国社会个体的生活和自我形态造成了冲击，同时也为个体的自我重构提供了更为丰富的文化资源。

由此来看，中国社会生活的走向，既来自对新的发展方向的选择，也不断借重和激活以往的文化积淀。尤其是 80 年代的各种文化状况，仍在塑造着当下的中国社会。"历史塑造现在和未来"在此处的含义是，曾经的各种价值观念、看待个体与社会的方式，会像地层一样层层沉积下来，在遇到现实需要的激发时，可以为个体整合自我、建构现实所用。个体参与社会生活的一个重要侧面，是作为承载各个历史时期文化内涵的个体，其能动性的重要表现在于可以通过对各种精神资源进行自主的整理、选择和组合而重构自我,进而作为行动者与价值体系进行意义的互动,构成对社会现实的介入与塑造。

此外,无论是打工诗歌的兴起,还是打工诗人的自我建构,都积极运用社会交往所带来的机会和资源、政府所提供的资助和政治话语、市场带来的资本和商品交换逻辑。打工生活不仅意味着生活机遇和劳动方式的改变,打工者需要面临社会结构性变迁带给他们的艰难任务:脱嵌后的个体需要在各种相互冲突的现实和观念范畴之内,艰难地进行精神探索而重建自我。打工诗歌便是努力实现这一目标的一种实践。打工诗人的文学活动,是这一群体中部分具有文学能力的行动主体,以自身所具有的文化能力,运用各个历史阶段所形成的通过家庭熏陶、社区教化、学校教育、现代传播媒介而传承的文化资源,与全球化、市场化、城市化等社会变迁所带来的新的可获取的政治、经济、社会交往等资源相结合而积极进行的整合与重构。

90 年代中后期以来的全球化、消费主义、新自由主义的影响巨大,本研究显示其结果不仅促成了"私欲""唯我"的个体,也带来了对市场经济与消费社会的反思和批判。因此,它们的影响在于构成了一个重要的、每个个体自我建构时都难以忽视的对话者。不论是适应潮流"安所遂生",还是抗拒批评"据理力争",抑或保持距离而"另辟蹊径",均是依据和运用古今中外的各种文化与社会资源与市场逻辑、消费主义进行对话和互动。各种文化地层中均有促成个人主义的内容,在它们的共同作用之下,形成了重视成长发展的自我、注重人性伦常的自我、追求本真性的自我。这些呈现了当代中国个人主义具有丰富多样的侧面和多种文化渊源,并且包含着对物欲主义、纯粹商品逻辑的反思和抵制。

二 从"小我"到"大我"的扩展

中国儒家传统中的个人建构包含着丰富的自内向外延展的公德含义,但近代以后"大我"逐渐消解,80 年代以后,小我作为唯一的、最重要的主体崛起,演化为唯我式的个人主义(许纪霖,2009)。从文学活动建构自我的结构来看，适应型态度所追求的"成长性自我"主要呈现了"小我"的形态，而批判型态度所重视的"人性伦常自我"与创造型态度主张的"本真性自我"，虽则以"小我"为出发点，却与现代化发展模式的反思、社会文化秩序的探索、现实社会公共生活的参与等紧密相关，相对明显地体现出"大我"的面相。整体来看，三种类型中的"小我"都追求个人的"梦想"和进步，不同程度地表达对生活机遇、阶层流动的期待。这与阎云翔（2017）描述的注重维护私利的个人，许纪霖（2009）、罗丽莎（2007）论述的消费主义意识形态之下唯我而重视欲望的个人虽有相符之处，但打工诗人的自我建构亦呈现了颇多与之不同的特点。在主张自主意志和自我负责的基础之上，他们注重内在情感、精神、思想的充实与表达，追求"真实自我"与自我价值的实现，渴望在"物"与"心"的平衡中保持完整的人性与伦理生活。这些显示，关于当代中国社会个人主义的研究聚焦于功利型个人主义，而对表现型个人主义的探讨不足；过度关注物欲、私欲，对精神层面的体验以及物欲与精神之间的张力理解不够充分；集中于"小我"的分析而未能挖掘"大我"的形态和可能性。

在市场化和消费主义的背景下，"大我"呈现何种样态？何以生发？"小我"与"大我"之间是怎样的关系？基于打工诗人的考察，本研究进一步从个人生活与群体责任的角度来探讨私人性与公共性之间的关联，理解从"小我"走向"大我"的方式或可能性。对整个打工作家尤其是打工诗人群体来说，与"文学改变命运"这一改善个人生活的关切一样，群体代言、社会责任也是高频率出现的重要话题，并常常引起激烈的争论，这意味着多数写作者会对此进行思考并持有一定的态度。本章通过同时重视私人生活与社会参与的典型个案，论述打工诗人及其文学活动中所显示的三种私人性与公共性之间的关系——递进式扩展、内含式扩展、联合式扩展。其中显示，中国个人主义的主导观念并非排斥公共性，而将其作为一种潜在的可能性。公共性以个体自我为出发点，它内在于自我，或服务于个人，而非外在于个体或脱离个体的超越性范畴。

(一) 递进式扩展

1. 徐林安:"小儿女情怀"与"社会担当"

徐林安是适应型态度的打工诗人,着重于"小我"的文学行动。文学于他,既具有工具理性,可以成为阶层上升流动的资本和途径;也具有价值理性,可以提升精神境界,实现人格的成长。"文学对工作有帮助,对命运有帮助,对我在真善美热爱这方面(有促进),……就是平常的这种很平平淡淡的自我修养、修炼。"不论是工作还是文学写作,均为手段,他的根本宗旨是实现物质上和"灵魂"上均日益圆满的个人生活。

在他眼中,一个人的首要任务是改变生活境遇,把自己、妻儿、父母的生活经营好,否则社会责任便是空谈。"你自己都担当不了,你何谈对社会的担当?"他在写作观念上亦如此,如他诗集的名字——"我写下的越来越小"。题材和内容"越写越小",是因为"我不会搞那些大的,……其实我把自己做好,把自己的一个家庭经营好,自己的故乡对得起他们,我觉得就是很大的社会担当了……这个社会担当是来源于个体嘛,这个是我一直坚持的"。他认为个体应首先自我提升以尽到家庭责任,这本身即一种社会责任的完成,而且在此基础上才能有进一步的公共参与。

与此相应,在写作题材上,徐林安也着重于"小我"。他有着根深蒂固的私人生活视角,就像他自己写下的"原谅我天性的小儿女情怀"。对家庭的重视和眷恋也显著地体现在他的诗歌作品和日常表述之中。在《小小请求》中他写道:"面对这加速变形的世界/请原谅我放弃了雄辩的写作方式/仍写一些小儿女情怀的诗句/在词语中一己悲欢,不赋予任何寓意/对天空憧憬有加,信任遥远/把感恩与谦卑还给流水/和生活,在沉默中老死一生/也请借我几个揪心的汉字/给那些贫贱的魂魄,无足轻重的人/安身立命。在汉语间/修行,换一颗敏感而坚硬的心/爱的小心翼翼,不动声色/恨的离题万里,石破天惊。"他回避宏大叙事,关注日常生活和一己爱恨。其很多诗歌描写妻子、女儿、父亲、母亲,情感真挚动人。徐林安长期工作在外远离家人,经常在手机社交软件上配以家人的图片发布诗歌,用以表达对妻子和家人的想念。他的诗歌成为深情款款的告白,如将自己的妻子称为"那个天下最好的女人"等,这是用诗歌公开表达情感、巩固情感的方式。在其自传式诗歌《供词》中回顾以往生活经历时，关于父母、妻子的描写也占据了大部分篇幅，显示对家庭生活的重视。

但徐林安并不排斥社会责任，并且认为每个人都应该有相应的责任感。在现实生活中，他热心帮助打工者争取合理权益，也曾鼓励和帮助周京岸、吴志今等打工诗人朋友改换工作和改善生活，主张写作应该促使打工者群体产生改变自己的自觉性。此外，在打工诗人的群体活动中，徐林安经常作为核心成员参与策划和组织。他也是"打工诗歌年度精选本"的编委，参与诗歌的评选。他在评审中重视作品是否呈现对打工现场的亲身参与，其创作观念和审美标准无疑影响着打工诗歌公共呈现的风貌。这些都是他社会责任感、群体意识的表现，促成了他的公共参与。但徐林安主张个人建构生活方式的核心是每个个体的私人生活，他认为，一个人首先承担对自身、家庭的责任，进而才谈得上对故乡的回报以及对社会的担当。

对徐林安来说，文学具有改变境遇的工具理性，可以成为修身、齐家进而完成社会责任的手段。这一扩展并未改变"小我"的核心地位，就像他为自己所辩驳的那样，"我觉得诗人就要找到自己真正的东西。那李白都举头望明月、低头思故乡，还是在写个体对吧……社会发展到现在真的应该是把所有的担当回归于个体，回归于家庭，个体和家庭就是大担当"。徐林安的认知中，个体的社会责任范畴随着社会资本和社会地位的提高而次第扩大，并且"大我"终究要落脚在"小我"之中，私人生活的圆满才是良好社会的目的和表征。农村外出打工造成留守老人、留守妇女、留守儿童等问题，作为社会基础的家庭大量分离残缺，家庭伦理和亲密关系面临严重冲击。在此背景下，徐林安重视"小我"生活、重视亲情维系的生活方式和文学写作，已然具有公共意义。而且，其"小我"的主张并不排斥群体责任和社会参与，它们与"小我"相连，是"小我"的延展。

2. 边德远："以德配位"

边德远1970年生，15岁因家境贫寒从四川老家到贵阳等地打工，曾在面粉厂当过工人、在黑煤窑挖过煤、学过木匠，1990年开始到广东打工。虽然在老家只读到初中，边德远一直坚持学习和写作，1988年发表第一部小说，获广东省某文学奖项，被评论界誉为"打工文学"代表作家之一；1994 年后转入媒体工作，现任职于广东省某文学机构。

边德远也用"小我"来描述打工者的核心关切，但并非贬义，而是一种对私人生活的谦虚说法。他认为打工者没有因为艰难而放弃，"他们不但没有（放弃），他们还在努力改变小我，就是他们自己嘛。凭什么他要改变自己？他对自己的家里亲人有一种责任感嘛，中国人都是靠这个推动的"。同徐林安一样，边德远的"小我"指自己和父母、家人的生活经营，与之相对的"大我"主要被表述为"国家""民族""社会"。"也许他不懂国家，也许他不懂这个民族，但是他懂得我必须要让父母过好日子。"在他的认知中，做好"小我"是基本的为人之道，对家庭的责任是更为根本的生活目标，"大我"在此前提下得以成立，是延伸性的，也是更高层次的并非所有人都"懂"的范畴。

边德远谈及生活理念和价值标准时，他不赞成的"德不配位"是一个高频率出现的词语。评论打工文学时他主张打工诗人、打工作家应为打工者群体做公正的代言。"我们（打工作家）本身是这个群体的既得利益者，……你因为自己已经得到了利益，就说那些昧良心的话，我就觉得不配位置了。我不太赞成这种做法，认为这样对社会也没有判断。"他认为利益获得较多的个人，理应更关心公共事务且认知更理性（"对社会有判断"），也更应本着公正之心为群体着想（"说有良心的话"）；否则便"不配位置"，即对群体的公共责任与其社会地位不相称。他将这种公共责任感称为"格局"，并以此批评打工作家、文学界以及整个社会的风气。

> 我觉得"打工文学"第一代还是不错的，包括我自己。后来，玩儿技术的比较多，比如我比刘老师写得好，我就特别得意。他们一天到晚在很小的、很可笑的格局里转，关键每个人都是。这些人怎么回事？他肩上完全没有东西，他只想着稿费、获奖，捞到什么东西。他完全没有想到上帝给了你机会，让你到这个份儿上，就意味着可能要你做点什么了。但大家还是在争那个东西（钱），一天到晚津津乐道。那个玩意儿我喜不喜欢？钱我也喜欢，我也不拒绝，我觉得挺好的。但你说我整个人生都在干这个，不是有点浪费了？好不容易走到这个位置上……这些人怎么活成这样？社会最终的出路靠这伙人是不行

的，他们就是些经济动物、物质动物，我觉得挺可惜的。

边德远认为，如果拥有社会地位和经济资本、文化资本，却仍旧不能脱离物质欲望和一己私利，是"格局"小、"浪费人生"，而且对社会无益。相应地，对于打工作家们的社会影响，边德远并不乐观。他承认打工作家的作品不仅受到文学界的关注，也受到政府的关注，"这群人社会地位就直线上升了"。然而，"这有个不好的东西，就像我、于天中真就成名人了，这一类人就成了偶像。但不是因为我们的写作或者是我们的某一些方面推动了社会，而是我们所谓的成功。每个人都希望向我们那儿跨，有一个政府的工作编制，然后能挣很多钱，很风光……你说靠这个来推动能走多远？"在边德远眼里，一些打工作家较为关注作品发表、稿费、获奖等个人成功和利益获取，使留守儿童等打工群体面临的重要社会问题被忽视，打工文学的社会意义、公共影响受到局限。

他以同样的立场评论文学界的"大作家"。"我接触到的这些大作家们，一天到晚就在谈稿费高还是低、谈怎么样才能够获奖、谈获得资源之后如何获得别人的尊重、让别人围着他转。……问题就是（他们没有）格局。那么你这伙人就是卖字为生的，就跟做木匠、做包工头是一样的。"进而，边德远认为现在整个社会上"真正能够抛下小利益，从格局上出发，为这个社会或者是更多人群谋福利的人太少了"。唯一的例外，是在谈及打工文学的组织者、引导者周敬江时，边德远称赞他是"有格局"的"有识之士"。理由是周敬江是政府干部，"过得莺歌燕舞很潇洒，他何必关注你打工文学一个鬼玩意儿，但也总会有这样（为社会和人群谋福利）的人"。

在边德远看来，实现了阶层的上升流动、拥有了一定程度的社会地位后，就应该具备更高的社会责任感和公共生活参与意识，更积极地为改善打工群体而有所作为。他主张"人做到某种程度上，格局一定要上去。千万不能为稿费、为什么获奖……那些顺水推舟、顺其自然来了，你不必拒绝，那本是你应该得的。但你真的要为这个群体想，他们从哪儿来，现在在哪个位置，未来到哪儿去"。对于物欲的膨胀和一味拜金，"我就觉得这活得其实意思不大。如果你真的陷于生活的困境之中，你为了物质这个是可以理解的。当你已经达到某种程度的物质生活和社会地位，还是没完没了的，那我就觉得没什么意思"。他所重视的"德要配位"，便是强调社会责任与社会地位应同步提升，"格局"要随着文化资本的增加与社会地位的提高而递增、扩大，从"小我"走向"大我"。

边德远也以物质与精神、"小我"与"大我"之间的关系来审视自己。他颇有成就感地认为 2000 年以前自己对社会做出了贡献，主要指任职记者期间为打工群体做过一些事情。除了写作小说和诗歌，他还帮助过一些在工作过程中接触到的处于精神困境的人，如"老婆跟老板跑掉"而想"把老板给干掉"的打工仔，边德远和他谈心、给予宽慰。类似地"挽救了若干的生命，避免了很多社会悲剧"。他也曾因为采写工厂虐待工人的报道而遭遇报复，多亏有文友、读者、老乡和杂志社的帮助和保护才得以平安。回忆起过往做记者时为打工者打抱不平，边德远觉得"挺值得的"。他认为自己当时并非有多么高的"觉悟"，"就是觉得自己感同身受，觉得他们（打工群体）不应该承受这个东西。不应该长期的，一个阶段可以理解，长期是不应该的，所以就忍不住要说"。

在现今生活相对优越的状态下，他却有一些力不从心的"小人物"心态。"不要跟我说这个社会好不好，我们这些小人物无力改变"。尽管如此，他仍旧依据"以德配位"的观念看待物质和精神的关系，主张"在物质的基础上"做"有意义的事情"。现在，边德远写作态度显得散淡，更加注重通过举办讲座、艺术活动等方式影响社会而获得意义感。"我现在写得不多，但是每年讲几十堂课，可以说把我的人生经历、我的一些能够推动社会的想法（表达出来），为社会做出了自己力所能及的那种影响。"

3. 安毅容：社会交往与自我扩展

面对打工者的结构性处境，批判型诗人的诗歌写作一方面注重自我认同的整合与巩固，另一方面为打工者发出声音、争取处境改善。适应型态度重视的是"小我"的纵向上升，批判型态度则显示出从"小我"向群体性扩展的"大我"指向。为打工者代言而争取权益的群体责任感是如何产生的？

从安毅容的自述来看，其生活态度和文学观念更多来自现代文化思潮，而这些影响是通过其社会交往的扩大而逐步积累扩充的。关于文学创作的经历，安毅容认为自己的写作目标曾发生过一个重要的转折：从向往工资更高的厂报编辑职位，到通过诗歌表达自己、记录时代。因为"认识很多人，慢慢写作动力在转变，想记录自己真实的生活，也有了一些理想"。安毅容从为稻粱谋的文化资本型写作转向具有社会责任感的写作，源于随着文学创作日渐活跃而逐渐扩大的人际交往。

文学领域的作家、评论家对安毅容产生了重要的影响，尤其是与四川诗人发星的相识和交流。认识发星后，她们经常互通信件，发星为安毅容的文学创作和文学阅读提供了大量指导和建议，并寄给她很多书籍。发星引导安毅容了解先锋诗歌，启发她产生诗歌创作的"社会担当"意识，促成安毅容写作目标和写作观念的转换。

> 在2001年的一次次失业中，我发表了一些诗歌，我很想通过写作找一个内刊工作。我拼命地写，向那些打工杂志拼命地投稿。直到后来进了一个相对稳定的五金厂，又认识了发星，便慢慢没有这种想法了。发星不断写信鼓励我，要坚持，从山中寄很多诗集给我，有的是他复印下来的。2003年左右，我在一些打工类杂志发表了很多诗歌，有人曾介绍我去内刊，我没有去，因为发星的影响，我知道自己的写作需要什么了。

此外，在她的创作遇到瓶颈时，曾求助于文学领域的几位学者，他们为她推荐了有关历史、思想史的书籍。安毅容通过阅读逐渐扩充知识结构、增加思想深度，这使她在认识自身境遇时，能够逐渐超越自身对微观环境的感性体验，理解造成这些境遇的历史脉络、思想潮流、政治经济变迁等社会变动的背景，这促使其认知视野也从私人生活转向社会领域。

因文学创作而扩大的社会交往范畴包括同为打工诗人群体的成员，也包括文学专业领域的作家、评论者和学者，还包括与普通打工者在现实或网络上的交流。"我们评论社会上种种不平事，要改变打工现实中种种不平之事"，"我开始关注社会、关注现实，诗歌也从早期以写个人乡愁与对故乡的眺望中走出来，不再写那些小情绪。因为这些，我完全变成了另外一个人。如果说早期写作我只是想找一个好的内刊编辑，不做流水线，后来写作完全是面对现实、面对社会，更尖锐了一些"。社会交往的扩大促进阅读范畴和认知视野不断扩展，安毅容的创作理念、创作内容乃至生活态度也随之发生变化。安毅容对于通过文学改变打工者现实境遇抱有无力感，但她仍旧主张文学的价值，认为打工诗歌的意义主要在于"见证"和"记录"，即记录时代和为打工群体发出声音。而且她认为作为人大代表参与政治，与文学创作活动是同样的性质，都是为农民工群体提高权益和改善处境发出声音，是出于责任感而对群体事务的参与和承担。

因此，社会交往是促使安毅容从"小我"转向"大我"的重要因素。她由此不仅在话语表达上，也以认知方式和思考方式有意识地参与、介入公共生活。如果说以文学为媒介的社会交往意味着社会资本，那么这些社会资本的扩增不仅带来精神支持，也帮助安毅容接触到更多的文化资源，助其重构生活态度与文学观念，推动她从"小我"向"大我"拓展。而且，随着文学成就与社会威望的提升，她对群体事务、社会活动的责任意识和参与程度日益加深。与徐林安、边德远的个案一样，安毅容身上也显示出个体社会地位与公共性同步递增的模式。

并未如安毅容那样显著改变命运的打工诗人身上，也显示出同样的自我建构与公共性认知。向明歌在诗歌中"轻易不触及政治、世界经济大环境"等因素，因为自己是个"普通老百姓"，应努力遵循"老百姓应该遵循的准则"，如果能够约束自己而具备公德心，就是难得而重要的。无论是工作还是文学写作，她的最终主旨在于实现平凡而有尊严的生活。访谈中，她多次强调要"活成正常人"，称自己的理想状态是重视父母、孩子等家庭生活的经营，有尊严地活下去而无须求助于谁。做好"小我"是她明确的自我期许，其生活原则是"自尊、自强、自立地活着，踏踏实实、热爱生活，善待自己和他人"。为了表达对"小我"的关注，向明歌称自己为"生活诗人"。与前述个案相对照，尽管主张内容有所不同，但他们对个体私人生活之"小我"与社会公共性之"大我"关系的认识基本一致，即公共责任的承担与社会地位、社会资本的高低相对应，对于普通人来说经营好"小我"生活是更为基本而重要的义务，而随着各种资本拥有量和社会地位提升，应对群体和社会做出更多的承担和贡献。

上述个案关于个人与社会之间关系的基本思考方式，与中国传统儒家思想"修身、齐家、治国、平天下"的模式相一致。即先改善个体的境遇、经营好家庭，才可以进一步参与社会公共生活；没有良好安稳的个体生活做基础，就不必也难有能力谈及社会担当。在这一认知模式之中，私人生活与社会责任并非相互冲突而是连贯、递进的关系。

（二）内含式扩展

1. 以"大我"满足"小我"之价值实现

于韧是打工诗人群体的灵魂人物。同徐林安一样，他已在大型企业集团中位居要职，但依然保持着对打工群体的情感认同，并为打工诗歌的发展投入了巨大的时间和精力，积极组织和参与打工诗歌相关的活动，表现出极高的群体责任感。于韧称自己早期诗歌创作是一种个人写作，主要抒发个人的情感；2000年以后开始转向群体写作。这样的转化是如何发生的？从其自述来看，投身于打工诗歌事业可以满足他对自身价值感的寻求。

2000年，于韧写作的长诗《为几千万打工者立碑》广受好评；继而2001年与几位打工诗人朋友共同创办《打工诗人》杂志后，他坚定地把打工诗歌作为"精神信仰"。"精神信仰"意味着于韧对打工文学的使命感和责任感。这不仅仅在于他对打工群体的情感认同和价值联结，获得成就感和自我价值也是他作为组织者和推动者的重要动力。他认为打工诗歌必定会成为展现中国转型时期文化的重要范畴，其发展不仅具有文学意义，还具有重大的社会意义。"当时我创办报纸的时候，我们想过，任何一个社会变革中最大的群体，都会有自己的文化。我相信创办这样一份报纸，肯定是这个时代的记录。""像国外一些重大的核心的时期，它都会有自己的一个文化。当然像我们这个群体这么大，肯定会有一些特殊的东西留下来。当年的知青也有自己的文化，而我们这个群体更大更持久。"于韧认为，打工诗歌的写作者至少有两万人，从创作人数来看是"全球有史以来最大的文学流派、诗歌流派"。因此，于韧对打工诗歌的参与不仅仅出于自身的生活经历和情感认同，也因为他认为这是一份有历史意义和重大价值而值得献身的事业。

另一个案邓拓宁借助心理学帮助自己和他人进行自我调整。"这个心理咨询比较重要，第一个是可以帮助自己，化解自己的一些不良情绪，再一个就是帮助别人。"而帮助他人的经历让邓拓宁感到愉快和满足，"觉得有价值感，有一种成就感"，利他行为有助于增强他的自我肯定。在家乡建成文化广场后，他也对此抱有很大的成就感。以往"除了干活，就是打牌"的情形"已经改变很多了，现在我们村里，打牌的少了很多"。他描述文化广场促使村民更多地参与运动，如跳广场舞、打篮球等。村民们在筹款和建设过程虽然有人反对或态度冷漠，但建成后反响良好，"现在大家都支持，交口称赞，说这个事情好"。而且"我们附近的村子都轰动了，都很羡慕"；这一广场还得到了官方的认可和鼓励，成为"新农村文化建设的示范基地"。文化广场建成带来的效果和好评令邓拓宁深感自豪，社区参与为他的自我价值感提供了重要的支持。

他还对自己办农家书屋的想法和行动感到荣耀和骄傲。农家书屋不仅寄托着推动家乡建设的希望，也是邓拓宁重视以文化熏陶改善社会风气的实践。现在，除了文化广场和农家书屋之外，他也组织和参与村里其他的重要事务，如建立"乡贤榜"、举办"家乡美"征文比赛、评选"五好家庭标兵"、筹划当地特产的网上商务平台等。他未来的目标是让全村人学到"发家致富"的本领。"大家就一起往上走，这就是我最后的目标。"

邓拓宁这样表述自己的追求："一个是家庭责任感，一个是社会责任感，这两个支撑我的写作和我的人生。"他认为自己有一点关心社会的"情怀"，其中包括爱国主义的思想、对社会现实的关心和介入意识，他的写作中也贯穿着这些"情怀"。邓拓宁积极组织、参与家乡的公共事务，投入了很多时间和精力，这必然会牺牲一些做其他事情的时间，比如文学写作的计划会因此耽搁下来。但他一直坚持，认为参与家乡公共事务是比写作更重要的事情，较之个体的内在表达，他主张对共同体的贡献、具有公共意义的行动才是自我价值的真正体现。邓拓宁在与大学生交流时进一步表达了自己的人格期待和价值取向："我也希望像邵逸夫一样，能够做一些对社会有意义的事情。大家将来毕业之后很可能在各行各业是专家，甚至是在政府机关做事情的，我希望大家能够心里面装着老百姓，……不光追求个人的财富、个人的家庭，还能够力所能及地做一些促进社会发展的有益的事情。"关于写作，他也重视其公共意义："我自己从这个方面能够充实自己，我写这个东西也是跟自己父母的一个沟通，然后我也希望能够代表这个草根阶层去发声。有代表的这种使命感吧，够不够资格是另外一回事儿。"对打工群体的代言同时构成自我疗愈的手段和途径，被他概括为"精神食疗"。对邓拓宁来说，公共性作为个体性的一部分而得以生发和展现，满足了自我的需要。公共参与、社会责任感等对外在共同体的奉献性活动，是以个体视角为出发点，被视为通往个体人格完善之目标的途径。

此外，对于何锋思这一个案来说，文学写作主要是努力改变自身命运的途径，但他的文学行动中也包含着公益精神。2004 年，何锋思自费创办《明天诗报》。这份小报的公众号介绍："这里有平凡者的打工故事，有爱诗者的蠢蠢欲动，有写作者的喃喃耳语。"据何锋思的说明，这份报纸靠他自身的稿费经营，完全没有收入。在一个经营印刷厂的朋友的帮助下，何锋思每期以一千元的成本印刷一千份，邮寄到全国各地以及海外一些华人华侨的聚居社区。创办《明天诗报》10 年间，他共投入 5 万多元，并设立"明天年度诗歌奖"奖励文学新人。关于办报的动机和目的，他在《湛江晚报》的一篇报道中表达了自己关注精神世界的人文情怀和关注打工群体的"草根情怀"（《湛江晚报》，2014）。

> 随着商业竞争的日益激烈，一些报纸逐渐取消文学副刊版，文学爱好者也少了很多抒发情感的园地。"在社会越来越浮躁的今天，我们就是要通过办报来唤醒更多人关注文学，引导人们心灵从善。"何锋思如是说。

何锋思刚刚步入社会时，是工厂的普通职员。因为了解底层生活，底层人物常常出现在其作品中。小有名气之后，他不忘关注打工群体，曾无数次推荐打工作者的习作到报刊发表，同时还致力于推荐打工作者加入珠海市作家协会及广东省作家协会，以此来鼓励他们坚定信心，坚持写作。何锋思的生活并不富裕，他至今仍住在老区的低矮房子里，每天要花两个钟头乘车往返于家和单位之间。工作之余，他争分夺秒地写时评、专栏等赚取银两补贴家用。如此大手笔投入，对于他来说，仅仅是对诗歌的热爱，对底层草根情怀的坚持。

而在与研究者的访谈对话中，何锋思更为坦诚地吐露了他的另外一层想法，办报既出于文学兴趣，也有助于扩大社会交往圈，通过文学形成互动交流和资源的交换互惠。

> 就是一种兴趣爱好而已，然后它有一个好处就是这是一个平台，我们把朋友的作品发出去，然后朋友把我们好的作品发出去，对自己也是一种回馈。在编的过程中，我们感觉自己提高了很多，我自己是有收获的。然后还有一方面的好处就是认识了很多朋友。大家通过这份报纸来认识了我，感觉自己社交面就广了。

关于自办《明天诗报》的宗旨，媒体上的说法更加具有道德含义和社会责任感，强调了作为一个值得赞赏的共同体成员的形象；访谈中面对面的表述则更加贴近个人主义的话语立场，以及世俗社会日常生活中广为认同的功利性原则和利益交换原则，呈现了他真诚、坦白的一面而具有获得对话对象即研究者更多信任的作用。在中国改革开放以后的市场化社会中，功利性的话语表述往往比道德话语被认为更加真实可信，具有拉近人际关系、增加信任程度的效果，而非个人主义、非功利性的道德话语、理想主义话语则容易被视为蹈空、不切实际的虚夸之言。因此，公共贡献话语和个人利益话语均背负社会风险，较之真实与虚假的区分辨别，本研究将之视为体现公共性与私人性的兼有与融合。

何锋思的利他性表述并非仅是对外宣传的表面之辞。他还举办了"岭南诗歌班"，免费向大学生和上班族中的诗歌爱好者提供诗歌指导。"很多这样的人，就是说因为各种情况出来打工了。打工这种状态就是在底层，比较有压力，买房买不起，买车买不起。他在这个城市里面生活呢，他必须要找个通道。有一些人可能去读个夜大或者说成人教育，或者说自考喽。提升自己的学历之后，积累一些经验之后，再去应聘一些管理职位、经理之类的。就是说往上走，大部分是这样的。"何锋思自己重视脱离打工者较低的社会地位，他也以同样的理念积极为其他打工者提供条件帮助他们改变命运。功利性、工具性的文学观念和重视个人生活抱负，并不意味着利他心、群体意识、社会责任感的缺失；相反，何锋思显示出个人主义的自我利益取向带来了对他人利益同样的重视和支持。

2. 个人自然而内在地具有群体性

黄可讴作为一位诗人的生成，以及其写作开始具有公共意识、群体意识，受到人际交往的激发，也与接触文学资源有关。他将诗歌在内的文学创作区分为多个层次的需要，从个人爱好到提升修养，再上升到社会责任。"就像屈原的《天问》，他干吗要天问啊，对吧？当然他一口气有三百多个问啊，对吧？天问他是问人问天问地啊，他当然要问。这就是文学的最终的功能，文学的价值最终就落到这里来了。……就是一个社会的担当，生命的担当。"黄可讴认为文学创作应具有社会责任感。在打工诗歌的文本之内，黄可讴以家庭责任和城市贡献描述打工者作为伦理主体的形象，也以此批判打工者劳动付出与获得不对等的现实处境。在诗人写作过程中，其思考与批判的视野以打工者的经历和境遇为出发点，但远远超出打工者的处境而扩展至对整个中国社会发展形态的反思。

虽然黄可讴的写作观念不断发展，业已被打工文学群体、媒体和学者视为代表性的"打工诗人"，但他仍强调自己的写作主要出于一种"有话要说"的内心冲动，是一种"个人的东西，私密性很强的东西"。在诗歌创作中他重视自己内在的表达欲望。"对我来说，是我内心的一个需要，我内心有话要说，然后我通过诗集的描写把它表达出来，这是我内心说话的一种方式。"当被追问"向谁表达"时，他认为这是"自己跟自己说话"，"说出来就完了"，"别人愿意听就听，不愿意听拉倒"。即使说到发表，他也马上明确地反驳："我写这个东西就是我自己内心有话要说，我不是要发表，我定位不在这里。"他并非没有认识到文学必然产生交流，但他对交流的结果和社会影响兴趣不大。但黄可讴并未忽视读者，他的读者意识渗透在关于写作技巧的观念之中，认为作品必须具备表达上的感染力，才能"像过电一样"引起情感的共鸣。重视技巧显示，他意识到个体性、私人性的表达需通过良好的表达技巧获得感染力，才能实现与阅读群体之间的有效交流，从而使作品具备公共性质、发挥社会影响。

黄可讴认为自己与群体之间的联系、共性以及代言的效果，主要是在创作过程中逐渐感受到的。"开始可能也就是自己写，没有意识到这个问题。后来发现实际上一花一世界，一沙一世界。你这个人、这个世界、这个处境不是你一个人的，你写你自己的时候，可能就代表了你所代表的整个阶层、几亿人的这么一个处境。"他否认自己具有为打工者群体代言的意识，认为自身的感受必然会具有共性，因而在客观上会具备代言的效果。"没有（代言意识），我只是觉得我心里有话要说。我的处境和几亿农民工、几亿万打工者的处境是一样的，可能我一不小心讲出了他们想讲的话。不是要我为他们代言，我只是讲了我想讲的话。"从根本上说，黄可讴对于文学表达持一种个人主义的立场，并不主张和追求有意识的代言或寻求共鸣。"这不是去刻意追求的。你不能要求为别人代言，你也不能给别人作代表，你只能代表你自己。但当别人感应到这个东西，他认同就认同，对吧？……是很自然的，不是刻意达成的。"

黄可讴的认知中，公共性同样是私人性中的一个组成部分，个人性必然内在地包含和代表着群体性。正如布迪厄所说的"私人性即公共性"，黄可讴的文学写作中"小我"与"大我"的关系亦如此，个人感受是群体处境的表征，因而准确而富有吸引力地表达"小我"，便是为群体代言、达成"大我"的方式。与之相似，尹飞的艺术创作也体现出同样的公共性观念，即充分地表达自我便是承担群体使命的一种方式。他们在具体创作中并不以群体代言为出发点，但主张自己的内在感受必然包含群体的共性且构成一定程度的代言。

（三）联合式扩展

陶健关于自我与社会关系的认识和观念中，既有"小我"运用"大我"、"小我"代表"大我"的内含式扩展，也呈现通过群体的团结获得更大力量的联合式扩展。

对社会与他人的贡献是陶健人生价值的重点，他在与金钱、地位等世俗衡量标准的紧张关系之中对此进行阐述。"我觉得生命价值首先不在于你有多少钱、多少权力、多少名利。对我来讲，生命的价值在于一个人，在你有限的生命当中，你能够去做一些对社会、对他人有意义的事情。你的生命价值体验就在这个过程当中。"对社会与他人的贡献何以重要？对陶健来说，这是尊严的来源。陶健认为，为了谋生的唱歌把自己变成了一种消费品，缺乏自主性，也得不到充分的尊重；但是去建筑工地唱，去工厂和农村唱，能感觉到唱歌"对于别人真的是有用的"。对社会与他人的贡献构成了自身价值与尊严的重要来源，这体现出以"大我"为"小我"价值源泉的内含式扩展。

陶健的文化活动既是打工者群体的自我主张和价值建构，也是他推动塑造"新工人"群体认同的方式。他重视打工者的团结与联合，认为提倡工人文化、劳动文化而形成工人群体的主体意识，是与资本的逻辑、消费社会的价值观做对抗而不被其裹挟的出路之所在。其文化艺术活动的宗旨就在于促进群体的自我觉醒。"一个群体没有文化，没有觉醒，这个群体就没有力量，没有出路。"通过工友之家、打工博物馆、打工子弟学校、工人大学等方式，陶健推动打工者的自我组织，提高打工者自我管理的能力；为打工者提供社会支持网络，给予打工者以平等尊重、归属感以及人与人之间的情感纽带。陶健的《我们的世界　我们的梦想》表达了新工人艺术团对打工者团结的倡导："平等团结互助合作/创造一个新天地是我们的梦想"，号召所有打工者团结一致："一起走，大家一起来走！/大道就要靠我们大家来走。"陶健以及新工人艺术团的一系列主张和实践旨在推动个体联合形成群体，以探索一种在新价值观引导之下的生活方式和社会合作模式。

陶健的事业重视打工者由个人走向群体，通过群体的互助和团结应对处境、改变处境。但他认为是以个体为基点而形成群体，并不主张群体高于个体。他认为只有每个人的主体性能够建立，才能在此基础上形成真正有价值的群体。他也强调个体与群体之间的辩证关系，即"人的主体性建立的过程，是你跟群体、跟社会、跟他人对话交流、学习、交往过程当中才能实现的"。而围绕工友之家而形成的打工者群体，试图形成一种去等级化、高参与度的群体互动模式和自我组织的模式，其宗旨是促使每个个体获得更为自主、完整的发展。陶健心目中理想的社会也是一种劳动者的结合："每一个人都是一个自由的劳动者，然后我们大家又是一个共同体。"他重视群体的团结，同时强调每个人选择工作方式与生活方式的自主性，将之归结为"我为人人，人人为我"。他运用这一口号表达个人视角与群体视角的结合和平衡，即以个人为主体，尊重利己，也强调群体的联结，主张利他。

尹飞同样主张引导工人群体"要有工人团结的意识",因为个体无法抗拒社会运行机制带来的压力,只能通过群体的力量。"当单个人独自面对整个世界的混乱时,会感觉毫无希望,会有自杀等各种极端的事情。"他认为造成打工者现实地位低下重要原因之一,就在于工人无力也无意于争取到更多的权益以改善处境,不仅缺乏自我组织和文化自信,阻碍群体联结的主要因素还包括个体碎片化。而工友之家等事业所尝试的是让工人们了解到团结的可能性——"工人和工人是可以连接起来的,你在这个世界上不只是一个单独的(个体)"。许立志的自杀便被认为是个体独自面对现实压力的失败,说明打工者需要互相支持、联结,共同面对处境中的困难。"让大家通过团结,首先看到现在的现实处境,创造互助、团结的理念,以便能够摆脱这样的处境。"尹飞心目中理想的个人形态是,"个人可以根据自己的需求去挖掘自己的潜能,然后去全面的发展"。与之相应的理想的社会形态是,"以人为本,互相尊重,互相劳动,社会层面更加公平正义,游戏规则更加公平,大家可以有表达诉求的渠道,公平地对话"。针对市场化程度的提高和完善有助于公平与正义的实现这一观点,尹飞认为市场的改良和完善其作用是有限度的,而"工人通过合作社的方式自我组织起来发展经济可能是一个出路"。

陶健、尹飞等皮村的工人事业探索新的合作模式,重视唤起群体意识、提高打工者群体自我组织的能力,通过个体的联合壮大力量、提高工人群体的社会地位。它不仅建构自我,也在此基础上建构新的群己关系。他们在与群体的联结中建构本真性的自我,并在具有主体性的个人的基础之上形成群体,同时这一群体以个体为本位,旨在对自我的自由发展构成更为强有力的支持。群体性、公共性产生于个体性并服务于个体性。

(四)总结:以个人为基础探索群体秩序

打工诗歌的创作活动是打工群体中部分具有文学能力的行动主体,将自身所具有的文化能力,与全球化、市场化、城市化等社会变迁所带来的新的可获取的资源相结合而进行的自我重构。其中自我形态主要显示出三种类型:注重成长与发展的成长性自我、重视人性伦常的伦理性自我、追求本真性与价值实现的本真性自我。它们都显示出明确的个人主义特征，重视"小我"，但其自我结构中也均存在"大我"的可能性空间。"小我"与"大我"之间的关系呈现三种关联方式：递进式扩展、内含式扩展、联合式扩展。递进式扩展即个体社会地位与公共性同步递增，作为"普通老百姓"以管理好私人生活为责任，而随着拥有地位和资本量的增加便应具有更大的群体责任感和公共参与义务。内含式扩展中公共性是个体性的一个组成部分，将"大我"视为完善"小我"的重要途径，或将个体性视为群体共性的表征，自我表达自然会具有公共代言的效果。联合式扩展中群体性、公共性产生于个体的团结与联合并服务于个体性，用以支持个人的发展、壮大与结构性压力进行抗衡的力量。

由上述三种关联方式来看，在打工诗人以文学活动所建构的自我形态之中，"小我"是显著而重要的，但不意味着"大我"的缺失；同时"小我"与"大我"并不冲突，二者之间紧密相连、相辅相成。群体性、公共性也是个体性的一部分，因而"大我"因"小我"的特点和趋势而或隐或显。由文化传统和社会主义集体化时期经历而形成的对个人主义的误识和偏见，即个人主义意味着自私、享乐、不顾他人与群体的"无公德"的自我，不仅影响了今天中国社会"小我"的内涵，还造成了对"大我"的某种偏见，如群体性、集体性具有纯粹的利他性质，而与"小我"是相互矛盾、冲突的关系等。本研究提示，"大我"生发于"小我"，并可以在精神尊严、自我价值实现以及物质利益等方面支持着"小我"的充实。无论哪一种关联模式，都在个人主义趋向的基础上保留或重构着"大我"的潜在空间，本研究将这样的自我形态概括为扩展性自我。

以往研究中关于中国社会转型中个体的自我形态，是在国家与市场的力量之下被塑造、被推动的个体对物欲社会、商品逻辑、消费社会意识形态亦步亦趋，被迫转变或积极配合。本研究提示，中国个人主义存在着多种多样的侧面，其中包含着对市场逻辑、消费意识形态、新自由主义进行反思或抵触的丰富的可能性，也呈现出从"小我"向"大我"扩展的各种形态。这些对应之道与自我建构，正是个体塑造现实的潜力和途径之所在。

三 文学中的社会行动与自我重构

本研究将文学行动作为把握个人内心世界与生活之道的途径，三种应对之道所呈现的是个体在中国体验中的自我建构。打工者群体所面对的结构性压力包括城乡二元体制下公民权与福利保障的不完整、劳资关系中的弱势地位、上升流动渠道的缺乏、城市社会的乡土歧视等。结构的转型带来新的生活机遇，也对个体的价值秩序带来冲击，造成了他们自我认同的断裂以及自我价值感的缺失。一些打工者难以从原本的血缘、地缘组织中获得充分的情感支持和价值支持，产生了孤独感、迷茫感、卑微感。作为多种社会力量综合作用下且在打工者群体中具有共性的精神体验，是一种结构性处境带来的结构性感受。文学活动是基于结构性感受而与社会力量互动的方式，也是在互动中重构自我的过程。

首先，打工诗歌的写作活动显示，打工诗人借助、运用市场化以后新的政治、经济、文化条件，对自身的结构性感受进行审视、反思与公开倾诉，构成个体与相关社会力量之间或抗衡或协商的互动。虽然应对的方式与态度各异，但孤独感、迷茫感、卑微感是本研究中个案诗人开始文学活动或艺术活动的重要出发点，也是其口头表达及诗歌文本的重要内容，体现出打工诗歌活动的主要性质是审视和处理打工者群体的"结构性感受"。打工诗人的感受、情绪等并不完全是个人化的模糊、流动、捉摸不定的事物，还是外在种种社会力量共同作用对个人所造成冲击的产物和表征，是社会结构变动在个体层面的身体化反应。当他们通过文学活动对结构性处境中的结构性感受赋予意义的时候，通过文字符号的操作，对各种塑造其微观生活环境的外在社会力量进行了顺应、质疑、颠覆、改换、整合等多种形式的应对。因此，文学是一种交流，这种交流并不仅仅是埃斯卡皮（1987）所说的作者与读者之间的交流，同时也是个体在应对与调节结构性感受的过程中与更宏观的社会力量之间的交流。

这一交流同时意味着一种行动，文学是打工诗人通过话语和价值的建构而参与社会的方式。根据阿兰·图海纳（2008、2012）的定义，"社会行动者"是通过改变劳动分工、决策模式、支配关系和文化取向等来对自身所处的物质及社会环境进行改造的人。行动是"面对社会，改造社会，创造社会"（图海纳，2012：7）；行动者是具有对于制度的抗力及其自由行动和负责任的行动能力的人（图海纳，2012：9）。打工诗人的写作活动，是当代中国社会欲望主体对自己深深介入的发展进步所带来的结构性压力与困境进行审视并寻求自处之道的过程，是中国社会普通个体对现代性的反思与话语介入。通过文学写作，打工诗人力图从意义上理解和把握结构性力量，面对境遇建立个体的完整性、一致性，并通过应对微观处境进而与主流价值体系不断对话。因此，文学写作是通过符号与意义的操作、经由自身结构性处境参与塑造整个社会生活发展趋势的一项"文化行动"。

从打工诗人文学活动的研究来看，文学作为一种个体与社会的互动形式，也是具有文学话语能力的个体在与更广泛社会群体之间的交流联系之中重建社会纽带并重构自我的过程。如前所述，一些打工者在进入城市社会以后难以在原本的血缘、地缘组织中获得情感支持和价值实现的需要，从而寻求新的社会联结感和意义支撑，打工诗歌便是获取社会纽带与社会支持的一种方式。不同于血缘或地缘群体中的人际互动，它使个体得以跨越时空而与各个地域、各种历史时期的心智结构进行深度交流，表达或体会人类内心世界更为幽微而丰富的情感和观念。作为一种表达和交流的空间，打工文学是在政府治理策略、市场文化产业、社会道德关怀共同支撑的基础上得以成立的。社会转型冲击个人生活而带来新的压力与生活课题，同时也促成了新的文化形式缓解市场化及相应社会变动所带来的个体压力，社会转型通过两方面的作用促使并协助个体进行自我重构。

以往关于中国改革开放以后的个体研究强调个人"去大我化"后的物欲和私欲，个人对变迁体验方面的研究则关注价值的多元化和自我概念的矛盾与冲突。从打工诗人的研究来看，个体通过诗歌写作活动审视和整合多元性的体验，表达多层次的精神与情感，并显示出传统文化与现代文化之间相互链接而形成呼应连贯的关系。自我的整合与重构呈现了进入现代城市生活以后被激发的主体性。面对生活机遇和社会结构性处境的变动，无论是适应型态度还是批判型态度、创造型态度，其自我建构不仅需要处理物质与精神的紧张、机遇和代价之间的平衡，还要在此过程中与各种限制进行协商、调解：从乡村社会、城市社会到工业文明、资本市场乃至现代化、全球化，都是其自我建构时进行对话的重要范畴。打工诗人的文学活动显示，中国社会转型中个体自我重构的基本趋势，是在更复杂的社会结构、更多样的群体、更广阔的生活视野中重新整合与界定自我。这一自我建构形态的核心关切包括发展成长、生活伦理、本真性的主张等，具有明显的个人主义特征；但其中的"小我"并不排斥"大我"，而是构成"大我"的基础，是"大我"得以生发和展现的原点，因而公共性并未被个人主义所淹没而是作为一种潜在的空间存在于自我的扩展之中。基于个体自我重构中生活体验、对话问题、文化来源的多元性以及交流范畴、群体联系、自我结构的扩展性，本研究将中国社会转型中自我建构的形态概括为在多元性中扩展的自我。

文学活动呈现了以"关系社会"来描述的中国社会交往与互动中往往被忽视的一面——费孝通（2003：12）所说的"讲不出来的我"，即感性自我。关系性自我是日常社会交往、人际互动中展现于外的，偏向于世俗生活中的理性，重视身份、角色、面子、道德以及社交伦理；而感性自我是内在的，一般在日常社交中隐而不显，偏向于内心体验、想象、情感及意志。感性自我为理解中国社会自我形态提供了更为丰富、深入的侧面，也展现了市场化以后中国"人性"观念的建构方式。很多打工诗人在对打工者群体结构性处境的认知、批判以及自身写作活动的表述中，表达了有关"人性"的话语。其中的主要内容包括日常生活的完整性、重视生命与个性的价值、对个体需求的体谅与满足以及伦理秩序的实现等，它们都通过情感、想象、审美等感性自我的表达而主张其正当性和重要性。波兰尼（2013）认为社会以"人性"的观念进行自我保护而牵制市场逻辑的扩张，打工诗人的文学活动则显示出中国社会基于感性的"人性"观念具有丰富的维度与内涵。从文化地层的分析中可以看到，个体从改革后的乡村共同体中走出、进入全球化背景下以市场经济为主体的现代城市社会以后，努力运用各种文化资源重构自我、应对处境，力图在社会变动中建立个人的生命连续感、生活意义感。古今中外的各种历史积淀与精神资源，支持着他们通过诗歌创作呈现感性自我并建构"人性"话语，进而构成对工业化、城市化、全球化等中国现代性发展的反思，塑造着人本主义、人道主义的社会发展方向。

　　上述研究观点提示，每个"渺小"的个体都通过日常生活中切近的文化行动介入社会生活的意义世界；个人的自我建构同时构成对社会结构与秩序的参与和生产。即便是"沧海一粟"，个人面对日常生活处境的应对态度与生活之道，均是一种重要的社会行动。

参考文献

阿尔多诺，1987，《谈谈抒情诗与社会的关系》，载伍蠡甫、胡经之主编《西方文艺理论名著选编》下卷，北京大学出版社。

阿多诺，1988，《艺术与社会》，戴耘译，《文艺理论研究》第 3 期。

阿兰·图海纳，2008，《行动者的归来》，舒伟诗等译，商务印书馆。

阿兰·图海纳，2012，《行动社会学：论工业社会》，卞晓平、狄玉明译，社会科学文献出版社。

阿伦特，2009，《人的境况》，王寅丽译，上海人民出版社。

阿马蒂亚·森，2012，《正义的理念》，王磊等译，中国人民大学出版社。

阿瑟·克莱曼，2007，《道德的重量——在无常和危机前》，方筱丽译，上海译文出版社。

埃利亚斯，2013，《文明的进程》，王佩莉、袁志英译，上海译文出版社。

埃斯卡皮，1987，《文学社会学》，于沛选编，浙江人民出版社。

安东尼·吉登斯，2015，《社会理论的核心问题：社会分析中的行动、结构与矛盾》，郭忠华、徐法寅译，译文出版社。

安东尼·吉登斯，2016a，《现代性与自我认同》，夏璐译，中国人民大学出版社。

安东尼·吉登斯，2016b，《社会的构成——结构化理论纲要》，李康、李猛译，中国人民大学出版社。

贝克尔，2014，《艺术界》，卢文超译，译林出版社。

保罗·利科，2015，《从文本到行动》，夏小燕译，华东师范大学出版社。

保罗·威利斯，2013，《学做工：工人阶级子弟为何继承父业》，秘舒、凌旻华译，译林出版社。

鲍曼，2002，《现代性与大屠杀》，杨渝东、史建华译，译林出版社。

彼得·L.伯格，2014，《与社会学同游——人文主义的视角》，何道宽译，北京大学出版社。

布迪厄，2015，《区分》，刘晖译，商务印书馆。

布鲁姆，2016，《影响的剖析：文学作为生活方式》，金雯译，译林出版社。

蔡翔，2010，《革命/叙述：中国社会主义文学–文化想象》，北京大学出版社。

曹龙彬、黄荣东，2014，《异乡文学梦》，《湛江晚报》12 月 14 日"都市周刊"。

查尔斯·泰勒，2012a，《本真性的伦理》，程炼译，上海三联书店。

查尔斯·泰勒，2012b，《自我的根源》，韩震译，译林出版社。

陈蓓丽，2009，《全球化工厂劳动过程中外来女工叙事研究》，《社科纵横》第 5 期。

陈蓓丽、何雪松，2010，《上海外来女工的压力、社会支持和心理健康》，《华东理工大学学报》（社会科学版）第 1 期。

陈昌凯，2016a，《时间焦虑：急速社会变迁下的年轻人》，《南京社会科学》第 2 期。

陈昌凯，2016b，《时间维度下的社会心态与情感重建》，《探索与争鸣》第 11 期。

陈晨，2012，《新生代农民工主体性建构：语言认同的视角》，《中国农业大学学报》（社会科学版）第 3 期。

陈佩华，2003，《生存的文化》，载《清华社会学评论》2002 卷，社会科学文献出版社。

陈映芳，2005，《"农民工"：制度安排与身份认同》，《社会学研究》第 3 期。

陈映芳、龚丹，2016，《私域中的劳动和生活——代工厂工人状况考察》，《同济大学学报》（社会科学版）第 6 期。

崔岩，2012，《流动人口心理层面的社会融入和身份认同问题研究》，《社会学研究》第5期。

崔柯等，2013，《新工人艺术团：创作与实践》，《文艺理论与批评》第4期。

戴安娜·克兰，2006，《文化社会学：浮现中的理论视野》，王小章、郑震译，南京大学出版社。

狄金华、钟涨宝，2007，《农民工的生活状态》，《青年研究》第11期。

董龙昌，2008，《农民工阶层与打工文学作品创造》，《语文学刊》第7期。

丁瑜，2016，《她身之欲》，社会科学文献出版社。

丁耘，2008，《启蒙主题性与三十年思想史——以李泽厚为中心》，《读书》第11期。

杜维明，2013，《仁与修身：儒家思想论集》，胡军、丁民雄译，生活·读书·新知三联书店。

方文，2012，《部分公民权：中国体验的忧伤维度》，《探索与争鸣》第2期。

费孝通，2003，《试谈扩展社会学的传统界限》，《北京大学学报》（哲学社会科学版）第40卷第3期。

费孝通，1946，《〈昆厂劳工〉书后》，载史国衡：《昆厂劳工》，商务印书馆。

弗洛伊德，2007，《作家与白日梦》，载《论艺术与文学》，常宏等译，国际文化出版公司。

福柯，2001，《无名者的生活》，李猛译，王倪校，《国外社会科学》第4期。

福柯，2002，《自我照看的伦理是一种自由实践》，李猛译，载贺照田主编《后发展国家的现代性问题》，吉林人民出版社。

福柯，2012，《规训与惩罚》，刘北成、杨远婴译，生活·读书·新知三联书店。

福柯，2015，《自我技术》，汪民安编译，北京大学出版社。

符平，2006，《青年农民工的城市适应：实践社会学研究的发现》，《社会》第 2 期。

符平、唐有财，2009，《倒 U 型轨迹与新生代农民工的社会流动——新生代农民工的流动史研究》，《浙江社会科学》第 12 期。

甘阳、姚中秋等，2016，《儒学与社会主义》，《开放时代》第 1 期。

戈夫曼，2008，《日常生活的自我呈现》，冯钢译，北京大学出版社。

格尔茨，2014，《地方知识：阐释人类学文集》，杨德睿译，商务印书馆。

葛兰西，2014，《狱中札记》，曹雪雨等译，河南大学出版社。

格罗塞，1984，《艺术的起源》，蔡慕晖译，商务印书馆。

沟口雄三，1991，《中国儒教的十个方面》，于时化译，《孔子研究》第 2 期。

关信平，2016，《当前社会政策的基本目标和本质特征》，《行政管理改革》第 4 期。

郭春林，2016，《形式的文化政治意义——试论新工人艺术团音乐实践的形式》，《文艺理论研究》第 3 期。

郭于华，2008a，《作为历史见证的"受苦人"的讲述》，《社会学研究》第 1 期。

郭于华，2008b，《倾听无声者的声音》，《读书》第 6 期。

郭于华，2013，《回到政治世界，融入公共生活——如何重新激发底层公众的政治参与热情》，《学术前沿》第 12 期上。

郭于华、黄斌欢，2014，《世界工厂的"中国特色"——新时期工人状况的社会学鸟瞰》第 4 期。

哈贝马斯，1993，《交往行动理论》，重庆出版社。

哈贝马斯，1999，《公共领域的结构转型》，曹卫东等译，学林出版社。

哈罗德·布鲁姆，2006，《影响的焦虑——一种诗歌理论》，徐文博译，江苏教育出版社。

韩德信，2013，《城镇化与当代打工文学》，《中国现代文学研究丛刊》第 10 期。

汉娜·阿伦特，2014，《反抗"平庸之恶"》，陈联营译，上海人民出版社。

韩少功、蒋子丹、秦晓宇，2016，《献给无名者的记忆》，《天涯》第2期。

何晶，2015，《杨炼：个人内心构成历史的深度》，《文学报》12月17日，第005版。

赫勒，2010，《日常生活》，衣俊卿译，黑龙江大学出版社。

贺芒，2008，《"打工文学"：在社会效应与美学合法性之间》，《学术月刊》第9期。

贺芒，2009，《〈佛山文艺〉与打工文学的生产》，《文艺争鸣》第11期。

何潇、何雪松，2011，《苦痛的身体：一位青年女性打工者的疾病叙事》，《当代青年研究》第6期。

贺雪峰，2008，《农民价值观的类型及相互关系——对当前中国农村严重伦理危机的讨论》，《开放时代》第3期。

何雪松、黄富强、曾守锤，2010，《城乡迁移与精神健康：基于上海的实证研究》，《社会学研究》第1期。

何雪松，2016，《情感治理：新媒体时代的重要治理维度》，《探索与争鸣》第11期。

何雪松、许丹、孙慧敏，2008，《外来女工的叙事：社会学研究的现实与隐喻》，《华东理工大学学报》（社会科学版）第3期。

贺照田编，2001，《后发展国家的现代性问题》，吉林人民出版社。

贺照田，2016，《当前中国精神伦理困境：一个思想的考察》，《开放时代》第6期。

胡荣、陈斯诗，2012，《影响农民工精神健康的社会因素分析》，《社会》第6期。

黄斌欢，2014，《双重脱嵌与新生代农民工的阶级形成》，《社会学研究》第2期。

江立华、谷玉良，2016，《农民工底层叙事：讲述苦难与记叙幸福》，《宁夏社会科学》第3期。

杰华，2006，《都市里的农家女》，吴小英译，江苏人民出版社。

景天魁，2018，《论群学复兴——从严复"心结"说起》，《社会学研究》第 5 期。

卡尔·波兰尼，2013，《巨变：当代政治与经济的起源》，黄树民译，社会科学文献出版社。

卡尔·曼海姆，2009，《意识形态与乌托邦》，姚仁权译，中国社会科学出版社。

凯博文，2008，《苦痛和疾病的社会根源——现代中国的抑郁、神经衰弱和病痛》，郭金华译，上海三联书店。

孔小彬，2011，《文学期刊与打工文学生产》，《创作评谭》第 1 期。

莱顿，2009，《艺术人类学》，李东晔、王红译，广西师范大学出版社。

梁漱溟，2018，《中国文化要义》，上海人民出版社。

利奥·洛文塔尔，2012，《文学、通俗文化和社会》，甘锋译，中国人民大学出版社。

李海燕，2018，《心灵革命》，修佳明译，北京大学出版社。

李静君，2006，《中国工人阶级的转型政治》，载李友梅主编《当代中国社会分层：理论与实证》，社会科学文献出版社。

李敬泽，2010，《当代变革中的自我认识重构》，《文艺争鸣》第 15 期。

李里峰，2007，《土改中的诉苦：一种民众动员技术的微观分析》，《南京大学学报》（哲学·人文科学·社会科学版）第 5 期。

李路璐、钟智锋，2015，《"分化的后权威主义"——转型期中国社会的政治价值观及其变迁分析》，《开放时代》第 1 期。

李路璐、范文，2016，《物质与精神兼顾的世俗主义——当代中国人的生活价值观》，《社会科学战线》第 1 期。

李培林，2005，《社会冲突与阶级意识：当代中国社会矛盾研究》，《社会》第 1 期。

李培林，2008，《现代性与中国经验》，《社会》第 3 期。

李培林、李炜，2007，《农民工在中国转型中的经济地位和社会态度》，《社会学研究》第 3 期。

李培林等，2009，《史国衡与中国早期企业调查》，载《中国社会学经典导读》，社会科学文献出版社。

李培林、李炜，2010，《近年来农民工的经济状况和社会态度》，《中国社会科学》第 1 期。

李强，1995，《关于城市农民工的情绪倾向及社会冲突问题》，《社会学研究》第 4 期。

李欧梵，2005，《人文精神与现代性》，载《未完成的现代性》，北京大学出版社。

李培林、田丰，2011，《中国新生代农民工：社会态度和行为选择》，《社会》第 3 期。

李升，2015，《受雇农民工的城市劳动关系状况与公平感研究》，《青年研究》第 4 期。

李新、刘雨，2009，《当代文化视野中的打工文学与底层叙事》，《东北师大学报》（哲学社会科学版）第 3 期。

林毓生，1994，《中国传统的创造性转化》，生活·读书·新知三联书店。

林语堂，2016，《吾国与吾民》，黄嘉德译，湖南文艺出版社。

刘爱玉，2003，《国有企业制度变革过程中工人的行动选择——一项关于无集体行动的经验研究》，《社会学研究》第 6 期。

刘畅，2012，《梁漱溟的创造思想与中国社会团体组织的建立》，《求索》第 4 期。

刘氚、何绍辉，2014，《日常生活中的诉苦：作为一种抗争技术》，《求索》第 2 期。

刘东，2005，《贱民的歌唱》，《读书》第 12 期。

柳冬妩，2006，《从乡村到城市的精神胎记：中国"打工诗歌"研究》，花城出版社。

柳冬妩，2007，《从知青诗人到打工诗人的境遇关怀》，《书摘》第 1 期。

柳冬妩，2016，《一种生存的证明》，《作品杂志》12 月上（总第 688

期）。

刘国欣，2012，《失语者的出场：打工诗人的符号自我》，《当代文坛》第 6 期。

刘建洲，2011，《打工文化的兴起与农民工的阶级形成——基于卡茨尼尔森框架的分析》，《人文杂志》第 1 期。

刘林平、雍昕，2014，《宿舍劳动体制、计件制、权益侵害与农民工的剥削感——基于珠三角问卷数据的分析》，《华东理工大学学报》（社会科学版）第 2 期。

流心，2004，《自我的他性：当代中国的自我系谱》，常姝译，上海人民出版社。

刘亚秋，2018，《将文学作为"田野"的可能——以记忆研究为例》，《社会学评论》第 2 期。

列夫·谢苗诺维奇·维戈茨基，2010，《艺术心理学》，周新译，百花文艺出版社。

卢晖临，2010，《新生代农民工不仅仅需要"心理按摩"》，《新农民》第 7 期下。

卢晖临，2011，《"农民工问题"的制度根源及应对》，《人民论坛》第 10 期中。

芦恒，2008，《日常生活与底层的真实表述》，《社会学研究》第 6 期。

罗丽莎，2006，《另类的现代性：改革开放时代中国性别化的渴望》，黄新译，江苏人民出版社。

罗洛·梅，2008，《人的自我寻求》，郭本禹、方红译，中国人民大学出版社。

吕新雨，2009，《中国的现代性、大众传媒与公共性的重构》，传播与中国·复旦论坛（2009）——1949～2009：共和国的媒介、媒介中的共和国，中国上海。

马尔库塞，2001，《审美之维》，李小兵译，广西师范大学出版社。

马忠，2013，《〈江门文艺〉停刊说明了什么》，《文艺报》1 月 25 日，第 001 版。

麦克·布洛维，2007，《公共社会学》，沈原译，社会科学文献出版社。

孟捷、李怡乐，2015，《改革以来劳动力商品化和雇佣关系的发展——波兰尼和马克思的视角》，《开放时代》第 5 期。

默顿，2006，《社会理论和社会结构》，唐少杰等译，译林出版社。

娜塔莉·海因里希，2016，《艺术为社会学带来什么》，何蒨译，华东师范大学出版社。

宁应斌、何春蕤，2012，《民困愁城：忧郁症、情绪管理、现代性的黑暗面》，台湾社会研究杂志社。

潘光旦，1997，《寻求中国人位育之道》上卷，国际文化出版公司。

潘光旦，2010，《儒家的社会思想》，北京大学出版社。

潘毅，2005，《阶级的失语与发声——中国的打工妹研究的一种理论视角》，《开放时代》第 2 期。

潘维、玛雅主编，2008，《聚焦当代中国价值观》，生活·读书·新知三联书店。

潘毅、卢晖临、严海蓉、陈佩华、萧裕均、蔡禾，2009，《农民工：未完成的无产阶级化》，《开放时代》第 6 期。

潘毅，2010，《中国女工：新兴打工者主体的形成》，任焰译，九州出版社。

潘毅，2014，《关于中国工人阶级形成的一点思考》，《清华政治经济学报》第三卷，社会科学文献出版社。

潘泽泉，2011，《被压抑的现代性：农民工融入城市的困境》，《广西民族大学学报》（哲学社会科学版）第 1 期。

皮埃尔·布尔迪厄，2015，《区分：判断力的社会批判》，刘晖译，商务印书馆。

皮埃尔·布尔迪厄，2017，《世界的苦难》，张祖建译，中国人民大学出版社。

裴宜理，2001，《上海罢工：中国工人政治研究》，刘平译，江苏人民出版社。

钱穆，1994，《中国文化史导论》，商务印书馆。

钱穆，2002a，《中国文化与中国文学》，载《中国文学论丛》，生活·

读书·新知三联书店。

钱穆，2002b，《谈诗》，载《中国文学论丛》，生活·读书·新知三联书店。

秦晖，2008，《另一个奇迹：南非经济发展的"低人权成本优势"》，载《"市场化三十年"论坛论文汇编》第一辑，北京天则经济研究所。

清华大学社会学系课题组，2013，《困境与行动——新生代农民工与"农民工生产体制"的碰撞》，社会科学文献出版社。

任锋，2014，《公共话语的演变与危机》，《社会》第3期。

荣格，2014，《心理学与文学》，冯川、苏克译，译林出版社。

萨特，1987，《为何写作》，载伍蠡甫、胡经之主编《西方文艺理论名著选编》下卷，北京大学出版社。

沈原，2006，《社会转型与工人阶级的再形成》，《社会学研究》第2期。

沈原、闻翔，2014，《转型社会学视野下的劳工研究》，《中国工人》第5期。

史国衡，1946，《昆厂劳工》，商务印书馆。

施瑞婷，2014，《"看不见的底层"："打工诗歌"呈现的底层经验》，《南通大学学报》（社会科学版）第4期。

施泽会，2016，《消失的打工文学杂志》，《宝安日报》4月4日，第A18版。

斯皮瓦克，2007，《底层人能说话吗？》，陈永国等译，《从解构到全球化批判：斯皮瓦克读本》，北京大学出版社。

苏黛瑞，2009，《在中国城市中争取公民权：农民工、国家与市场逻辑》，王春光译，浙江人民出版社。

孙飞宇，2007，《对苦难的社会学解读：开始，而不是终结》，《社会学研究》第4期。

孙犁，1992，《现实主义文学论》，载《中国解放区文学书系：文学运动·理论编》第2卷，重庆出版社。

孙立平，2000，《过程－事件分析与对当代中国农村国家与农民关系的实践形态》，载《清华社会学评论》第1辑，鹭江出版社。

孙立平，2002，《实践社会学与市场转型过程分析》，《中国社会科学》第 5 期。

陶东风，2009，《去精英化时代的大众娱乐文化》，《学术月刊》5月号。

谭同学，2016，《双面人：转型乡村中的人生、欲望与社会心态》，社会科学文献出版社。

谭深，1998，《打工妹的内部话题：对深圳原致丽玩具厂百余封书信的分析》，《社会学研究》第 6 期。

唐斌，2002，《"双重边缘人"：城市农民工自我认同的形成及社会影响》，《中南民族大学学报》第 8 期。

唐小兵，2007，《再解读大众文艺与意识形态》，北京大学出版社。

汤普森，2001，《英国工人阶级的形成》，钱乘旦等译，译林出版社。

田丰，2017，《逆成长：农民工社会经济地位的十年变化（2006 - 2015)》，《社会学研究》第 3 期。

涂尔干，2013，《社会分工论》，渠东译，生活·读书·新知三联书店。

托马斯、兹纳涅茨基，2000，《身处欧美的波兰农民》，张友云译，译林出版社。

佟新，2016，《承前启后：袁方的劳动社会学思想》，《社会学评论》第 4 卷第 2 期。

王春光，2006，《新生代农村流动人口的社会认同与城乡融合的关系》，《社会学研究》第 3 期。

汪晖，2008，《社会核心价值观重构的内外挑战》，载《聚焦当代中国价值观》，生活·读书·新知三联书店。

汪晖，2014，《两种新穷人及其未来——阶级政治的衰落、再形成与新穷人的尊严政治》，《开放时代》第 6 期。

汪建华，2015，《生活的政治：世界工厂劳资关系转型的新视角》，社会科学文献出版社。

汪建华，2016，《新生代农民工的城市生活图景》，《文化纵横》第 6 期。

王建民，2010，《从"农民"到"农民工"的自我观念变迁》，《长白学刊》第 2 期。

王明珂，2017，《田野、文本与历史记忆——以滇西为例》，《思想战线》第 1 期。

王绍光，2008，《大转型：1980 年代以来中国的双向运动》，《中国社会科学》第 1 期。

王士强，2016，《诗歌与现实："这一个"与"所有的"——从近年的"打工诗歌""工人诗歌"谈起》，《星星》第 3Z 期。

王思斌，2003，《改革中弱势群体的政策支持》，《北京大学学报》（哲学社会科学版）第 6 期。

王小章，2004，《现代性自我如何可能：齐美尔与韦伯的比较》，《社会学研究》第 5 期。

王雅林，2009，《发展：回归生活本体》《学术交流》第 9 期。

王雅林，2015，《生活范畴及其社会建构意义》，《哈尔滨工业大学学报》（社会科学版）第 3 期。

王一川，2003，《现代性体验与文学现代性分期》，《河北学刊》第 4 期。

卫小将、何芸，2011，《主体性的再思与打造：社会工作视阈中的农民工》，《华中科技大学学报》（社会科学版）第 25 卷第 2 期。

闻翔、周潇，2007，《西方劳动过程理论与中国经验：一个批判性的述评》，《中国社会科学》第 3 期。

闻翔，2013，《"乡土中国"遭遇"机器时代"——重读费孝通关于〈厂劳工〉讨论》，《开放时代》第 1 期。

闻翔，2014，《梁漱溟与现代中国社会学——以"中国问题"与"人生问题"为线索》，《江海学刊》第 2 期。

吴继磊、宦佳，2013，《打工文学助推深派文化崛起》，《人民日报》海外版 11 月 6 日，第 7 版。

吴清军，2006，《西方工人阶级形成理论述评——立足中国转型时期的思考》，《社会学研究》第 2 期。

萧易忻，2016，《"抑郁症如何产生"的社会学分析：基于新自由主义全球化的视角》，《社会》第 2 期。

谢保杰，2015，《主体、想象与表达——1949－1966 年工农兵写作的历史考察》，北京大学出版社。

许纪霖，2007，《世俗社会的中国人精神生活》，《天涯》第 1 期。

许纪霖，2009，《大我的消解——现代中国个人主义思潮的变迁》，载《中国社会科学辑刊》，复旦大学出版社。

许强、罗德远、陈忠村编，2005，《1985－2005 年中国打工诗歌精选》，珠海出版社。

许强、罗德远、陈忠村编，2009，《2008 中国打工诗歌精选》，上海文艺出版社。

许强、罗德远、陈忠村编，2010，《2009－2010 中国打工诗歌精选》，上海文艺出版社。

许强、陈忠村编，2012，《2011 年中国打工诗歌精选》，长江文艺出版社。

许强、陈忠村编，2014，《2013 年中国打工诗歌精选》，长江文艺出版社。

许强编，2015，《2014 年中国打工诗歌精选》，长江文艺出版社。

徐贲，2008，《公民政治和文学的阿伦特》，载《人以什么理由来记忆》，吉林出版集团有限公司。

徐勇，2010，《农民理性的扩张："中国奇迹"的创造主体分析》，《中国社会科学》第 1 期。

徐志达、庄锡福，2011，《新生代农民工政治参与：从非制度化到制度化》，《长白学刊》第 3 期。

严翅君，2007，《长三角城市农民工消费方式的转型——对长三角江苏八城市农民工消费的调查研究》，《江苏社会科学》第 3 期。

严海蓉，2001，《"素质"，"自我发展"和阶级的幽灵》，《读书》第 3 期。

严海蓉，2005，《虚空的农村和空虚的主体》，《读书》第 7 期。

阎云翔，2016，《私人生活的变革——一个中国村庄里的爱情、家庭与亲密关系（1949－1999）》，龚小夏译，上海人民出版社。

姚孟泽，2018，《文学与人学的变奏——钱谷融"文学是人学"观念及其阐释的再阐释》，《文学评论》第 5 期。

姚中秋，2014，《重新思考公民与公民生活——基于儒家立场和中国历史经验》，《社会》第 3 期。

杨春时，2009，《现代性与三十年来中国的文学思潮》，《中国社会科学》第 1 期。

杨可，2016，《劳工宿舍的另一种可能：作为现代文明教化空间的民国模范劳工宿舍》，《社会》第 2 期。

英克尔斯、史密斯，1992，《从传统人到现代人》，顾昕译，中国人民大学出版社。

以赛亚·伯林，2011，《自由论》，胡传胜译，译林出版社。

郁勤，2015，《无名者的话语空间——以 1990～2012 年间的〈江门文艺〉为例》，《五邑大学学报》（社会科学版）第 2 期。

余晓敏、潘毅，2008，《消费社会与"新生代打工妹"主体性再造》，《社会学研究》第 3 期。

余英时，1992，《从价值系统看中国文化的现代意义》，载辛华等编《内在超越之路》，中国广播电视出版社。

余英时，2003，《中国近世宗教伦理与商人精神》，载《士与中国文化》，上海人民出版社。

余英时，2014，《儒家思想与日常人生》，《中国思想传统及其现代变迁》，广西师范大学出版社。

袁方，1941，《工业化与职业间的人口流动》，《当代评论》第一卷第 16 期。

约翰·伯格，2007，《观者之道》，戴行钺译，广西师范大学出版社。

约翰·伯格，2015，《讲故事的人》，翁海贞译，广西师范大学出版社。

曾宪林、温雯，2015，《论打工文学的文学意义和社会意义》，《文艺评论》5 月号。

赵慧净，2002，《"你陷入了想象之井"：压缩型发展中主体性的形成》，载贺照田主编《后发展国家的现代性问题》，吉林人民出版社。

赵立勇，2015，《底层发声与劳动者的自我赋权》，《艺术评论》12月号。

赵晔琴，2007，《农民工：日常生活中的身份建构与空间型构》，《社会》第 6 期。

赵勇，2015，《工人诗歌：用最高级语言发出的底层之声》，《新华每日电讯》2 月 10 日，第 3 版。

张宏如、吴叶青、蔡亚敏，2015，《心理资本影响新生代农民工城市融入研究》，《江西社会科学》第 9 期。

张慧瑜，2016，《"发出我们的声音"——工人文学的意义与价值》，《新华月报》5 月号。

张彤禾，2013，《打工女孩——从乡村到城市的变动中国》，张坤译，上海译文出版社。

郑广怀，2005，《伤残农民工：无法被赋权的群体》，《社会学研究》第 3 期。

郑广怀，2007，《社会转型与个体痛楚——评〈中国制造：全球化工厂下的女工〉》，《社会学研究》第 2 期。

郑欣，章译文，2016，《"消费式融入"：新生代农民工的城市生活实践及其抗争》，《中国地质大学学报》（社会科学版）第 16 卷第 1 期。

周飞舟，2017，《从"志在富民"到"文化自觉"：费孝通先生晚年的思想转向》，《社会》第 2 期。

周航，2012，《打工者的文艺创作凝结了多种诉求》，《红岩》第 S2 期。

周晓虹，1998，《流动与城市体验对中国农民现代性的影响》，《社会学研究》第 5 期。

周晓虹，2011，《中国经验与中国体验：理解社会变迁的双重视角》，《天津社会科学》第 6 期。

周晓虹，2012，《中国体验：社会变迁的观景之窗》，《探索与争鸣》第 2 期。

周晓虹，2014，《社会转型与中国社会科学的历史使命》，《南京社会科学》第 1 期。

周晓虹等著，2017，《中国体验：全球化、社会转型与中国人社会心态的嬗变》，社会科学文献出版社。

朱敏、何潇，2015，《诉苦：打工者的记忆、认同、希望》，《江南大学学报》（人文社会科学版）第 2 期。

庄孔韶、赵旭东、贺雪峰等，2008，《中国乡村研究三十年》，《开放时代》第 6 期。

兹纳涅茨基、托马斯，2000，《身处美国的波兰农民》，张友云译，译林出版社。

左珂、何绍辉，2011，《论新生代农民工政治参与：现实困境与路径选择》，《中国青年研究》第 10 期。

《臧棉：个人内心构成历史的深度》，《文学报》2015 年 12 月 17 日，第 005 版。

Crevel, van M. 2017, *The Cultural Translation of Battlers Poetry (Dagong shige)*. *Journal of Modern Literature in Chinese*. Vol. 14, No. 2, p245 – 286.

Hairong, Yan. 2008. *New Masters, New servants*: *Migration, Development, and Women Workers in China*. Duke University Press.

Lee, Haiyan. 2007. *Revolution of the heart*: *a genealogy of love in China*, 1900 – 1950. Stanford University Press.

Lisa, Rofel. 2007. *Desiring China*: *Experiments in Neoliberalism, Sexuality and Public Culture*. Duke University Press.

Pierre, Bourdieu. 1999. *The Weight of the World*: *Social Suffering inContemporary Society*. translated by Priscilla Parkhurst Ferguson. PolityPress.

Wannning, Sun. 2014. *Subaltern China*: *Rural Migrants, Media, and Cultural Practices*. ROWMAN & LITTLEFIELD.

Wilkinson, Iain. 2005. *Suffering*: *A SociologicalIntroduction*. Cambridge: Polity Press.

致　谢

本书进入最后的修改润色时，我的孩子正满五岁。回忆他九个月大时我第一次为这项研究外出调查的情景，我感到这四年既漫长又短暂。对这项研究的把握和深入，是与作为母亲的经验一起逐渐积累发展的。它就像我的另一个孩子，沉甸甸的，满满寄托着我的热情和忐忑，研究的进展过程也如养育孩子一般，既有乐趣满足亦经历迷茫混乱。尽管书稿质量有待评说，但完成它已令我珍惜欣慰，不仅因为自己的投入，也因为这项研究的出版得益于许多人的支持。

首先，向给予我信任的打工诗人们致以深深的敬意和谢意。感谢他们的热情相待，感谢他们愿意把自己的故事和想法讲述给我。作为社会学研究者的职业乐趣之一，便是超越自身所处社会位置，去了解完全不同的人和不同的生活。我所结识的打工诗人们，带给我极大的情感上的冲击、智识上的启发，感谢他们并向每一位致敬。同时，感谢文学杂志社、报社、作协等与打工诗歌有关的机构、访谈对象，以及相关的文学评论家、学术研究者。通过见面访谈和社交软件上的接触，他们在我心里已经像老朋友一样亲切。

本书得以出版，有赖于社会科学文献出版社的张小菲编辑，她一直给予我感性上的理解宽慰、理性上的时间督促和各种建设性意见。同时佟英磊编辑也曾给予重要的指导意见，在此一并致谢。本书封面使用了徐冰先生艺术作品《凤凰》的形象，特致谢意。此外，感谢武汉大学社会学院在出版经费上的支持，一些领导和同事在我漫长、缓慢的学术积累中为我打气，令我温暖、促我坚定。感谢近年来结识的文化社会学领域的研究者们，我十分珍视与他们的交流。

感谢师友们。北京外国语大学日本学研究中心是我学术之路开始的地方，在这里领略的学者风范、学术品格近二十年来一直影响着我。见我焦虑不安，师长告诫"你的冷板凳坐得还不够久"，让我能保持冷静、专注和一点点"洒脱"。感谢留学日本时期曾给予指导的诸位教授，他们带给我的深远影响，是在回国后的研究中慢慢体会到的。

感谢家人。父母经历病痛后努力平稳充实地过日子，是对我非常重要的支持。感谢公公婆婆在孩子的养育中所提供的帮助。最后，把本书献给我的丈夫和儿子，他们对我学术志趣的坚定支持和盲目赞美，是这项研究得以完成的最重要的基石。

刘　畅

2019 年 6 月于武汉珞珈山

图书在版编目（CIP）数据

诗歌为道：关于"打工诗人"的社会学研究／刘畅
著. -- 北京：社会科学文献出版社，2019.11
ISBN 978 - 7 - 5201 - 5478 - 9

Ⅰ.①诗…　Ⅱ.①刘…　Ⅲ.①诗歌创作 - 创作方法 -
研究　Ⅳ.①I052

中国版本图书馆 CIP 数据核字（2019）第 201616 号

诗歌为道
——关于"打工诗人"的社会学研究

著　　者／刘　畅

出 版 人／谢寿光
责任编辑／张小菲　庄士龙

出　　版／社会科学文献出版社·群学出版分社（010）59366453
　　　　　地址：北京市北三环中路甲 29 号院华龙大厦　邮编：100029
　　　　　网址：www. ssap. com. cn
发　　行／市场营销中心（010）59367081　59367083
印　　装／三河市尚艺印装有限公司

规　　格／开　本：787mm × 1092mm　1/16
　　　　　印　张：18.75　字　数：291 千字
版　　次／2019 年 11 月第 1 版　2019 年 11 月第 1 次印刷
书　　号／ISBN 978 - 7 - 5201 - 5478 - 9
定　　价／108.00 元

本书如有印装质量问题，请与读者服务中心（010 - 59367028）联系